KNAUR

Über die Autorin:
Mona Kasten, geboren 1992, lebt und studiert in Hamburg. Ende 2014 veröffentlichte sie ihren Fantasy-Jugendroman »Schattentraum. Hinter der Finsternis« bei neobooks, für den sie im März 2015 den Indie Autor Preis gewann. Mit ihrem Roman »Begin Again« gelang ihr auf Anhieb der Sprung auf die *Spiegel*-Bestsellerliste.

MONA KASTEN

COLDWORTH CITY

ROMAN

KNAUR

Besuchen Sie uns im Internet:
www.knaur.de
Facebook: https://www.facebook.com/KnaurFantasy/
Instagram: @KnaurFantasy

Ihre Meinung interessiert uns!
Bitte via Mail an lesermeinung@droemer-knaur.de

FSC
www.fsc.org
MIX
Papier aus verantwortungsvollen Quellen
FSC® C083411

Deutsche Erstausgabe September 2017
Knaur Taschenbuch

Redaktion: Catherine Beck
Covergestaltung: Guter Punkt, München
Coverabbildung: Anke Koopmann, Guter Punkt,
unter Verwendung von Motiven von iStock
Satz: Adobe InDesign im Verlag
Druck und Bindung: CPI books GmbH, Leck
ISBN 978-3-426-52041-3

2 4 5 3 1

Für all jene, die sich nicht verstecken.

1. KAPITEL

»Wann?«

Der Mann in dem abgetragenen Ledermantel hatte leise gesprochen, obwohl der Lärmpegel in der Bar ziemlich hoch war. Sein Gegenüber beugte sich über den Tisch, beide Arme angespannt, sodass die Tätowierungen auf seinen Unterarmen deutlich hervortraten. Sie erkannte einen Adler auf seiner gealterten Haut, der mit seinen Klauen eine Schlange in die Luft emporhob. Dabei spritzte Blut aus dem Schlund der Schlange, und die Spritzer reichten bis zum Handgelenk des Kerls. Ein ziemlich hässliches Tattoo.

»Heute Nacht, halb drei, direkt am Hafen. Die Nummer des Containers …« Seine Stimme wurde vom Wechsel der Musik verschluckt, und Raven fluchte leise. Selbst für sie war es schwer, sie über die Entfernung wahrzunehmen, dabei half ihr ihre Gabe manchmal, Dinge zu sehen, die in weiter Ferne geschahen. So hatte sie auch den Bierdeckel bemerkt, den der tätowierte Kerl seit geraumer Zeit zwischen die Finger geklemmt hielt und den er nun dem anderen Mann über den Tisch zuschob. Von der Bar aus konnte Raven nicht sehen, was so interessant daran war, aber nach seinen letzten Worten konnte sie es sich denken. Und sie brauchte die Nummer des Containers. Nun, wie es aussah, würde sie ihrem Glück ein bisschen nachhelfen müssen.

Während sie ein weiteres Bier öffnete und einem Herrn an der Bar ein freundliches Lächeln schenkte, richtete sie ihre Konzentration auf den Tisch, der in einiger Entfernung zum Tresen lag. Sie hielt die Luft an und sammelte sich. Es fiel ihr nicht schwer, den Kern ihrer Gabe zu finden, doch dabei auszusehen, als wäre man eigentlich mit etwas völlig anderem beschäftigt, war eine Herausforderung, selbst nach vielen Jahren Übung.

Sie richtete ihren Geist aus und warf einen Seitenblick zum anvisierten Tisch. Mit der freien Hand strich sie sich eine silberblonde Strähne aus der Stirn, die sich aus ihrem geflochtenen Zopf gelöst hatte, und nutzte die beiläufige Geste, um einen Energiestoß in Richtung der beiden dunkel gekleideten Männer zu schicken. Sofort rutschte ein Glas vom Tisch und zersplitterte am Boden. Whiskey spritzte in alle Richtungen.

Die Flüche der beiden Männer hörte man durch die gesamte Bar – auch ohne telekinetische oder telepathische Kräfte.

Raven schnappte sich Handfeger und Lappen und lief zum Tisch hinüber. Eifrig bückte sie sich und sammelte die Scherben vom Boden, bevor sie anfing, die Flüssigkeit aufzuwischen. Jetzt konnte man die schöne Bernsteinfarbe gar nicht mehr als solche ausmachen. Sie wurde eins mit den Holzdielen der Bar.

»Vielen Dank, meine Hübsche. Ich bin wirklich ungeschickt«, seufzte der Mann im Ledermantel, nachdem sich Raven erhoben hatte. Er starrte sie an, seine harte Miene wurde weicher, als sie ihn bittersüß anlächelte.

»Kein Problem. Soll ich euch dasselbe noch mal bringen?«

Nun drehte auch der Kerl mit dem scheußlichen Tattoo den Kopf, er wirkte deutlich misstrauischer. Er ließ den Blick an ihr herauf- und herabwandern, wobei er einen Moment zu lange an ihrem tief ausgeschnittenen Dekolleté hängenblieb, bis er ihr letztlich in die Augen sah. Inzwischen brauchte sie sich überhaupt nicht mehr um eine undurchdringliche, falsche Maske zu bemühen – sie war zu einem Teil von ihr geworden. Sie wusste ihr wahres Wesen zu verstecken und vor anderen zu vertuschen, was tatsächlich in ihr schlummerte. Die Kerle vor ihr waren darin jedoch nicht so gut. Mit seinem fettigen Haar und den blutunterlaufenen Augen ahnte man schnell, dass der eine Typ abhängig war. Der unterkühlte Blick und die maßgeschneiderten Klamotten ließen vermuten, dass es sich bei dem anderen Mann um ein hohes Tier handelte. Die dunklen Linien seiner Tätowierung standen im Kontrast zu seinem hellen Hemd, und Ravens Vermutung wurde durch das gezackte Symbol an der Unterseite der Schlange bestätigt.

Er arbeitete für einen der Drogenbosse, die Unruhe in Coldworth City stifteten. Genau einordnen konnte sie das Zeichen nicht, bisher war sie ihm noch nicht begegnet. Aber sie wusste, dass manche Dealer ihre Zugehörigkeit durch solche Male deutlich machten. So erkannten sie einander, und wenn man Teil der Branche war, wusste man sofort, wem man trauen konnte. Männer, die solche Symbole auf ihrem Körper trugen, waren gefährlich. Und der hier nutzte das *Retox* – die Bar, in der Raven seit nunmehr einem Jahr hinter dem Tresen stand – heute Abend für die Planung seiner schmutzigen Machenschaften. Mit einem Nicken bestätigte er ihre Frage, und sie machte sich sofort auf, um seinem Wunsch nachzukommen.

Mit geübten Bewegungen bereitete sie zwei neue Gläser vor, scheffelte Eis aus der Kühlklappe, die unter dem Tresen eingebaut war, und füllte das Glas zu einem Drittel mit Beltmores Darkest auf. Die Musik und Hintergrundgeräusche blendete Raven aus, zu intensiv war das aufgeregte Kribbeln, das unter ihrer Haut tanzte.

Als sie zum Tisch zurückkehrte, hatten sich die beiden wieder ihrem Gespräch zugewandt. Sie nahm die alten Untersetzer vom Tisch und platzierte neue vor den Männern. Dabei spürte sie die gierigen Augen des Junkies auf sich, dem abschätzenden Blick seines Bosses wich sie aus.

»Wie kommt's, dass ein hübsches Mädchen wie du in einem Schuppen wie dem *Retox* arbeitet?«

Raven richtete sich gerade wieder auf, nachdem sie das zweite Glas abgestellt hatte. Sie erwiderte den abschätzenden Blick des tätowierten Typen. Die obersten Knöpfe seines weißen Hemds standen offen und gaben den Blick auf sein Brusthaar frei. Innerlich würgte Raven, aber äußerlich begann sie, mit der Spitze ihres langen Flechtzopfs zu spielen. Scheinbar schüchtern wickelte sie sich eine Strähne um den Finger und ließ sie wieder frei. Eine harmlose Geste, die zu ihrem noch viel harmloseren Äußeren passte.

»Ich mag die Gäste, und die Bezahlung ist nicht schlecht«, sagte sie und kam sich dabei ziemlich lächerlich vor. Aber genau das war der Zweck ihres gesamten Auftretens. Das lange Haar, die knappen Shorts, das eng anliegende schwarze Langarmshirt mit dem Aufdruck der Bar und dem tiefen Ausschnitt – all das unterstrich ihre Rolle der treuherzigen Barfrau. Es sorgte dafür, dass sie unterschätzt wurde. Es war auffällig unauffällig und diente nur diesem Zweck. Das rief sie sich vor und nach jeder Schicht im *Retox* ins Gedächtnis.

Der Typ im Hemd beugte sich vor und griff nach dem neuen Glas. Er schwenkte es und roch kaum merklich an der Flüssigkeit, während er den Blick wieder auf sie richtete. Es war eine vorsichtige Geste, aber Raven sah und spürte sie bis in die hinterste Faser ihres Körpers. Das

Misstrauen in seinen Augen ließ ihre Alarmglocken läuten.

»Danke, Kleine«, unterbrach der andere Kerl ihren intensiven Blickkontakt.

Raven nickte wortlos und wollte sich abwenden, doch der Typ im Hemd griff nach ihrem Handgelenk. Augenblicklich versteifte sie sich und fuhr herum. Ein schmutziges Lächeln umspielte die Mundwinkel des zwielichtigen Kerls.

»Falls du Lust auf einen Tapetenwechsel hast – ich kenne ein paar Clubs, in denen du ein halbes Vermögen machen könntest.« Wieder wanderte sein Blick an ihrem Körper auf und ab. Doch statt ihren Impulsen zu folgen und ihm mit ihrer Telekinese den Kehlkopf zu zertrümmern, setzte sie wieder ein höflich-distanziertes Lächeln auf.

»Das Angebot weiß ich zu schätzen, aber mein Chef wäre davon sicher nicht ganz so begeistert«, antwortete sie mit einem Nicken in Richtung Bar, wo Matthew bereits mit verschränkten Armen und hochgezogener Braue wartete.

»Wirklich ein Jammer. Dabei stehen die Leute auf Freaks wie dich.« Er deutete mit dem Kinn auf sie, und sein Grinsen wurde breiter. Dreckiger.

Raven unterdrückte den Impuls, sich in den Nacken zu fassen, wo sich die geometrische Kennung befand, die sie als Mutantin kennzeichnete. Es war ein blauer Kreis, der horizontal von mehreren Strichen durchtrennt war. Mithilfe der Kennung unterschied man normale Bürger von Menschen mit übernatürlichen Fähigkeiten – Menschen wie ihr.

Der schmierige Typ beugte sich vor und packte ihr Handgelenk fester. Seine Haut fühlte sich falsch auf ihrer an, so unendlich falsch. Generell ließ sie sich nicht gern anfassen. Die Berührungen Fremder drohten einen Teil in ihr wiederzuerwecken, den sie vor Jahren vor sich selbst und ihrer Umwelt verschlossen hatte.

»Ja, ich habe deine Kennung gesehen. Ich weiß genau, was du bist. Also sieh zu, dass du Land gewinnst.« Ruckartig stieß er sie von sich, und Raven bemühte sich auszusehen, als würde sie straucheln. Wenn sie beim Stoß eines so muskelbepackten Kerls nicht so täte, könnte das Aufsehen erregen. Und das konnte weder sie noch Knox gebrauchen.

Natürlich trug sie die Markierung im Nacken zur Schau – sie schämte sich nicht für das, was sie zu sein vorgab. Doch dieser Typ war ein Mutantenhasser. Einer der schlimmen Sorte. In ihrem Inneren begann es, gefährlich zu brodeln.

Sie machte auf dem Absatz kehrt und lief sicheren Schrittes zurück hinter die Bar.

»Probleme, Quinn?«, fragte Matthew und beäugte den Tisch, an dem sie bis vor wenigen Sekunden noch gestanden hatte.

Der falsche Name war ihr inzwischen in Fleisch und Blut übergegangen. Mittlerweile der dritte, den Knox für sie ausgesucht hatte, nachdem sie wieder einmal umgezogen waren. Ständig auf der Flucht, immerzu eine kalte Klaue im Nacken.

»Nichts Schwerwiegendes. Mach dir keine Gedanken.«

»Ganz sicher?«, hakte Matthew nach.

In ihrem Kopf reihte sich ein mordlustiger Gedanke an den nächsten. Alle drehten sich darum, wie sie diesen Mistkerl zur Rechenschaft zog. Ein mildes Lächeln stahl sich auf ihre Lippen, als sie die Pappuntersetzer vom Tablett nahm. Auf der Rückseite standen in roter Schrift römische Ziffern, direkt daneben das gezackte Symbol, das auch den Unterarm des tätowierten Typen zeichnete. Genau das, was sie vermutet hatte.

»Ja, ich bin mir sicher. Danke, Matt.« Ihre Hand schloss sich um den Pappuntersetzer.

Die Nacht war kühl, aber nicht unerträglich frisch. Trotzdem war Raven froh über den elastischen, weichen Stoff ihres Oberteils. Sie hob die behandschuhten Hände und zog sich die Kapuze tief in die Stirn, sodass die obere Hälfte ihres Gesichts im Dunkeln lag. Anschließend zog sie den schwarzen Schal bis über die Nase hoch, um auch den Rest zu verbergen. Sie durfte keine Spuren hinterlassen. Zwar hatte sie nicht vor, den Kerlen zu nahe zu kommen, aber falls sie doch einen Blick auf sie erhaschten, würden sie kein einprägsames Merkmal an ihr erkennen können – bis auf die schwarze Kleidung und ihre Größe vielleicht.

Raven kauerte auf dem Container und versuchte, mit der Nacht zu verschmelzen. Neben dem sanften Rauschen des Winds war einzig das Schaukeln der Schiffe hinter ihr zu hören. Zwischendurch auch mal das Glucksen von Wasser, das gegen den Bug schwappte, oder das Ächzen von schwerem Eisen, das von den Wellen auseinandergetrieben wurde.

Noch immer haftete der Geruch von Alkohol an Raven, doch darum scherte sie sich jetzt nicht. Das Prickeln, das durch ihren Körper jagte, war viel zu aufregend. So ging es ihr jedes Mal, wenn sie unterwegs war, um dafür zu sorgen, dass die Stadt zu einem besseren, gerechteren Ort wurde.

Das leise Röhren eines Motors riss sie aus der Starre. Gleich darauf war das Zuschlagen von Autotüren zu hören. Sie horchte auf und ging tiefer in die Hocke, um mit Container Nummer dreiundvierzig zu verschmelzen. Die dunkle Kleidung half ihr in der Regel dabei, ein Teil der Nacht zu werden. Erst selten waren Kriminelle auf sie aufmerksam geworden – und nur dann, wenn sie es zuließ.

Da waren sie. Ganz vorne lief der fertige Typ mit dem ranzigen Ledermantel aus dem *Retox*. Flankiert von zwei anderen Kerlen, die sie nicht kannte, kam er direkt auf den Container zu. Er gab sich keine große Mühe, leise zu sein oder auf seine Umgebung zu achten. Ein halbes Lächeln stahl sich auf Ravens Lippen.

Das würde ein Kinderspiel werden. Eigentlich könnte sie das CCPD – das Coldworth City Police Department – jetzt schon benachrichtigen. Doch sie wollte nicht unbedacht vorgehen und übermütig werden, nur weil sie in den letzten Monaten erfolgreich dabei geholfen hatte, ein paar ziemlich üble Verbrechen zu verhindern.

»Die Lieferung wird gedrittelt«, erklärte der Typ aus der Bar seinen Mitstreitern. »Harrison sagt, ein großer Anteil soll im *Green Forest* vertickt werden. Der Rest auf den üblichen Routen. Solltet ihr Probleme bekommen, haltet ihn da raus. Schafft ihr das, könnt ihr euch auf einen Bonus in Form von Creeper freuen.«

Raven unterdrückte einen Fluch. Sie hatte zwar schon damit gerechnet, auf eine Lieferung der neuesten Szenedroge gestoßen zu sein, war sich aber nicht sicher gewesen. Creeper war erst seit wenigen Monaten im Umlauf und bei der Einnahme ziemlich unberechenbar. Ein Schluck mehr oder weniger entschied bereits darüber, ob die Droge für einen Höhenflug sorgte oder willenlos machte, ob sie euphorisierte oder der Trip in Lebensgefahr endete.

Die Droge wurde in Form von bunter Flüssigkeit, die als einfache Shots in Clubs verkauft wurde, unter die Menschen gebracht – und das vollkommen unbemerkt. Vor allem in Kombination mit Alkohol sorgte die Flüssigkeit nicht für die erwartete Ekstase, sondern immer öfter für Halluzinationen, Atemlähmung, Bewusstlosigkeit und im schlimmsten Fall den Tod. Immer mehr Jugendliche wurden in Krankenhäuser eingeliefert, doch das schreckte die Käufer anscheinend kaum ab, und selbst im *Retox* wurden Matt, Raven und die anderen Mitarbeiter mittlerweile nach dem bunten Zeug gefragt. Raven hatte auf ihren nächtlichen Streifzügen den einen oder anderen Jugendlichen in der Gasse liegen sehen, völlig gefügig und hilflos. Doch den Höhepunkt hatte ihre Verzweiflung in jener Nacht gefunden, als sie auf ein junges Mädchen gestoßen war, dem nicht einmal mehr ein Arzt hatte helfen können. Raven erinnerte sich an ihre zerrissenen Kleider, an die bleiche, kalte Haut des Mädchens und das Blut, das ihr aus Augen und Ohren gelaufen war. Direkt neben ihr hatten ein paar der Röhrchen gelegen. Mit diesem Bild vor Augen hatte sich Raven fest vorgenommen, alles dafür zu tun, um zu verhindern, dass diese Dealer ihre Lieferung in Umlauf brachten.

Sie schärfte ihren Blick und betrachtete die Typen, die sich inzwischen direkt unter ihr befanden. Es war ein Wunder, dass dieser Kerl – Harrison – Junkies beauftragte, um seine wertvolle Lieferung abzugreifen. Andererseits konnte sie sich keine zuverlässigeren Dealer vorstellen. Leute, die abhängig und noch nicht zu weit abgerutscht waren, konnten sicher am besten beschreiben, wie wunderbar sich der Rausch anfühlte.

Der Container vibrierte unter Raven, und sie krallte die Finger in das kühle, rostige Metall, bevor sie den Nacken kreisen ließ und ihre Schultern ein paarmal rollte. Sie war zu früh dran gewesen und befand sich bereits gut eineinhalb Stunden auf diesem Teil. Es wurde Zeit, der Situation ein Ende zu machen.

Lautlos erhob sie sich und streckte die Glieder. Von unten nahm sie das Murmeln der Dealer wahr, die den Container betraten. Sie nahm Anlauf und stürzte sich über die Kante. Die Luft sauste für wenige Sekunden um ihre Ohren, und der Windstoß hätte ihr beinahe die Kapuze vom Kopf gefegt. Geräuschlos wie eine Katze kam Raven auf dem Asphalt auf und erhob sich geschmeidig. Noch immer bemerkte keiner der Dealer ihre Anwesenheit. Raven wagte sich dichter an den Container heran, flackerndes Licht drang durch die Türen.

Die Typen prüften die Lieferung. Nach und nach rissen sie an den Kartons herum, hielten die schmalen Röhrchen mit der bunten Flüssigkeit ins Licht ihrer Taschenlampen und nickten einander zu, sobald der nächste Schub durchgesehen war. Im Innenraum roch es muffig, ein wenig nach Fisch, gepaart mit der ekligen Süße der Droge. Raven beobachtete die Typen eine Weile und lehnte sich mit dem Rücken gegen den Rahmen des Eingangs.

»Jungs, ich kann leider nicht zulassen, dass ihr das Zeug in Umlauf bringt«, sagte Raven.

Sofort fuhren die drei Männer zu ihr herum. Zwei der Kerle hielten die bunten Röhrchen wie Waffen in Abwehrhaltung von sich. Der Typ im Ledermantel war wie erstarrt, seine Schultern völlig verspannt.

»Was zur Hölle?«, entfuhr es einem der anderen beiden. Ravens Blick richtete sich auf ihn. Sein Haar war dunkel und mit einer Menge Gel zurückgestrichen, die Kleidung ramponiert und an einigen Stellen eingerissen.

»Ich wünschte, das da«, Raven nickte mit dem Kinn zu

den Röhrchen, »wäre tatsächlich Schnaps oder irgendwelches alkoholisches Süßzeug. Dann könnten wir die Situation friedlich enden lassen.«

Der Junkie aus der Bar erwachte aus seiner Starre und machte einen bedrohlichen, langsamen Schritt auf Raven zu. »Dasselbe wollte ich dir gerade sagen. Das hier ist kein Ort für Kinder. Verschwinde, Junge.«

Unter dem Schal kräuselten sich ihre Lippen. Die schwarze, weite Hose, die robuste Jacke, die festen Boots – all das verbarg ihre Figur. Aufgrund ihrer Körpergröße fiel allerdings schnell auf, dass sie kein erwachsener Mann war. Aber immerhin hielten sie sie für einen Jungen. Ein Vorteil.

»Wisst ihr, wie viele Jugendliche allein im letzten Monat an den Folgen von Creeper gestorben sind?«, fragte sie und machte nun einen ebenso bedrohlichen Schritt auf den Kerl zu, der ihr wenige Stunden zuvor in der Bar noch anzügliche Bemerkungen hinterhergerufen hatte. Seine Züge waren jetzt nicht mehr so weich, vielmehr funkelten seine Augen feindselig und alarmiert.

»Es waren mindestens fünfzig.«

Die Presse versuchte zwar, die Zahlen herunterzuspielen, aber Raven kannte die Wahrheit. Es gab genug Gäste im *Retox*, die Kontakte hatten. Und wenn die genug Alkohol intus hatten, plauderten sie Details aus, die nicht an die Öffentlichkeit gelangen sollten. Ein weiterer Grund für ihren Job in der Bar.

»Ist mir scheißegal. Wenn dir dein Leben lieb ist, solltest du abhauen, und zwar sofort«, knurrte der Typ aus dem *Retox*.

Erstaunlich, wie schnell sich seine Züge von schmeichelnd in wütend verwandeln konnten, fand Raven. Irgendwie niedlich.

»Ich wiederhole mich ungern«, sagte sie und bemühte sich, ihrer Stimme einen noch tieferen Klang zu verleihen. Sie hatte das Glück, von Natur aus eine raue Stimme zu besitzen. »Aber ich kann nicht zulassen, dass ihr das Zeug da in Umlauf bringt. Damit zieht ihr die ganze Stadt in den Dreck und sorgt dafür, dass Menschen sterben. Dinge, die moralisch eigentlich nicht vertretbar sind, findet ihr nicht auch?«

Raven sammelte ihre Kraft im Geiste. Sie spürte, wie die Telekinese in ihren Adern prickelte, wie verzweifelt die Energie freigelassen werden wollte aus dem Gefängnis, das ihr Körper darstellte. Es fühlte sich falsch an, wenn man sie zu lange unterdrückte. Sollten sich die Dealer querstellen – wovon sie ausging –, würden sie ein willkommenes Ziel abgeben.

Mit dem, was als Nächstes geschah, hatte Raven jedoch nicht gerechnet. Sie hatte keine Zeit mehr, auf das unangenehme Prickeln in ihrem Nacken zu reagieren und auszuweichen.

Plötzlich wurde sie von einem heftigen Windstoß ergriffen. Bevor sie wusste, wie ihr geschah, knallte sie mit dem Rücken gegen die Wand des Containers. Ein Keuchen entwich ihr, sie prallte hart auf. Alle Luft wurde ihr aus der Lunge getrieben, und in ihren Ohren dröhnte es. Raven blinzelte mehrmals, bis sie begriff, was gerade passiert war.

Direkt vor ihr stand der Junkie aus dem *Retox*. Aber seine Augen waren nicht mehr rot und von unzähligen geplatzten Äderchen durchzogen, sondern … weiß. Keine Pupille war mehr zu erkennen, keine Iris und schon gar keine Äderchen. Stattdessen hatte sich ein milchiger Glanz über seinen Augapfel gelegt, der sich rasend schnell bewegte und beinahe vibrierte. Seine Präsenz war nicht mehr schwach, sondern strotzte vor Kraft. Der Innenraum des Containers war von einem Surren erfüllt, und Raven spürte bis in die Knochen, welche Gefahr der Typ verströmte.

Er war ein Mutant.

Sein Mantel flatterte, seine Haare wehten unter den Luftstößen, die ihn umgaben. Alles an ihm strahlte Energie aus, eine aufbrausende Gewalt. Seine Komplizen hielten sich im Hintergrund, rückten dichter zusammen, wirkten allerdings nicht überrascht.

Raven hätte sich am liebsten geohrfeigt.

Natürlich ließ Harrison seine wertvolle Drogenlieferung nicht von wehrlosen Idioten überprüfen. Obwohl er Mutanten verabscheute, hatte er diesen hier auf seine Seite gezogen und beauftragt, über seine Lieferung zu wachen. Wieso hatte sie das nicht kommen sehen?

»Ich sage es ein letztes Mal: Wenn du lebend hier herauskommen möchtest, solltest du verschwinden«, knurrte der Mutant, und als er einen weiteren Schritt auf sie zumachte, schlug Raven eine Woge seines fauligen Atems entgegen. Unter dem Schal zog sie die Nase kraus und rügte sich selbst dafür, nicht daran gedacht zu haben, den Mann zu checken. Sie war viel zu versessen auf die Lieferung gewesen, als dass sie auch nur einen Gedanken daran verschwendet hätte, wem sie gegenüberstand. Woher sollte sie denn auch wissen, dass ein Typ wie Harrison Geschäfte mit Mutanten machte? Vielleicht lag der Grund für ihre Unvorsichtigkeit aber auch in den Erfolgen der letzten Monate – so konnte sie das hier jedenfalls nicht enden lassen. Auf gar keinen Fall. Ein Gesicht flackerte vor ihrem geistigen Auge auf. Eines, das ihrem eigenen so ähnlich war.

Sie hatte eine Verantwortung. Sich selbst ein Versprechen gegeben, um Knox' willen. Jede Nacht, die sie durch die Stadt streifte, endete damit, dass sie nach Hause zurückkehrte und in sein friedliches Gesicht blickte. Und diese Nacht würde auf keinen Fall eine Ausnahme werden.

»Sonst … was?«, stichelte Raven und krümmte die Finger kaum merklich. Der Wind, der sie an die Containerwand presste, war stark, aber nicht unbezwingbar.

Der Mutant grinste und schüttelte den Kopf. Die Luft umwirbelte sie noch mächtiger. »Sonst werde ich dir mit meiner Gabe jeden einzelnen Knochen brechen und dich anschließend versenken. Der Hafen wäre doch perfekt dafür.«

Raven tat, als würde sie über seinen Vorschlag nachdenken und abwägen. Sie trat vom einen aufs andere Bein, beugte dabei leicht die Knie und beäugte den Mutanten. »Leider habe ich heute noch andere Pläne. Von daher danke, aber nein.«

Das war die einzige Warnung, die sie ihm gab. In der nächsten Sekunde hatte sie die Arme vorgerissen und ließ einen Stoß Energie aus ihrem Inneren frei. Es fühlte sich an, als wäre sie nach langer Zeit unter Wasser endlich aufgetaucht und würde nach Luft schnappen.

Alle Männer wurden zurückgeworfen, einzig der Mutant konnte seine aufrechte Haltung beibehalten. Mit einem Knurren riss er die Arme hoch, und sein Gesicht verzerrte sich zu einer Grimasse. Ein Stoß eisiger Luft schoss durch den Container. Der Wind zerrte an Ravens Kleidung, an ihren Gliedmaßen, und fegte ihr fast die Beine unter dem Körper weg. Wieder stieß sie mit dem Rücken gegen die Wand.

Brüllend warf der Mutant den Kopf in den Nacken. Er beschwor den Wind weiter, ließ ihn stärker werden, und inzwischen konnte Raven das Klirren der unzähligen Röhrchen im Container hören. Wenn er so weitermachte, zerstörte er die Lieferung ganz allein. Allerdings würde er sie alle mit ins Verderben reißen. Seine Komplizen riefen ihm etwas zu, doch der Mutant wirkte wie besessen. Der Wind rauschte so laut, dass Raven nichts hören konnte außer dem Heulen des aufziehenden Sturms.

Sie warf sich mit ihrem ganzen Gewicht gegen die aufblühende Windrose, hob wie in Zeitlupe eine Hand und konzentrierte sich auf den Körper ihres Gegenübers. Normalerweise hätte er schon längst durch den halben Container geflogen sein müssen. Allerdings war Raven noch nie einem Mutanten begegnet, der über Wind herrschte und sich Stürme zu eigen machte.

Sie schloss die Augen, festigte ihren Stand und grub die Fersen in den Boden. Dann sammelte sie sich, fühlte das Pulsieren der Telekinese in ihren Adern und streckte den Arm aus. Sie krümmte die Finger in der Luft, als würde sie ihn packen. Der Mutant riss den Kopf nach vorne und starrte sie mit geweiteten Augen an. Das Weiß darin lichtete sich, wurde immer transparenter.

Raven neigte den Kopf und ballte eine Hand zur Faust. Der Mutant griff sich an den Hals, sah an sich hinab, vollkommen fassungslos. Raven drückte zu, holte weit aus und schleuderte ihren Arm mit voller Geschwindigkeit nach vorne. Nun war er derjenige, der mit Wucht rücklings gegen den Container krachte – allerdings noch heftiger als sie. Das Metall kreischte ohrenbetäubend und ächzte unter seinem Aufprall. Er blieb mit ausgestreckten Gliedern in der rostigen Wand stecken, die Oberfläche nun völlig verformt. Einzig sein Kopf sackte nach vorne. Er war ohnmächtig.

Ravens Blick zuckte zu den anderen beiden Dealern,

die sich hinter den Kartons zusammengekauert hatten. Sie hob zwei Finger, griff im Geiste nach den Behältern und schob sie sachte beiseite. Ihre Gabe konnte nicht nur zerstörerisch sein. Auch das hatte sie in den letzten Jahren gelernt.

Die Männer klammerten sich aneinander fest und rutschten auf allen vieren zurück. Raven seufzte. Sie wollte ihnen nicht wehtun, daran hatte sie tatsächlich überhaupt keinen Spaß. Aber sie würde sie auch nicht ungeschoren davonkommen lassen.

Sie sah sich um und entdeckte ein paar morsch aussehende Seile, die mit Sicherheit beim Verschiffen der Ware in den Container gelangt waren. Wieder hob sie die Hand, diesmal pulsierte ihre Kraft ganz sanft, war ein Teil von ihr und keine Naturgewalt. Zwar waren feinfühlige Tätigkeiten mit Telekinese weitaus schwieriger, und sie spürte, wie sich Schweißperlen auf ihrer Stirn bildeten und sich dahinter ein leichtes Pochen meldete. Eindeutig ein Warnzeichen. Aufhören kam trotzdem nicht infrage.

Im Geiste führte sie die Seile um die beiden Typen herum, sorgte dafür, dass sie Rücken an Rücken gelehnt waren. Innerhalb weniger Sekunden war das Seil provisorisch um sie geschlungen und am Ende verknotet.

Sie drehte sich um und wollte nach draußen, um in Ruhe die Polizei zu benachrichtigen, doch einer der Männer ließ sie innehalten.

»Harrison wird dich finden, Kleiner«, krächzte der Typ mit dem schmierigen Haar.

Raven blickte zur Seite und sah aus dem Augenwinkel, wie er an den Fesseln zerrte.

»Mach dich darauf gefasst, dass er dir alles nehmen wird, was dir lieb ist«, knurrte er angestrengt. Anscheinend waren die Seile doch fester um sie geschlungen, als sie beabsichtigt hatte.

Raven verdrehte die Augen. Diesen Spruch hatte sie in den letzten Monaten öfter gehört, als sie zählen konnte. Ohne die beiden weiter zu beachten, schloss sie die Tür des Containers und verkeilte sie mit einem Holzbrett, das sie aus einer der Paletten zwischen den Containern gebrochen hatte. Im selben Atemzug kramte sie das Wegwerfhandy aus ihrer Hosentasche und drückte auf die Kurzwahltaste.

»Coldworth City Police Department«, leierte eine Stimme.

»Am Hafen, Container Nummer dreiundvierzig«, unterbrach Raven die Frau. »Hier ist eine große Drogenlieferung angekommen, das sollten Sie sich ansehen.«

In der nächsten Sekunde legte sie auf und schob das Handy zurück an seinen Platz.

Den Rest würde die Polizei erledigen.

Es war kein Gefühl der Euphorie, das Raven erfüllte, als sie vom North-Point-Hafen in Richtung ihrer Wohnung weiter südlich nach Downtown streifte. Sie würde lange brauchen, bis sie die Stadt durchquert hatte – trotz der Abkürzungen, die sie mittlerweile in- und auswendig kannte. Leider konnte sie sich ein Taxi beim besten Willen nicht leisten, und die Bahn zu nutzen erschien ihr um diese Zeit zu riskant. Nachts war es sicherer, an den Hauptstraßen durch Uptown zu laufen, in denen selbst zu dieser Uhrzeit unzählige Autos an ihr vorbeirauschten. Im Norden von Coldworth City, dort, wo auch der Hafen lag, befanden sich das weitläufige Industriegebiet und ein paar Ecken, in denen man nachts lieber nicht mehr unterwegs sein sollte. Genauso gefährlich waren die dunklen, abgelegenen Gassen, die abseits der Innenstadt lagen. Dagegen leuchtete Uptown geradezu, ganz im Gegensatz zu dem heruntergekommenen Viertel, in dem Raven mit Knox lebte.

Uptown strahlte selbst bei Nacht – das war einer der Gründe, weshalb Raven den Weg bevorzugte, auch wenn er dreimal so lange dauerte. Gläserne Gebäudefronten reflektierten das bunte Licht der Leuchtreklamen, die eine einzige Farbexplosion ergaben. Die wirren Lichter, die rasenden Autos und auch das Treiben auf den Straßen lenkte Raven von ihren dumpfen Gefühlen ab. Schon lange hatte sie keine Angst mehr empfunden. Wenn sie ehrlich war, hatte sie seit geraumer Zeit überhaupt nichts mehr gefühlt. Einzig Knox sorgte dafür, dass sie sich gebraucht fühlte. Knox und die Tatsache, dass sie imstande war, für Gerechtigkeit zu sorgen. Wenn sie das tat und ihre Gabe dafür nutzte, Gutes zu tun, dann … schien plötzlich alles einen Sinn zu ergeben. Alles fügte sich zusammen. Wie Puzzleteile, die an ihren richtigen Platz rückten und plötzlich ein Bild ergaben. Während sie tagsüber von unsäglicher Schuld erfüllt war, konnte sie nachts ihrer Bestimmung nachgehen. Was sonst war der Grund für ihre Existenz?

Nach und nach verschwanden die Lichter. Die Gebäude schrumpften geradezu, die Fronten aus Glas wurden durch brüchige Backstein- und Altbaufassaden ersetzt, und auch der Schein der Straßenlaternen nahm einen flackernden Gelbstich an. Je weiter sie sich aus Uptown entfernte, desto finsterer wurde die Stadt. Raven war das Dunkel gewöhnt, aber trotzdem überkam sie stets eine Gänsehaut, sobald die Stille um sie herum zu umfassend wurde. In Downtown wurde ihr Gang zielstrebiger, ihre Schritte trafen fest auf die gepflasterten Straßen. Das

Viertel war nicht schön anzusehen. Raven kam auf ihrem Nachhauseweg stets an ein paar zusammengekauerten Menschen vorbei, die am Boden lagen. In Kombination mit dem Geruch nach Erbrochenem und Unrat gab dieser Stadtteil einen eher traurigen Anblick ab. Die niedrigen Mieten sorgten dafür, dass hier vor allem der untere Rand der Gesellschaft ein Zuhause fand. Darunter befanden sich ein paar Studenten, aber vor allem Leute mit geringem Einkommen, die sich in Dinge verwickelt hatten, aus denen sie schwer wieder herausfanden. Und gerade weil nachts die merkwürdigsten Dinge in Downtown geschahen, konnte Raven es gar nicht erwarten, in ihre Wohnung zu gelangen.

Dort angekommen, drückte sie den Seiteneingang des heruntergekommenen Wohnhauses mit der Schulter auf. In ihrem Aufzug wollte sie bloß keinem Nachbarn begegnen – auch wenn man hier für gewöhnlich keine Fragen stellte. Aber sie zog es vor, keine Zeugen für ihre nächtlichen Ausflüge zu haben. Sie schlich die Treppen hinauf in den dritten Stock, vorbei an den unzähligen Graffiti und Kritzeleien an den brüchigen Wänden. Inzwischen wusste sie genau, welche der Stufen knarrten, wie sie ihre Schritte setzen musste, um geräuschlos in ihre Wohnung zu gelangen.

Die Wohnungstür schabte leicht über den Boden, als Raven sie einen Spalt öffnete, um sich unbemerkt hindurchzuschieben. Knox hatte das Licht im Wohnzimmer angelassen, und Raven seufzte. Es war lieb von ihm gemeint, aber dennoch – die anfallenden Kosten für Wasser und Strom waren jetzt schon kaum tragbar.

Sie schälte sich aus der Jacke, wickelte den Schal von ihrem Hals und zog die weichen Lederstiefel aus. Dann verstaute sie alles im Einbauschrank im Flur. Sie hob das

Brett an, unter dem sie die Kleidung immer versteckte. Knox sollte nicht wissen, womit sie ihre Nächte verbrachte, und im Glauben bleiben, sie würde bis spät nachts arbeiten. Es war besser so. Sicherer.

Auf Zehenspitzen schlich Raven zu seinem Zimmer. Insgesamt hatte die Wohnung zwei davon – eines, das sie ihrem Bruder so gut es ging eingerichtet hatte, und ein möbliertes Wohnzimmer, das gleichzeitig Essbereich, ihr Schlafzimmer und Aufenthaltsraum in einem war. Dazu kamen noch das kleine Bad am Ende des Flurs und eine Kochnische, die eher einer Abstellkammer ähnelte. Es war keine große Wohnung, nicht einmal annähernd das, was Raven sich für Knox gewünscht hätte, aber für mehr fehlte ihr das Budget. Zwar verdiente sie im *Retox* nicht schlecht, aber davon musste sie sich und ihn durchfüttern. Dazu die Miete, die Fixkosten und die Schulgebühren für Knox' Onlinekurse – es reichte bei Weitem nicht aus. Und als gekennzeichnete Mutantin an einen gut bezahlten Job zu kommen war ziemlich schwer. Zumal Raven mit ihren achtzehn Jahren kaum Referenzen oder gar einen ordentlichen Schulabschluss vorzuweisen hatte. Doch an eine Abendschule zu gehen und den Abschluss nachzuholen konnte sie sich nicht erlauben. Das lag nicht nur am Geld, sondern auch an der Tatsache, dass sie kein Risiko eingehen konnte, doch noch gefunden zu werden.

Vorsichtig spähte Raven in Knox' Zimmer. Augenblicklich glättete sich ihre gefurchte Stirn, und ihre Sorgen verschwanden irgendwo in ihrem Hinterkopf und blieben ungehört.

Knox' Haar war lang geworden, inzwischen fiel es ihm tief in die Stirn und kräuselte sich an den Spitzen. Damals war es kurz gewesen. Kurz und vom selben satten Braun, das auch Ravens natürliche Haarfarbe war. Allerdings färbte sie auch ihm stets das Haar. Als sie dasselbe Weißblond vorgeschlagen hatte, das auch sie monatlich auf ihrem Haaransatz auftrug, hatte Knox bloß eine Braue gehoben und abfällig geschnaubt. Stattdessen hatte er sich für ein Kupferrot entschieden und es lang wachsen lassen, ebenso wie Raven.

Seine Lippen waren leicht geöffnet, seine Züge ebenmäßig und glatt. Inzwischen bekam er Ecken und Kanten, seine Wangenknochen waren ausgeprägter, wobei Raven es viel zu früh dafür fand. In ihren Augen würde er wohl immer ein kleiner Junge bleiben.

Dieser Anblick verlieh ihr jede Nacht neue Kraft. Wenn sie sah, wie gut es Knox ging, wie friedlich er dalag und schlief, dann wusste Raven, dass sie damals die richtige Entscheidung getroffen hatte. Er verdiente diesen Frieden.

Sie beide verdienten ihn.

2. KAPITEL

Frühstück.«

Raven brummte, hob mühsam eine Hand und wischte die Stimme mit einer Bewegung fort.

»Riech mal.« Selbst im Halbschlaf konnte sie Knox' Grinsen heraushören. »Es gibt Pancakes. Und heißen Kakao.«

Jetzt wurde sie hellhörig und drehte den Kopf ein bisschen. Ihre Lider blieben geschlossen, zu schwer klebten sie zusammen, zu greifbar war der Nachgeschmack ihres Tiefschlafs.

»Wenn du nicht willst, esse ich alles alleine.«

Sie wusste, dass er diese Drohung wahrmachen würde – Knox konnte ganze Berge verdrücken. Raven rieb sich mit den Händen über die Augen und fuhr über ihr Gesicht. Mehrmals blinzelte sie, bis sie Knox' Schopf dicht neben sich entdeckte. Er lehnte mit dem Rücken gegen das Sofa im Wohnzimmer, auf dem sie stets schlief. Gerade war er dabei, sich eine voll beladene Gabel in den Mund zu schaufeln. Sein Blick hing an dem schweren kleinen Röhrenfernseher, der gegenüber auf einem ramponierten Holztisch stand.

»Her damit«, sagte Raven und richtete sich auf.

Knox drehte sich um. Seit sein Haar länger geworden war, hielt er den Kopf immer leicht schräg, damit ihm die wirren Strähnen nicht in die Augen fielen. Seine blauen Augen, die ein Spiegelbild ihrer eigenen waren, funkelten wach. Er reichte ihr einen kleinen Teller mit einem Haufen Pancakes. Statt Ahornsirup hatte er sie in Schokosauce ertränkt, genau wie sie es mochte. Bevor sie jedoch den Teller greifen konnte, formte Knox mit der Hand eine Muschel an seinem Ohr.

»Ja, ja. Du bist ein guter Bruder. Der beste Frühstückskoch der Welt«, leierte Raven herunter. Sie hatte nur noch Augen für die Pancakes. Ihr Magen rumorte hörbar. Sie konnte sich nicht an ihre letzte Mahlzeit erinnern. Zählten die Erdnüsse, die sie gestern Abend zu Matts Leidwesen vom Tresen geklaut hatte?

»Der allerbeste«, wiederholte er und ließ endlich den Teller los. Danach reichte er ihr Messer und Gabel.

»Danke dir«, murmelte Raven und schob sich die erste Gabel in den Mund. Genüsslich seufzte sie.

»Stets zu Diensten«, sagte Knox und salutierte. Er richtete den Blick wieder auf die Mattscheibe. »Wie war die Arbeit?«

»Ganz gut.« Raven kaute eine Weile und schluckte dann. Als hätte Knox es geahnt, reichte er ihr den Becher mit Kakao. Er wusste um ihre Schwäche für ein süßes Frühstück. Oder Süßes im Allgemeinen. Wenn es nach ihr ging, konnte jede Mahlzeit aus Pancakes, Waffeln oder Cornflakes bestehen. Und dazu Schokosauce. Am besten auf allem.

»Irgendetwas Spannendes passiert?« Automatisch nahm er ihr den Becher wieder ab und stellte ihn auf dem zerkratzten Wohnzimmertisch ab.

»Ein Kerl hat einen dummen Spruch abgelassen.« Vor ihr flackerte das Bild von Harrison und seinem scheußlichen Tattoo auf. Früher oder später würde sie ihn noch zu fassen bekommen. »Aber nicht besonders schlimm.«

»Ich bin immer noch dafür, dass du mal in dieser Bäckerei nachfragst. Oder in der Buchhandlung am East End, die suchen oft nach Aushilfen.«

»Nein.«

Diese Diskussion hatten sie innerhalb des letzten Jahres zu oft geführt. Knox wollte unbedingt, dass sie woanders arbeitete. Ihm gefielen ihre Nachtschichten in der verrufenen Bar überhaupt nicht.

»Irgendwann müssen wir die Gebühren für die Kurse nicht mehr zahlen.« Er blickte über die Schulter und schenkte ihr ein breites Lächeln. Das tat er oft – zu oft. Sie wollte nicht, dass er sich um sie sorgte. Eigentlich sollte sie diejenige sein, die ihn aufbaute und dafür sorgte, dass er lächelte.

»Du solltest dich bald an deine Hausaufgaben setzen. Davor wird dich auch dein Charme nicht bewahren können«, meinte Raven und schob sich eine weitere Gabel voll Pancakes in den Mund.

Knox gab ein gequältes Geräusch von sich und rutschte ein Stück am Sofa hinab, alle Glieder von sich gestreckt. »Englisch ist mein Feind, R. Das weißt du.«

»Es gehört zum Lehrplan, also müssen wir es wohl oder übel durchgehen«, gab sie ungerührt zurück.

»Kann ich nicht einfach nur ein paar Informatikkurse belegen?«, murrte Knox.

Er interessierte sich seit geraumer Zeit für Informatik und alles, was Programmieren und Dinge mit Computern betraf, mit denen Raven sich nicht wirklich auskannte. Aber sie hatte sich vorgenommen, ihm zumindest die normale Schulbildung zu verschaffen. Wenigstens genügend Credits, die einem Highschool-Abschluss gleichkamen, wenn sie sich schon nicht traute, ihn auf eine öffentliche Schule zu schicken.

Mittlerweile war es knapp drei Jahre her, seit sie geflohen waren und ihren Tod vorgetäuscht hatten. Es hatte gedauert, bis sie sich das Leben aufgebaut hatten, das sie jetzt führten, aber Raven war froh, Knox in Sicherheit zu wissen. Wenn der Preis dafür war, ihn mit falschem Namen in gebührenpflichtige Onlinekurse einzuschreiben, zahlte sie ihn bereitwillig.

»Hör sofort auf!« Knox schnippte laut mit den Fingern vor ihrem Gesicht herum.

Irritiert blinzelte Raven.

»Ich sehe es, wenn du wieder in deinem Sumpf da oben versinkst. Aber nicht schon beim Frühstück.«

»Ist ja gut.« Er kannte sie gut. Knox' intuitive Gabe war beeindruckend, wenn auch nicht übernatürlicher Natur wie die ihre. Eine Tatsache, für die Raven sehr dankbar war.

In den nächsten Stunden machte sie sich an den Abwasch, räumte gemeinsam mit ihrem Bruder auf und setzte sich dann mit ihm ins Wohnzimmer, um die täglichen Einheiten der Kurse zu absolvieren. Es gefiel Raven, die Klassiker mit Knox durchzugehen. Nicht nur, weil sie so das Gefühl hatte, ihm Normalität zu bieten, sondern vor allem, da sie ihren eigenen Geist dadurch fördern konnte. Es machte ihr Spaß, sich mit englischer Literatur auseinanderzusetzen, auch wenn ihre Vorlieben eigentlich woanders lagen. Aber immerhin lernte sie so die Dinge, die sie während der Zeit nach dem Tod ihrer Mutter verpasst hatte.

»So, und wer stirbt nun im fünften Akt?«, fragte Raven und bedeckte die entsprechende Seite von Knox' Notizen mit den Händen.

»Bei Shakespeare lautet die Antwort grundsätzlich: alle.«

»Knox.«

»Na gut«, seufzte er und raufte sich das Haar. Ein paar Strähnen standen nun ab und ließen ihn aussehen, als stünde sein Kopf in Flammen. »Die Katastrophe endet darin, dass Macbeth getötet und das Land befreit wird – Achtung, Spoiler, falls du es noch lesen wolltest.«

»Sehr gut. Und was ist die Kernaussage des Dramas?«, fuhr sie unbeirrt fort.

Knox runzelte die Stirn und lehnte sich zurück, die Hände hinter dem Kopf verschränkt.

»Ich weiß nicht genau, worauf du hinauswillst.«

Raven lehnte sich vor und griff nach der Karaffe mit Leitungswasser, um ihnen die Gläser erneut zu füllen. »Was wollte dir Shakespeare wohl mit dem Stück mitteilen?«

Er grübelte eine Weile und trank einen Schluck. »Vielleicht konnte er sich nichts Schöneres vorstellen, als mir das Leben zu erschweren?«

Raven funkelte ihn böse an und griff im Geiste nach ihrer Kraft, um damit ein Kissen vom Sofa zu packen. Ein elektrisierendes Prickeln jagte durch sie hindurch, ihr Blick zuckte zum Sofa. Innerhalb eines Sekundenbruchteils traf ihn das Kissen am Hinterkopf.

»Hey! Unfair!«

»Ich weiß nicht, wovon du sprichst.« Sie blickte hinter sich, um ihre vorgebliche Unschuld zu unterstreichen.

»Hätte ich auch so eine coole Fähigkeit, dann würdest du dein blaues Wunder erleben.«

»Ach ja? Welche hättest du denn am liebsten?«, fragte Raven.

Sie versuchte stets, einen normalen Umgang mit Knox in Bezug auf ihre Fähigkeit und die von anderen Mutanten zu pflegen. Er sollte sich weder benachteiligt fühlen noch eine Abneigung gegen ihresgleichen entwickeln.

»Ich glaube, ich finde deine gar nicht schlecht.«

Ihre Augen wurden groß. »Meinst du das ernst?«

Er nickte kräftig. »Klar, wieso nicht? Ich meine, du

kannst unberechenbar sein, aus der Entfernung Dinge bewegen, egal, wie schwer sie sind. Ist doch cool.«

Ernüchterung machte sich in ihr breit. Natürlich meinte er die Telekinese – nicht den anderen, viel gefährlicheren Teil von ihr. Anscheinend las er aus ihrem Gesicht, denn er beugte sich schnell vor und legte ihr die Hand auf den Arm.

»Ich meine, der Rest ist auch toll. Mächtig und so, aber …«

»Ist schon okay«, beschwichtigte Raven ihn und klappte den Block wieder auf, um mit den Aufgaben weiterzumachen.

»R …« Seine Stimme war eindringlich und sanftmütig. Natürlich wollte er sie nicht kränken, das hätte sie niemals von ihm erwartet. Dennoch schmerzte es zu wissen, dass selbst er die verschlingende Macht verdrängt hatte. Obwohl sie es nicht wollte, tat es weh.

»Jetzt hör auf, von der Frage abzulenken«, sagte sie leichthin und kleisterte ein Lächeln auf ihre Lippen. Geschäftig griff sie den Fragenkatalog vom Tisch und öffnete die Datei am Computer, damit sie die nächsten Unterrichtseinheiten abschließen konnten.

Den Rest des Vormittags verbrachten sie mit Englisch, Biologie, Mathe und Informatik, wobei Raven bei Letzterem keine große Hilfe darstellte. Stattdessen ging sie erst eine große Runde Laufen, danach machte sie sich an ihre Trainingseinheiten im Wohnzimmer, wobei sie Knox vermutlich halb in den Wahnsinn trieb. Bei ihren Kickboxübungen trat sie nicht selten gegen Möbel und ließ Dinge zu Bruch gehen. Diese Wohnung war einfach viel zu klein für Kampfübungen, nicht mal einen Boxsack konnte sie aufhängen. Aber die Übungen gehörten zu Ravens Routine. Sie durfte nicht außer Form kommen, wenn jederzeit die Gefahr bestand, dass man sie finden konnte.

Als Knox den Kopf durch die Tür steckte, war sie schweißüberströmt und gerade dabei, einen leichten Ausfallschritt nach hinten zu machen, beide Arme nach oben zu strecken und mit Schwung ihr hinteres Knie hochzureißen.

»Zeig mir, wie das geht«, sagte Knox und betrachtete sie eingehend.

»Nein«, antwortete Raven außer Atem.

Knox seufzte. Er ließ keine Gelegenheit aus, Raven davon zu überzeugen, ihm das Kämpfen beizubringen, aber sie lehnte vehement ab. Sie wollte ihm eine normale Jugend bieten – dazu gehörte definitiv kein Kampftraining.

»Bis auf die paar Selbstverteidigungstechniken, die du mir gezeigt hast, bin ich hilflos, R.«

»Bist du nicht«, gab sie atemlos zurück. Sie machte einen Frontkick mit durchgestrecktem Bein. Dann legte sie eine Pause ein und wischte sich mit einem Handtuch den Schweiß von der Stirn. »Was gibt's?«

Knox kam ins Wohnzimmer und verschränkte die Hände hinter dem Kopf. »Wäre es okay für dich, wenn ich heute Abend zu Markell gehe? Er hat das neue *Dungeon Seeker* und gefragt, ob ich Lust hätte.«

Markell war ihr Nachbar, ein Junge, der ein Jahr jünger war als sie selbst, in der Stadt zur Schule ging und ebenfalls allein wohnte. Als sie eingezogen waren, hatte er keine Fragen gestellt oder sie neugierig beäugt, sondern war freundlich und zuvorkommend gewesen. Er hatte ein ruhiges Wesen, war ziemlich introvertiert und hatte sich mit seiner besänftigenden, schweigsamen Art nach ein paar Monaten mit Knox angefreundet. Man konnte sogar behaupten, er war Knox' einziger Freund und auch der einzige Mensch im Umkreis von hundert Meilen, dem Raven vertraute. »Klar. Aber macht nicht wieder so lange.«

»Würde mir nie in den Sinn kommen.«

Raven hob eine Braue. Beim letzten Mal war sie nachts um drei in eine leere Wohnung gekommen. Nachdem der Schock überstanden gewesen war, war sie nach unten zu Markell gestürmt und hatte die beiden mit geröteten Wangen vor dem Fernseher wiedergefunden.

»Ich komme pünktlich nach Hause«, versprach Knox.

»Du bist vor meinem Schichtende zurück.«

Er presste die Lippen fest aufeinander. »Okay.«

Als er das Wohnzimmer verließ, konnte sie sein Grummeln hören, aber es war ihr gleichgültig. Sie zog Grenzen, die Knox einhalten musste. Dazu gehörte, dass er die Nächte keinesfalls woanders verbringen durfte. Ganz gleich, wie nett Markell auch war. Wenn sie zu Hause war, musste er es auch sein. Sonst würde sie nicht schlafen können, aus Angst, dass ihm etwas zustieß. Die Zeichen der Gefahr trug Raven auf ihrem eigenen Körper. Die Narben, die ihre Wirbelsäule verunstalteten, konnte sie zwar gut verstecken, aber die wulstige Narbe an ihrem Unterarm war eine tägliche Erinnerung an das, was Knox bevorstand, wenn sie sie finden würden. Selbst nach drei Jahren war diese tiefrot, und man sah deutlich, wie nachlässig die Wunde versorgt worden war. Seit sie untergetaucht waren, trug sie nur noch langärmelige Kleidung, um Fragen zu vermeiden.

So schlüpfte Raven in ihre Kluft für ihre Schicht im *Retox* und verabschiedete sich von Knox. Sie zog die Ärmel des Langarmshirts bis zu den Handgelenken runter, trug das Zeichen ihrer Flucht dicht bei sich und verbarg es vor der Außenwelt.

Das *Retox* lag oberhalb der Grenze von Downtown in den East Heights. Es war voll auf den Straßen und die Rushhour in vollem Gange. Mit ihren knappen Shorts war es für Anfang September ziemlich kühl, aber die Kälte wurde durch die Menschenmassen verdrängt. Raven fand es erstaunlich, wie viele Menschen sich auf Coldworth Citys Straßen herumtrieben. Auf den ersten Blick konnte man normale Bürger nicht von Mutanten unterscheiden. Erst wenn man einen Blick auf den Nacken warf, konnte man sich sicher sein. Doch jetzt im Herbst trugen die meisten sowieso Schals oder Halstücher. Raven mochte den Schein, der gewahrt wurde. Auch wenn sie wusste, dass es eben genau das war – eine Fassade. Hinter den Fronten sah es deutlich anders aus. Als Mutant in eine gehobene Stellung zu kommen war ein beinahe unmögliches Unterfangen. Ähnlich sah es mit der Wohnsituation aus. Nahezu alle gepflegten Gebäude waren den normalen Bürgern vorbehalten, denn sie fürchtete man nicht. Aber im Getümmel der Straßen am späten Nachmittag merkte man keinen Unterschied. Eine friedliche Illusion, der sich Raven nur zu gern hingab. Es gab viele Tage, an denen sie sich einfach normal fühlen wollte.

Als sie sich gegen die Tür vom *Retox* stemmte, kam ihr gleich der bekannte Duft nach Holz, Leder und bitterem Alkohol entgegen. Gemischt war das Ganze mit einer Note von gesalzenen Erdnüssen.

»Hey, Matt!«, rief sie im Vorbeigehen und verschwand hinter dem Tresen, um ihre Lederjacke darunter zu verstauen. Im Nu war sie im Arbeitsmodus und verschaffte sich einen Überblick über die Bar. Zwei Kunden befanden sich am Tresen, ihre Gläser waren halb voll und wurden von den lilafarbenen Leuchten über ihren Köpfen beschienen. Insgesamt war das Licht im gesamten Laden dämmrig und in Blau- und Lilatönen gehalten. Die Einrichtung sah im Gegensatz zur extravaganten Beleuchtung eher spartanisch und heruntergekommen aus. Die Barhocker waren größtenteils brüchig und abgenutzt, die Tische brauchten dringend mal wieder eine Politur, aber trotzdem mochte Raven den Laden. Es hatte etwas Beruhigendes an sich, den Leuten zu einem angenehmen Feierabend zu verhelfen – mal abgesehen von den Kriminellen, die sie tagtäglich belauschte.

»Hey.« Matthew knuffte sie in die Seite.

»Was gibt's Neues?«

»Alles beim Alten.«

Mehr würde sie von ihm nicht bekommen, und darüber war sie froh. Matthew war nicht nur ein guter Arbeitgeber, weil er sofort zur Stelle war, wenn jemand einen dummen Kommentar über ihresgleichen abließ – er war außerdem ziemlich wortkarg, was ihr sehr gelegen kam.

Mittlerweile waren sie ein eingespieltes Team. Während Matt für den Abwasch und das Auffüllen der Bestände zuständig war, bereitete Raven die Bestellungen zu und schob ein Getränk nach dem anderen über den Tresen. Für einen Donnerstag war die Bar gegen Abend gut gefüllt. Einige Stammgäste kannte Raven bereits, viele von ihnen ließen ihr ein saftiges Trinkgeld da, nur weil sie sich ihre Lieblingsgetränke merkte. Gleichzeitig versuchte sie, den Leuten Beachtung zu schenken, die sich in die hinteren Ecken der Bar zurückgezogen hatten. Besonders aufmerksam war sie bei einer älteren Frau in Designerklamotten mit strengem Dutt und einem Mann mittleren Alters, der angesichts der bitter verzogenen Lippen seiner Begleiterin ziemlich nervös wirkte. Worüber sich die beiden unterhielten, konnte sie nicht genau verstehen. Einzig die Körpersprache des Kerls wirkte auffällig, ebenso das sichere Auftreten der Frau, die mit ihrem gehobenen Stil und der teuren Kleidung nicht so recht ins *Retox* passen wollte. Raven überlegte gerade, wie sie es am besten anstellen sollte, die beiden zu bespitzeln, als ein kalter Luftzug über ihren Nacken strich.

Sofort versteifte sie sich. Sie wusste nicht genau, woher dieses Gefühl kam, aber irgendwas fühlte sich … verkehrt an. Eine Gänsehaut überzog ihre Arme, und sie war froh um ihr langes Oberteil. Ihre Narben begannen unangenehm zu ziehen, und ein mulmiges Gefühl breitete sich in ihr aus. Raven ließ sich nichts anmerken, öffnete die Bierflasche, die sie gerade in der Hand hielt, schob sie über den Tresen und ließ den Blick dann wie gewohnt durch die Bar schweifen, bis zum Eingang.

Dort stand ein hochgewachsener Typ mit tief ins Gesicht gezogener Kapuze. Er war völlig durchnässt – anscheinend hatte es angefangen zu regnen. Raven wurde sich ihres eigenen Pulses enorm bewusst, ein Surren trat in ihre Ohren und erfüllte ihren Körper. Ihre Kraft bettelte geradezu darum, losgelassen zu werden und das Gesicht des Fremden zu entblößen, doch sie hielt sich mit aller Mühe zurück. Das Bier in ihrer Hand fing an, gefährlich zu wackeln, und sofort riss sie den Blick von ihm los.

Sie bemühte sich um normale Bewegungen, versuchte verzweifelt, ihren Arbeitsfluss beizubehalten, aber gelingen wollte es ihr nicht. Das allein sorgte schon dafür, dass sie den Fremden noch unheimlicher fand. So leicht brachte sie sonst nichts aus der Fassung, aber ihr Gefühl täuschte sie selten.

»Danke, Süße«, lallte der Mann, dem sie das Bier vor die Nase stellte. Sie schenkte ihm ein flüchtiges Lächeln, bevor sie den Blick wieder auf den Eingang heftete.

Der Typ war verschwunden. Ravens Lächeln verrutschte minimal, bis sich jemand seitlich in ihr Sichtfeld schob. Ihr Kopf zuckte herum, und ihr Blick traf auf die durchnässte Kapuze des Kerls. Wie hatte er sich so schnell an die Querseite des Tresens begeben können, ohne dass sie es bemerkt hatte?

Sie drückte die Schultern nach hinten und sah sich nur für den Notfall nach Matt um. Er stand mit verschränkten Armen hinten beim Billardtisch, wo er sich mit einem langhaarigen Biker unterhielt, der auf den Namen Randy hörte, soweit sie sich erinnern konnte. Ihren Chef in der Nähe zu wissen tat gut, obwohl Raven sich selbst verteidigen konnte. Bei dem Typen mit der Kapuze verspürte sie sofort den Instinkt, sich in absehbarer Zeit wehren zu müssen. Er wurde stärker, als sie sich ihm näherte.

»Was darf's sein?«, fragte sie forsch. Vielleicht etwas zu forsch, doch dagegen konnte sie jetzt nichts mehr tun. Sie war in Alarmbereitschaft versetzt, wurde nur noch nervöser, weil sie sein Gesicht nicht sehen konnte.

»Ein Wasser.« Eine dunkle Stimme mit rauem Unterton. Gefährlich und unergründlich, obwohl er bloß zwei Worte gesagt hatte.

Raven musste eine Weile suchen, bis sie das Wasser in den Kühlschubladen gefunden hatte. Im *Retox* wurde nur Alkohol ausgeschenkt. Sie konnte sich nicht mal mehr daran erinnern, wann sie zum letzten Mal eine solche Bestellung zubereitet hatte. Sie scheffelte ein paar Eiswürfel aus der Kühlung. Das Klirren hallte hyperdeutlich in ihren Ohren wider, und sie versuchte die ganze Zeit, das üble Gefühl abzuschütteln. Es gelang ihr nicht.

Mit festen Schritten lief sie zurück und schob das Glas über den Tresen. Er machte keine Anstalten, danach zu greifen. Stattdessen hob er die Hände an die Kapuze und streifte sie sich vom Kopf. Raven sah noch, wie dabei ein paar Tropfen in sein dunkles Haar übergingen, das auf der linken Seite komplett abrasiert war und ihm auf der anderen halblang ins Gesicht hing. Flüchtig bemerkte sie die silberne Kugelkette, die im Ausschnitt seines V-Necks verschwand, aber dann sah sie in sein Gesicht und konnte nicht mehr wegschauen.

Zuerst sah sie in seine Augen. Sie erinnerten Raven an das Ende eines Gewitters: grau und unheilvoll. Doch noch viel auffälliger als sein stürmischer Blick war die Narbe, die quer über sein Gesicht verlief.

Sie fing kurz oberhalb seiner rechten Braue an, zog sich innen an seinem Auge vorbei, über seinen Nasenrücken, und fuhr dann schräg über die linke Wange. Sein Haar, das auf der rechten Seite länger war, verdeckte einen Großteil seines Gesichts, aber man sah die Narbe trotzdem deutlich. Hätte er sie verbergen wollen, hätte er sich die eine Seite seines Schädels nicht rasieren sollen. Es musste eine tiefe Wunde gewesen sein, so breit, wie sie war, aber immerhin war sie sauber verwachsen und schillerte nicht bunt wie ihre eigene. Seine war milchig weiß und hob sich bloß an den Rändern in einem bläulichen Lila vom Rest seines Gesichts ab.

Sie verstand nun, weshalb er die Kapuze nicht heruntergezogen hatte, bis er am anderen Ende des Tresens angelangt war.

»Danke«, sagte der Fremde. Er kniff leicht die Augen zusammen, und Raven fiel auf, wie missbilligend er die Mundwinkel verzog. Wahrscheinlich hatte er gemerkt, wie sie die Narbe angestarrt hatte.

»Kann ich noch etwas für dich tun?«, fragte sie und spürte eine gewisse Art der Verbundenheit mit diesem Typen, obwohl sie vor wenigen Minuten noch gedacht hatte, sie würde ihn in Stücke reißen müssen. Widersprüchliche Impulse tobten in ihr.

Er betrachtete sie eine Weile, und Raven erwiderte seinen unergründlichen Blick. Er wirkte kaum älter als sie, zumindest äußerlich. Seine Züge waren kantig, hatten aber trotzdem etwas Jungenhaftes an sich. Die Narbe wies jedoch darauf hin, dass er schon einiges durchgemacht hatte. Sie ließ ihn härter erscheinen, älter, als er eigentlich sein musste.

»Du könntest tatsächlich etwas für mich tun«, sagte er.

Raven lehnte sich mit den Ellbogen auf den Tresen. »Ich höre.«

Er imitierte ihre Geste und beugte sich ebenfalls vor, bis ihre Gesichter nur wenige Zentimeter voneinander entfernt waren.

»Du könntest aufhören, nachts dein Unwesen in Coldworth City zu treiben.«

Plötzlich verstummte die Musik in Ravens Ohren. »Wie bitte?«

»Du überschätzt dich selbst«, entgegnete er ungerührt. Jetzt bewegte sich sein Blick über ihre Züge, sank herunter zu ihrem Mund, wobei sich sein eigener viel zu nah an ihrem Gesicht befand. Sofort ging Raven auf Abstand.

»Du denkst, was du da machst, sorgt für Recht und Ordnung, aber da liegst du falsch«, fuhr er fort. Nun sank er zurück auf den Barhocker. Er griff nach dem Glas, das inzwischen beschlagen war, und nippte an dem Wasser, ohne den Blick von ihr zu nehmen. »Das ist nur ein Versuch, dir selbst etwas zu beweisen.«

»Ich weiß nicht, wovon du sprichst«, sagte Raven und bemühte sich, ihre Maske der Gleichgültigkeit aufrechtzuerhalten. Bei ihrem Gesicht gelang es ihr ganz gut – das jahrelange Training machte sich bezahlt. Aber bei ihren

Händen sah es anders aus. Ihre Knöchel standen weiß hervor, so fest umklammerte sie das kühle Holz. Es knackte unter ihrem Griff, aber das scherte sie nicht. Sie musste sich zusammenreißen, durfte sich nicht von ihren Gefühlen übermannen lassen. Sonst konnte sie für nichts garantieren.

»Also habe ich mir die letzte Nacht nur eingebildet?«

Raven hielt ihre undurchdringliche Maske aufrecht und lächelte. »Was auch immer du denkst, das zwischen uns gelaufen ist, ich glaube, du verwechselst mich. An dein hübsches Gesicht hätte ich mich bestimmt erinnert.«

Der Fremde runzelte die Stirn und schüttelte langsam den Kopf. »Deine nächtlichen Aktionen sind dir anscheinend ziemlich zu Kopf gestiegen, Raven. Schade eigentlich.«

In einer geschmeidigen Bewegung erhob er sich. Er klemmte einen Schein unter sein Glas und verschwand aus der Bar, ohne sie eines weiteren Blickes zu würdigen.

In ihr explodierte etwas. Ihre Alarmglocken schrillten, ihre Narben schmerzten, und sie umfasste ihren Unterarm, damit es aufhörte. Leider klappte es nicht. Durch ihre Adern floss plötzlich Lava, ihre Gliedmaßen bebten.

Raven.

Er hatte sie *Raven* genannt.

Wenn er ihren Namen wusste – ihren richtigen Namen –, dann konnte er nur zu ihnen gehören.

Sie war aufgeflogen.

Bevor sie überhaupt merkte, was sie tat, riss sie ihre Jacke unter dem Tresen hervor. Mit einem Sprung hechtete sie über die Theke und stieß mit Matt zusammen, der sie perplex musterte. Sie murmelte etwas davon, dass es ihr nicht gut ginge, und in der nächsten Sekunde war sie draußen auf der Straße. Panisch blickte sie sich nach allen Seiten um. Dort!

Sie sah seinen Rücken, die schwarze Jacke mit der Kapuze, die er sich gerade über den Kopf zog. Im nächsten Moment bog er scharf nach rechts ab. Raven spürte nicht einmal den Nieselregen, der auf sie niederging. Zu heiß pulsierte die Kraft in ihrem Inneren, zu umfassend war das Bedürfnis, auf etwas loszugehen und die Energie loszulassen. Raven rannte so schnell sie konnte. Auf der Straße begegneten ihr kaum Menschen, wenige Autos rasten an ihr vorbei. Als sie abbog, schlitterte sie über die Steinplatten.

Die Eile hätte sie sich sparen können. Der Fremde stand seelenruhig in der dunklen Gasse, den Rücken zu ihr gewandt. Die Hände hatte er in den Hosentaschen vergraben, insgesamt wirkte seine Haltung verdächtig locker.

Sofort stieß Raven einen Arm vor und schleuderte ihm ihre Kraft entgegen. Doch bevor der Energiestoß ihn traf, wich er in einem Seitenschritt aus. Ihre Augen weiteten sich, doch sie fasste sich schnell. Wild zuckte ihr Blick durch die Gasse, über die Müllcontainer, und blieb schließlich an ein paar Holzpaletten hängen, die übereinandergestapelt an einer Wand lehnten. Sie krümmte eine Hand, ignorierte das Zittern ihrer Finger und schleuderte den ganzen Stapel mit aller Kraft auf den Kerl. Blitzschnell duckte sich der Fremde, presste die Hände auf den nassen Grund und fuhr herum. Jede seiner Bewegungen strotzte vor Kraft, anscheinend war er ein herausragender Kämpfer.

»Hör zu, ich …«, fing er an, doch Raven unterbrach ihn mit einem Schrei und stürzte sich erneut auf ihn.

Alles in ihr wollte verhindern, dass ihre Vergangenheit

sie einholte. Sie würde nicht wieder eine Gefangene werden. Nie wieder würde sie sich einsperren lassen, das hatte sie sich geschworen, und daran würde sie festhalten bis zum letzten Atemzug.

Sie riss die Faust hoch, wollte gleichzeitig mit der anderen Hand gegen seinen Brustkorb stoßen und ihm eine Ladung telekinetischer Energie verpassen, damit er zu Boden ging – aber es war wie verhext. Bevor sie auch nur den Gedanken formen konnte, hatte er sie bereits mit der einen Hand am Unterarm gepackt, mit der anderen umschloss er ihre Faust und presste ihre Finger fest zusammen. Raven jaulte auf, ihre Gelenke knackten unter seinem Griff. Sie reagierte schnell und warf sich mit ihrem gesamten Körpergewicht zur Seite. Damit hatte er anscheinend nicht gerechnet. Hart prallte er auf die Schulter und ächzte. Raven stürzte sich auf ihn, packte seine Handgelenke und drückte sie zu beiden Seiten seines Gesichts fest auf den Asphalt.

»Wer bist du?«, knurrte sie.

Sie wollte seine Handgelenke auf den Boden schmettern, aber er war schneller. Er nutzte ihren gelockerten Griff sofort und rollte sie herum, bis er sie mit seinem schweren Gewicht auf den Boden pinnte.

»Wade. Schön, dich kennenzulernen«, brachte er zwischen zusammengebissenen Zähnen hervor. Zwar hielt er sie mit Leichtigkeit fest, aber Raven dachte gar nicht daran, kampflos aufzugeben. Gerade wollte sie ihr Bein hochreißen, um ihm in seine Weichteile zu treten, aber wieder schien er zu erahnen, was sie vorhatte. Augenblicklich wurde ihr Bein von seinem Knie auf den Boden gepresst.

»Ich. Werde. Dich. Töten«, knurrte Raven und schlug um sich wie ein wild gewordenes Tier. Jahrelang hatte sie trainiert, nur für den Fall, aus dem Hinterhalt angegriffen zu werden. Und jetzt? War sie unterlegen. Das kannte sie so nicht. Sie hasste es, auf diese Weise die Kontrolle zu verlieren.

Sie holte tief Luft und kniff die Augen zusammen, um den Kern ihrer Telekinese zu finden und festzuhalten. In der nächsten Sekunde riss sie die Lider wieder auf und lächelte hämisch. Allerdings war er auch diesmal schneller. Mit einer abrupten Bewegung rollte er sich von ihr herunter. Raven schaffte es gerade noch, die Arme gekreuzt vor ihr Gesicht zu reißen, als die Holzpalette auf sie niederging und in unzählige Einzelteile zerbarst.

Ihr Kopf schwirrte von dem heftigen Aufprall, nur schwerfällig kam sie auf die Beine. Noch in der Hocke hielt sie beide Arme vor ihr Gesicht, um sich vor dem Fremden zu schützen.

»Ich will dir nichts Böses, Raven.«

Sie fuhr herum und schlug mit der Faust nach ihm. Wieder fing er sie im Flug ab. Sie gab ein frustriertes Geräusch von sich, täuschte mit der rechten Faust einen Hieb an, schwang gleichzeitig mit der Linken nach vorne, und als hätten sie die Situation einstudiert, wich er aus. Es war wie ein Tanz – jeden ihrer Schläge und Tritte parierte er, immer, wenn sie nach ihrer Kraft greifen wollte, schlug er so hart zu, dass ihr vor Schmerz die Luft wegblieb. Er wollte einfach nicht zu Boden gehen, ganz gleich, wie heftig ihre Fäuste auf ihn niedergingen. Sie traf ihn ja nicht einmal richtig!

»Du bist einer von ihnen«, stellte sie atemlos fest. Etwas Feuchtes, Warmes lief ihre Schläfe herunter. Es scherte sie nicht. »Deshalb auch das da.« Mit einer wüsten Geste deutete sie auf sein Gesicht.

Sein Blick lag fest auf ihr. Er war nicht einmal außer

Atem. »Ich gehöre nicht zur *Advanced Interference Defence,* falls du das meinst.«

Beim Namen der Organisation, die sie und Knox fast das Leben gekostet hatte, brannten ihre Sicherungen vollends durch. Sie hechtete nach vorne und fand sich in seinem unnachgiebigen Griff wieder, ohne zu wissen, wie er sie so schnell hatte herumreißen können. Seine Arme spannten über ihrem Oberkörper, drückten ihr die Luft aus den Lungen. Seine Hände umklammerten ihre Unterarme schmerzhaft.

»Lass mich los«, sagt sie tödlich leise. Sie rief im Geiste nach ihrer Kraft, aber Wade ließ ihr keine Chance, nach Gegenständen zu suchen, die sie gegen ihn schleudern konnte. Jedes Mal, wenn sie kurz davorstand, drückte er fest zu. Sie bekam keine Luft mehr.

»Hör mir zu …«

Sie rammte ihm den Ellbogen in den Magen und nahm sein Stöhnen wohlwollend zur Kenntnis. Gleich darauf wirbelte sie herum und holte zu einem Tritt aus. In der nächsten Sekunde verschwand der Boden unter ihren Füßen, und sie prallte mit dem Rücken auf den Asphalt. Ihr Hinterkopf schlug hart auf, und die Luft entwich ihr mit einem Keuchen. Bunte Sterne tanzten vor ihren Augen. Sie blinzelte mehrfach, und als sich ihre Sicht wieder normalisierte, sah sie ihn breitbeinig über sich stehen. Er hatte die Arme vor der Brust verschränkt und blickte sie von oben herab an.

»Versuch noch einmal, mich anzugreifen, und die ganze Stadt wird erfahren, was du in Wirklichkeit bist«, zischte er.

Konnte das wahr sein? Wusste er, was tatsächlich in ihr schlummerte? Dass sie in der Lage war, die halbe Stadt in Schutt und Asche zu legen, wenn sie ihre Kraft wiedererwecken würde? Mit Sicherheit nicht. Das war nicht möglich. Das konnte er nur wissen, wenn er zur AID gehörte.

»Du wirst jetzt kooperieren. Verstanden?«

Er beugte sich ein Stück zu ihr herunter und reichte ihr die Hand. Raven starrte auf die Schwielen in seiner Handinnenfläche, seinen Arm hinauf bis hin zu seinem Gesicht. Tropfen perlten von seiner Haut, liefen aus seinem Haar, und obwohl er die ganze Zeit die Kapuze aufgehabt hatte, war es triefnass. Vermutlich sah sie nicht anders aus. Kalt war ihr trotzdem nicht, dafür pulsierte das Adrenalin zu heftig durch ihren Körper. Sie ignorierte seine angebotene Hilfe und erhob sich langsam vom Boden.

»Du bist nicht unbesiegbar, Raven«, sagte der Fremde, und wieder zuckte sie zusammen. Sie war es nicht gewohnt, jemanden ihren richtigen Namen aussprechen zu hören. Einzig Knox hatte das in den letzten Jahren getan.

»Was willst du von mir?«, fragte sie. Ihr Körper blieb unter Anspannung, sie war bereit, jederzeit wieder auf ihn loszugehen.

»Ich will, dass du mir zuhörst.«

»Dann sprich.«

»Nicht hier. An einem Ort, wo wir ein bisschen ungestörter sind.«

Was auch immer es mit ihm auf sich hatte, ob er ein Mutant war oder nicht: Mit seinen Kampfkünsten war er ihr weit überlegen. Daran konnte auch ihr tägliches Training nichts ändern. Wenn sie heil aus der Situation herauskommen wollte, musste sie sich seinem Willen beugen. Zumindest so lange, bis er mit der Sprache herausgerückt war. Und bis dahin würde sie seine Schwachstelle finden und ihn windelweich prügeln.

Seine Stimme riss sie aus ihren Rachefantasien: »Hast du Hunger?«

3. KAPITEL

Sie hatte verneint, trotzdem hatte der Fremde darauf bestanden, sie in ein nahe gelegenes Fast-Food-Restaurant zu schleppen. Raven hatte gar keine andere Wahl gehabt, als sich ihm gegenüber auf die mit rotem Kunstleder bezogene Bank zu setzen und abzuwarten, bis er mit der Sprache herausrückte.

Er ließ sich Zeit, was Raven nervös machte. Zusätzlich zu ihrer stetigen Alarmbereitschaft schmerzte ihr Körper so ziemlich überall. Das musste sie ihm lassen – er war ein herausragender Kämpfer. Was sie zu der sicheren Annahme brachte, dass er ein Mutant war. Aber welche Kraft besaß er wohl? Eine Kinese schien es nicht zu sein, dafür wirkte er zu berechnend und sicher in seinen Bewegungen. Auch jetzt wirkte er ruhig und gefasst und beobachtete sie schweigend. Im Gegensatz zu ihr hatte er kaum Spuren ihres Kampfs davongetragen. Einzig seine Wange war an der Stelle gerötet, wo sie ihn mit ihrer Faust gestreift hatte. Allerdings war das kaum erkennbar, viel zu sehr lenkte die breite Narbe davon ab.

Nach ein paar Minuten beugte er sich vor und nippte an dem Wasser, das er bestellt hatte. Sie selbst hatte sich für einen Milchshake entschieden. Vielleicht würde der Zucker ihre zitternden Hände beruhigen.

»Warum sind wir hier?«, fragte Raven, als sie sein Schweigen und das Starren nicht länger aushielt.

Seine Gesichtszüge blieben verschlossen. »Weil du mich an einem öffentlichen Ort wohl kaum erneut niederreißen wirst.«

Sie schnaubte verächtlich. Der Kerl kannte sie nicht. Er

hatte keine Ahnung, zu was sie imstande war, wenn ihr Leben auf dem Spiel stand.

»Komm zum Punkt, Scarface.«

Jetzt flackerte etwas in seinem Gesicht auf. Es huschte so kurz darüber, dass Raven es nicht richtig deuten konnte.

»Ich gehöre dem Untergrund an.«

Sie verschluckte sich an ihrem Milchshake und hustete ausgiebig.

»Was?«, krächzte sie.

Sie hatte Gerüchte über die Mutanten gehört, die sich einer geheimen Rebellengruppe angeschlossen hatten, aber insgeheim hatte sie das stets für Hirngespinste gehalten.

»Ich gehöre einer Untergrundorganisation an, die sich für die Gleichberechtigung von Mutanten und Menschen einsetzt. Wir wollen dich rekrutieren«, erklärte Wade und verzog dabei keine Miene. Er schien ihre Reaktion abzuwarten.

»Und das sagst du mir einfach so? Nachdem wir uns gegenseitig beinahe umgebracht haben?«, entfuhr es ihr.

Raven hatte keine Ahnung, wie sie mit diesem Kerl umgehen sollte. Zumal sie ihn nicht einfach angreifen und ohnmächtig schlagen konnte, da er mit Sicherheit eine Art Gedankenleser oder dergleichen war. Sie fühlte die nahezu elektrische Spannung, die von ihm ausging.

»Du hättest niemals die Gelegenheit bekommen, mich auch nur bewusstlos zu schlagen«, erwiderte er ungerührt.

Raven hob die Brauen und verschränkte die Arme vor der Brust. Ein Fehler. Bereits jetzt spürte sie die Blutergüsse an ihren Unterarmen. Ihre Haut würde in den kommenden Tagen wie ein abstraktes Kunstwerk aussehen.

»Mit deinem Ego könntest du bestimmt ganze Gebäude füllen.«

»Sagt diejenige, die nachts umherzieht und Verbrechern in einer Kapuzenjacke gegenübertritt.«

Raven spürte, wie Hitze ihren Hals hinaufkroch, ihre Hände verkrampften sich. »Seit wann verfolgst du mich?«

Seine Züge blieben undurchdringlich. »Wir haben deine Aktivitäten seit geraumer Zeit verfolgt. Es gibt kaum Mutanten, die nicht davor zurückscheuen, ihresgleichen zu verraten.«

»Wenn es als Verrat gilt, üble Verbrechen zu verhindern, trage ich diesen Titel gern.«

Er lehnte sich mit den Armen auf den Tisch, seine Haltung war locker und entspannt. Er wusste, wie überlegen er ihr in dieser Situation war. Das spiegelte sich in jeder seiner Gesten wider, und auch in der Art, wie er sie ansah.

»Du könntest mehr mit deiner Gabe tun, Raven. Viel mehr.«

Nun kniff sie sich ins eigene Fleisch, alle Muskeln ihres Körpers schrien nach Flucht und verspannten sich, bis es wehtat. Ihren Namen aus dem Mund dieses Fremden zu hören versetzte sie in unerklärliche Panik. Wenn er wusste, wer – oder, noch schlimmer, was sie war, dann war es nur noch eine Frage der Zeit, bis sie und Knox wieder auf der Flucht waren.

»Wir bieten dir Schutz. Schutz, einen monetären Ausgleich und …«

»Mach mal halblang«, unterbrach sie ihn. Die Mutter am Tisch, der ihrem am nächsten war, drehte sich bei ihren lauten Worten zu ihr um. Ihr Sohn war gerade dabei, mit den Gurken seines Burgers um sich zu schmeißen. Raven warf ihr einen Blick aus zusammengekniffenen Augen zu, und sofort sah die Frau wieder weg.

Sie musste erst ihre Gedanken sortieren, bevor sie auch nur in Erwägung zog, dass er die Wahrheit sagte. »Woher kennst du meinen Namen?«, fragte sie mit gesenkter Stimme.

»Wir haben Zugang zu Informationen.«

»Nicht besonders vertrauenswürdig. Woher weiß ich, dass du nicht zur AID gehörst, mich in der nächsten Sekunde betäubst und verschleppst?« Sie umfasste den Pappbecher fester, genoss die Kälte, die in ihre Glieder drang und dafür sorgte, dass das Kribbeln verschwand.

»Die AID ist hierfür verantwortlich. Ich hasse sie mindestens genauso sehr wie du«, entgegnete er und fuhr sich mit der Hand über die Wange.

»Das bezweifle ich.« Raven berührte den Stoff ihres Shirts, zeichnete die Narbe nach, die sie dem Forschungslabor zu verdanken hatte. Bilder flackerten vor ihrem geistigen Auge auf, unzählige Schläuche, die aus ihrem Körper ragten. Eine Erinnerung des Schmerzes durchfuhr sie, und sie zuckte zusammen. Sie brauchte einen Moment, bis sie ihr Gegenüber wieder ansehen konnte.

»Glaub mir, wir haben einige Leute bei uns, denen Ähnliches widerfahren ist.«

Auch das bezweifelte sie. Niemand war vor ihr und Knox aus den Laboren entkommen, und soweit sie wusste, war es auch danach niemandem mehr gelungen. Wer einmal von der AID in Gewahrsam genommen wurde, der blieb dort, bis er tot war. Ebenfalls eine Tatsache, die sie miterleben musste. Die Gesichter der Toten zogen an ihr vorbei, und sie schluckte hart.

»Du hast mir immer noch nicht gesagt, was ihr von mir wollt.«

»Wir glauben, du könntest eine Bereicherung für unser Team sein«, sagte er schlicht.

»Warum?«

»Weil du deine Gabe beherrschen kannst, ohne daran zu vergehen.«

Sie senkte den Blick auf ihren Milchshake. »Ich glaube, du verwechselst mich mit jemandem.«

»Tue ich nicht.«

»Du kennst mich nicht – du hast keine Ahnung von dem, was ich getan habe. Zu was ich in der Lage bin.« Ihre Stimme war monoton geworden, kalt. Erinnerungen wollten ihre Sicht verschleiern, aber sie wehrte sich dagegen. Jetzt war nicht der richtige Zeitpunkt, um sentimental zu werden. Sie holte tief Luft und richtete ihren Blick wieder auf Wade.

»Ich habe selten jemanden gesehen, der Telekinese mit solcher Leichtigkeit beherrscht. Und dann ist da noch der Rest«, fuhr er langsam fort.

Ihre Kehle wurde trocken. Jedes Mal, wenn sie glaubte, sich wieder im Griff zu haben, sagte er wieder etwas, das an ihrer Maske kratzte.

»Bitte«, sagte sie fest. »Bitte lass mich einfach in Frieden.«

»Das kann ich nicht«, widersprach er ihr mit gefurchter Stirn, als würde er etwas völlig Widersprüchliches tun. »Ich habe den Auftrag, dir zumindest ein Angebot zu unterbreiten.«

»Dann komm zum Punkt.« Sie besann sich darauf, nichts weiter zu sagen. Aus jeder Information, die sie preisgab, würde er seine Vorteile ziehen können, während sie keine Ahnung hatte, wem sie eigentlich gegenübersaß.

»Ich weiß, was du bist. Und ich habe keine Angst vor dir. Ich glaube sogar, du könntest eine der wenigen sein, die das Ps–«

»Pscht!«, unterbrach sie ihn. Sie stand kurz davor, seinen Kopf gegen die Wand zu schlagen, damit er das Bewusstsein verlor. Sie hatte nicht jahrelang unter falschen Identitäten gelebt, um von einem Irren in einem Fast-Food-Restaurant entlarvt zu werden.

Er beugte sich ein Stück vor und senkte die Stimme, bis sie ihn kaum mehr verstand. »Mit ein bisschen Training könntest du es schaffen, das Psi zu kontrollieren.«

Ihre Kehle wurde trocken, sie blickte sich unauffällig um. Niemand wusste, dass sie eine Psi war. Niemand. Einzig die AID hatte gewusst, was sie war.

»Unser Ziel ist es, dir zu helfen. Du sollst nicht dein Leben verpassen, weil du ständig auf der Flucht bist. Niemand sollte so leben, Raven. Denk doch an Knox.«

Sie erdolchte ihn mit ihren Blicken. Er wusste von ihrem Bruder. Er kannte sogar seinen Namen. Sie schwankte zwischen Fluchtgedanken und mordlustigen Vorstellungen, wie sie ihm ihren Strohhalm bestmöglich ins Auge rammen konnte. Unauffällig bewegte sie die Hand.

»Denk gar nicht dran«, warnte er sie mit einem Blick auf ihren Milchshake.

»Wie machst du das?«, entfuhr es ihr.

Er schüttelte leicht den Kopf. »Das verrate ich dir vielleicht ein andermal.«

Raven ließ von ihrem Strohhalm ab, legte ihn beiseite und schraubte den Deckel ab, damit sie den Rest austrinken konnte. Nachdem sie den Pappbecher wieder abgestellt hatte, schüttelte sie den Kopf. »Nein.«

»Du solltest dir das Angebot wenigstens anhören.« Noch immer blickte er sie undurchdringlich an, aber inzwischen war seine Haltung nicht mehr ganz so entspannt.

»Ich habe einen Job. Eine Wohnung, einen geregelten Tagesablauf und jemanden, um den ich mich kümmern muss.« Wieder schüttelte sie den Kopf und erhob sich langsam. »Tut mir leid, aber ich werde nichts davon aufs Spiel setzen für irgendeine angebliche Organisation, die sich für eine Sache einsetzt, die keinen tieferen Sinn hat.«

Seine Stirn war in Furchen gelegt. Mit dieser Antwort hatte er nicht gerechnet. Also war er wohl doch kein Gedankenleser. »Was soll ich meinen Vorgesetzten sagen?«

Raven schlüpfte in ihre Lederjacke und befreite ihren Zopf aus dem Kragen. »Danke für den Milchshake.«

Mit diesen Worten ließ sie ihn sitzen. Sie drehte sich noch einmal flüchtig um, um einen Blick auf seinen Nacken zu erhaschen, doch er hatte sich ebenfalls nach ihr umgedreht. Ihre Blicke verfingen sich, und Raven spürte wieder dieses unheilvolle Kribbeln.

In dieser Nacht zog sie nicht noch einmal los.

4. KAPITEL

In den nächsten Tagen grübelte Raven über die folgenschwere Begegnung mit dem Fremden nach. Sie saß ihr immer noch tief in den Knochen. Nachts traute sie sich nicht mehr raus, von der Arbeit ging sie direkt nach Hause und verbrachte die Abende mit Knox und manchmal mit Markell, der sie dazu zwang, eines seiner Konsolenspiele mit ihm zu spielen, wobei sie sich sogar ziemlich gut anstellte. Allerdings war es aussichtslos – nichts konnte ihre Gedanken von Wade und der Tatsache ablenken, dass sie gefunden worden war.

Was, wenn er gelogen hatte? Wenn er ein Teil der AID war und die Aktion nur dazu diente, sie aus der Reserve zu locken? Wobei sie im *Retox* schon öfter von einer Untergrundorganisation gehört hatte, die sich für die Gleichberechtigung von Mutanten einsetzte. Allerdings hatte sie diesen Gerüchten nicht viel Aufmerksamkeit geschenkt. Schließlich bestand das Friedensabkommen zwischen Menschen und Mutanten seit den Neunzigern – also inzwischen über zwanzig Jahre. Darin war festgelegt, dass beide gleichberechtigt waren, solange die Mutanten ihre Fähigkeiten nicht böswillig gegen Menschen einsetzten. Zumindest war das die Kernaussage des Regelwerks, das mehrere Hundert Seiten umfasste. Auch Psi, wie Raven eine war, waren laut dem Abkommen gleichberechtigt. Trotzdem fürchtete man sie noch mehr als die anderen Mutanten. Der Grund dafür war offensichtlich: Es existierten wenige Psi, die ihre Kräfte kontrollieren konnten. Auch Raven war die Fähigkeit zum Verhängnis geworden. Als ihr Körper begann, mehrere Gaben zur selben

Zeit zu entwickeln, war sie schlichtweg überfordert gewesen, bis sie die Kraft nicht mehr in sich behalten konnte und die halbe Wohnung in die Luft gejagt hatte. Das war der Grund dafür gewesen, dass die Forschungslabore auf sie aufmerksam geworden waren. Sie hatten versprochen, ihr zu helfen, ihr die zerstörerische Kraft zu nehmen. Raven hatte den Experimenten zu Forschungszwecken zugestimmt. Sie hatte helfen wollen, ihresgleichen eine friedvolle Zukunft zu ermöglichen.

Geblieben waren ihr nur Narben und ein paar falsche Namen.

»Ich glaube, das Glas ist so gut poliert, dass sogar Englands Kronprinz daraus trinken könnte«, erklang Matthews Stimme dicht neben ihr.

Ravens Sicht klärte sich, und sie schüttelte sich die Erinnerungen aus dem Kopf. »Sorry, Matt.«

»Ist alles in Ordnung?« Sein Blick war forschend, die Stirn gerunzelt. Seit sie am Donnerstag so überstürzt verschwunden war, war er misstrauisch. Er wusste, dass irgendwas nicht stimmte, drängte Raven aber nicht dazu, ihm zu erzählen, was sie belastete. Sie wünschte sich sehr, sich irgendjemandem anvertrauen zu können. Doch sie wusste, dass sie diesen Kampf allein ausfechten musste.

Wir bieten dir Schutz, Raven, hallte es in ihren Ohren wider.

Sie hatte ihn nicht aussprechen lassen wollen, aus Angst, dass das Angebot sie hätte reizen können. Doch vorrangig musste sie an Knox denken. Daran, wie sehr er sich ein normales Leben wünschte. Da käme ihr die Unterkunft bei Rebellen nicht gelegen, es passte nicht in den Plan, den sie für Knox und sich aufgestellt hatte.

An diesem Abend bot Matt ihr an, früher nach Hause zu gehen, doch Raven blieb bis zum Schluss. Sie brauchte die Routine, und außerdem war sie auf das Trinkgeld angewiesen, da Anfang der Woche eine hohe Stromrechnung bei ihr eingetrudelt war, mit der sie nicht gerechnet hatte.

Nachdem kurz nach ein Uhr morgens der letzte Gast verschwunden war und sie den Laden aufgeräumt hatten, trat Raven hinaus in die Nacht. Sie betrachtete ihren Atem, der als dünne Wolke in der Luft hing, und vergrub die Fäuste in den Taschen ihrer Lederjacke. Wenn sie sonst einer heißen Spur hinterherjagte, zog sie sich um und lief durch schmale, dunkle Gassen oder Nebenstraßen, um von niemandem entdeckt zu werden. Auf dem Rückweg verbarg sie ihr Gesicht dann nicht mehr hinter Schal und Kapuze, wenn sie an den Hauptstraßen entlanglief. Doch in den letzten Tagen hatte sie auf die nächtlichen Streifzüge verzichtet und stets Uptowns Hauptstraßen genommen, um den Schein zu wahren – nur für den Fall, dass sie noch immer unter Beobachtung stand. Sie war eine normale Bürgerin, die nach einer anstrengenden Nacht nach Hause wollte. Nicht mehr und nicht weniger.

Raven genoss den kleinen Spaziergang, sog die flackernden Lichter der Nacht förmlich in sich auf und versuchte, ihren Kopf zu klären. Dabei half ihr der Anblick der hohen Gebäude, an denen sie vorbeikam. Selbst nach drei Jahren faszinierten sie die in die Höhe ragenden Fassaden. Daneben kam sie sich klein vor, beinahe unbedeutend. Sobald sie mit der Masse verschmolz, verschwand die Angst, die ihr stets im Nacken saß. Sie kehrte nur dann zurück, wenn sie eine Minute Ruhe hatte. Aber die vorbeifahrenden Autos, das Hupen und der lebendige Betrieb der Stadt brachten ihren Kopf zum Schweigen.

Es dauerte nicht lange, bis sie zu Hause ankam. Sie nahm zwei Stufen auf einmal und bemühte sich, die knarrenden Treppen auszulassen, um niemanden im Wohnhaus zu wecken. Oben angekommen, kramte sie ihren Haustürschlüssel aus der Tasche und wollte ihn gerade ins Schlüsselloch stecken, da stockte ihr der Atem.

Die Tür war einen Spalt geöffnet.

Ravens Herz setzte für einen Moment aus. Ihre Hand verkrampfte sich schmerzhaft um das kühle Metall. Wade musste gelogen haben. Mit Sicherheit war er Teil von AID und nun bei ihr eingebrochen, um sie zu holen.

Raven reagierte schnell. Sie stopfte den Schlüssel zurück in ihre Tasche und trat ganz normal in die Wohnung. Dann schloss sie die Tür hinter sich und steckte den Schlüssel von innen ins Schlüsselloch, wie sie es jeden Abend tat. Der Angreifer sollte nicht so schnell aus der Wohnung verschwinden können, wie er hereingekommen war.

Es brannte kein Licht – ein weiterer Hinweis darauf, dass etwas nicht stimmte. Egal, wie oft sie es Knox sagte: Er ließ immer irgendein Licht für sie brennen, damit sie sich nicht an den Möbeln stieß, wenn sie nachts nach Hause kam.

Raven lauschte. Kein Geräusch war zu hören, nicht einmal Knox' tiefe Atemzüge drangen an ihre Ohren. Es war zu still, geradezu gefährlich ruhig. Die Ruhe vor dem Sturm.

Raven zögerte einen Moment. Sie konnte schlecht nach Knox rufen, also musste sie versuchen, ihn auf andere Weise zu erspüren. Sie war sich nicht sicher, ob es eine gute Idee war, ihre untrainierte Fähigkeit zum Einsatz zu bringen, aber eine andere Möglichkeit sah sie nicht. Sie nahm einen tiefen Atemzug und schloss die Augen. Im Geiste tastete sie nach ihrem Bruder und versuchte, seine Präsenz zu spüren. Sie öffnete ihren Geist für ihn. Es fühlte sich an, als traten kleine Fühler aus ihr heraus, die nach ihm tasteten. Sie spürte seine Präsenz im Wohnzimmer, klar und deutlich, doch dazu mischte sich ein anderer Umriss. Es war wie ein verschwommenes Bild. Etwas, das sie nicht greifen konnte, von dem aber gleichzeitig eine enorme Gefahr ausging. Abrupt wurde die Verbindung gekappt, und ihr Geist verschloss sich wie von selbst. Zu willkürlich war diese Telepathie, sie hatte den Umgang nie richtig gelernt und verlor die Kontrolle darüber. Wenigstens wusste sie jetzt, dass Knox lebte. Für Erleichterung blieb allerdings keine Zeit. Raven drückte sich an der Wand entlang. Die Tür zum Wohnzimmer war weit geöffnet, beinahe wie eine Einladung.

Raven hob ihre Handflächen empor und stoppte den Instinkt, ihre Kraft zu unterdrücken. Sie ließ das vertraute Brodeln in ihren Adern zu, konzentrierte sich auf die Telekinese, jederzeit bereit, jemanden durch die Luft zu schleudern. Mit erhobenen Händen trat sie ins Wohnzimmer.

Es war dunkel, einzig die Silhouetten vor dem Fenster brannten sich in ihr Sichtfeld. Von hinten schien das gelbliche Licht der Straßenlaterne durchs Fenster und warf riesige Schatten auf Raven. Ihre Schultern verspannten sich.

Es war nicht Wade, der eine Hand locker auf Knox' Schulter hielt.

»Schön, dich wiederzusehen.«

Es war der Mutant mit dem Ledermantel, dessen Drogenlieferung sie hatte auffliegen lassen. Seine Haare waren strähnig und hingen leblos herunter. Im Dunkeln traten seine Augen deutlich hervor, es wirkte, als trieb kühler Nebel in ihnen. Ein Luftzug strich durch den Raum und ließ ihren geflochtenen Zopf über die Schulter nach hinten wehen.

»Lass ihn sofort los.« Raven bemühte sich nicht einmal, ihre Wut zu unterdrücken. Ihre Stimme zitterte nicht. Vielmehr war sie tödlich ruhig und gefasst.

Sie sah, wie sich die Finger des Mutanten in Knox' Schultern bohrten, doch ihr Bruder verzog keine Miene. Seine Augen lagen fest auf Raven, sie waren geweitet, aber sonst zeigte er mit keiner Regung, was in ihm vorging. Sie legte alles an Gefühl in ihren Blick und unterdrückte den Impuls, ihren Geist für ihn zu öffnen, um ihm klarzumachen, dass sie ihn heil hier rausbringen würde. Sie durfte keinen Gebrauch von ihrer Telepathie machen, wenn sie vorhatte, diesem Typen mittels Telekinese den Garaus zu machen. Eine zweite Kraft daneben zu kontrollieren grenzte an Unmöglichkeit. Womöglich würde sie dadurch nur alles schlimmer machen.

»Du hast mich ganz schön in die Scheiße geritten, Kleiner«, spie der Mutant ihr entgegen. »Harrison war nicht begeistert über mein Versagen.«

Nun hob er seine andere Hand und wackelte mit den Fingern. Oder vielmehr mit dem, was von ihnen übrig war. Blutige Stummel waren zu erkennen, ein vergilbter Verband zog sich über seinen Handrücken und die Stellen, wo Harrison seine Wut abgelassen hatte. An den verbliebenen Fingern hatte man ihm die Nägel herausgerissen, sie waren blutverschmiert und wirkten im fahlen Schein nahezu schwarz.

»Das war nicht meine Absicht«, meinte Raven ehrlich und tat einen weiteren Schritt ins Wohnzimmer.

»Bleib, wo du bist!« Ein weiterer Luftzug ging durch den Raum, Knox' Haare wurden nach vorne geweht. Er taumelte ein Stück. Sofort riss der Mutant ihn wieder an sich, und ihr Bruder verzog das Gesicht.

Das reichte. Raven riss ihre Arme hoch und stieß Knox

mit ihrer Kraft beiseite. Er flog rücklings aufs Sofa und gab ein Ächzen von sich, im nächsten Moment stürzte Raven sich auf den Mutanten. Es war kein präziser Angriff, sondern purer Instinkt. Ihr Herz schlug heftig, und von der sonstigen Aufregung, die sie vor einem Kampf verspürte, war nichts zu spüren. Knox war in Gefahr. Das war der einzige Gedanke, der in ihrem Kopf vorherrschte.

Sie riss den Typen nieder, gemeinsam gingen sie zu Boden. Er war größer als sie, und sie musste sich anstrengen, aber sie schaffte es. Sie vergrub die Finger in seinem schmuddeligen Hemd, um die Oberhand zu behalten. Ihre Knie schlugen hart neben seinen Seiten auf. In der nächsten Sekunde riss sie die Faust in die Luft und schlug zu. Sein Kiefer knackte, und sein Kopf flog unter dem Aufprall zur Seite. Raven riss die andere Hand hoch und griff mit ihrer Kraft nach dem erstbesten Gegenstand, den sie zu fassen bekam. Der Fernseher erhob sich, doch bevor sie ihn auf den Mutanten schleudern konnte, flog sie in hohem Bogen durch den Raum. Mit dem Rücken prallte sie gegen die Holzkommode auf der anderen Seite des Zimmers und hörte das Holz bersten. Es klang unnatürlich laut in ihren Ohren. Ihr Steißbein brannte und pochte wie verrückt, doch der Schmerz verschwamm hinter ihrer Wut.

Dieser verfluchte Mistkerl!

Im Nu hatte sich der Mutant erhoben und bewegte vorsichtig den Kiefer. Er fasste sich mit der verstümmelten Hand an die Stelle, wo sie ihn getroffen hatte, und kniff die Augen zusammen.

»Das wirst du mir büßen.«

Raven blickte sich panisch um und riss die Hand hoch, um mit ihrer Kraft nach den Stiften auf dem Wohnzimmertisch zu greifen. Sie erhoben sich langsam, alle mit der Spitze auf den Mutanten gerichtet. Raven ballte die Hand zur Faust und stieß sie dann geöffnet nach vorne. Wie Pfeile schossen die Stifte direkt auf ihn zu. Er kreuzte die Arme vor dem Gesicht und parierte den Angriff mit einer Windsalve, die die Stifte zurückjagte. Mit einer wegwerfenden Bewegung strich Raven sie fort. Leise klappernd fielen sie zu Boden. Im nächsten Moment hechtete sie nach vorne, beide Handflächen nach dem Mutanten ausgestreckt. Sie packte mit ihrer Kraft alle harten Gegenstände, die sie zu fassen bekam, und schleuderte sie ihm entgegen. Sie kamen unkoordiniert an und nicht in der Reihenfolge, die Raven sich gewünscht hätte, aber immerhin traf ihn der Fernseher mit Wucht am Oberkörper. Sein Ächzen klang wie Musik in ihren Ohren. Allerdings wollte er einfach nicht zu Boden gehen. Er krümmte die Finger, das Gesicht vor Wut verzerrt, und beschwor heftigen Wind herauf. Für einen kurzen Moment zuckte Ravens Blick zu Knox, der noch immer beim Sofa kauerte, die Augen schreckgeweitet.

Sofort wurde sie für diesen Moment der Ablenkung bestraft.

Raven wurde mit solcher Wucht erfasst, dass sie durch die Tür in den Flur geschleudert wurde. Der Aufprall raubte ihr den Atem, und für ein paar ellenlange Sekunden konnte sie nur flackernde Sterne sehen. Als sich ihre Sicht wieder normalisiert hatte, erkannte sie verschwommen, wie der Mutant sich vor ihr aufbaute. Etwas Silbernes blitzte in seiner Hand auf, vermutlich ein Messer. Sie biss die Zähne zusammen und blinzelte, immer und immer wieder, um klar sehen zu können.

»Ist nicht nett, so durch die Gegend geschleudert zu werden, nicht wahr?«, spottete er.

Knox. Du musst Knox hier rausbringen, wiederholte sie in Gedanken wie ein Mantra. Sie drückte die Hände auf den Boden, damit sie mit den Beinen hervorschnellen konnte. Leider nicht schnell genug – der Mutant packte ihr Bein und riss sie nach vorne. Ihr Knie knirschte gefährlich, und Raven holte scharf Luft. Der Typ kam mit seinem Gesicht dicht an ihres, und eine Woge Alkoholatem schlug ihr entgegen.

»Ich werde deinen kleinen Freund aufschlitzen, dich zusehen lassen und dann …«

Weiter kam er nicht. Raven verpasste ihm eine heftige Kopfnuss, die sie selbst bunte Lichter sehen ließ. Sie schoss hoch, ignorierte den stechenden Schmerz in ihrem Bein und den Schwindel. Im nächsten Moment riss sie einen Ellbogen hoch und rammte ihn mit voller Wucht gegen seinen Kehlkopf. Der Mutant fasste sich mit der ramponierten Hand gegen den Hals und gab ein Röcheln von sich. Es verwandelte sich in ein verzerrtes Knurren, und Raven spürte, wie er allmählich die Fassung verlor. Der Wind um ihn wurde stärker und zerrte an ihrer Kleidung. Die Jacken flogen von der Garderobe im Flur, Möbel schabten geräuschvoll über den Boden. Die Wohnung schien kopfzustehen, so sehr wackelten die dünnen Wände.

Der Mutant taumelte ein Stück zurück, wurde von seiner eigenen Kraft ergriffen. Als er sie ansah, waren seine Augen schneeweiß. Doch diesmal zogen sich dunkle Adern über seine Lider und unter seinen Augen entlang bis zu seinen Wangen. Der Druck des Windes, der aus seinem Körper strömte, wirkte, als würde er jeden Moment explodieren. Der Schrei, den er kurz darauf ausstieß, war so ohrenbetäubend, dass sie glaubte, er würde ihren Gedanken in die Tat umsetzen.

»Knox! Raus hier!«, schrie sie aus vollem Hals, doch der pfeifende Wind verschluckte ihre Stimme.

Raven wich im Flur weiter nach hinten bis zum Badezimmer, damit Knox den Weg für seine Flucht nutzen konnte. Der Mutant folgte ihr mit taumelnden Schritten, die Hand mit dem Klappmesser nach ihr ausgestreckt wie ein Zombie. Er war völlig von Sinnen, grölte unentwegt und wollte sie ganz offensichtlich töten. Sollte er es ruhig versuchen.

Aus dem Augenwinkel sah Raven, wie sich Knox in Bewegung setzte. Er drückte sich an der Wand entlang, eine der Notfallreisetaschen um die Schulter geschlungen, die sie unter den Dielen versteckt hatten, für den Fall, dass sie auffliegen und entdeckt werden sollten.

»Nicht so schnell«, knurrte der Mutant. Er folgte Ravens Blick und fuhr herum. Bevor sie es verhindern konnte, hob er die Hand zum Wurf. Doch bevor er dazu kam, ertönte ein ohrenbetäubender Knall. Der Mutant zuckte zusammen, als die Tür aus den Angeln flog und an die gegenüberliegende Wand krachte. Trotzdem warf er sein Messer. Ein Schrei brach aus Ravens Kehle, das ganze Gemäuer wurde erschüttert, Staub wirbelte wild durch die Luft und nahm ihr die Sicht. Raven konnte kaum erkennen, wie Knox zu Boden glitt. Sofort wollte sie sich am Mutanten vorbeidrängen, doch er schlug ihr mit dem Handrücken so heftig ins Gesicht, dass sie zurücktaumelte.

»Das war aber nicht sehr nett«, erklang die Stimme, die Raven in den letzten Tagen in ihren Gedanken verfolgt hatte.

Der Mutant fuhr herum, und Raven nutzte die Chance, um seinen Kopf zu packen und ihn mit voller Wucht gegen die Wand zu schlagen. Er wurde nicht bewusstlos, aber anscheinend genügte der Aufprall, um ihn benommen zu machen. Er taumelte ein Stück zur Seite und stützte sich an der Wand ab, sichtlich darum bemüht, aufrecht stehen zu bleiben. Auf die Reihe bekam er es nicht so richtig, er sank auf die Knie.

»Das war auch nicht besonders nett.«

»Ich habe nie behauptet, ich wäre nett«, knurrte Raven und wischte sich das Blut aus dem Mundwinkel. Sie hasste den metallischen Geschmack. Mit zusammengekniffenen Augen blickte sie Wade an, der hinter dem Mutanten aufgetaucht war und sich so selbstverständlich gegen die Wand lehnte, als wären sie miteinander verabredet.

»Das stimmt.« Er deutete mit dem Daumen über die Schulter. »Ich habe das im Griff. Da hinten braucht dich jemand.«

Sie blieb misstrauisch, folgte jedoch seiner Anweisung. Knox lehnte mit dem Rücken an der Wand und hievte sich gerade hoch, als ein dumpfer Knall hinter Raven erklang. Doch in diesem Moment konnte sie sich nicht mehr umdrehen und zurückblicken.

Knox zitterte am ganzen Leib, direkt hinter ihm steckte das Messer in der Wand. Es war nicht tief eingedrungen, aber das Heft bebte noch immer. Wäre Wade auch nur einen Moment später zu ihnen gestoßen, hätte das Messer in ihrem Bruder gesteckt. Ohne, dass sie etwas dagegen hätte unternehmen können. Sie war viel zu geschockt gewesen, hatte ihre Kraft nicht greifen können.

»Alles ist in Ordnung«, murmelte Raven und schloss ihren Bruder fest in die Arme. Ihre körperlichen Schmerzen waren nichts im Gegensatz zu dem, was sie empfand, als sie versuchte, Knox zusammenzuhalten. Nichts war mit der Sorge zu vergleichen, ihn derart aufgelöst zu sehen.

»Es geht mir gut.« Knox hatte das Gesicht an ihrer Schulter vergraben, so wie er es früher oft getan hatte. »Es geht mir gut«, wiederholte er, als würde er sich selbst davon überzeugen wollen. Sie verharrten ein paar Sekunden in dieser Position, bevor Knox sich von ihr löste und ihre Unterarme mit seinen Händen umfasste. Er zwang ein Lächeln auf seine Lippen, und beim Anblick seiner Grübchen durchfuhr sie die Erleichterung.

»Würdest du dir das Angebot jetzt anhören?«, ertönte Wades Stimme hinter Raven, und sie fuhr zu ihm herum.

»Du hast meinen Bruder gerettet«, brachte sie hervor.

»Ist das ein Ja?«

»Nein«, sagte sie mit fester Stimme.

Jetzt wirkte auch er verwirrt, seine distanzierte Miene verrutschte leicht. »Ihr könnt auf keinen Fall hierbleiben. Nicht, wenn er einen Auftraggeber hat, der euch aus dem Weg räumen will.«

»Wir werden uns sicher nicht mit dir in die Versenkung begeben. Was, wenn du hinter diesem Übergriff steckst, hm? Erzähl mir nicht, dass du rein zufällig hier warst und spontan auf einen Kaffee vorbeigekommen bist«, sagte sie trocken.

»Wenn ja, wärst du eine miserable Gastgeberin«, gab er zurück.

»Wer ist das, Quinn?«, fuhr Knox dazwischen. Langsam kehrte die Farbe in sein Gesicht zurück.

»Du brauchst nicht eure falschen Namen zu benutzen, Knox. Ich weiß, wer ihr seid«, sagte Wade, und sein Tonfall war plötzlich beinahe freundlich.

»Wer zur Hölle bist du?« Knox versteifte sich und trat neben Raven. »Was willst du von uns?«

»Mein Name ist Wade Baxter. Ich gehöre einer Organisation an, die euch Schutz bietet, wenn …«

»Nein.« Knox' Augen weiteten sich.

»Ich gehöre nicht zur AID«, erklärte Wade sofort und kam mit erhobenen Händen auf sie zu. »Glaub mir. Und das würde ich lassen, wenn ich du wäre.«

Raven folgte Knox' Blick, der zum Messer in der Wand gezuckt war.

»Wie macht er das?«, fragte ihr Bruder sie, ohne die Augen von Wade zu nehmen. »Ist er Gedankenleser?«

»Ich habe keinen blassen Schimmer, was er ist. Aber er will uns irgendein Angebot unterbreiten.« Sie drehte sich zu Wade um. Betrachtete seine schimmernde Narbe im fahlen Schein.

»Ich gehöre einer Gruppierung an, die sich für die Gleichberechtigung von Mutanten und Menschen einsetzt. Wir nennen uns ...«

»Der Untergrund«, murmelte Knox.

Raven furchte die Stirn. »Woher weißt du das?«

Er zuckte bloß mit den Schultern. »Ich habe zu viel Zeit und einen funktionierenden Internetzugang.«

»Dann scheint eure Rebellenbewegung ja ganz schön geheim zu sein.« Raven bedachte Wade mit einem skeptischen Blick.

»Wir sind keine Rebellen, zumindest nicht in dem Sinne.«

»Was wollt ihr von uns?«, fragte Knox und machte einen Schritt auf Wade zu. Der überragte ihn um mehr als einen Kopf, aber die Art, wie Knox die Schultern durchdrückte und das Kinn vorreckte, machte es wieder wett.

»Von dir vorerst nichts.«

»So wirst du uns nicht dazu bekommen, mit dir ins Ungewisse zu gehen, Scarface.« Raven verschränkte die Arme vor der Brust, um zu verbergen, wie sehr sie zitterte. Der Kampf war nicht spurlos an ihr vorbeigegangen.

Ihre Kräfte waren verbraucht, sie war völlig ausgelaugt, und die Schmerzen in ihrem Knie meldeten sich mittlerweile umso nachdrücklicher. Sosehr sie es hasste, es zuzugeben: Hierzubleiben war keine Option.

Wade atmete hörbar aus. Anscheinend war er diese Art von Widerstand nicht gewohnt. »Ich war wie ihr. Ohne richtiges Zuhause.« Er fuhr sich mit der Hand in den Nacken und rieb dort über seine Markierung. Noch immer hatte Raven sie nicht zu Gesicht bekommen. »Wir bieten euch eine sichere Unterkunft. Geld, wenn ihr euch uns anschließt. Ich meine, seht euch um. Ihr lebt unter falschem Namen in dieser … Bruchbude.« Er blickte über Knox' Schulter zu Raven, als sie zusammenzuckte. »Aber das Wichtigste ist, dass Knox bei uns sicher ist, Raven. Ist es das nicht wert?«

Sie schluckte trocken, und selbst das schmerzte. Der Mutant hatte ihr übel zugesetzt. Noch immer spürte sie den metallischen Geschmack ihres eigenen Bluts. Sie grub die Finger in die Arme und wog ab. Was hatte sie noch zu verlieren? In ihrem jetzigen Zustand war sie nicht in der Lage, Knox zu verteidigen. Sollte es darauf ankommen, war sie dankbar für den Schutz dieses Fremden. Auch wenn sie nicht wusste, was es mit seiner Herkunft und dieser ominösen Organisation auf sich hatte. Sie sah ihm in die Augen, erwiderte seinen ernsten Blick und entschied, dass sie ihm vorläufig vertrauen musste. Zumindest so lange, bis sie wieder auf den Beinen und in der Lage dazu war, sich gegen weitere Angreifer zu wappnen. Bis dahin würde sie sich sein Angebot anhören und entscheiden, ob sie ihm Glauben schenken konnte.

Die Wohnung war völlig auseinandergenommen worden. Alles lag kreuz und quer verteilt, die Wände bröckelten, und große Risse zierten den Putz. Sie würden sich so oder so einen neuen Ort zum Leben suchen müssen.

Knox drehte sich zu ihr um und sah sie mit seinen blauen Augen an. Sie wirkten dunkler als sonst, sein Haar war strähnig und umrahmte sein Gesicht. Doch das Schlimmste war die Angst, die sie bis eben noch in jeder seiner Bewegungen gesehen hatte.

Wenn Wade ihnen tatsächlich Schutz bieten konnte, eine sichere Unterkunft und sogar Geld – dann konnte sie dieses Angebot einfach nicht ausschlagen. Zumal sie absolut keine Idee hatte, wie sie ihrem Vermieter die zerstörte Wohnung erklären sollte.

Raven sah ihren kleinen Bruder fragend an.

Knox holte tief Luft, sah zu Wade und kurz darauf wieder sie an. Dann nickte er langsam.

»Wir sind dabei. Aber du wirst dich um den da kümmern.« Sie nickte in Richtung des bewusstlosen Mutanten am Ende des Flurs.

Wade hob eine Braue, sein Blick blieb grimmig. »Nichts lieber als das.«

Und so ging Raven ein letztes Mal in das Zimmer, das innerhalb des vergangenen Jahres ihr sicherer Zufluchtsort gewesen war. Sie verdrängte die glücklichen Erinnerungen an die süßen Frühstücke und ihr Grinsen, wann immer Knox sich über seine Hausaufgaben beschwert hatte.

Rasch stopfte sie ihre wichtigsten Habseligkeiten in eine Reisetasche und klaubte die übrig gebliebenen Fotos und Papiere aus der Schachtel unter dem Dielenbrett, das sich unter dem Wohnzimmertisch befand.

»Hast du alles?«, fragte Knox aus dem Türrahmen.

Raven erhob sich. Sie schlang sich die Tasche um und trat zu ihrem Bruder. »Ich denke schon.«

Wade stand an der Wohnungstür, ein Telefon am Ohr. Was er murmelte, konnte sie nicht genau verstehen. Wahrscheinlich beauftragte er gerade irgendwen, sich um den Mutanten zu kümmern. Als sie sich neben ihn stellten, legte er auf. Er nickte in Richtung der Wohnungstür.

»Euer Nachbar – Markell? – wird gleich hier sein«, sagte er stirnrunzelnd. »Wenn ihr euch den schmerzhaften Abschied sparen wollt, sollten wir uns beeilen.«

»Ich muss ihm sagen, wohin wir gehen«, sagte Knox sofort, doch Raven schüttelte den Kopf.

»Das geht nicht«, sagte sie sanft. »Du weißt, warum.«

Seine Wangen wurden rot, und er senkte den Blick zu Boden. »Aber er muss wissen, wo ich bin.«

Raven schluckte schwer. Sie verstand, wie viel Markell ihm bedeutete. Ihr Nachbar war ihr selbst ans Herz gewachsen. Aber das änderte nichts an der Tatsache, dass es zu gefährlich war. Selbst wenn sie Markell vertraute – die, die hinter ihr her waren, konnten notfalls auch ihm etwas zuleide tun. Das konnte sie nicht zulassen.

»Es tut mir leid, kleiner Bruder«, flüsterte sie und griff nach seiner Hand. Jeder Muskel in ihrem Körper schmerzte, sie konnte sich kaum noch auf den Beinen halten und wusste, dass sie schleunigst hier wegmussten. »Komm jetzt.«

Sie legte Knox die Hand ins Kreuz und bugsierte ihn sanft, aber bestimmt durch den Flur in Richtung Tür, oder besser gesagt dem, was davon übrig geblieben war. Sie würde Knox' Zorn und Enttäuschung auf sich nehmen, wenn sie das in Sicherheit brachte.

»Alles wird gut«, hörte sie Wade dicht hinter sich murmeln. Er sprach in einem tiefen, beruhigenden Ton.

Leider konnte sie seinen Worten keinen Glauben schenken.

5. KAPITEL

Es war lange her, seit Knox seine Schwester zum letzten Mal in einem solchen Zustand gesehen hatte. Es gefiel ihm überhaupt nicht.

Raven sah schrecklich aus. Auf ihrer Wange zeichnete sich bereits ein Bluterguss ab, ihr Zopf war blutverkrustet, und beim Gehen hinkte sie. Sie hatte sich bei Knox untergehakt, und er versuchte, ihr möglichst viel Halt zu geben, während sie sich bemühte, sich nichts anmerken zu lassen. Früher war Raven nie so gewesen – man hatte ihr stets ansehen können, was sie empfand. Sie hatte gesungen, mit ihrer Mom und ihm getanzt und war so lebendig gewesen. Von diesem Mädchen war nichts mehr übrig. Stattdessen trug sie eine harte Maske, die sie selbst in seiner Gegenwart bloß selten abnahm. Auch jetzt verbarg sie mit stählernem Ausdruck, was in ihrem Inneren vor sich ging. Trotzdem erkannte Knox das schmerzvolle Flackern in ihren Augen.

»Geht's?«, wisperte er und umfasste ihren Arm fester.

Sie nickte knapp und starrte weiter Löcher in den Rücken des Fremden.

Äußerst widerwillig waren sie in seinen schwarzen Wagen gestiegen. Knox erinnerte sich zu gut an den schwarzen SUV mit abgedunkelten Scheiben, der sie damals geradewegs in die Labore der AID gebracht hatte. Damals waren sie freiwillig mitgegangen, in der Hoffnung auf ein besseres Leben.

Diesmal blieb ihnen keine andere Wahl.

»Wie weit noch?«, fragte Knox mit einem weiteren Seitenblick auf seine Schwester.

Wade warf einen kurzen Blick über die Schulter. »Nicht mehr lange.«

Knox verbrachte viel Zeit in Foren und hatte sich vor einem halben Jahr einer Gruppe Hacker angeschlossen. In diesen Foren wurde viel über den Untergrund spekuliert. Die Organisation war ein Mysterium, haufenweise Gerüchte waren im Laufe der Zeit entstanden. Sie seien ruchlose Killer, die auf Politiker angesetzt wurden, und hätten sich in den Kopf gesetzt, die Weltherrschaft an sich zu reißen. Knox hatte keinem dieser Gerüchte Glauben geschenkt. Wenn er ehrlich sein sollte, hatte er nicht einmal daran geglaubt, dass es den Untergrund wirklich geben konnte, sondern eher, dass es sich dabei um ein Hirngespinst von Jugendlichen handelte, die – genau wie er – zu viel Freizeit hatten. Mit Markell hatte er sich immer darüber lustig gemacht und zwischendurch sogar eigene Geschichten ausgedacht, was sie tun würden, sollten sie Teil einer solchen Organisation sein.

Markell.

Was er wohl dachte, sobald er die zerstörte Wohnung sah?

Knox' Blick trübte sich, und die Farben der Leuchtreklamen schienen mit einem Mal nicht mehr so bunt wie noch wenige Sekunden zuvor. Sobald das Gesicht seines Freundes vor seinem geistigen Auge auftauchte, verspürte er einen Stich in der Brust. Knox verstand, wieso es sicherer für Markell war, wenn er nicht wusste, was geschehen war. Trotzdem machte ihm die Ungewissheit, ob er ihn jemals wiedersehen würde, schwer zu schaffen. Neben seiner Schwester war Markell der Einzige, an dem ihm etwas lag.

Als Ravens Gewicht auf seiner Schulter zunahm, riss sich Knox zusammen. Wenn seine Schwester es schaffte, immer einen kühlen Kopf zu bewahren und ihre Gefühle von der Außenwelt abzuschotten, dann würde er das auch hinbekommen. Er knüllte die Gedanken an Markell und die Geschehnisse des Abends zu einem kleinen Brocken zusammen und drängte ihn in die hinterste Ecke seines Kopfs. Genau in diesem Moment bog Wade in den Eingangsbereich eines riesigen Gebäudekomplexes. Knox wäre mit Raven beinahe vorbeigelaufen, zog seine Schwester aber im letzten Moment hinter Wade her. Er hielt einen Schlüsselanhänger mit schwarzem Chip an ein schwarzes Feld, das neben den hohen Schiebetüren lag.

Einen Moment lang glaubte Knox, Wade hätte sich vertan. Sie befanden sich im Eingangsbereich des *Calham Hotels,* einer der teuersten Unterkünfte der ganzen Stadt. Nicht nur, dass dieser Laden das genaue Gegenteil von geheim war – er lag außerdem mitten in der Innenstadt. Knox hatte angenommen, dass sie den Wagen in einer Seitenstraße abgestellt hatten, weil Wade fürchtete, dass sie verfolgt werden könnten. Aber warum er diesen Aufwand betrieben hatte, wenn ihr Ziel hier lag, konnte sich Knox nicht erklären.

Das Hotel lag umgeben von riesigen Wolkenkratzern inmitten des lauten Getümmels der Stadt. Ganz in der Nähe lag eine Bahnstation, und selbst um diese Uhrzeit war Uptown noch gut besucht von Leuten, die feierten, zu Konzerten oder in irgendwelche Clubs gingen. In Knox' Vorstellung war der Untergrund eine Geheimorganisation, die … nun ja. Eben im *Untergrund* lebte. Nicht mitten in der Stadt. Aber er schwieg, als die Schiebetüren auseinanderglitten, und folgte Wade in die Eingangshalle. Der Boden bestand aus kaltem Marmor, der von einem riesigen Kronleuchter bestrahlt wurde, und am Empfangstresen saß ein Portier in schwarzem Anzug.

Sein Haar war flammend rot und kurz, und alles an ihm wirkte akkurat.

»Sicher, dass wir hier richtig sind?«, fragte Knox nun doch. Er kam sich fürchterlich verkehrt vor, weil alles hier viel zu groß und wohlhabend wirkte. Sie wollten sich nicht ins Bild fügen, so blutverschmiert und am Ende, wie sie waren.

Der Portier sah Wade kurz an, dann schwenkte sein Blick zu Raven. Sofort erhob er sich, eine Hand bereits am Telefonhörer. Knox hielt Raven noch enger an seine Seite gedrückt. »Was macht er da?«, fragte er Wade laut.

»Er ruft Hilfe.« Wade drehte sich zu ihm um und fasste ihn am Arm. »Ihr seid jetzt in Sicherheit.«

Im nächsten Moment gaben Ravens Beine unter ihr nach, und sie stürzte zu Boden. Knox schaffte es nur mit Mühe, sie zu halten. In seiner Brust wurde es ganz eng. »Raven«, flüsterte er und schüttelte sie fest. »Raven!«

Sie reagierte nicht. Vielleicht hatte der Mutant sie doch schlimmer getroffen, als er zunächst angenommen hatte. Womöglich hatte sie innere Verletzungen davongetragen, die sich schlimm auf sie auswirkten. Überhaupt – wie hatte er nur so dumm sein können, sich auf die irrwitzige Idee einzulassen, mit diesem Fremden mitzugehen? Allein waren sie besser dran. So war es immer gewesen.

Knox bekam keine Luft mehr. Er bemühte sich so sehr, es Raven gleichzutun und nicht nach außen zu zeigen, was in ihm vorging – aber es war unmöglich. Seine Schwester lag bewusstlos in seinen Armen, sie hatten kein Zuhause mehr, und all ihre Habseligkeiten waren in zwei mickrigen Taschen verstaut. Sie waren auf die Hilfe von diesen Fremden – diesen Menschen, die einer Organisation angehörten, genau wie die AID – angewiesen, und Knox wusste nur zu gut, dass Versprechen gebrochen werden konnten. Sein Herz schlug immer schneller, bis er meinte, es würde ihm aus der Brust springen, oder er müsste jeden Moment in Ohnmacht fallen. Ein Keuchen brach aus seiner Kehle, und seine Fingerspitzen wurden ganz taub.

»Knox«, erklang es wie aus weiter Ferne. »Du musst sie loslassen, sonst können wir sie nicht hochbringen.«

Er schaffte es nicht. Seine Hand war völlig um Ravens Taille verkrampft. Er krallte die Finger in ihre Lederjacke und hielt sich daran fest. Sie war das Einzige, was ihm jetzt noch blieb. Er konnte sie nicht loslassen. Niemals.

Jemand packte ihn bei der Schulter und drückte sie fest. »Komm schon, Kleiner.«

»Finger weg, Murphy«, sagte Wade. Im nächsten Moment hob er Ravens leblosen Körper hoch. Knox' Griff war zu schwach, die Jacke entglitt ihm. Das Gefühl des Verlusts wurde dadurch nur schlimmer. Verzweifelt stieß er den Atem aus.

»Nimm ihre Hand«, instruierte Wade.

Knox kam seinen Worten sofort nach. Als er Ravens Hand berührte, schaffte er es, wieder einzuatmen. Er konnte ihren Puls fühlen, und ihre Haut war warm und lebendig.

Lebendig. Nicht kalt. Sie würde das schaffen.

Wade setzte sich in Bewegung und durchquerte die Eingangshalle schnellen Schrittes bis nach hinten, wo sie bei Fahrstühlen ankamen. Der Rothaarige von der Rezeption blieb am Empfang sitzen und rief ihnen etwas hinterher, das Knox durch das Rauschen in seinen Ohren kaum wahrnahm.

»Drück die Elf.«

Wades leisen, aber eindringlichen Befehlen Folge zu leisten war erstaunlich leicht. Es tat gut, irgendetwas zu tun, und es gab ihm einen Zweck, der die Panik dämmte. Also drückte er schnell den Knopf und war in wenigen Sekunden wieder bei seiner Schwester. Er strich ihr das Haar aus der Stirn, das inzwischen getrocknet war. Kleine Blutkrümel waren auf ihre Wangen gefallen, die zwischen den Sommersprossen auf ihrer blassen Haut hervorstachen.

Schneller, als Knox es für möglich gehalten hätte, waren sie oben angekommen. Als die Türen aufgingen, marschierte Wade direkt nach draußen und bog links ab. Knox bekam kaum Zeit, sich umzusehen, so schnell liefen sie durch den erhellten Flur. Ihre Schritte waren stumm auf dem mit Teppich belegten Boden, und nur ihr Atem war zu hören.

Wade trug Raven bis ans Ende des Flurs in einen Raum, der überhaupt nicht so aussah wie das Hotelzimmer, das Knox erwartet hatte. Vielmehr erinnerte es an eine Arztpraxis, mit kahlen Wänden, mehreren weiß bezogenen Betten und hellen Neonröhren, die das viele Weiß noch steriler wirken ließen. Kaum traten sie über die Schwelle, erklang eine weibliche Stimme: »Hier drüben.«

Ein Vorhang neben einem der Betten wurde beiseitegezogen, und ein Mädchen in Ravens Alter erschien. Sie trug einen weißen, befleckten Kittel, der durch ihre dunkle Haut noch viel heller wirkte. Um ihren Kopf hatte sie ein Bandana gebunden, unter dem krause, dunkle Haarsträhnen hervorlugten. »Murphy hat nur gesagt, dass sie bewusstlos geworden ist.«

»Sie hat gekämpft. Ihr linkes Knie ist verletzt, und sie hat einen starken Schlag – vielleicht auch mehrere – gegen den Kopf bekommen«, erklärte Wade schnell.

Das Mädchen nickte konzentriert und zog den Vorhang nun ganz beiseite. Knox hielt den Atem an.

Vor ihm befand sich ein weiß bezogenes Bett, direkt daneben ein schmaler Tisch, auf dem mehrere Utensilien aus Metall lagen.

Sofort blitzten Bilder vor seinem geistigen Auge auf. Bilder, die er nie wieder hatte sehen wollen und die ihn in die Vergangenheit zurückkatapultierten.

Damals hatte er nichts für Raven tun können. Sie war seinetwegen AIDs Experimenten ausgesetzt gewesen, weil sie seine Schulbildung bezahlt, ihnen etwas zu essen und eine Unterkunft geboten hatten. Aber der Preis dafür war hoch gewesen. Als Knox herausgefunden hatte, was sie mit seiner Schwester gemacht hatten … hatte er gekotzt. Und jetzt, wo er sie wieder so sah, so leblos, in den Händen von Leuten, die er nicht kannte, überkam ihn erneut eine Woge der Übelkeit. Als wäre Erbrechen die einzig angemessene Reaktion seines Körpers auf die Ungewissheit, was als Nächstes geschah.

Aber diesmal würde er nicht von ihrer Seite weichen. Er würde sich nicht verstecken. Und auch wenn er Angst hatte – für Raven würde er durchhalten. Er würde nicht weggehen, bis sie die Augen wieder aufschlug. Und dann würden sie gemeinsam schauen, wie es weiterging.

An diesem Gedanken hielt Knox fest, als Wade seine Schwester auf dem Bett ablegte, die Fremde sich über sie beugte und ihren Kopf betastete. Knox trat neben sie und beobachtete jede ihrer Bewegungen ganz genau. Das Mädchen blickte auf und sah ihn mit dunkelbraunen Augen an.

»Was macht er hier?«, fragte sie Wade, ohne den Blick von Knox zu nehmen.

»Er ist ihr Bruder.«

Ihre Nase kräuselte sich. »Ich kann mich nicht konzentrieren, wenn er mir so auf die Finger starrt.«

»Ich muss bei ihr bleiben«, krächzte Knox.

Fragend hob sie eine Braue und sah nun Wade an.

»Er bleibt«, sagte der bloß.

Das Mädchen brummte missmutig und wandte sich wieder Raven zu. Mit geschlossenen Augen zeichneten ihre Finger eine Spur über Ravens Stirn. Mit den Daumen malte sie schmale Kreise über ihren Scheitel nach hinten. Sie runzelte die Stirn, und für einen kurzen Moment sah sie aus, als verspürte sie Schmerzen.

»Sie hat eine Gehirnerschütterung, die ich nicht heilen kann.«

»Hab ich mir schon gedacht«, meinte Wade.

Das Mädchen ließ seine schmalen Hände über Ravens Gesicht nach unten zu ihrem Hals wandern, wieder mit geschlossenen Augen. Sie betastete ihren Hals. »Sie wurde gewürgt, hat hier aber keine schlimme Verletzung.«

Knox schluckte trocken.

»Helft mir, sie auszuziehen«, sagte sie nach einer Weile.

Wade krempelte seine Ärmel hoch und hob Raven halb hoch. Er hob den Blick und nickte Knox zu, der schnell reagierte und dabei half, seiner Schwester die Jacke von den Schultern zu streifen. Bei ihrem Shirt hielt er inne.

Raven hasste es, wenn Leute auf ihre Narben starrten. In den letzten Jahren hatte sie selbst bei Höchsttemperaturen lange Kleidung getragen. Er wusste, dass es ihr überhaupt nicht gefallen würde, wenn die anderen ihre Narben sahen, ohne dass sie Mitspracherecht dabei hatte.

»Wir haben keine Zeit, uns zu genieren«, sagte das Mädchen und wedelte ungeduldig mit der Hand.

Sie hatte recht. Hierbei ging es darum, Raven zu heilen und dafür zu sorgen, dass sie die Augen wieder aufmachte. Sobald sie wach war, konnte sie ihn ruhig erwürgen.

Knox schluckte schwer und fasste vorsichtig nach dem

Saum von Ravens Shirt, um es ihr über den Kopf zu ziehen. Dann ließ Wade ihren Körper wieder zurück in die Kissen sinken. Als er die vielen Narben auf ihren Armen und dem Bauch sah, erstarrte er. »Verfluchte Scheiße«, murmelte er.

»Hast du noch nie eine halb nackte Frau gesehen, Baxter?«, fragte die Heilerin, und Knox sah sie dankbar an. Sie schob Wade zur Seite und fuhr fort, die Hände über Ravens Oberkörper gleiten zu lassen. Bei ihren Rippen holte sie zischend Luft.

»Gebrochen?«, fragte Wade.

»Zwei Stück«, murmelte das Mädchen und fluchte leise. Dann legte sie ihre Hände mit ausgebreiteten Fingern auf Ravens Rippen. Konzentriert schloss sie die Augen … und dann konnte Knox es *fühlen*. Die Energie, die sie umgab, die Kraft, die sie ausstrahlte. Ihm blieb die Luft weg, denn sie schien den gesamten Sauerstoff für einen kurzen Moment aufzusaugen. Schwingungen gingen in Wellen von ihren Händen aus und in den Körper seiner Schwester über. Sie schob ihre Hände ein Stück zur Seite, holte tief Luft und wiederholte den Heilprozess. Noch einmal. Dann lockerte sich ihr Griff, und sie fuhr mit den Händen wieder sanft über Ravens Körper. An ihrem Oberkörper schien nichts mehr verletzt zu sein, auch ihre Oberschenkel schienen intakt. Erst bei ihrem Knie atmete das Mädchen wieder hörbar ein.

»Kannst du noch?«, fragte Wade.

Sie ignorierte ihn, und wieder war da dieser Druck, der die Schwerkraft des Raums zu verändern schien, sobald sie ihre Hände fest auf Ravens Körper legte. Diesmal dauerte der Prozess länger. Schweißperlen traten auf die Stirn des Mädchens, und ihr ganzes Gesicht verzog sich schmerzhaft. Als sie von Raven abließ, taumelte sie ein

Stück und musste sich an dem schmalen Tisch neben dem Bett festhalten. Und obwohl es ihr augenscheinlich nicht besonders gut ging, lächelte sie schmal, als sie Knox ansah. »Alles wieder heil«, wisperte sie.

»Wirklich?«, fragte er fassungslos.

Sie nickte. »Sie muss nur ein bisschen schlafen und sollte morgen vielleicht nicht unbedingt kämpfen. Aber sonst ist alles wieder gut.« Sie wischte sich mit dem Handrücken über die Stirn. Danach lief sie zu einer Kommode, die an der gegenüberliegenden Seite des Zimmers lag. Sie kehrte mit einem Stapel Handtüchern und Kleidung zurück, die sie Knox reichte. »Hier«, sagte sie. »Wir haben da hinten auch eine Dusche, die du nutzen kannst.«

Knox sah zwischen ihr und Wade hin und her. Obwohl er ihnen unglaublich dankbar dafür war, dass sie Raven und ihn unter ihre Fittiche genommen hatten – das Misstrauen blieb. Er hatte sich geschworen, bei ihr zu bleiben, bis sie aufwachte, und das würde er auch.

»In Ordnung«, meinte Wade. »Lassen wir den beiden ein bisschen Freiraum.«

»Aber …«, fing das Mädchen an, doch Wade unterbrach sie mit einem strengen Blick.

»Wir erstatten Moira Bericht, und dann wirst du dich ausruhen.«

Das Mädchen schnaubte verächtlich. »Einen Dreck werde ich.«

»Thalia, ich meine es ernst. Du weißt, was beim letzten Mal passiert ist.«

Jetzt presste sie die Lippen aufeinander, bis sie bloß noch ein schmaler Strich waren. Dann wandte sich Wade an Knox. »Ich bin bald wieder da. Pass auf sie auf. Wenn dir irgendetwas komisch vorkommt«, er holte sein Handy aus der Tasche und legte es auf den Beistelltisch, »drück die Schnellwahltaste. Dann kommt jemand schnellstmöglich vorbei.«

Knox nickte langsam.

»Gut. Sobald Raven wach ist, reden wir ein bisschen ausführlicher.« Wade nickte in Richtung Tür und ging zusammen mit der Heilerin fort.

»Warte!«, rief Knox ihr noch hinterher.

Die Heilerin blickte über die Schulter.

Knox brauchte mehrere Anläufe, bis er das Wort hervorbrachte, das ihm auf der Zunge lag. »Danke.«

Sie nickte. Dann waren Wade und sie verschwunden, und nachdem Knox seine Schwester noch ein paar Sekunden lang angestarrt hatte, fiel ihm ein, dass auch er Verletzungen davongetragen hatte. Auch wenn die nicht so schlimm waren wie die von Raven.

Knox ging in das Bad und ließ die Tür einen Spalt offen, falls Raven ihn brauchen würde. Dann trat er zum Spiegel, um sich den Schnitt anzusehen. Inzwischen hatte sich dort eine blutige Kruste gebildet, die bis nach unten verlief und den Kragen seines Shirts getränkt hatte. Als er an den Wind-Mutanten dachte, an seine kalten Augen und die verstümmelten Finger, erschauerte er und beeilte sich, den Wasserhahn anzustellen. Er nahm sich den Waschlappen, den man ihm gegeben hatte, machte ihn nass und wrang ihn aus. Anschließend hob er ihn an den Hals, um das Blut abzuwischen. Vorsichtig setzte er an und tupfte. Es ließ sich leicht entfernen, und mit Erstaunen stellte Knox fest, dass es überhaupt nicht schmerzte. Je weiter er sich nach unten vorarbeitete, desto größer wurde seine Erwartung, auf den Schnitt zu treffen. Nur blieb der Schmerz aus. Knox runzelte die Stirn und drehte den Kopf auf beide Seiten. Eingehend betrachtete er seinen Hals.

Keine Wunde war zu sehen.

6. KAPITEL

Schon lange hatte Raven nicht mehr so gut geschlafen. Am liebsten hätte sie sich auf die Seite gedreht und noch ein paar Stunden weitergemacht, aber irgendetwas hielt sie davon ab. Vermutlich das Gefühl, beobachtet zu werden.

Als sie die Augen öffnete, war Knox das Erste, was sie sah. Sie lächelte, wobei sich ihre Mundwinkel schwer wie Blei anfühlten.

»Wie geht's dir?«, wisperte ihr Bruder.

Sie furchte die Stirn. Es ging ihr blendend, sie war nur ein bisschen müde – aber wieso fragte er das mit so viel Sorge im Blick?

Zum ersten Mal sah sich Raven um.

Fenster, vor denen von außen Jalousien heruntergelassen wurden, weiße Wände, weiß bezogene Betten … und ein Tisch mit Operationsbesteck.

Raven machte einen Satz nach hinten.

»Alles ist gut, R«, beschwichtigte Knox sie und griff nach ihrer Hand. Er drückte ihre Finger fest, und sofort breitete sich Wärme in ihr aus. Diese Wirkung hatte nur ihr Bruder auf sie. »Hast du noch Schmerzen?«, fragte er.

Raven schüttelte den Kopf. Im nächsten Moment hatte er sich auf sie gestürzt und beide Arme um ihren Hals geschlungen. »Ich bin so froh, dass es dir gut geht.«

Sie vergrub das Gesicht an seiner Schulter und atmete tief ein. »Ich auch.«

Knox löste sich von ihr und nahm neben ihr auf dem Bettrand Platz.

»Erzähl mir, was ich verpasst habe«, forderte sie.

Knox nickte und griff wieder nach ihrer Hand. Er teilte seine Gedanken und Gefühle mit ihr und ließ sie daran teilhaben.

Raven atmete tief ein und schloss die Augen. So gelang es ihr meist besser, seine Gedanken in sich aufnehmen zu können. Es kostete sie drei Anläufe, bis sie ihre telepathische Kraft zu fassen bekam. Aber bei Knox funktionierte es besser als mit irgendwem sonst.

Knox zeigte ihr eine Abfolge von Bildern, auf denen sie eine Heilerin sah, die Hand an ihren Körper gelegt hatte.

»Es war total verrückt. Es wirkte, als hätte sie die Schwerkraft verändert und die gebündelt in deine Wunden gelegt oder so. Ich kann es gar nicht richtig erklären«, erklärte ihr Bruder.

Damals, bei der AID, war sie auch Heilern begegnet, aber keiner von ihnen hatte Anstalten gemacht, ihre Wunden vernünftig zu versorgen. Dass sie es hier sofort getan hatten … das bekam Raven nicht mit dem Bild überein, das sie zuvor vor Augen gehabt hatte. Ein Anflug von Dankbarkeit keimte in ihrem Inneren auf.

»Du hättest mir sagen sollen, dass er dich so schlimm erwischt hat«, sagte Knox nach einer Weile.

Sie sah ihn an und drückte seinen Daumen. »Ich habe es nicht mal realisiert. Vermutlich war das Adrenalin dran schuld«, murmelte sie.

Es war nur halb gelogen.

Als der Mutant Knox angegriffen hatte – da hatte sie kurz davorgestanden, die Kontrolle zu verlieren. Aber da sie ihre Kraft so lange unterdrückt hatte, hatte sie sich in sie hineingefressen und ihrem Körper den Schmerz genommen. So war es oft mit Psi. Das war auch einer der Gründe dafür, dass so viele von ihnen in jungen Jahren starben. Die Kraft gaukelte einem vor, man verspüre keinen Schmerz – natürlich wurde man dann waghalsig. Noch dazu war da die Macht, die den Körper so kraftvoll durchströmte und im Alter immer umfassender wurde, je mehr Fähigkeiten gleichzeitig im Körper auftraten.

Raven hatte kaum Schmerz gespürt, weil sie ihre Kraft so lange in sich hineingefressen hatte. Ihr Bruder wäre gestorben, weil sie nicht rechtzeitig reagieren konnte. Einzig Wade war es zu verdanken, dass sie jetzt in Sicherheit waren.

Wie auf Kommando klopfte es an der Zimmertür. Raven blickte über die Schulter und sah Wade reinkommen. Durch die große Narbe und die abrasierte Seite seines Haars wirkte er ziemlich düster, aber als er sie aufrecht sitzen sah, meinte Raven, ein Flackern in seinen Augen zu erkennen. Deuten konnte sie es nicht.

»Gut geschlafen?«, fragte er und kam zu ihnen ans Bett.

»Geht so. Hab geträumt, dass mich ein Kerl mit merkwürdiger Frisur verschleppt hat«, gab sie zurück.

Wade strich sich gedankenverloren über die rasierte Seite. »Und ich dachte, damit komme ich gut an.«

Raven zuckte gleichmütig mit den Schultern. »Nicht bei jedem.«

Schon die zweite Lüge. Er war attraktiv, das konnte sie nicht leugnen. Man sah ihm an, dass er ein Kämpfer war, so selbstsicher und agil, wie er sich bewegte. Und auch wenn seine Gesichtszüge von einer Narbe geteilt wurden, erkannte sie trotzdem, wie gerade seine Nase, wie schön seine Augen und wie stark seine Kieferpartie war. Aber das tat nichts zur Sache. Nicht in diesem Augenblick, und erst recht nicht in diesem Leben.

»Hier, trink was«, sagte Knox unvermittelt und hielt ihr einen Plastikbecher hin.

Dankbar nahm Raven ihn entgegen und trank ein paar

Schlucke. Sie hatte gar nicht gemerkt, wie ihr Kopf angefangen hatte zu pochen. Vermutlich die Nachwirkungen der Hiebe gegen ihren Schädel.

»Thalia sagte, sie konnte deine Gehirnerschütterung nicht heilen, aber dafür hat sie das mit deinen Rippen und deinem Knie wieder hinbekommen«, erklärte Wade und beobachtete sie aufmerksam. »Du musst viel trinken und solltest es heute am besten ein bisschen ruhiger angehen lassen.«

Fragend sah sie ihn an. »Thalia?«

Er nickte. »Sie ist die beste Heilerin, die wir haben.«

»Ich muss mich bei ihr bedanken«, murmelte Raven und stand vorsichtig auf. Kein bisschen Schmerz war zu spüren. Die Heilerin hatte wirklich großartige Arbeit geleistet.

»Komm jetzt aber nicht auf die Idee, dich absichtlich in Gefahr zu begeben. Solltest du dich dann verletzen, wird dich hier niemand zusammenflicken«, meinte Wade.

Sie sah ihn mit hochgezogener Braue an. »Klingt, als hättest du Erfahrung darin.«

Er rieb sich den Hinterkopf. »Hab mir den Arm gebrochen.«

»Bei was?«, fragte Knox neugierig.

Das sollte dein Bruder besser nicht hören, erklang es in Ravens Kopf, und sie starrte Wade ungläubig an. *Nicht dass er auf blöde Ideen kommt.*

Wie hatte er das gemacht? Einzig Knox hatte ihr bisher Gedanken zukommen lassen können, und das auch nur, weil sie eine ganz enge Bindung zueinander hatten. Raven war gut in Telekinese, ja, aber Gedankenlesen oder -empfangen war überhaupt nicht ihre Stärke. Inzwischen war sie sich sicher, dass Wades Gabe irgendetwas mit Gedankenlesen zu tun haben musste. Anders konnte sie sich nicht erklären, wie er bei ihrem ersten Kampf auf all ihre Bewegungen reagiert hatte und Dinge voraussah, etwa, als sie ihm im Restaurant das Auge hatte ausstechen wollen.

»Fühlst du dich schon fit genug, um Moira kennenzulernen?«, unterbrach er ihre Gedanken.

»Sie hat hier das Sagen, oder?«, entgegnete Raven und ging achtsam in die Knie. Sie verspürte wirklich keinen Schmerz mehr. Fantastisch.

»Ihr gehört das Hotel«, erwiderte Wade und machte kehrt zur Tür.

Raven lief ihm mit Knox im Schlepptau nach in einen Flur, der bloß schummrig beleuchtet war. Ein paar Glühbirnen mussten dringend ausgewechselt werden, aber ansonsten wirkten der Boden und auch die Wände modern und mit den klaren Linien genauso, wie sie sich das *Calham Hotel* immer vorgestellt hatte.

»Versteckt sich der komplette Untergrund hier drin?«, fragte sie, als sie vor den Aufzügen zum Stillstand kamen.

Wade sah sie von der Seite an und nickte. »Unsere Zentrale befindet sich hier.«

»Wie groß ist der Laden?«, fragte Raven neugierig. Sie hatte den Gerüchten ja nie Glauben geschenkt, aber jetzt, wo sie sich hier befand, war sie überrascht, wie riesig die Organisation sein musste.

»Das Gebäude umfasst knapp dreißig Stockwerke mit über dreihundert Zimmern. Aber nicht in allen sind Leute untergebracht, manche Stockwerke, wie beispielsweise das elfte, sind als Krankenstation eingerichtet. Manche sind für Training oder auch Unterricht gedacht, es gibt Konferenzräume, ein Restaurant mit Bar … nicht zu vergessen der Pool auf der Dachterrasse.«

»Und hier trainiert ihr Mutanten, um …?« Sie ließ die Frage absichtlich offen und ging nicht auf seinen Versuch ein, sie zu beeindrucken, auch wenn sie ihn schon ein bisschen darum beneidete, dass er es so gut hatte, während sie mit Knox in einem Schuhkarton hausen musste, weil sie kein Geld hatte. Wobei … den Schuhkarton gab es nicht mehr. Er war in seine Einzelteile zerlegt worden, als sie gegen den Mutanten gekämpft hatte.

»Moira wird dir alles erklären. Ich will ihr nichts vorwegnehmen.«

»Dann erzähl uns, wieso du Teil des Untergrunds bist«, forderte Knox. Seine Stimme klang sanft, aber entschlossen.

Wade sah ihren Bruder an und öffnete den Mund. Dann schloss er ihn wieder und blickte zu Boden, die Stirn gefurcht. »Der Untergrund ist mein Zuhause«, sagte er schließlich.

Im nächsten Moment tönte das Klingeln des ankommenden Aufzugs, und die Türen glitten auseinander.

Im dreiundzwanzigsten Stock sah es ganz anders aus als im elften. Es wirkte beinahe, als befänden sie sich in einem Bürogebäude und nicht in einem Hotel mit gehobenem Standard. Räume mit breit verglasten Fronten zogen sich über das gesamte Stockwerk. Die Büros wirkten, als würden sie sich in der Verwaltung eines riesigen Unternehmens befinden – was das *Calham Hotel* gewissermaßen auch war. Bloß vereinzelt liefen sie Menschen über den Weg, und die wirkten meist ziemlich beschäftigt und eilten über die Flure, bis sie in einem der Büros verschwanden.

Wade führte sie bis zur letzten Tür nach links – zum einzigen Büro, das keine Fensterfront hatte, sondern hinter einer schweren, dunklen Tür lag. Noch bevor Wade klopfen konnte, erklang ein gedämpftes: »Kommt rein.«

Raven schluckte schwer und spürte, wie ihr Herz schneller schlug. Sie hatte keine Ahnung, was sie jetzt erwartete. Fragen über Fragen tummelten sich in ihrem Kopf, die sie am liebsten alle sofort beantwortet bekommen hätte, noch dazu machte sie sich Gedanken um ihre Verfolger und den Mutanten vom Vorabend und hatte das Gefühl, nie wieder in Sicherheit sein zu können. Das war zu viel, selbst für ihre Verhältnisse. Sie brauchte ihren Tagesablauf, sie brauchte ihren Job und ein Zuhause nur für sich und Knox. Sie war es nicht gewohnt, ihr Schicksal in den Händen anderer Leute liegen zu sehen, und das Gefühl, das durch ihren Körper jagte, gefiel ihr überhaupt nicht.

Angst.

Zum ersten Mal seit langer Zeit verspürte sie Angst.

Am liebsten hätte sie nach Knox' Hand gegriffen, aber er wirkte überhaupt nicht nervös. Viel eher, als würde er sich freuen, ihre Retterin kennenzulernen. Deshalb riss sich Raven am Riemen und folgte Wade über die Schwelle in das Büro.

Es war dunkler, als der Flur der dreiundzwanzigsten Etage hätte annehmen lassen. Während dort alles weiß und hell eingerichtet gewesen war, waren Moiras Räumlichkeiten in einem dunklen Rot gehalten. Es machte einen wohlhabenden, schönen Eindruck, und zusammen mit dem riesigen Kiefernschreibtisch und den hohen Regalen, die mit Büchern und großen Bildbänden zugestopft waren, fühlte sie sich gleich wohler als in dem aufgeräumten Flur, in dem alles viel zu steril gewirkt hatte.

»Wie schön, euch endlich kennenzulernen«, erklang eine weibliche Stimme, und Raven drehte den Kopf zum Fenster, wo eine kleine Frau stand, die sich zu ihnen umdrehte und langsam auf sie zukam.

Moira Calham war wunderschön. Sie hatte ein elfengleiches Gesicht, außergewöhnlich und mit feinen Zügen, die durch ihr raspelkurz geschnittenes, fast weißes Haar noch viel mehr hervortraten. Wie alt sie war, konnte Raven unmöglich schätzen. Ihr Lächeln verlieh ihrem Gesicht etwas ungemein Jugendliches, aber die Art, wie sie sich bewegte, und auch der Ausdruck in ihren Augen waren reif. Sie musste mit Sicherheit um die vierzig sein, vielleicht älter.

»Knox. Ich freue mich, deine Bekanntschaft zu machen«, sagte sie und ergriff seine Hand.

»Gleichfalls, Ms Calham«, erwiderte er.

»Nenn mich Moira«, sagte sie warm und wandte sich dann an Raven. Sie atmete tief ein. Dann breitete sich ein Lächeln auf ihren Lippen aus. »Ich kann nicht glauben, dass wir einander endlich begegnen.«

Raven erwiderte das Lächeln schmal. »Wurde ja auch Zeit, nachdem Sie mich wochenlang haben beschatten lassen.«

Einen Moment lang wirkte sie aus dem Konzept gebracht, dennoch blieb ihr Lächeln bestehen. Sie strich sich über die hellblaue Bluse. Als sie wieder aufblickte, war das warme, offene Lächeln wieder da. »Du hast sicher viele Fragen«, sagte sie und deutete auf die beiden Stühle vor ihrem Schreibtisch. »Setzt euch, dann können wir alles besprechen.«

Sie drehte sich um, und da konnte Raven einen Blick auf die geometrische Kennung in ihrem Nacken erhaschen. Es war ein Kreis mit einem Halbkreis auf der oberen Seite, der von mehreren fächerförmigen Linien in der Mitte geteilt wurde. Raven fragte sich, welche Kraft Moira wohl hatte. Wenn jemand wie Wade sich ihr unterstellte, musste sie mächtig sein.

Erst als Knox ihr den Ellbogen in die Seite rammte, schaffte sie es, sich in Bewegung zu setzen. Sie ließ sich auf der linken Seite ihres Bruders nieder, während Moira hinter dem massiven Schreibtisch Platz nahm und die Hände vor dem Bauch faltete. Sie hatte dunkelblaue Augen, die durch die Lachfalten zwar liebenswürdig und offen wirkten, aber Raven erkannte, dass ihr Blick wachsam war – genau wie ihr eigener.

»Erst einmal vielen Dank, dass wir hier unterkommen dürfen«, sagte Knox.

Moira nickte lächelnd. »Sehr gern. Im Untergrund ist für jeden Platz, der sich für den guten Zweck einsetzt.«

»Den guten Zweck?«, fragte Raven.

Moira sah an ihr vorbei zu Wade, der noch immer hinten neben der Tür lehnte und schwieg. »Ich nehme an, Wade hat euch erzählt, was wir hier machen?«

»Nein«, antwortete dieser von weiter hinten. »Ich weiß doch, wie gern du angibst.«

Moira sah Wade kopfschüttelnd an. »Es ist ein Wunder, dass Raven überhaupt mitgekommen ist, wenn du so spärlich mit Informationen umgegangen bist.«

»Ich kann eben sehr überzeugend sein«, meinte Wade.

Moira verdrehte die Augen, und das machte sie in Ravens Augen gleich viel sympathischer, weil es ihr nämlich nicht anders ging. Ihretwegen hätte Wade sich auch in Luft auflösen können. Sie tat einfach so, als wäre er nicht da.

»Also: Erst einmal heiße ich euch herzlich willkommen im Untergrund«, fing Moira schließlich an und beugte sich vor. Sie stützte ihre zierlichen Arme auf dem Tisch ab, und Raven war erstaunt, dass sie, obwohl sie so klein war, überhaupt nicht verloren wirkte. Viel eher wie jemand, der bekam, was er wollte, und kämpfte, sollte es anders sein. »Womöglich habt ihr schon von uns gehört, aber ich werde euch trotzdem ein bisschen etwas über unsere Arbeit erzählen, weil da draußen nämlich einige Gerüchte herrschen, die so gar nicht dem entsprechen, was wir eigentlich machen.« Sie griff nach einer Mappe auf ihrem Schreibtisch, öffnete sie und schob sie über den Tisch.

Raven beugte sich vor, um die Bilder genauer ansehen zu können. Es handelte sich um Fotos von Restaurants, Kinos, Bibliotheken oder sogar Bars, vor denen Schilder hingen, auf denen »Mutanten verboten« oder »Kein Zutritt für Mutanten« stand. Raven kannte diese Art von Verbotsschildern nur zu gut.

»Wir leben im einundzwanzigsten Jahrhundert. Seit die Mutanten an die Öffentlichkeit gegangen sind, sind mittlerweile über fünfundzwanzig Jahre vergangen. Wir finden, es ist an der Zeit, dass endlich das stattfindet, was im Friedensabkommen zwischen Mutanten und Menschen festgelegt wurde – Gleichberechtigung«, erklärte Moira.

Raven blätterte auf die nächste Seite und erstarrte. Es kostete sie alle Mühe, nicht sofort weiterzublättern, denn auf den nächsten Bildern waren Forschungslabore zu sehen. Labore, in denen sie selbst gelegen hatte und in denen ihr eigenes Blut vergossen worden war.

»Es gibt noch immer Forschungseinrichtungen, die unter dem Radar der Regierung Experimente an Mutanten durchführen, um sie zu ›normalen Menschen‹ zu formen. Auch das muss dringend aufhören«, fuhr sie fort, während sich Raven über die Blätter beugte und die kursiven Bildunterschriften durchlas.

Labore der *Advanced Interference Defence* stand dort. Tatsächlich. Es waren die Labore der AID, die dort abgebildet waren. Krankenzimmer, die in bläuliches Licht getaucht waren und in denen Mutanten hinter durchsichtigen Vorhängen lagen, um sie herum Ärzte in Quarantäneanzügen. Ravens Hand verkrampfte sich, und sie blätterte schnell auf die nächste Seite. Allerdings machte es das nicht besser, denn dort waren Mutanten zu sehen, die verletzt worden waren. Jede ihrer Wunden war dokumentiert worden. Kinder und Jugendliche waren darunter, deren Gesichter durch Medikamente oder Gewalteinwirkung geschwollen waren. Unter jedem Bild stand der Name der jeweiligen Person. Wurden weitere Verletzungen festgestellt, wurden sie unterhalb der Gesichter abgebildet. Einige hatten dieselben Wunden, die auch Raven zugefügt worden waren, mit falsch vernähten Operationsnarben und Löchern, in die wohl breite Infusionsschläuche gewaltsam eingeführt worden waren. Ravens Kehle wurde ganz trocken.

»Wir wissen, dass auch ihr beide ein Dreivierteljahr in einem AID-Labor verbracht habt«, sagte Moira sanft, aber Raven schaffte es nicht, ihren Blick von den vielen Kindern zu nehmen, die in der Mappe abgebildet waren.

Sie war damals vierzehn Jahre alt gewesen. Viele der Kinder in dieser Mappe waren in demselben Alter, und doch kam es Raven vor, als würde ihr die Luft abgeschnürt werden, weil sie einfach zu jung wirkten. Viel zu jung.

»Es liegt in unserer Hand, solche Experimente zu stoppen und die Regierung auf unsere Seite zu ziehen.«

»Die Regierung steht laut dem Abkommen auf unserer Seite«, widersprach Raven.

»Laut Abkommen ja, aber wir wissen beide, dass dem nicht so ist.«

Raven blätterte auf die nächste Seite, und ihr Atem stockte. Anscheinend hatte Knox dasselbe gesehen wie sie, denn auch er beugte sich dichter über die Mappe.

Auf dem Foto auf der rechten Seite war eine jüngere Ausgabe von Wade zu sehen. Er war schlimm zugerichtet.

Sein dunkles Haar war länger und hing ihm strähnig ins Gesicht, unter seinen Augen lagen tiefe Schatten, und seine Wangen waren völlig ausgehöhlt. Zu dem Zeitpunkt, als das Foto entstanden war, musste seine Wunde noch ganz frisch gewesen sein, denn die Narbe war tiefrot und krustig, das eine Auge völlig zugeschwollen. Und das war nicht das Schlimmste. Viel verkehrter kam Raven der Blick aus seinem gesunden Auge vor. Er war kalt und vollkommen leer. Als hätte er mitten durch die Kamera und sein komplettes Umfeld hindurchgeblickt und wäre innerlich an einem ganz anderen, viel schrecklicheren Ort.

Wade Baxter, 17, wurde schwer verletzt, weil er sich gegen AID-Angestellte wehrte, stand unter dem Bild, dahinter das Datum des Tages, an dem das Bild entstanden war. Mittlerweile lag es zwei Jahre zurück, und Raven kribbelte es im Nacken, sich umzudrehen und ihn anzusehen. Aber sie wusste, wie es ihr ergangen wäre, hätte sie dort ein Bild von sich selbst gesehen. Also schloss sie die Mappe wieder und schob sie zurück in Moiras Richtung.

»Ich wusste nicht, dass es solche Ausmaße angenommen hat«, gab sie zu.

»Als wir dort gewesen sind, haben wir nichts dergleichen mitbekommen«, setzte Knox hinterher. »Mit anderen sind wir nie in Kontakt gekommen.«

»Weil ihr aufgrund eurer besonderen Umstände eine Sonderbehandlung bekommen habt«, erklärte Moira sanft und sah zwischen den beiden hin und her.

Ravens Hände verkrampften sich. Sie waren nach dem Tod ihrer Mutter zur AID gekommen, weil ihnen versprochen worden war, dass sie Raven heilen konnten. Ihre Kraft hatte damals solche Ausmaße angenommen, dass sie die halbe Wohnung in die Luft gejagt hatte. Nur deshalb hatte sie den Experimenten zugestimmt. Aber dass es mehrere Labore gab, die so viele Mutanten in ihrer Gewalt hatten? Das war einfach unvorstellbar.

»Wieso habt ihr diese ganzen Bilder?«, fragte Raven und deutete auf die Mappe.

»Bei ein paar vergangenen Missionen des Untergrunds haben wir Jugendliche befreit, die dort eingesperrt waren. Zumindest die, die freiwillig mitkommen wollten.«

»Also mich hätten keine zehn Pferde in dieses Irrenhaus bekommen«, merkte Wade an.

Raven schnaubte verächtlich. Schön, dass er von der AID verletzt worden war – aber sich, ohne in den Laboren gewesen zu sein, ein Urteil darüber zu bilden, was damals geschehen war, konnte er sich nicht erlauben.

»Du verstehst das nicht«, widersprach Knox und warf einen Blick über die Schulter. »Wir hatten keine andere Möglichkeit. Nachdem unsere Mom starb, war Raven zu jung, um zu arbeiten. Wir haben eine Unterkunft und Geld gebraucht, und die AID hat uns beides angeboten. Ich kann verstehen, dass Leute, die frisch dort angekommen sind, erst einmal bleiben möchten.«

Daraufhin schwieg Wade.

»Jetzt habt ihr andere Möglichkeiten«, ging Moira dazwischen. Sie blickte zwischen Raven und Knox hin und her. »Ihr könnt Teil vom Untergrund werden.«

»Schön und gut, dass ihr hier ein nettes Hotel habt, in dem ihr unterkommt, aber … ich brauche ein bisschen mehr. Mehr Informationen, mehr darüber, wie ihr uns gefunden habt und was wir genau für euch machen sollen – das reicht mir sonst nicht. Wir sind bisher gut zu zweit zurechtgekommen, versteht ihr?«

Moira nickte langsam. »Natürlich. Wade?«

Raven hörte, wie er durch den Raum auf sie zukam. Wenig später trat er hinter den Schreibtisch und griff nach einer Mappe, die er zwischen seinen Händen zusammenrollte. »Wir sind durch deine nächtlichen Aktionen auf dich aufmerksam geworden und waren der Meinung, dass du eine Bereicherung für das Team sein könntest. Wir führen nachts öfter Coups durch, um die AID oder andere Labore auszuspionieren, und könnten jemanden mit deinen Fähigkeiten wirklich gut gebrauchen.«

»Nächtliche Aktionen?«, fragte Knox verwirrt.

Ravens Augen weiteten sich. Verdammt, sie hatte es so lange geschafft, es vor ihrem Bruder zu verheimlichen. Wieso musste Wade das ausgerechnet jetzt erwähnen? Und wieso war sie so blöd gewesen, so viele Informationen zu fordern? War doch klar, dass sie sie komplett durchleuchtet hatten.

»Schon okay, Knox. Alles, was in diesen vier Wänden besprochen wird, bleibt unter uns«, sagte Moira.

Noch ehe Raven etwas sagen konnte, legte Wade die zweite Mappe geöffnet vor sie hin. »Bei dem verhinderten Mutantenhandel in Riverside sind wir zum ersten Mal auf dich aufmerksam geworden.«

Ein Zeitungsartikel war in der Mappe zu sehen. Raven hatte vor vier Monaten einen Handel unterbrechen können, bei dem eine Mutantin, die ihre Gestalt wandeln konnte, für eine hohe Summe verkauft werden sollte. Inzwischen lief die Frau wieder frei rum, und die Kerle waren hinter Gittern gelandet. Die Aktion hatte sie eigentlich mit viel Stolz erfüllt, aber das Gefühl wurde jetzt von ihrem schlechten Gewissen gegenüber Knox unterbrochen.

»Das erste Mal, als wir dich bewusst unter Beobachtung gestellt haben, hast du in einer Nacht den Überfall auf einen Geldtransporter, eine Tankstelle und einen Supermarkt verhindert – und das alles mit deiner Telekinese«, fuhr Wade fort und zeigte auch dazu die Zeitungsartikel. Dort war von einer anonymen Quelle die Rede, manchmal auch von einem Passanten, der den Überfall rechtzeitig stoppen konnte. Nur selten wurde von ihrer Kraft berichtet, und wenn, dann ließen die Medien es wie einen Zufall wirken.

»Was zum Teufel ist das?«, krächzte Knox und packte die Mappe. Er starrte auf die Artikel, auf all die Verbrechen, die Raven hatte stoppen können.

»Das ist …«, fing Raven an, aber ihr fehlten die Worte. Ihre Kehle fühlte sich wie zugeschnürt an. Sie hatte nie vorgehabt, ihren Bruder an ihren waghalsigen Aktionen teilhaben zu lassen, weil sie wusste, dass er es nicht gutgeheißen hätte. Aber sie musste das einfach tun. Zum einen, weil sie das Gefühl hatte, die Welt so verändern zu können, und zum anderen, weil sie irgendwo ein Ventil für ihre Kraft brauchte, damit sie nicht innerlich verglühte oder wieder etwas in die Luft jagte. »Ich war immer vorsichtig«, beendete sie den Satz schließlich lahm.

Knox hob langsam den Kopf, und sein Blick war so frostig, dass ihr ganz schlecht wurde. »Sag mir nicht, dass du für all das«, er hob die Mappe hoch und wedelte damit so heftig in der Luft, dass gleich mehrere Artikel herausfielen und zu Boden segelten, »verantwortlich bist, R.«

Sie öffnete den Mund und schloss ihn wieder. Hitze stieg in ihre Wangen. »Ich musste das tun, Knox.«

»Du *musstest* das tun?« Knox' Wangen wurden rot, so wütend war er. »Hast du deswegen in diesem widerlichen Schuppen gearbeitet? Weil du so leichter an Verbrecher rangekommen bist?«

Sie räusperte sich und krallte die Finger in ihre Knie. »Ja.«

»Ich darf nicht mal auf eine öffentliche Schule gehen, aber du ziehst nachts durch üble Gegenden, um Verbrechern, Vergewaltigern und Drogenbossen das Handwerk zu legen?«, fauchte Knox.

»Weil ich im Gegensatz zu dir nicht so leicht zu verletzen bin«, gab sie leise zurück.

Knox zuckte zusammen, als hätte sie ihn geschlagen, und sofort bereute Raven ihre Worte. Sie wusste, dass es ihn quälte, keine Fähigkeit zu besitzen. Sie hob die Hand und wollte ihn beschwichtigend am Arm fassen – aber er schlug sie beiseite. »Du bist eine verdammte Heuchlerin«, murmelte er und stand ruckartig auf. Ohne noch einmal zurückzublicken, stürmte er durch das Büro nach draußen. Die Tür knallte geräuschvoll hinter ihm zu. Raven wollte ihm sofort nachgehen, aber Wade fasste sie am Arm. Sie sah ihn wutentbrannt an, aber das scherte ihn nicht.

»Lass ihm einen Moment«, sagte er behutsam.

Raven wollte sagen, dass sie ihm nachgehen musste, ihn beschützen musste, aber Wade drückte ihren Arm bloß kurz. Dann machte auch er kehrt und durchquerte das Büro mit langen, energischen Schritten. Er schloss die Tür geräuschlos hinter sich, und dann war nur noch Ravens abgehackter Atem zu hören. Ihre Fingerspitzen fingen an zu kribbeln, das Pochen in ihrem Kopf nahm schlagartig zu. Die Kraft kochte in ihrem Inneren hoch.

»Ich wusste nicht, dass Knox über deine nächtlichen Tätigkeiten nicht im Bilde war«, durchbrach Moiras Stimme das Rauschen in ihren Ohren. »Es tut mir leid, dass er es so erfahren musste.«

»Dafür ist es ein bisschen zu spät, danke«, murmelte Raven. Sie spreizte die Finger und ballte sie zur Faust, gleich mehrmals hintereinander, damit das Gefühl in ihnen wieder zurückkehrte. Wenn sie aufgewühlt war, war es viel schwieriger, das Psi zu bändigen. Ihre Kraft bettelte darum, auszubrechen, aber das konnte sie jetzt nicht erlauben. Mit aller Gewalt kämpfte sie dagegen an. *Verflucht.*

»Raven.« Moira trat langsam in ihr Blickfeld und streckte die Hand nach ihr aus.

»Nicht anfassen«, keuchte sie. »Ich … ich kann gerade nicht.«

Moira nickte langsam. Dann atmete sie tief ein und ließ die Luft hörbar entweichen, als sollte Raven es ihr nachtun. Aber Psi war nichts, was man einfach wegatmen konnte. Wenn es außer Kontrolle geriet, gab es nichts, was es aufhalten konnte. Und wenn Moira sie nicht in Ruhe ließ, würde sie das am eigenen Leib erfahren.

»Ich weiß, wie du dich gerade fühlst, Raven. Aber das kommt wieder in Ordnung. Knox und du, ihr teilt eine so starke Bindung, die kann nicht durch einen Streit zerstört werden.«

Moira sprach sanft und eindringlich auf sie ein, und Raven hatte keine Ahnung, wie sie das machte, aber das Kribbeln in ihren Fingerspitzen nahm langsam ab. Es fühlte sich an, als hätte Moira einen Weg in ihren Schutzwall gefunden und würde dort die Flammen löschen, die in ihr entbrannt waren.

Moira sah ihr prüfend in die Augen. Raven ging es zwar immer noch schlecht, aber ihre Kraft brodelte nicht mehr so stark. Und als spürte Moira das, ließ sie von ihr ab. Raven klammerte sich an ihrer Lehne fest und ließ sich dann zurück auf den Stuhl sinken. Sie rieb sich die pochenden Schläfen und fluchte leise.

»Genau deshalb wollen wir, dass du dich uns anschließt«, erklärte Moira und nahm wieder hinter dem Schreibtisch Platz.

Raven sah sie wütend an, schwieg aber.

»In unserer Gesellschaft wird davon ausgegangen, dass Eltern die Bildung der Fähigkeiten bei Mutanten übernehmen, dabei müsste es unserer Ansicht nach Schulen oder zumindest Schulfächer für das Erlernen spezifischer Mutationen geben. Gaben werden immer noch als Makel angesehen und nicht als Geschenk«, fuhr sie fort und beugte sich wieder vor, um Raven ernst in die Augen zu sehen. »Gerade bei deinen Fähigkeiten ist es wichtig, sie zu trainieren, damit du nicht das Schicksal unzähliger anderer Psi erleidest und irgendwann zusammenbrichst. Wir haben Leute, die dir den Umgang mit deiner Kraft beibringen können. Du könntest lernen, wie man sie richtig einsetzt – und nicht bloß als Ventil.«

Raven konnte sich nicht von ihrem Blick loseisen. Es war ihr unmöglich, sich zu bewegen.

Gab es hier wirklich Leute, die wussten, wie man mit Psi umzugehen hatte?

»Wir bieten Knox außerdem die Möglichkeit, unsere interne Schule zu besuchen. Er könnte mit Gleichaltrigen von Privatlehrern unterrichtet werden und einen offiziell anerkannten Abschluss machen. Und du würdest einen monetären Ausgleich erhalten, je nachdem, welche Aufgaben du übernimmst«, sagte Moira und schob einen Umschlag über den Tisch. Sie tat einfach so, als hätte Raven eben nicht beinahe die Kontrolle verloren.

Raven schluckte angestrengt und griff nach dem Umschlag. Mit bebenden Fingern öffnete sie ihn und holte einen Scheck heraus. Die Summe, die dort stand, war … das Fünffache von dem, was sie im *Retox* verdient hatte. Sie lachte auf, ein kalter, tonloser Laut. Dann steckte sie den Scheck in den Umschlag und schob ihn zurück.

»Ich will lieber nicht wissen, was ich dafür alles machen muss«, sagte sie.

Moira richtete sich auf und drückte den Rücken durch. »Du würdest am Training teilnehmen und dich bemühen, deine Kraft in den Griff zu bekommen, Missionen mit uns planen, um die Labore zu stoppen, und deinen Teil der Lebensgemeinschaft übernehmen, indem du einmal wöchentlich in der Küche aushilfst oder dich anderweitig beteiligst.«

Das konnte nicht alles sein. Es musste einfach irgendeinen Haken geben, weil nichts im Leben so dermaßen einfach sein konnte. Nachdem sie eine Minute lang geschwiegen hatte, verschränkte Moira die Arme vor der Brust und lehnte sich zurück.

»Einen Monat«, sagte sie plötzlich.

Fragend sah Raven sie an.

»So lange bleibst du hier und bist Teil des Untergrunds. Du machst beim Training mit, schaust dir alles an, während Knox am Unterricht teilnimmt, und dann seht ihr gemeinsam, ob ihr euch vorstellen könnt, länger zu bleiben.«

Ob ihr Bruder das noch wollte, nach diesem Streit?

»Es ist jetzt ohnehin kein guter Zeitpunkt für euch, allein unterwegs zu sein«, erinnerte Moira sie. »Eure Verfolger werden euch immer noch suchen. In diesem Monat könnt ihr abwarten, bis sich die Situation gelegt hat.«

Das stimmte. Vielleicht konnte es wirklich nicht schaden, sich einen Monat lang alles anzusehen und dann in Ruhe zu entscheiden, was sie als Nächstes tun würden. Sie konnte das Gehalt einsacken und dann mit Knox einen Neuanfang wagen. Vielleicht woanders, mit neuem Namen.

»Einen Monat«, wiederholte sie schließlich.

7. KAPITEL

Knox schaffte es bis in den Aufzug, dann war er aufgeschmissen, weil er nämlich keinen blassen Schimmer hatte, welchen der vielen Knöpfe er drücken sollte. Also entschied er sich für alle, bis sie leuchteten, und weil die Wut ihren Siedepunkt erreichte, schlug er noch ein paarmal dagegen, bis seine Handknöchel aufrissen. Er atmete zischend ein und hob die Hand vor die Augen. Die Wunde war nicht groß, blutete aber. Knox biss die Zähne fest zusammen und ließ sich mit dem Rücken an der Fahrstuhlwand zu Boden sinken.

Die Türen schlossen sich, und der Fahrstuhl setzte sich so schnell in Bewegung, dass Knox ganz schlecht wurde. Wobei es mit Sicherheit auch an dem lag, was er eben erfahren hatte.

Die ganze verdammte Mappe war mit Artikeln zu irgendwelchen Heldentaten gefüllt gewesen! Knox konnte nicht glauben, dass seine Schwester all diese Dinge getan hatte, dass sie ihr *Leben* riskiert hatte, während er die Wohnung nicht verlassen durfte. Wütend wischte er seine pochende Hand an seinem Shirt ab. Es war schwarz, da sah man ohnehin keine Flecken.

Er fühlte sich betrogen. Hintergangen. Und allem voran enttäuscht.

Der Fahrstuhl hielt einen Stock weiter oben, und die Tür ging auf, ohne dass Knox sich vom Fleck bewegte. Er konnte Menschen hören, und da er jetzt überhaupt nicht gesellschaftsfähig war, griff er nach oben und zielte mit der gesunden Hand auf den Knopf für die Türen, die gleich darauf wieder zuglitten.

Wieso hatte Raven das getan, wenn sie wusste, dass sie alles war, was ihm noch blieb? Eine andere Familie hatten sie nicht. Und wie hatte sie stets so besorgt tun können, wenn sie die ganze Zeit diejenige gewesen war, die fahrlässig mit ihrem Leben gespielt hatte?

Moment mal.

Die Bilder in Knox' Kopf setzten sich zusammen, und für einen Augenblick bekam er keine Luft mehr.

Der Wind-Mutant, der ihn in der letzten Nacht angegriffen hatte – er hatte nicht zur AID gehört, sondern war wegen Raven bei ihnen gewesen. Jetzt ergaben seine Worte auch Sinn.

Du hast mich ganz schön in die Scheiße geritten, Kleiner, hatte er gezischt. Knox hatte unter Schock angenommen, dass der Kerl ihn meinte, weil er schlichtweg einen an der Waffel gehabt hatte. Aber nein – er war bei ihnen zu Hause aufgetaucht, weil Raven verdammt noch mal eine Idiotin war.

Während er monatelang in der Wohnung eingesperrt gewesen war, war sie draußen gewesen, hatte in diesem schrecklichen Schuppen gearbeitet und war anschließend durch die Stadt gezogen. Und wofür? Den Ruhm? Knox verstand es einfach nicht. Er versuchte es, scheiterte aber.

Er hatte ihr das Wort »Heuchlerin« an den Kopf geworfen und es aus vollem Herzen so gemeint.

Der Fahrstuhl hielt erneut, und Knox war es gleichgültig, wo er war. Er hörte, wie jemand zu ihm in den Aufzug trat, aber er blickte nicht auf. Es war ihm egal, wer ihn in diesem Zustand sah. Das Einzige, was er gerade wollte, war, nach Hause zu gehen, aber auch das war nicht möglich. Also blieb ihm nur die Wut. Er ballte die Hände an den Seiten zu Fäusten.

»Mir wird schlecht, wenn ich zu lange mit dem Aufzug

fahre. Wäre toll, wenn du rauskommen könntest, sonst kann ich für nichts garantieren«, ertönte eine Stimme über ihm, und Knox legte den Kopf in den Nacken, um Wade anzusehen. Mit seinem grimmigen Blick und der großen Narbe sah er wirklich zum Fürchten aus. Aber seine Stimme ... die war nicht zum Fürchten, sondern klang tief und angenehm. Sie hatte schon gestern eine beruhigende Wirkung auf Knox ausgeübt, und auch wenn er ihm immer noch nicht vertraute, hegte er gegen Raven doch gerade einen viel größeren Zorn.

Wade stand halb zwischen der Etage, auf der er sich befand, und dem Fahrstuhl. Als die Türen sich schlossen, schob er sein Knie dagegen, und sie fuhren sofort wieder auseinander. Dann nickte er nach hinten in den Flur.

»Hab gerade nicht so viel Lust auf Gesellschaft«, sagte Knox.

»So geht es mir schon mein ganzes Leben. Eine Schande, dass die Erde von Menschen bevölkert wird«, gab Wade zurück.

Knox stutzte, und wider Erwarten zuckten seine Mundwinkel. Als Wade einen Schritt nach hinten machte, entschied sich Knox, ihm nachzugehen. Die Alternative, den Tag im Fahrstuhl zu verbringen, war einfach zu armselig.

Wade drehte sich auf dem Absatz um und lief mit in den Taschen vergrabenen Händen den Flur entlang, bis er bei einem Zimmer angekommen war, auf dessen Tür eine große *273* prangte. Er nahm den Chip, den er auch schon in der Nacht zuvor benutzt hatte, und hielt ihn gegen das schwarze Feld, das unter dem Türknauf lag. Die Tür schwang nach innen auf, und die beiden betraten das Zimmer. Wade schaltete das Licht ein, und Knox stieß einen anerkennenden Pfiff aus.

Wades Zimmer war riesig. Wobei es eigentlich kein Zimmer war, sondern eher eine Suite, die das Vielfache von der Wohnung umfasste, in der Knox bis vor einem Tag noch gehaust hatte. Sie befanden sich in einem riesigen Raum mit teuren Möbeln. Die Wände waren hell, die Möbel bestanden aus dunklem Holz, und durch zwei große Fenster wurde warmes Licht in das Zimmer geworfen. Es gab einen Esstisch mit vier Stühlen, zwei Sessel vor einem breiten Regal, das bloß spärlich gefüllt war, und einen breiten Schreibtisch, auf dem etliche Bücher offen dalagen und ein hoher Käfig stand. Ein Vogelkäfig.

Mit verwundertem Blick drehte Knox sich zu Wade um, aber der beachtete ihn nicht weiter, sondern lief zum Käfig und machte ihn auf. Er streckte eine Hand aus und pfiff leise. Der weiße Vogel, der auf einer Stange darin saß, kam sofort nach draußen und hüpfte auf Wades Hand. Er richtete sich wieder auf und drückte seine Nase gegen den Schnabel des kleinen Vogels. »Das ist Thunder.« Er hielt ihm die Hand hin, und Knox musste lächeln. Das war wirklich ein erstaunlich hässliches Exemplar von einem Vogel. Er war schneeweiß, die Federn auf seinem Rücken waren eine Mischung aus grau und schwarz und völlig zerrupft. Außerdem hatte er eine kahle Stelle auf dem Kopf, was diesen irgendwie platt erscheinen ließ. Thunder legte den Kopf auf die Seite, dann stieß er ein leises Krähen aus. Obwohl er eher aussah, als würde er zu sehr hohen Tönen in der Lage sein, waren die Geräusche, die er machte, total kratzig und für Vogelverhältnisse schräg. Trotzdem war er irgendwie niedlich. Und gerade als Knox das dachte, machte das Tier einen Satz auf ihn zu. Als der Vogel auf seinem Kopf landete, zuckte Knox zusammen.

»Keine Sorge, er beißt nicht«, meinte Wade und ging dann durch eine Tür ins Zimmer nebenan, in dem er mit

Sicherheit schlief. Wenig später kam er zurück und zog sich im Gehen ein schwarzes Sweatshirt über. Knox balancierte währenddessen den Vogel auf dem Kopf und traute sich nicht, sich auch nur ein Stück zu bewegen. Als Wade sich fertig angezogen hatte, pfiff er erneut, und Thunder stieß sich mit seinen Krallen von seinem Kopf ab, um auf Wades Schulter Platz zu nehmen. So konnte Knox seinen Rundgang in dem riesigen Wohnzimmer fortsetzen. Als er den Flachbildschirm an der gegenüberliegenden Wand und die Konsole darunter erblickte, konnte er sich allerdings auf nichts anderes mehr konzentrieren. Er bückte sich und drehte die Spielhüllen um, die auf dem Boden verteilt lagen.

»Du spielst Dungeon Seeker?«, fragte er verblüfft und drehte sich zu Wade um, der gerade auf einem Sessel Platz nahm.

»Der neue Teil ist nicht so gut«, meinte er schulterzuckend, woraufhin Thunder ein empörtes Krähen ausstieß.

Knox blieb der Mund offen stehen. »Das Spiel ist gerade mal knapp eine Woche draußen – du kannst mir nicht sagen, dass du es schon durchgespielt hast.«

Dungeon Seeker war kein leichtes Spiel, das konnte Knox aus Erfahrung sagen. Er hatte innerhalb des letzten Jahres so ziemlich jedes Actionspiel mit Markell gezockt, das es auf dem Markt gab – und die Dungeon Seeker Franchise gehörte in Gaming-Kreisen zu den am schwersten spielbaren Spielen, die jemals entwickelt wurden.

Wieder zuckte Wade mit den Schultern, wobei sein Vogel diesmal schon damit zu rechnen schien. Er krallte sich in dem Stoff des Sweatshirts fest und rückte sogar noch ein Stück dichter an Wades Gesicht heran. »Es war schon schwer, aber nicht unmöglich.« Er nahm auf seiner Couch Platz. Seine Beine streckte er auf dem Wohnzimmertisch aus. Dann griff er sich den Controller vom Tisch und schaltete die Konsole mit einem leisen Piepen an. »An welcher Stelle hängst du?«, fragte er.

»Da, wo man in der Kammer mit Screechern ist. Ich verstehe einfach nicht, wie man da rauskommen soll – es gibt keine Geheimtüren, und ohne Munition ist es unmöglich, die ganzen Dinger zu besiegen«, sprudelte es aus Knox hervor.

»Es gibt einen versteckten Flammenwerfer in der Kammer davor«, sagte Wade.

Er sah ihn ungläubig an. »Nicht dein Ernst.«

»Doch, in einem Geheimfach. Ich zeige es dir. Aber dafür müsstest du erst mal wieder bis dahin kommen«, sagte er leichthin.

Knox ließ sich neben ihn auf die Couch fallen. Oh, wie viel bequemer sie war als das Teil, auf dem Raven im letzten Jahr freiwillig geschlafen hatte.

Nein, er würde jetzt nicht an seine Schwester denken.

»Dann zeig mal, was du drauf hast«, meinte Wade und startete ein neues Spielerprofil. Anschließend hielt er ihm den Controller hin, den Knox ergriff. Er zog ihn in seinen Schoß, bis ihm einfiel, dass seine Hand immer noch ramponiert sein musste. Er senkte den Blick – und blinzelte perplex. Die Wunde, die eben dort noch gewesen war, war verheilt. Knox berührte seine Knöchel mit der gesunden Hand und zuckte automatisch zusammen. Dabei war da nichts mehr. Nur gesunde, gut durchblutete Haut. Merkwürdig.

»Alles in Ordnung?«, erklang Wades Stimme hinter ihm, und Knox riss sich zusammen.

Er nickte stumm, dann schaltete er das Spiel an.

In den nächsten Stunden zockte Knox, was das Zeug hielt. Er versank in dem Spiel, ließ sich einzig von Wades gemurmelten Kommandos unterbrechen und vergaß, was in den letzten vierundzwanzig Stunden geschehen war. Er blendete einfach alles aus, und es tat so gut.

Bis er bei der Stelle ankam, die schier unmöglich schien. Er starb gleich mehrere Male hintereinander und sah Wade dann demonstrativ an. »Ich sag doch, dass das nicht klappt.«

»Geh in die Kammer davor.«

»Aber da war nichts.«

»Doch, aber erst, wenn du zum zweiten Mal reingehst«, erwiderte Wade, ohne den Blick vom Bildschirm zu nehmen. Inzwischen hatte er seine Kapuze aufgesetzt, den Kopf auf die Sofalehne gestützt und beide Hände in der Bauchtasche seines Sweaters vergraben. So sah er – mal abgesehen von dem Vogel auf seiner Schulter – wie ein ganz normaler Kerl aus, aber Knox wusste, dass dem nicht so war. Auch wenn er sich in diesem Moment gern davon täuschen ließ.

Er machte, was Wade ihm sagte, und kehrte in die erste Kammer zurück. Dort drehte er eine Runde und folgte Wades Anweisung, sich hinzuknien und durch den Raum zu robben. Das sah so bescheuert aus, dass er schnauben musste. Aber dann stieß er auf den Flammenwerfer, der wie aus dem Nichts in dem Feld unter seinen Knien auftauchte. Knox stieß ein Jauchzen aus und sammelte das Teil ein. Und dann brauchte er keine Anleitung mehr, weil er einfach mit dem Flammenwerfer in die nächste Kammer marschierte und alle Screecher entflammte, die ihm auch nur ein Stück zu nahe kamen.

»Sie musste das tun«, sagte Wade, als Knox sich in den nächsten Raum begab.

Ohne den Blick vom Bildschirm zu nehmen, brummte Knox. Er wusste, dass das hier nur ein Ablenkungsmanöver gewesen war, das dazu diente, ihn den Streit vergessen zu lassen, aber er war immer noch nicht bereit, über Raven zu sprechen.

»Du weißt, was für eine Kraft sie in ihrem Inneren bündelt. Würde sie sie nicht irgendwo rauslassen, wäre schon längst etwas Schlimmeres passiert«, fuhr er fort, als würde er immer noch über das Spiel sprechen.

Knox konzentrierte sich darauf, den nächsten Feind anzuvisieren.

»Ich habe sie beobachtet. Sie hat das nicht aus Spaß getan«, fuhr er fort.

Knox drückte auf Pause und starrte auf den Boden. Stille breitete sich zwischen ihnen aus, und nun musste er doch wieder an das denken, was er über Raven erfahren hatte. Sobald er sich vorstellte, dass seine Schwester Raubüberfälle und Drogenlieferungen gestoppt haben soll, wurde ihm mulmig zumute. Ihr hätte etwas geschehen können. Jemand hätte ihr wehtun können. Sie hätte sterben können, verflucht.

»Ich bin Raven schon vor über einer Woche über den Weg gelaufen, weil Moira mich auf sie angesetzt hat. Sie hat Geld und eine Unterkunft ausgeschlagen, weil das Einzige, worum sich ihr Alltag dreht, du bist.«

»Danke. Geht mir schon gleich viel besser«, gab Knox trocken zurück und unterbrach die Pause. Wie besessen drückte er auf den Knöpfen des Controllers herum und lauschte zufrieden dem Kreischen der sterbenden Kreaturen.

»Nach allem, was sie in den letzten Jahren durchmachen musste, kann ich verstehen, dass sie diese eine Sache für sich tun musste.«

Knox sah ihn fassungslos an und vergaß dabei völlig, was sich auf dem Bildschirm abspielte.

»Guck nicht so«, meinte Wade, ohne den Blick vom Bildschirm zu nehmen. »Sei einfach froh, dass ihr einander noch habt.«

Raven bekam Knox den Rest des Tages nicht zu sehen, dafür aber reichlich andere Mutanten, die sie höflich, aber distanziert grüßten, als Moira sie einander vorstellte.

Die Anführerin des Untergrunds gab ihr eine Führung durch das Hotel und erzählte ihr ein bisschen davon, wie ihre Organisation entstanden war.

Moira war behütet aufgewachsen. Als Erbin eines riesigen Hotels hatte sie die besten Möglichkeiten auf Bildung erhalten – ihr hatte es nie an etwas gemangelt, und obwohl ihre Eltern keine Mutanten gewesen waren, hatten sie in ihrem Hotel jeden angestellt. Ungeachtet, ob er Fähigkeiten hatte oder nicht. Für sie war das Miteinander von Mutanten und Menschen ganz normal gewesen, da ihre Eltern auch nur mit Partnern zusammengearbeitet hatten, die es genauso taten.

Aber dann hatte sie geheiratet. Einen Menschen. Und musste die behütete Welt, in der sie groß geworden war, verlassen. Erst da hatte sie erfahren, wie es an vielen Enden der Stadt wirklich aussah. Ihr Mann und sie wurden feindselig gemustert, sie wurde beleidigt, und ihr Mann hatte seine Lehrstelle an der noch sehr konservativ eingestellten Hochschule verloren. Wenig später verstarb ihr Mann, was sie endgültig in ein dunkles Loch trieb. Aber sie merkte schnell, dass sie etwas gegen die Diskriminierung tun wollte. Dass sie die Chance dazu hatte, mit dem Hotel und den Kontakten, die ihre Eltern aufgebaut hatten. Ihre Mutter war inzwischen verstorben, und ihr Vater genoss seinen Ruhestand auf einer geheimen Insel, deren Standort er niemandem verriet. Es lag an ihr, das

Hotel weiterzuführen, und sie wollte es auf ihre Art tun: indem sie es renovierte und in ein Geheimversteck verwandelte, in dem jeder unterkommen konnte, der sich dafür einsetzte, dass die Feindseligkeit gegenüber Mutanten aufhörte.

Raven wurde schnell klar, dass Moira überall respektiert wurde. Sie war sanftmütig, sprach mit allen, die sie zwischendurch traf, und nahm sich für jeden Zeit. Wenn jemand ein längeres Anliegen hatte, versprach sie, später einen Termin zu finden. Aber während die Mutanten jeden Alters, die ihnen im Vorbeigehen begegneten, Moira mit so viel Respekt und Bewunderung begrüßten, schienen sie zu Raven gar nicht genug Abstand halten zu können.

»Wir gehen hier sehr offen miteinander um und haben einmal wöchentlich eine Teambesprechung, in der von jeder Etage ein Sprecher mitkommt. Fortschritte werden besprochen, aber auch Vorhaben der nächsten Woche«, erklärte Moira.

Anscheinend waren die Etagen nach Alter eingeteilt, es sei denn, ganze Familien schlossen sich dem Untergrund an. Diese lebten in den großen Suiten weiter oben. Raven fragte sich, wo sie und Knox wohl unterkommen würden. Nach den ganzen furchtsamen Blicken konnte sie sich nicht vorstellen, mit so vielen Fremden auf einer Etage zu wohnen.

»Wir haben ihnen auch erzählt, wer du bist«, sagte Moira weiter. Sie hatte die Hände hinter dem Rücken ineinandergelegt und schritt mit ihr über den Flur der fünfzehnten Etage. In diesem Stockwerk befanden sich die Trainings- und Fitnessräume.

»Also wissen alle darüber Bescheid, was ich bin«, murmelte Raven und kämpfte gegen das Gefühl an, sich entblößt vorzukommen.

»Ja«, antwortete Moira schlicht, aber sie sagte es ohne Wertung.

Raven fiel es zunehmend schwerer, regelmäßig einzuatmen. Sie fürchtete, dass die anderen Mutanten, sobald sie sie erblickten, in Angst und Schrecken versetzt wegrennen würden. Allerdings war das nicht der Fall, während sie gemeinsam in den Trainingsraum gingen. Die gesamte Etage wirkte offen und weitläufig, überall waren schwere Geräte aufgebaut, Matten auf dem Boden und Gewichte verteilt. Verstreut trainierten ein paar Leute. Sie stemmten Gewichte oder begnügten sich mit den schweren Seilen, die auf dem Boden bei den Fenstern lagen. Andere wiederum trainierten zu zweit und machten Kampfübungen. Kaum einer nahm Notiz von ihnen, sie waren viel zu beschäftigt und ins Training vertieft.

»Für den Monat, in dem ihr bleibt, erstellen wir dir einen Trainingsplan«, erklärte Moira.

»Wirklich?«, fragte Raven abwesend. Sie war gerade dabei, das Mädchen und den Kerl zu beobachten, die sich gefährlich langsam umkreisten. Jeden Moment würde einer von beiden zuschlagen, die Luft knisterte förmlich vor Anspannung.

Der Kerl schlug zuerst zu – sein Arm schoss einer Schlange gleich nach vorne. Das Mädchen wich nach hinten aus, lächelte dabei aber. Plötzlich zuckte der Junge zusammen und sank auf die Knie.

»Verflucht, Zadie«, knurrte er und zitterte.

Und dann sah Raven es. Den Strom, der von ihrer Hand ausging.

Sie beherrschte Elektrizität. Und sie hatte sie ihm auf den Hals gejagt. Er wehrte sich gegen das Zittern, und von hinten konnte Raven erkennen, wie angespannt seine Schultern waren und wie sehr er sich dagegen wehrte.

Fasziniert beobachtete sie, wie sich der Typ zur Seite abrollte und dann wieder aufstand. Er hielt die Fäuste erhoben und legte den Kopf schräg. Als das Mädchen erneut angriff, löste er die Fäuste und hielt die Hände flach erhoben. In der nächsten Sekunde platschte es laut, und das Mädchen kreischte. Die blauen Blitze, die eben noch auf ihren Händen getanzt hatten, stoppten abrupt. Stattdessen sank sie zitternd auf die Knie. Selbst aus dieser Entfernung konnte Raven ihre Zähne klappern hören. Sie brauchte einen Moment, bis sie nicht mehr unter Strom stand, erst dann stand sie mit Mühe auf.

»Du mieser Schummler!«, fauchte sie. Dabei stampfte sie sogar mit einem Fuß auf. Die Geste ließ sie viel jünger wirken, als sie sein musste. Sie war bestimmt älter als Raven, vielleicht um die zwanzig.

»Schummler? Ich nenne das Taktik.«

Diese Stimme.

Raven war sich nicht sicher, aber sie kam ihr ungemein vertraut vor. Wie aus einer Erinnerung. Einem alten, entfernten Leben.

»Deine Taktik ist beschissen. Du hast mich einfach nass gespritzt«, brachte das Mädchen zwischen zusammengebissenen Zähnen hervor.

»Das ist eben meine Gabe. Und was sagt Moira immer? Man soll zu seinen Gaben stehen und sie sich zu eigen machen«, gab er zurück und hob die Hände. Von seiner linken Hand ließ er einen Wasserstrahl aufsteigen, der über seinen Kopf hinweg in seine rechte Hand floss und dann verschwand.

»Ich sage aber auch immer, dass ihr eure Gaben nicht ausnutzen, sondern mit Bedacht einsetzen sollt«, unterbrach Moira die Zankerei.

Der Kerl drehte sich mit steifen Schultern zu ihnen um.

Als er Moira erblickte, rieb er sich verlegen den Nacken. »War ja klar, dass du ausgerechnet das mit ansehen musstest.« Er ließ den Blick von Moira zu Raven wandern und grinste schief. »Und wen haben wir da? Einen Neuzugang?«

Raven konnte ihn nur anstarren.

Das war nicht möglich.

Er konnte es nicht sein.

»Katsu?«, krächzte sie.

Das Grinsen verblasste leicht, bis es letztlich ganz verschwand und sich ein ganz anderer Ausdruck auf seinem Gesicht ausbreitete. Eine Mischung aus Erstaunen, Unglauben und letztlich Freude.

»Das gibt's nicht«, murmelte er und machte einen Schritt auf sie zu. »Raven? Raven Carrigan?«

Sie schaffte es nur, zu nicken. Im nächsten Moment fand sie sich in einer stürmischen Umarmung wieder. »Ich dachte, du wärst tot.« Er hielt sie noch eine ganze Weile so fest, und Raven schaffte es gerade so, seinen Rücken zu tätscheln.

Seit Jahren war sie nicht mehr auf diese Weise umarmt worden. Sie hatte vergessen, wie es sich anfühlte. Es war ungewohnt und irgendwie zu viel. Gleichzeitig aber auch nicht, denn das hier war Katsu. Ihr Freund aus Kindertagen. Verdammt, er roch sogar noch genauso wie damals. Vertraut, aber gleichzeitig fremd.

Er ließ sie wieder zurück auf den Boden, hielt sie aber weiter an den Schultern gepackt. »Verdammt, ich hab dich auf den ersten Blick gar nicht erkannt. Du siehst … anders aus.« Er legte eine Hand auf ihrem Kopf ab und tätschelte ihn. »Bist ganz schön gewachsen.«

»Du auch«, gab sie zurück, wobei das eine glatte Untertreibung war. Er überragte sie um einen Kopf und war erwachsen geworden. Sein Gesicht war kantiger, die schwarzen Haare fielen ihm wild in die Stirn, und in seinen Ohren steckten etliche Piercings. Was ihr besonders auffiel, waren seine Augen. Er musste Kontaktlinsen tragen, denn sein Blick war nicht wie damals von einem Dunkelbraun, sondern von einem eisigen Blau.

Er musste ihre Beobachtung bemerkt haben und lächelte. »So sind sie geworden, als ich meine Gabe entwickelt habe.«

»Wann?«, fragte Raven. Sie wusste noch genau, wie sie miteinander gewetteifert hatten, wer seine Kraft zuerst bekam. Hätte sie damals gewusst, dass sie eine Psi war, hätte sie solch bescheuerte Wetten niemals abgeschlossen.

»Vor drei Jahren, mit fünfzehn. Hab an dich gedacht, als ich zum ersten Mal Wasser gekotzt habe.« Er grinste, und Raven erwiderte es. Es fühlte sich an, als wäre ihr Gesicht aus einem tiefen Schlaf erwacht.

»Ihr beide kennt euch also?«, erklang Moiras Stimme und riss sie aus dem Moment.

Katsu nahm die Hände von ihren Schultern und nickte. »Yep. R und ich sind zusammen im East Village groß geworden.« Jetzt legte er einen Arm um Ravens Schulter und drückte sie eng an seine Seite.

»Dann bist du also die Psi, die nachts rumläuft und andere Mutanten an die Polizei ausliefert.« Das Elektro-Mädchen gesellte sich zu ihnen. Sie hatte ein Handtuch um die Schultern gelegt und trocknete sich gerade ab. Sie musterte Raven mit unverhohlener Neugier, während sie die Feuchtigkeit aus ihrem Haar drückte.

»Die bin ich wohl«, sagte Raven. Es war ihr noch immer unangenehm, dass alle hier wussten, wer und was sie war. Sie fragte sich, ob sie auch den Rest kannten. Das, was vor vier Jahren geschehen war und sie geradewegs in die Arme der AID getrieben hatte.

Mit einem Mal fühlte sich Katsus Arm auf ihrer Schulter wie ein unerträgliches Gewicht an.

Er musste Bescheid wissen. Immerhin hatte er in derselben Straße gewohnt und mit Sicherheit mitbekommen, wie sie das Haus in die Luft gejagt hatte.

Es war das erste Mal gewesen, dass ihre Kraft – der gefährliche Teil davon – zum Vorschein gekommen war.

Und es hatte ihre Mutter das Leben gekostet.

»Bist bestimmt eine Bereicherung für das Team«, riss die Stimme des Mädchens Raven aus ihrer Erinnerung.

Das Mädchen sah sie weiter argwöhnisch an. Aber ihr Blick reichte nicht einmal annähernd an das heran, was Raven sich selbst gegenüber empfand.

Sie spürte, wie die Erinnerungen sie überschwemmen wollten, kämpfte aber dagegen an und grub die Nägel in die Handinnenflächen. Ihre Fingerspitzen kribbelten unheilvoll.

»Raven ist jetzt Teil des Untergrunds und wird auch so behandelt. Verstanden?«, sagte Moira sanft, aber dennoch voll Autorität.

Zadie seufzte und nickte schließlich. Dann machte sie auf dem Absatz kehrt und verschwand in Richtung der Räume, die Raven als Umkleiden ausmachte.

»Ich freue mich, dass du jetzt hier bist. Das ist so toll, R. In meiner Etage ist auch gerade ein Doppelzimmer frei geworden, weil mein Kumpel Ridge gerade mit seiner Verlobten weiter oben zusammengezogen ist – Knox und du könntet sicher dort unterkommen. Knox ist doch mit dabei, oder? Mann, der muss auch groß geworden sein.«

»Ist er«, sagte sie leise und dachte sofort wieder daran, wie ihr Bruder rausgestürmt war. Sie starrte auf die kleinen Rillen in der Matte und spürte, wie das Kribbeln in ihren Fingern stärker wurde. Ihr Blut fing an zu kochen. Wenn sie derart aufgewühlt war, fiel es ihr schwerer, die Kontrolle über das Psi zu behalten. Es war einfach alles zu viel – der Untergrund, ihr Streit mit Knox, die Begegnung mit Katsu, die sie in die Vergangenheit katapultierte. Ihr ganzer Körper fing an zu beben, doch statt sie loszulassen, verfestigte Katsu seinen Griff.

Moira schaltete sich schnell ein. »Das ist eine tolle Idee, Katsu. Dann hätten Raven und Knox jemanden, mit dem sie vertraut sind. Ich werde Raven jetzt noch den Rest des Gebäudes zeigen und solange jemanden mit der Reinigung des Zimmers beauftragen«, sagte sie und griff Raven am Arm. Sofort ließ Katsu sie los, während Moira sie zurück in den Flur lotste.

»Ich freue mich, R!«, rief er ihnen noch hinterher und schien es ehrlich zu meinen.

Raven konnte es nicht verstehen. Er wusste, was sie war – was sie getan hatte. Wieso war er so lieb, so offen und behandelte sie nicht wie eine Aussätzige?

Verdient hätte sie es.

Raven war den ganzen Tag mit Moira unterwegs und durchkämmte das riesige Gebäude mit ihr. Es gab so viel zu sehen – von der Etage mit den Unterrichtsräumen für die jungen Mutanten über die beiden Speisesäle und die Trainingsräume bis hin zur Zentrale, in der die neuesten Pläne geschmiedet wurden, und dann noch die Suiten, in denen die Mitglieder des Untergrunds unterkamen. Außerdem ging Moira mit ihr in ihre hauseigene »Boutique«, wie sie es nannte. Dabei handelte es sich um ein riesiges Arsenal an Kleidung, angesammelt innerhalb der letzten Jahre. Sie sagte Raven, dass jemand mit ihr in den nächsten Tagen noch vernünftige Kleidung kaufen würde, da sie schließlich nichts mehr hatte, und reichte ihr im Anschluss eine Tasche, in der die Standard-Klamotten zu finden waren, die jeder Neuankömmling im Untergrund bekam.

Ravens Kraft drohte jede Sekunde überzusprudeln, aber sie behielt sich im Griff, auch wenn sie Kopfschmerzen davon bekam und die Eindrücke um sie herum immer stärker und irgendwann zu viel wurden. Als sie abends von Moira in das Restaurant geführt wurde, das fast auf der obersten Etage lag, hielt sie es kaum noch aus, weil ihre Telepathie an die Oberfläche kommen wollte, um die Gedanken der Anwesenden wahrzunehmen. Raven beherrschte diese Gabe nicht gut, und wenn sie so ausgelaugt war wie jetzt, war es immer schwerer, sie im Griff zu haben. Moira stellte ihr ein paar Leute ihres Teams vor, aber die Gesichter verschwammen mit den Gedanken der anderen Personen im Raum, und Raven konnte sich nichts mehr merken, geschweige denn würdigen, wie schön das Restaurant war. Die Tische waren mit dunkelblauen Überwürfen bedeckt, die in Wellen bis auf das edle Parkett fielen. Dazu waren überall Kerzen aufgestellt, und Lampen hingen seitlich an den Säulen zwischen den Fenstern, die an Fackeln erinnerten und den Raum in warmes Licht tauchten. Insgesamt herrschte eine sehr angenehme Atmosphäre, die nicht so richtig auf Raven überspringen wollte, ihr aber dabei half, sich zusammenzureißen.

Sie bekam kaum einen Bissen runter, während sie den Speisesaal überblickte und insgeheim hoffte, ihren Bruder irgendwo zu sehen. Fehlanzeige.

»Er ist bestimmt noch oben bei Wade«, erklärte Moira, als sie ihren Blick bemerkte.

Raven nickte abwesend und stocherte weiter in ihrer Pasta herum. »Wohnt er noch weiter oben?«

Der Kerl, der links von Moira saß, schnaubte leise. Es war der Typ, der am Vorabend an der Rezeption gesessen hatte. Auch wenn Raven da schon völlig neben sich gestanden hatte, erinnerte sie sich an sein flammend rotes Haar. Moira hatte ihn als Flynn Murphy vorgestellt, und anscheinend wurde er nur bei seinem Nachnamen genannt.

»Wade wohnt im obersten Stock«, antwortete Moira auf ihre Frage, ohne auf Murphy einzugehen.

»Psycho«, murmelte Murphy. Gleich darauf zuckte er zusammen, als hätte jemand unter dem Tisch nach seinem Bein getreten. Raven tippte auf Thalia, die Heilerin, die sich zuvor um sie gekümmert haben sollte. Sie war still, strömte aber eine ungemeine Energie aus, die man gar nicht ignorieren konnte.

»Flynn«, sagte Moira leise und sah den Rothaarigen eingehend an. Sein Mund war noch immer bitter verzogen. Dann blickte er auf seinen Teller und schnitt das Fleisch ein bisschen heftiger als notwendig, um es sich gleich darauf in den Mund zu schieben.

»Also, ich bin fertig«, meinte Katsu und wischte sich den Mund mit einer Serviette ab. »Euer Zimmer wäre auch so weit. Wollen wir?«, fragte er an Raven gewandt.

Sie nickte, sah aber gleich darauf fragend zu Moira.

Die Anführerin des Untergrunds nickte. »Ich mache eure Stundenpläne gleich noch mit Murphy fertig und lasse sie euch dann zukommen.«

»Okay. Danke«, sagte Raven und stand schnell auf. Gemeinsam mit Katsu räumte sie ihr Geschirr ab und brachte es zu dem Laufband, das in die Küche führte. Danach konnte sie den Speisesaal gar nicht schnell genug verlassen. Katsu und sie stiegen gemeinsam in einen der Fahrstühle. Raven lehnte sich an die Wand und berührte sie, um etwas zu fühlen, das keine Energie verströmte.

Sie spürte Katsus Blick auf sich, ignorierte ihn aber und stieg in den leeren Fahrstuhl. Katsu drückte den Knopf für die fünfte Etage und lehnte sich ihr gegenüber an die Wand. »Geht's dir gut?«, fragte er leise.

»Klar«, murmelte sie, ohne ihn anzusehen. Sie fuhr mit den Fingern die Naht des Sacks nach, den Moira ihr gegeben hatte.

»Siehst aber nicht so aus.«

Raven warf ihm einen bösen Blick zu. »Du schmeichelst mir, Katsu.«

Er lächelte unsicher. »Ich meine nur … wenn du reden willst – über was auch immer –, bin ich da. Genau wie früher.«

»Aber es ist nicht mehr wie früher.« Raven schluckte schwer und schüttelte schließlich langsam den Kopf. »*Ich* bin nicht mehr wie früher.«

Der Fahrstuhl kam zum Stehen. Katsu zögerte, als wollte er noch etwas sagen, sah dann aber wohl ein, dass es keinen Sinn hatte, und ging nach draußen.

Raven war unendlich froh, als sie bei dem Zimmer ankamen, in dem Knox und sie unterkommen würden, denn sie konnte es kaum erwarten, zu duschen und sich dann hinzulegen. Dieser erste Tag im Untergrund war eine einzige Herausforderung gewesen.

»Merkwürdig«, murmelte Katsu, als sie den Flur entlanggingen und bei einem Zimmer haltmachten, dessen Tür weit geöffnet war und von dem aus Licht auf den Boden geworfen wurde. Sie traten näher und spähten durch die Tür.

Knox und Wade standen an einem Schreibtisch, der

zwischen zwei breiten Fenstern mit schwarzen Rahmen stand. Dort wühlten sie gerade in einem Karton herum und holten Spiele sowie ein paar Bücher raus, die sie in einem Regal verstauten.

»Meine Fresse … er ist wirklich groß geworden«, murmelte Katsu.

Knox drehte sich um. Als er Raven sah, verfinsterte sich sein Blick, aber dann entdeckte er Katsu. Seine Augen wurden groß. »Katsu?«

Katsu grinste. »Verdammt, Kleiner. Wie gut, dich wohlauf zu sehen.«

Ihre Begrüßung fiel weitaus weniger stürmisch aus als bei Raven und Katsu. Auch Knox' Lächeln wirkte erzwungen. Vielleicht lag das aber auch nur daran, dass er immer noch derart wütend auf Raven war.

»Ich will die Familienzusammenführung ja ungern unterbrechen, aber ihr solltet entscheiden, welche Zimmer ihr nehmt, und euch dann ausruhen. Morgen wird kein so leichter Tag wie heute«, sagte Wade.

Er sah anders aus, fand Raven. Er trug ein Sweatshirt, die Kapuze über den Kopf gezogen. Das Haar fiel so tiefer in sein Gesicht und verdeckte die Hälfte davon. Genau wie bei ihrer ersten Begegnung im *Retox*.

»Wieso?«, fragte Raven.

»Weil Knox morgen mit den anderen am Unterricht teilnehmen wird und wir unsere erste Trainingseinheit absolvieren werden«, antwortete er ausdruckslos.

»Ich wusste nicht, dass ich von dir trainiert werde.«

Katsu lachte auf. »Das würde ich gern sehen.«

Wade schüttelte langsam den Kopf. »Wirst du aber nicht. Wir haben die Etage morgen früh für uns.«

Katsu murmelte etwas, das schwer nach »war ja klar« klang, dann wandte er sich an Knox. »Komm, Kleiner.

Wir suchen dir dein neues Schlafzimmer aus.« Er zog ihn in Richtung des Zimmers links von ihnen, bevor er noch mal über die Schulter blickte. »Sorry, R. Jüngere bekommen hier immer den Vortritt.« In der nächsten Sekunde hatte er Knox in das freie Zimmer gezogen.

»R?«, fragte Wade.

»Ein Überbleibsel aus Kindertagen«, murmelte sie und strich gedankenverloren über das beige Sofa. Der Stoff fühlte sich rau unter ihren Fingern an, und sie konzentrierte sich darauf, nicht auf ihre Kopfschmerzen.

Das dunkle Parkett war neben dem Teppich, der in den Fluren auslag, eine schöne Abwechslung. Es passte außerdem zu den Möbeln: Zwei dunkle Sessel standen um einen Tisch auf der linken Seite, direkt vor einem großen Fenster. Ein weiteres Fenster befand sich weiter rechts, direkt hinter dem Ende des Sofas, bei dem sie stand. Auf der gegenüberliegenden Seite war ein Flachbildschirm an der Wand angebracht. Insgesamt umfasste allein schon dieses Wohnzimmer das Vielfache ihrer alten Wohnung, und Raven liebäugelte bereits mit dem Sofa, obwohl auf der anderen Seite mit Sicherheit noch ein Zimmer lag.

Nur für vier Wochen, rief sie sich ins Gedächtnis. Sie durfte sich nicht mit dem Gedanken anfreunden, in einem Bett zu schlafen, wenn sie nicht vorhatte, länger als nötig beim Untergrund zu bleiben.

Im Nebenzimmer hörte sie Knox lachen und zuckte kaum merklich zusammen. Es war ungewohnt, ihn mit anderen Menschen zu erleben. In den letzten drei Jahren hatte sich ihr ganzer Alltag um Knox gedreht, alles, was sie getan hatte, hatte sie mit ihm im Hinterkopf getan – auch wenn ihre Streifzügen bei Nacht vor allem dazu gedient hatten, ihre Kraft loszuwerden und einer Bestimmung nachzugehen.

»Ich war auch überwältigt, als ich zum ersten Mal hergekommen bin«, sagte Wade unvermittelt, und sie riss den Blick vom Sofa los. Er vergrub die Hände in seinem Sweater und stieß sich vom Schreibtisch ab. Neben ihr hielt er kurz an. »Hab mich nie dran gewöhnt«, sagte er, ohne sie anzusehen.

»Wann bist du Teil des Untergrunds geworden?«

Er räusperte sich. »Vor zwei Jahren.«

Sie atmete stockend ein und aus, aber das Kribbeln in ihren Händen ließ sich nicht abschütteln. Sie musste dringend ihre Kraft loswerden.

»Ich konnte anfangs nicht mal im Bett schlafen«, fuhr Wade fort.

»Was hast du stattdessen gemacht?«

Er zuckte mit den Schultern. »Im Bad übernachtet.«

»Im Bad?«, fragte sie fassungslos.

»Das Bett war zu weich, und auf dem Boden hat mich die Heizung zum Schwitzen gebracht. Die Fliesen haben sich besser angefühlt. Außerdem habe ich ohnehin oft über der Kloschüssel gehangen, weil …« Er unterbrach sich, und ein dunkles Flackern trat in seinen Blick. In diesem Augenblick sah er genauso aus, wie sie sich fühlte, sobald sie in Erinnerungen versank. Zum ersten Mal fragte sie sich, was er wohl erlebt haben musste. Aber er war nicht lange weg, nach einem Blinzeln war sein Blick wieder klar. Dann hob er einen Mundwinkel. »Aber Betten haben auch einige Vorteile.« Im nächsten Moment ging er in Richtung Tür. »Wir sehen uns morgen früh.«

Raven sah ihm nach, und ihr fiel auf, dass sie seine Kennung erneut nicht hatte sehen können.

8. KAPITEL

Katsu wollte ungefähr alles von Knox und Raven wissen und blieb bis spätabends bei ihnen. Wenn es nach Raven ging, hätte er viel früher verschwinden können, weil sie endlich mit Knox sprechen wollte, aber als er endlich ging, verschwand Knox in seinem Zimmer und schloss die Tür demonstrativ vor ihrer Nase. Sie ließ ihm seinen Freiraum und ging nach einer Dusche selbst schlafen – auf dem Sofa.

Am nächsten Morgen wachte Raven früh auf. Erleichtert stellte sie fest, dass sich ihr Kopf nicht mehr so schwer anfühlte. Nach einer Dusche in dem luxuriösen Badezimmer begutachtete sie den Inhalt des Beutels, den Moira ihr am Vortag gegeben hatte. Darin fand sie Trainingskleidung aus elastischem Stoff, der sich angenehm an ihren Körper schmiegte. Das Haar flocht sie sich zu einem Zopf, damit es sie beim Training nicht störte.

In der Nacht hatte jemand ihre Stundenpläne unter der Zimmertür hindurchgeschoben. Auf ihrem Plan stand, dass sie den ganzen Vormittag mit Wade trainieren würde und am Nachmittag an einer Besprechung teilnehmen sollte.

Mit Knox' Plan in der Hand lief sie zu seinem Zimmer und klopfte leise an. »Knox?«

Sie hörte nur ein Brummen und das Rascheln der Decke.

»Ich habe deinen Stundenplan hier. Du müsstest bald aufstehen, wenn du am Unterricht teilnehmen möchtest.«

Drei Sekunden. Länger dauerte es nicht, bis die Tür aufgerissen wurde und Knox ihr den Zettel entriss. Sein

Gesicht war völlig zerknittert, sein Haar stand in alle Richtungen ab, und er sah ziemlich übernächtigt aus, aber das hielt ihn nicht davon ab, ein lautes Jauchzen auszustoßen.

»Ich muss jetzt los zum Training«, sagte sie und schluckte schwer.

Knox überflog noch immer seinen Stundenplan und nickte abgelenkt.

»Wollen wir heute Abend zusammen essen?«, fragte sie dann.

Er blickte auf und sah sie unergründlich an. Raven war froh, als er nickte. Am liebsten hätte sie die Arme um ihn geschlungen, aber sie wusste nicht, ob er immer noch zu wütend auf sie war, also räusperte sie sich bloß und murmelte: »Ich wünsche dir viel Spaß mit den anderen.«

»Danke.«

Noch nie war die Stimmung zwischen ihnen so bedrückt gewesen. Raven hätte dieses unangenehme Gefühl am liebsten abgewaschen, aber sie wusste, dass es ihre eigene Schuld war. Sie hatte vor Knox verheimlicht, was sie nachts getan hatte. Sie hatte sich in Gefahr begeben und nicht darüber nachgedacht, was das für ihn bedeuten konnte. Und eigentlich hatten sie keine Geheimnisse voreinander. Sie konnte sich nur vorstellen, wie sich Knox im Moment fühlte. Wenn sie sich ausmalte, wie sie reagieren würde, hätte er ein so großes Geheimnis vor ihr gehabt …

Nein, sie konnte es ihm nicht verdenken. Also hob sie die Hand unbeholfen zum Abschied und machte sich auf den Weg nach oben.

Da sie eigentlich am liebsten ein bisschen Laufen gegangen wäre, um sich aufzuwärmen, aber nicht die Gelegenheit hatte, nach draußen zu gehen, nutzte sie das Treppenhaus und joggte die zehn Stockwerke nach oben. Dort angekommen, war ihr angenehm warm, und sie fühlte sich bereit für die Aufgaben, die vor ihr lagen. Sie war gespannt darauf, was sie machen würden, und auch wenn sie noch immer misstrauisch war, was den Untergrund anbelangte, so war Wade jemand, von dem sie sicher etwas lernen konnte. Außerdem hatte sie sich immer noch vorgenommen, herauszufinden, was seine Gabe war – und seine Schwachstellen zu finden.

Als sie durch die Doppeltür trat, war er schon da. Er saß auf einer der Matten, ein riesiges Buch auf seinem Schoß, in dem er las. Stirnrunzelnd blickte sie an ihm hinab. Er trug schwarze Jeans, schwere Boots und ein khakigrünes Shirt, das Löcher an den Ärmeln hatte. Nicht unbedingt das, was sie sich als Trainingskleidung ausgewählt hätte.

Jetzt klappte er das Buch zu. Anschließend nickte er vor sich. »Setz dich, Raven.«

Nach den letzten Tagen konnte sie es kaum erwarten, zu trainieren und neue Dinge zu lernen. Da sie jahrelang komplett auf sich selbst gestellt gewesen war, war sie gespannt darauf, was Wade ihr wohl für Techniken beibringen würde.

Er nahm das dicke, schwere Buch aus seinem Schoß und legte es vor Raven ab. Es hatte einen brüchigen, ledernen Einband, und vorne war ein Siegel abgebildet, das ein bisschen an eine geometrische Mutantenkennung erinnerte, bloß dass sie nicht aus eckigen, sondern gewellten Linien bestand, die zu einem Muster aneinandergereiht waren.

»Schlag das Buch auf«, forderte Wade.

Raven griff nach dem Buch, aber er hob die Hand und unterbrach sie mitten in der Bewegung.

»Mit deiner Telekinese«, sagte er.

Raven lachte auf. »Ist das dein Ernst?«

Wade nickte entschlossen.

Sie seufzte und kam seiner unnützen Bitte nach. Sie griff in ihrem Inneren nach ihrer Kraft, sah fest auf den schweren Einband und ließ ihre Telekinese hervorschießen wie kleine Fühler. Vorsichtig griff sie in Gedanken nach dem Einband und schlug ihn auf.

Triumphierend lächelte sie Wade an. Er wirkte unbeeindruckt.

»Die nächste Seite.«

Wieder griff Raven nach ihrer Kraft und richtete sie auf die erste Seite des Buchs. Bedächtig blätterte sie um. Es kostete sie Konzentration, aber dennoch war es leicht. Zu leicht. Sie wollte mehr tun, viel mehr.

»Die nächste Seite«, ordnete Wade an.

Sie sah ihn mit hochgezogenen Brauen an. »Das war nicht unbedingt das, was ich mir unter Training vorgestellt habe.«

»Ich weiß.«

»Dann trainier richtig mit mir«, forderte sie, und ohne den Blick von dem Buch zu nehmen, blätterte sie auf die nächste Seite.

Er gab nicht nach. »Weitermachen, Raven.«

Sie tat es und blätterte erneut um. »Ach, komm schon. Das hier bekomme ich im Schlaf hin. Zeig mir was Vernünftiges.«

Er verschränkte die Arme vor der Brust. »Erst einmal muss ich mir einen Überblick über das verschaffen, was du schon kannst und wo dein Limit liegt.«

»Nun, da wird dir das hier bestimmt nicht weiterhelfen«, sagte sie leichthin und griff mit ihrer Kraft nach dem nächsten Blatt. Es war eine eintönige Aufgabe, und innerlich wünschte sie, sie hätte länger geschlafen und wäre gar nicht erst hierhergekommen. »Verlangst du jetzt ernsthaft von mir, das ganze Buch durchzublättern?«, fragte sie genervt.

»Ich habe dich schon in Aktion erlebt. Du kämpfst wie eine Dampfwalze und beherrschst keinerlei Finesse. Damit reißt du früher oder später noch jemanden in den Tod, also ja, ich verlange, dass du das ganze Buch durchblätterst.«

Das hatte gesessen. Raven presste die Lippen fest zusammen und starrte auf das Buch. Gleichzeitig spürte sie, wie Ehrgeiz in ihr aufwallte. Sie würde ihm schon zeigen, dass sie Finesse beherrschte.

Raven holte tief Luft, ließ ihre Kraft hervorschnellen und blätterte auf die nächste Seite. Dann noch einmal. Und noch einmal. Immer wieder, bis ihr Schweißperlen auf die Stirn traten, was nach ungefähr fünfzig Seiten der Fall war. Nach sechzig Seiten fingen ihre Hände an zu zittern. Nach siebzig Seiten riss ein Blatt, weil sie es zu heftig umgeschlagen hatte. Nach hundert Seiten meldete sich das vertraute Pochen in ihren Schläfen.

»Stopp.«

Wades Stimme erklang wie aus weiter Ferne, und Raven musste mehrmals Luft holen, um wieder klar sehen zu können. Sie war wie in Trance versunken gewesen, hatte sich so sehr auf das Buch konzentriert, dass sie ihr Umfeld völlig ausgeblendet hatte. Als die Welt wieder deutlichere Formen annahm, trat eine Wasserflasche in ihr Sichtfeld, die Wade ihr hinhielt. Dankbar nahm sie sie entgegen und trank einen Schluck. Sie schraubte den Verschluss zu und reichte sie ihm zurück, ohne ihm ins Gesicht sehen zu können.

»Du musst dringend von deinem hohen Ross runterkommen«, sagte er nach einer Weile und bewegte sie mit diesen harten Worten dazu, wieder hochzublicken. Aber in seinen Augen lag keine Häme, sondern bloß Ehrlichkeit. »Du hältst dich für was Besseres. Aber nur weil du ziemlich üble Scheiße erlebt hast, gibt dir das kein Recht, andere von oben herab zu behandeln. Wenn du so weitermachst, wirst du hier auf keinen Fall Freunde finden.«

Hitze stieg ihr in die Wangen. Seine Worte schnitten sie wie Messer.

»Falls du hierbleibst, musst du lernen, dich anzupassen. Wenn du Teil des Untergrunds wirst, bist du keine Einzelgängerin mehr. Wir bewegen uns hier alle auf Augenhöhe, egal, ob mit oder ohne Kraft.« Er lehnte sich zurück, stützte sich auf der Matte ab und ließ ihr einen Moment Zeit, seine Worte zu verarbeiten. Nach einer Weile nickte er zu dem Buch. »Was hat dir die Übung vermittelt?«, fragte er, als hätte er sie nicht gerade zur Schnecke gemacht.

Raven dachte über seine Frage nach. »Dass dieses Buch verdammt dick ist«, sagte sie mit einiger Verzögerung. Erleichtert nahm sie wahr, wie sich Wades Mundwinkel leicht hoben. »Ich habe unterschätzt, wie viel Konzentration es erfordert, so eine Feinarbeit mittels der Telekinese durchzuführen. Natürlich beherrsche ich die Kraft irgendwie, aber so viele kleine Dinge hintereinander habe ich noch nie gemacht. Normalerweise meistere ich größere Aufgaben.«

Er nickte. »Das habe ich mir gedacht. Ich wollte sehen, wie weit du mit einem Bruchteil deiner Kraft gehen kannst. Außerdem musste ich prüfen, ob du nebenher andere Dinge tun kannst, und wie hoch deine Konzentration nach mehreren Anläufen noch ist. Je länger du umgeblättert hast, desto weniger Aufmerksamkeit hattest du für mich. Jemand hätte dich angreifen können. Und dann bist du, obwohl oder vielleicht gerade *weil* du dich so sehr konzentriert hast, an deine Grenze gestoßen.« Er nahm das Buch wieder an sich und blätterte geschmeidig gleich mehrmals hintereinander um. »So sollte es mit deiner Kraft sein«, sagte er. »Fließend. Kein abgehackter Prozess, der abgeschlossen und wieder von vorne begonnen wird.« Seine Bewegungen wurden ruckartiger. Er nahm eine Seite zwischen die Finger und blätterte sie um, legte eine Hand in seinem Schoß ab, hob sie wieder und blätterte zur nächsten Seite.

Er hatte gespürt, wie sie ihre Kraft eingesetzt hatte? Nur weil er sie beim Umblättern von ein paar Seiten beobachtet hatte?

Plötzlich kam ihr ein Gedanke. Ein unfassbarer Gedanke, weshalb ausgerechnet er derjenige war, der sie trainieren sollte.

»Wade«, sagte sie. Sie wusste, dass es sich nicht gehörte, andere Mutanten so direkt darauf anzusprechen, aber sie konnte nicht verhindern, dass die Frage über ihre Lippen kam. »Was ist deine Gabe?«

Er schmunzelte bloß und schlug das Buch zu. »Du hast deine Kraft nicht als Bestandteil von dir selbst angenommen. Deshalb gerätst du so schnell an deine Grenzen, und das ist auch der Grund dafür, wieso es dich so viel Kraft kostet, deine Gabe über einen längeren Zeitraum zu benutzen.« Wade erhob sich. Er streckte beide Arme über den Kopf, dabei rutschte sein Shirt ein Stück hoch. Raven konzentrierte sich inständig darauf, in sein Gesicht zu sehen, nicht auf seine nackte Haut. »Mutanten wird ab ihrer Geburt klargemacht, dass sie ihre Kraft unterdrücken müssen, vor allem, wenn sie sich in Gegenwart anderer Menschen befinden, die keine Kraft haben. Das hat sich bei dir ganz besonders eingebrannt, weil du dein ganzes

Leben lang unterdrücken musstest, was in dir herrscht. Aber keine Sorge«, er hörte auf, sich zu strecken, und hielt ihr die Hand hin, »das werden wir dir schon noch abgewöhnen. Mich würde außerdem interessieren, was für Gaben noch so in dir wachsen.«

Sie nahm seine Worte kaum wahr, weil sie noch immer diesem einen Gedanken nachging. Irgendwie brauchte sie Gewissheit, ob sie mit ihrer Vermutung richtiglag. Im nächsten Moment sah sie ihm fest in die Augen und dachte: *Ich werde dir jetzt zwischen die Beine treten.*

Seine Miene verrutschte kein Stück, seine Hand blieb weiterhin ausgestreckt. Sie schlug ein, tat so, als würde sie sich aufhelfen lassen wollen. In der nächsten Sekunde ließ sie ein Bein hervorschnellen und wollte ihm die Beine unterm Körper wegreißen – aber er war schneller. Er machte einen mühelosen Sprung zur Seite.

»Raven«, sagte er warnend.

Sie dachte: *Du solltest jetzt besser dein Gesicht schützen.* Sie gab ihm eine Sekunde, in der er nicht reagierte. Dann riss sie ihr Knie hoch, um ihm in den Bauch zu treten. Er wich nach hinten aus, hielt sie aber weiterhin an der Hand gepackt und nutzte ihr Ungleichgewicht, um sie nach vorne zu ziehen. Raven konnte ihren Sturz in letzter Sekunde abfangen und rollte sich ab, bis sie vor dem offenen Fenster stand. Grinsend drehte sie sich zu ihm um.

»Du bist kein Gedankenleser«, sagte sie.

»Bin ich nicht?«, entgegnete er, und das Lächeln, das sich auf seinen Lippen ausbreitete, wirkte wissend und gefährlich zugleich.

Hinter sich spürte sie einen Luftzug.

Das sperrangelweit geöffnete Fenster lag direkt hinter ihr. Ein irrwitziger Gedanke kam ihr.

Blitzschnell drehte sich Raven um. Noch bevor sie sich auch nur einen Zentimeter vom Fleck bewegt hatte, wurde sie niedergerissen. Hart prallte sie auf das Linoleum und schürfte sich das Knie auf, das gerade erst geheilt worden war. Außerdem knallte sie mit der Stirn auf den Boden und stöhnte schmerzerfüllt. Sie rollte sich auf den Rücken, wobei Wades Griff um ihren Oberkörper beinahe schmerzhaft wurde. Er kauerte über ihr, fast so wie bei ihrer ersten Begegnung. Sein Atem ging schwer, und seine grauen Augen waren vor Schreck geweitet.

Darüber musste Raven grinsen. »Das ist deine Gabe«, sagte sie atemlos. »Du kannst vorausahnen.«

Mit einem Grollen rollte sich Wade von ihr runter und ließ sich auf den Rücken fallen. »Du bist böse.«

Raven tat etwas, das sie schon seit Ewigkeiten nicht mehr gemacht hatte: Sie lachte. Leise und kratzig, völlig ungewohnt und kurz, aber eindeutig ein Lachen. »Dachtest du ehrlich, ich will aus dem Fenster springen?«

Wade brummte. »Bei dir kann man nie wissen, Psi-Mädchen.«

Das ließ ihr Lachen jäh sterben. Es war ungewohnt genug, bei ihrem Namen genannt zu werden. Aber das Wissen, dass jemand so genau über ihre Gabe Bescheid wusste, fühlte sich immer noch ganz verkehrt an.

Raven stützte sich auf einen Arm und sah Wade von der Seite an. »Wenn ich etwas denke, kannst du es nicht hören. Aber wenn ich mich bewege, weißt du, was ich vorhabe. Richtig?« Sie war noch nie jemandem begegnet, der eine solch intuitive Gabe besaß. Was für Möglichkeiten man damit wohl hatte?

Wade drehte den Kopf zur Seite und sah sie eingehend an. Sein Blick wanderte über ihr Gesicht, als suchte er nach irgendetwas. Zu finden schien er es nicht, denn als er ihr wieder in die Augen sah, wirkte er unschlüssig. »Ich verstehe die Menschen«, fing er langsam an. »Ich kann Impulse spüren. Wenn sie auf mich bezogen sind, fühlt es sich an, als wäre die Tat schon geschehen. Wenn ich eine persönliche Bindung zu demjenigen habe, dann ebenfalls.«

»Also könntest du jetzt spüren, wo Knox ist und was er macht?«, fragte Raven und bereute gleich, diese Frage gestellt zu haben. Sie klang wie eine Stalkerin. Oder eine besorgte Mutter, was das Ganze womöglich noch schlimmer machte.

»Nein, so funktioniert das nicht.« Er holte tief Luft, dann sah er wieder an die Decke. »Zu Knox habe ich noch keinen allzu festen Draht aufgebaut. Würde er gleich durch die Tür kommen, würde ich es spüren. Aber sobald er weiter weg ist und sich seine Bewegungen nicht auf mich beziehen, habe ich keine Ahnung, was er tut. Dafür kann ich aber fühlen, dass Moira in ihrem Büro auf und ab läuft. Es fühlt sich an, als wäre sie gestresst. Wahrscheinlich, weil sie noch keinen Kaffee getrunken hat. Aber das spüre ich auch nur deshalb so stark, weil ich sie inzwischen gut kenne.«

Erstaunlich. Wirklich erstaunlich.

»Dass ich aus dem Fenster springen wollte, hatte auch nicht direkt was mit dir zu tun«, dachte Raven laut nach.

»Das liegt daran, dass du unglaublich viel Kraft in dir gebündelt hast und damit so starke Impulse aussendest. Ich bin mit meiner Gabe ... sehr empfänglich dafür.« Nun sah er sie doch wieder an. »Du bist wie ein Leuchtfeuer, Raven.«

Er stand abrupt auf, während sie noch zu verarbeiten versuchte, was er gerade gesagt hatte. Wade schlenderte gemächlich zurück zur Matte, auf der sie eben noch gesessen hatten, und nahm das Buch hoch. Er warf einen erwartungsvollen Blick über die Schulter. »Die Pause ist vorbei.« Er nickte zur Matte. »Diesmal will ich, dass du zwanzig Seiten mehr schaffst und dich auf dein Umfeld konzentrierst.«

Raven hatte keine Ahnung, wie lange Wade sie das dämliche Buch umblättern ließ. Irgendwann kam ihr die Zeit noch viel länger vor – Minuten schienen sich in Stunden zu verwandeln, und als er das Training am späten Nachmittag beendete, war sie völlig durchgeschwitzt und fertig mit den Nerven – und das, obwohl sie sich kein bisschen körperlich betätigt hatte.

»Mentale Stärke ist das, was du erreichen musst, wenn du die Kontrolle über deinen Körper behalten möchtest«, hatte Wade zu ihr gesagt.

Den Mund halten ist das, was du tun solltest, wenn du nicht willst, dass mein Fuß in deinem Gesicht landet, hatte sie zurückgeben wollen. Aber nicht mal dafür hatte sie noch Kraft gehabt. Stattdessen lag sie noch eine Viertelstunde, nachdem Wade ihre Trainingseinheit für beendet erklärt hatte, auf der Matte und starrte an die Decke, wo Seile, Ringe und andere ausfahrbare Geräte angebracht waren. In Gedanken hing sie Wade nach.

Wie wohl seine Geschichte aussah? Sie fragte sich, wie er zum Untergrund gekommen war und was es genau mit seiner Gabe auf sich hatte.

Es war ihr erster Tag hier, und während sie noch immer das Gefühl hatte, schnellstmöglich wieder abhauen zu wollen, machte Wade den gegenteiligen Eindruck. Noch mehr sogar: Er hatte den Untergrund als sein Zuhause bezeichnet und dabei beinahe verletzlich gewirkt. Raven überlegte, ob es für ihn in der Welt nur Schlechteres gab oder ob er freiwillig hiergeblieben war. Denn er wirkte eigentlich nicht wie jemand, den man zu etwas zwingen konnte.

Würde es für sie irgendwann auch einmal einen Ort geben, an dem sie länger bleiben konnte? Oder würde sie für immer auf der Flucht sein? Sich ewig so rastlos fühlen?

Hoffentlich nicht.

Erst als sich ihre Atmung wieder beruhigt hatte, machte sie sich zurück auf den Weg nach unten. Als sie die Trainingsetage verließ, begegnete sie ein paar Mutanten, die ihr schnell aus dem Weg gingen: zwei Mädchen und ein junger Kerl. Alle drei drängten sich eng gegen die Wand, während Raven an ihnen vorbei zu den Fahrstühlen ging. Als sie an ihr vorbeigelaufen waren, warf Raven noch einen Blick über die Schulter und konnte sehen, wie sie dasselbe taten – mit einer unbeschreiblichen Angst in ihren Augen.

Fest biss sie die Zähne zusammen und drückte ein bisschen heftiger als notwendig auf den Knopf mit dem Abwärtspfeil. Das hatte sie nun davon, dass sie hier war. Genau das, was sie stets erwartet hatte, sobald die Leute über ihre wahre Gabe im Bilde waren: dass sie sie wie eine Aussätzige behandelten. Oder schlimmer noch – wie ein Monster. Es war schlimm genug, von Nichtbegabten ausgegrenzt oder als Freak bezeichnet zu werden. Aber von Mutanten? Das tat weh.

Als sie es in Knox' und ihr Zimmer geschafft hatte, sprang sie sofort unter die Dusche und blieb lange unter dem dampfenden Strahl stehen. Ihre Gliedmaßen taten weh, weil sie sich beim Umblättern derart verspannt hatte. Je länger sie trainiert hatten, desto mehr Konzentration hatte es erfordert, ihre Kraft zu bündeln und gezielt einzusetzen. Nur ein Fünkchen zu viel, und die Seite war gerissen. Nur ein Hauch zu schnell, und das ganze Buch setzte sich in Bewegung. Und jedes Mal hatte Wade einen schrecklich missbilligenden Ausdruck bekommen, den Raven ihm am liebsten vom Gesicht gewischt hätte.

Nachdem sie geduscht hatte, war sie um einiges entspannter und zog ihren Plan hervor. Als Nächstes stand das Essen im Speisesaal an, danach würde sie an einer Besprechung mit Moira und ihren engsten Vertrauten teilnehmen. Raven zog sich Sachen an, die sie in ihre Reisetasche gestopft hatte, und machte sich nicht die Mühe, den Rest in den Einbauschrank ihres Zimmers zu hängen. Dann machte sie sich auf den Weg ins Restaurant.

Da sie ihre Kraft, ganz im Gegensatz zum Vortag, gut ausgenutzt hatte, fiel es ihr heute leichter, von vielen Leuten umgeben zu sein. Sie brauchte sich nicht abzulenken, geschweige denn auf andere Dinge zu konzentrieren, um die Energie in ihrem Inneren in Schach zu halten. Dafür kristallisierte sich ein anderes Problem heraus, nachdem sie mit einem voll beladenen Teller vom Büfett kam: Alle Tische waren belegt. Und egal, wohin sie schaute – entweder schienen die Anwesenden ihren Blick bewusst zu meiden, oder sie sahen sie mit schreckgeweiteten Augen an.

Raven wusste nicht, was sie schlimmer fand.

Sie blickte in alle Richtungen, um nach ihrem Bruder zu suchen. Sie fand ihn schnell. Ihr Magen machte einen merkwürdigen Satz nach oben.

Knox saß an einem der runden Tische und *lachte.*

Er lachte. Total herzlich und offen.

Es kam ihr vollkommen fremd vor, und das war es, was sie in dieser Situation am meisten schmerzte. Bei ihm waren noch vier andere Jugendliche in seinem Alter. Eines der Mädchen hielt gerade seine Hand in die Höhe und zeigte die grün schimmernden Schwimmhäute zwischen seinen Fingern. Der Junge, der Knox gegenübersaß, hatte anscheinend elastische Gliedmaßen. Er griff gerade mit der Hand einmal um den ganzen Tisch rum, bis sein Arm eine Kurve machen musste und auf Knox' Seite ankam. Er tippte ihm auf die rechte Schulter, und Knox fiel drauf rein und drehte sich um.

Der ganze Tisch fing an zu lachen, und auch Raven schmunzelte – bis Knox sie entdeckte. Im nächsten Moment wandte er den Blick ab, als hätte er sie nicht gesehen. Es fühlte sich an, als hätte sie einen Schlag vor die Brust bekommen.

»Raven!«, erklang eine Stimme wie aus weiter Ferne und riss sie aus ihren Gedanken. Wenig später entdeckte sie Katsu am anderen Ende, der sie in seine Richtung winkte. Um sich noch mehr Blamagen zu ersparen, lief sie zu ihm und stellte ihr Tablett auf dem Tisch ab.

»Und, wie war das erste Training mit Baxter?«, fragte Katsu neugierig und stützte die Arme auf den Tisch.

»Es war …«, Raven suchte nach einem passenden Begriff, aber ihr fiel kein guter ein, »… anders, als ich erwartet habe.«

Zadie schnaubte, während Katsu sie ansah, als würde er einen ausführlichen Bericht erwarten.

»Hey, Leute. Ist hier noch frei?«, fragte jemand neben ihr, bevor sie noch mehr ins Detail gehen konnte. Raven blickte auf und entdeckte einen braunhaarigen Kerl neben sich. Seine Haare waren lockig, und er trug eine Brille mit rundem Drahtgestell.

»Klar, setz dich, Hec«, sagte Katsu mit einer wedelnden Handbewegung, während Zadie sich sofort aufrechter hinsetzte.

»Hi«, sagte der Neuankömmling, stellte sein Tablett neben das von Raven und setzte sich dann neben sie. »Ich bin Hector.«

»Raven«, antwortete sie.

Er nickte ihr kurz zu, dann machte er sich in Rekordgeschwindigkeit über seine Lasagne her. Dass er sie nicht mit diesem furchtsamen Blick angesehen hatte, ließ ihn in Ravens Ansehen gleich ganze Berge aufsteigen.

»Also: Wir waren gerade beim Thema Training mit Baxter«, erinnerte Katsu sie hilfreich.

Hector blickte sie über den Rand seiner Brille hinweg an. »Sag nicht, du wirst von Baxter trainiert.«

»Doch, wieso?«, fragte Raven.

Hector bekreuzigte sich. »Du bist in meinen Gebeten.«

Raven sah ihn fragend an. »Wieso?«

»Weil er ein verdammter Psycho ist«, antwortete Katsu für ihn.

Hector unterbrach sein Schlingen und deutete mit der Gabel auf Katsu. »So würde ich es nicht unbedingt ausdrücken.«

»Wie dann?«, entgegnete Katsu mit hochgezogener Braue. »Ich erinnere mich noch an den Tag, als er dich zum Weinen gebracht hat.«

»Ich habe dir schon hundertmal gesagt, dass ich nicht geheult habe – er hat nur versehentlich mein Auge getroffen«, entgegnete Hector erbost.

Zadie grinste. »Ist klar«, sagte sie.

»Ich wette, er hat einen seiner Psychotricks angewandt«, meinte Katsu.

»Nun, abstreiten werde ich es nicht, weil du dann nämlich niemals aufhören wirst, darauf rumzureiten«, sagte Hector.

Katsu lächelte zufrieden.

»Was für Psychotricks?«, fragte Raven.

»Ach, Wade ist berüchtigt dafür, die Leute hier fertigzumachen. Er ist einfach gnadenlos. Ich habe im letzten Monat dreimal mit ihm trainiert und konnte danach jedes Mal mindestens zwei Tage nicht laufen«, erzählte Katsu.

Zadie brummte zustimmend. »Ich hatte anfangs auch Unterricht bei ihm.« Als sie in der Erinnerung versank, schüttelte sie sich, als hätte ein kalter Schauer sie überlaufen. »Er hat mich jeden Tag zum Heulen gebracht.«

»Womit?«, fragte Raven verwirrt.

»Er hat physisches Training mit mentalem Training und Übungen für die Fähigkeiten verknüpft, das kann auf Dauer ganz schön hart sein. Und Wade ist bekannt dafür, dass er Leute bis an ihre Grenzen bringt, um zu sehen, was noch getan werden muss, damit das volle Potenzial einer Kraft ausgeschöpft werden kann«, meinte sie.

Hector nickte. »Mit seiner Kraft ist er einfach unbesiegbar. Ich meine, ich kann das hier«, meinte er und hob die Hand mit der nächsten vollen Gabel hoch. Die Umrisse seiner Finger flimmerten leicht, wurden transparent, bis sie schließlich ganz verblassten. Es sah aus, als würde die Gabel in der Luft schweben.

»Wow«, murmelte Raven ehrfürchtig und sah seine unsichtbare Hand von mehreren Seiten an. »Das kannst du mit deinem ganzen Körper?«

Hector nickte. »Und egal, von wo und wie lautlos ich mich an ihn rangeschlichen habe – er hat mich jedes Mal erwischt und windelweich geprügelt.«

»Ich habe es nur ein einziges Mal geschafft, ihm einen Stromschlag zu verpassen. Aber auch nur minimal, er hat nicht mal mit der Wimper gezuckt«, seufzte Zadie. Sie strich sich gedankenverloren über das dunkle Haar.

»Einmal habe ich ihn nass gemacht«, sinnierte Katsu.

»Das war der Tag, an dem er dir die Nase gebrochen hat, oder?«, fragte Hector mit einem Lächeln in der Stimme.

Katsu sah ihn böse an. »Thalia wollte mich erst nicht heilen. Sie meinte, ich wäre selbst schuld. Aber Leute … das war es wert.« Er wandte sich an Raven. »Du hättest den Mistkerl sehen müssen. Das hat er nicht kommen sehen.«

»Wenn man den Gerüchten Glauben schenken darf, hast du eine Wasserwand hochgezogen, die mindestens zwei Meter hoch war. Selbst wenn er das hat kommen sehen, war das nicht gerade fair«, gab Zadie zu bedenken und trank einen Schluck.

Katsu zuckte bloß mit den Schultern, was Hector zum Lachen brachte.

»Was hat er mit dir gemacht?«, fragte Katsu kurz darauf.

Raven versteifte sich.

»Du musst nicht darauf antworten, Raven. Erspar dir die Blamage, sonst wird er dich für immer damit aufziehen«, meinte Hector, bevor er sich den Mund wieder vollstopfte. Er aß, als hätte er nur zwei Minuten zum Essen. Oder als wäre dies seine Henkersmahlzeit.

»Schling nicht so, Hec«, sagte Zadie mit gerümpfter Nase.

»Sorry, aber ich muss noch die Präsentation für heute vorbereiten«, gab er mit vollem Mund zurück.

»Für die Besprechung?«, fragte Katsu.

Er nickte heftig. Seine Wangen waren mit so viel Essen gefüllt, dass er Raven an einen Hamster erinnerte.

»Die Besprechung steht auch auf meinem Plan.« Raven kramte das Stück Papier aus ihrer Hosentasche und faltete es auseinander.

Hector warf einen Blick darauf und schluckte. »Yep, genau die.«

»War ja klar«, murrte Zadie.

»Du darfst nur nicht mit dabei sein, weil du beim letzten Mal so einen Scheiß abgezogen hast«, sagte Katsu.

»Was hast du gemacht?«, fragte Raven zögerlich.

Zadies Blick war so wütend, dass man hätte meinen können, sie würde auch mit ihnen Blitze abschießen können.

»Als wir ein Gebäude ausgekundschaftet haben, ist sie trotz Warnungen im Alleingang hineinmarschiert und geradewegs über die Wachen gestolpert«, sagte Hector.

»Hec!«, zischte sie.

»Moira hat sie für die nächste Mission gesperrt«, setzte Katsu hinterher und zuckte gleich darauf zusammen. Raven konnte sehen, dass Zadie ihre Hand unter dem Tisch bewegt hatte. Mit Sicherheit hatte sie Katsu einen Elektroschock verpasst.

»Nächstes Mal bist du wieder dabei, ganz sicher«, sagte Hector versöhnlich.

Zadie brummte nur und stützte das Kinn auf den Händen ab. »Legt bei Moira ein gutes Wort für mich ein.«

Hector stand auf und schob sich dabei noch den letzten Rest Lasagne in den Mund. »Machen wir«, sagte er, anschließend wandte er sich an Raven. »War echt nett, dich kennenzulernen. Bist gar nicht so schrecklich, wie alle behauptet haben.« Dann machte er kehrt und lief schnellen Schrittes zur Geschirrabgabe.

Raven starrte ihm nach.

»Hör nicht auf ihn«, sagte Katsu leise.

Raven drehte sich zu ihm. Sein Blick war mitleidig, und das fand sie einfach nur furchtbar.

»Die anderen sind nur wegen deiner Taten nicht so angetan von dir. Immerhin hast du Mutanten ans Messer geliefert«, erklärte er schulterzuckend.

»Und dann ist da noch die Tatsache, dass sie das ganze Gebäude in die Luft sprengen könnte, wenn sie sich nicht im Griff hat«, murmelte Zadie.

Es fühlte sich an wie eine Ohrfeige. Erinnerungen überkamen Raven, ein lauter Knall klang in ihren Ohren, und einen Moment lang sah sie nichts als schwarzen Rauch und hörte Knox' gellenden Schrei. Immer und immer wieder.

Ein gefährliches Prickeln machte sich in ihren Fingerspitzen bemerkbar. Sie legte die Gabel zurück auf das Tablett und erhob sich.

»Ich … muss noch was erledigen«, stammelte sie. Sie konnte selbst hören, wie unglaubwürdig es klang, aber das war egal.

Sie musste hier raus.

Wochenlang hatte Wade sie beobachtet.

Moira hatte ihm aufgetragen, ihre nächtlichen Ausflüge zu observieren, um zu sehen, ob sie die Richtige war. Denn wenn Raven Carrigan hervorragend in einem war, dann im Verstecken.

Wade hatte sie einen Tag lang verfolgt – und wäre sich abends fast sicher gewesen, dass sie nicht die Richtige war. Sie unterdrückte ihre Kraft den ganzen Tag über, doch als sie an jenem ersten Abend die Bar verlassen hatte, hatte Wade gespürt, was in ihr schlummerte. Er war ihr bis nach Uptown gefolgt, bis sie den Raubüberfall auf die Tankstelle mithilfe ihrer Telekinese verhindert hatte. Und genau da hatte er es gefühlt: das Psi. Es hatte ihren Körper so stark durchströmt, dass ihn die Impulse, die sie fortan aussandte, beinahe in die Knie gezwungen hätten.

Das Mädchen, das sich als Quinn Brown ausgab, war keine einfache Mutantin. Sie war eine Psi. Genau, wie Moira angenommen hatte.

Wade hatte schnell herausgefunden, dass Raven mächtig war. Mächtiger als jeder Mutant, der ihm bis dahin begegnet war. Vielleicht sogar mächtiger als Moira selbst. Aber dass er selbst jetzt, durch mehrere Stockwerke hindurch, fühlen konnte, wie schlecht es um ihre Kontrolle stand – das war nicht Teil des Plans gewesen, und darauf war er auch nicht vorbereitet. Wenn er ehrlich sein sollte, wollte er das auch überhaupt nicht. Er wollte bloß in Ruhe gelassen werden. Und wenn er in den vergangenen Wochen eines gelernt hatte, dann, dass alles, was mit Raven Carrigan zu tun hatte, mit ungemeiner Anstrengung verbunden war. Als Moira ihm gesagt hatte, dass er sie trainieren sollte, hatte er aus guten Gründen ablehnen wollen. Denn sie war kompliziert, hielt zu viel von sich selbst, und außerdem kämpfte sie wie ein tollwütiger Hund.

Er konnte spüren, wie sie den Speisesaal verließ. Das war ihm normalerweise nur möglich, wenn er Personen gut kannte und eine Beziehung zu ihnen aufgebaut hatte oder wenn er sich sehr stark konzentrierte und die Entfernung nicht mehr als fünfzig Meter betrug. Aber mit ihren psionischen Fähigkeiten sandte sie eine Energie aus, die Schockwellen gleichkam. Es war ihm unmöglich, sie auszublenden. So spürte er, wie sie näher kam. Zugang zu seiner Etage hatte niemand – dafür hatte Moira gesorgt –, aber mit den Aufzügen kam man bis auf die Dachterrasse. Wade haderte einen Moment mit sich, entschloss sich dann aber, nach ihr zu sehen. Irgendetwas musste vorgefallen sein, wenn es ihr so ging. Er würde nachsehen, ob alles in Ordnung war. Vielleicht würde er ja nicht mal mit ihr reden müssen. Darin war er ohnehin nicht besonders gut.

Wade verließ seine Suite und nutzte den Zugang zum Dach über das Treppenhaus. Ravens Kraft echote ihm entgegen, und er musste sich einen Moment am Treppengeländer festhalten, denn verdammt, sie hatte sich gar nicht im Griff. Deshalb war es so wichtig, dass sie lernte, ihre Gabe anzunehmen. Wenn sie ständig einen Kampf gegen sich selbst führte, war es nur eine Frage der Zeit, bis sie vollends daran zerbrach.

Als er das Dach betrat, vergrub er die Hände in den Hosentaschen.

Er entdeckte sie zwanzig Meter weiter beim Pool. Sie hatte ihre Boots neben sich abgestellt und ließ die Beine ins Wasser baumeln. Mit der untergehenden Sonne hinter unzähligen Wolkenkratzern eigentlich ein harmonisches Bild – wären da nicht ihre bebenden Schultern gewesen. Und das leise Schniefen.

Verdammt, sie weinte.

Wade war drauf und dran, auf dem Absatz kehrtzumachen. Er wollte es. Wirklich. Es gab nämlich niemanden, der schlechter zum Trösten geeignet war als er. Aber gleichzeitig hatte Raven niemanden. Ihr Bruder war noch immer von Wut zerfressen, und alle anderen im Untergrund begegneten ihr mit Furcht oder Abneigung. So gesehen hatte sie nur ihn.

Was für ein erschreckender Gedanke.

Wade kämpfte noch einen Moment mit sich, riss sich zusammen und ging schließlich zu ihr. Aber noch bevor er sich zu ihr setzen konnte, sagte sie leise: »Verschwinde.«

Er ignorierte sie und setzte sich. Er betrachtete sie kurz im Profil. Verärgert wischte sie sich über die geröteten

Augen und starrte eisern auf das Wasser im weitläufigen Pool. Sie wollte nicht, dass sie jemand in einem Moment der Schwäche sah. Wer wollte das schon? Das änderte aber nichts an der Situation. Zusätzlich zu ihren Schultern bebten auch ihre Finger, und das, was sie ausströmte, hätte eigentlich die Erde beben lassen müssen. Sogar ihre Haare standen unter Spannung. Ein paar der Strähnen bewegten sich, obwohl es fast windstill war.

»Was ist passiert?«, fragte Wade. Er hatte keine Ahnung, ob sie reden wollte.

Dem Blick nach zu urteilen, den sie ihm mit zusammengekniffenen Augen zuwarf, wohl eher nicht.

»Was passiert ist?«, wiederholte sie bitter. Dann hob sie ihre Hand und zählte auf. »Lass mich überlegen. Ich habe meine Wohnung und meinen Job verloren, mein Bruder hasst mich, und hier in eurer Organisation fürchten sich alle zu Tode vor mir.«

Wade öffnete den Mund, um etwas zu sagen, schloss ihn aber schnell, als er merkte, dass sie noch nicht fertig war.

»Und dann ist da auch noch das großartige *Training*«, sie betonte das Wort, als würde es nach Säure schmecken, »bei dem ich nichts lerne und eine Sonderbehandlung bekomme.« Sie riss den Blick von ihm los und sah auf das Wasser. Es wirkte, als überlegte sie, ob sie sich reinstürzen sollte.

»Ich gebe dir eine Sonderbehandlung?«, fragte Wade nach einer Weile.

Sie schnaubte verächtlich. »Die anderen haben mir beim Essen erzählt, dass sie nach dem Training mit dir mehrere Tage lang nicht mehr aufstehen können und windelweich geprügelt wurden. Ich kann mir einfach nicht erklären, wieso du mich nicht richtig trainierst.«

Er seufzte und sah aufs Wasser. Er wusste, was die anderen von ihm und seinen Methoden hielten, von seiner Gabe ganz zu schweigen. Dass er als Moiras engster Auskundschafter unterwegs war, sich aber bis auf Weiteres von den anderen fernhielt, verschaffte ihm ohnehin keinen guten Ruf.

»Mit dir ist es anders«, fing er an, und schon wieder gab sie dieses verächtliche Geräusch von sich. »Wenn ich mit den anderen trainiere, dient es dazu, sie an ihre körperlichen Grenzen zu bringen und im Anschluss einen Plan für sie zu erstellen, der ihnen hilft, das Beste aus ihren Fähigkeiten herauszuholen. Du dagegen musst erst einmal lernen, deine Kraft zu akzeptieren. Alles davon, nicht nur einen Teil, den du dir herauspickst, weil es dir gut passt.« Sie wollte ihn unterbrechen, aber er schüttelte leicht den Kopf. »Du erwartest von mir, dass ich dich zu einer Kämpferin ausbilde – dazu wird es nicht kommen. Du bist nämlich schon eine gute Kämpferin, und das weißt du auch. Aber das, was jetzt gerade in dir herrscht«, Wade deutete mit dem Finger auf ihren Brustkorb, »ist zu viel, weil du es ständig unterdrückst. Bestimmt würdest du am liebsten heute Nacht losziehen, um wieder irgendetwas zu tun, um deine Kraft einzusetzen, einfach damit du nicht das Gefühl hast, jeden Moment innerlich zu explodieren oder dein eigenes Gehirn zu schmelzen.«

Weitere Tränen strömten aus ihren Augenwinkeln, und Wade erkannte, dass er mitten ins Schwarze getroffen hatte. Er schluckte schwer und nahm all seinen Mut zusammen. Nicht weil er sich vor ihrer Kraft fürchtete, sondern weil er lange niemanden mehr berührt hatte. Im Kampf schon, aber nicht … so.

Er griff nach ihrer Hand. Einen Moment lang erstarrte sie. Dann, als könnte sie nicht glauben, dass jemand sie berührte, blickte sie nach unten auf ihre Finger, die unter seinen lagen.

»Das, was du machst, ist nicht gesund. Aber ich kann dir keine Stahlrüstung bauen, hinter der du dich verstecken kannst. Ich bin dafür da, dir zu zeigen, wie du mit dieser Kraft leben kannst, ohne …« Er holte tief Luft. »… ohne zu sterben.«

Eine Pause entstand, in der sich Wade Ravens Atem und ihres Körpers dicht neben seinem bewusst wurde.

»Ich will nicht sterben«, flüsterte sie nach einer Weile.

Mit ihren Worten traf sie etwas tief in ihm. »Wirst du auch nicht.«

»Aber sie wird immer stärker. Und irgendwann …« Sie schluckte schwer.

»Nicht *sie* wird stärker, Raven. *Du* wirst stärker. Das ist nichts Schlechtes, und das musst du mit deinem Körper und deinem Geist verstehen.«

So saßen sie da, einander an den Händen haltend, bis die Wogen von Ravens Energie immer weiter abnahmen und zu einem erträglichen Maß schrumpften. Trotzdem ließ Wade ihre Hand nicht los.

»Du klingst, als hättest du schon Erfahrungen mit meinesgleichen gemacht«, sagte sie schließlich leise.

Wie sie das sagte. *Meinesgleichen*. Als würde es sich bei den Psi um eine völlig andere Spezies handeln, was seiner Ansicht nach totaler Schwachsinn war. Aber es war kein Wunder, dass sie so empfand, wenn man ihr ihr Leben lang eingetrichtert hatte, dass Mutanten Abschaum waren und ihre Kraft gefährlich war. Er würde länger als einen Monat brauchen, um ihr zu zeigen, dass sie mehr konnte, um ihr diese Angst zu nehmen. Das würde nicht vom einen auf den nächsten Tag gehen. So hatte es damals bei Perry auch nicht funktioniert.

Aber daran durfte er jetzt auf keinen Fall denken, also schwieg er.

»Danke, Wade«, sagte sie schließlich rau und drückte seine Finger flüchtig. Ihre Worte wurden von den lauen Wellen über die Wasseroberfläche getrieben.

9. KAPITEL

Die Besprechung fand in einem Konferenzraum statt, der auf der dreiundzwanzigsten Etage lag. Der Raum war verglast, und es herrschte eine angespannte Atmosphäre, als Raven und Wade eintraten. Kaum einer schien Notiz von ihnen zu nehmen, bis auf Katsu, der die Stirn runzelte, als sie gemeinsam eintrafen. Wade lief schnell zu Hector und schien etwas mit ihm zu besprechen.

An dem ovalen Tisch saßen bereits Murphy und Thalia, auf der gegenüberliegenden Seite Katsu. Hector hantierte vorne an seinem Laptop, während er hektisch und mit roten Flecken auf den Wangen mit Wade sprach, der mit angespanntem Kiefer neben ihm stand.

Raven nahm auf dem Stuhl neben Katsu Platz und hoffte inständig, dass er nicht sehen würde, dass sie geweint hatte.

»Du bist vorhin so schnell verschwunden«, fing er sofort an, und Raven unterdrückte das Verlangen, eine Grimasse zu schneiden. »Alles okay?«

»Ja«, sagte sie und zwang ein Lächeln auf ihre Lippen.

Was für eine Blamage. Wobei sie es nicht mal so schlimm fand, von Katsu darauf angesprochen zu werden.

Sie hatte seit Monaten nicht mehr geweint, und dann wurde sie ausgerechnet jetzt von *Wade* dabei gesehen. Bei jedem anderen wäre es ihr gleichgültig gewesen – aber bei ihm nicht. Sie wollte nicht, dass er ihre Schwachstellen kannte, wo er alles im Griff zu haben schien und immer vorausahnte, was sie tat oder was in ihr vorging. Dadurch fühlte sie sich noch viel entblößter. Wobei es auch gutgetan hatte, mit ihm zu sprechen.

Im nächsten Moment verklang das Murmeln schlagartig, denn Moira kam in den Konferenzraum und nahm mit einem Block und Stift bewaffnet am Tischende Platz. Wade nickte Hector noch einmal zu, dann drückte er auf dem Laptop herum, und mithilfe eines Beamers wurde die Präsentation an die Wand geworfen. Es handelte sich um das Bild eines weißen Gebäudes. Es war rund mit einer großen gläsernen Kuppel. An dem Gebäude befand sich ein massiver, ebenfalls weißer Anbau, auf dem links oben ein riesiger Schriftzug angebracht war.

Advanced Interference Defense.

Ravens Mund wurde trocken, und mit fragendem Blick sah sie zu Moira. Die nickte Wade zu, und Raven sah wieder nach vorne.

»Die AID hat vier Standorte in Coldworth City, von denen wir wissen. Im letzten Monat haben Hector und ich zwei davon ausgekundschaftet.« Er gab Hector ein Zeichen, und das nächste Bild erschien. »Wir haben alle Kameras aufgezeichnet und uns einen Überblick über das Gebäude verschaffen können. Interessant war, dass auf dem Plan«, Wade nickte Hector wieder zu, und im nächsten Moment erschien ein Gebäudeplan aus der Vogelperspektive, »ein Teil fehlte. Wir vermuten, dass dort Octavius Vanderpools Geheimlabor liegt.«

»Habt ihr die Spur verfolgen können?«, fragte Katsu neben Raven.

Raven hielt den Atem an. Als auf der Wand ein Foto von Vanderpool erschien, wurden ihre Augen groß. Es musste ein neues Bild sein, denn seine Haare waren an den Schläfen mittlerweile ergraut, und tiefe Falten lagen neben seinem Mund. Aber sein Lächeln war gleich geblieben: kalt und berechnend, direkt aus ihren schlimmsten Albträumen.

Raven umfasste die Stuhllehnen so fest, dass ihre Knöchel weiß hervortraten.

»Vanderpool ist der Leiter der AID und seit Jahren hinter Mutanten her. Er will ein Serum entwickeln, das dazu beiträgt, Mutanten ihre Fähigkeiten zu nehmen – egal, zu welchem Preis«, erklärte Wade an Raven gewandt. »Das wissen wir seit geraumer Zeit, aber es scheint, als würde die Planung langsam auf den Höhepunkt zusteuern, deshalb müssen wir unbedingt an die Pläne für das Serum kommen, bevor es produziert werden kann.«

Das wusste Raven. Nur deshalb hatte sie sich damals mit Knox in die Labore begeben. Weil sie gehofft hatte, das Psi mithilfe dieses Serums loszuwerden.

»Wir sind uns ziemlich sicher, dass sich die Pläne in seinem Labor in Riverside befinden. Wir müssen an sie herankommen, um die Produktion zu stoppen«, sagte Hector.

»Und wie wollt ihr das machen?«, fragte Murphy. Er hatte die Arme vor der Brust verschränkt, eine steile Falte hatte sich auf seiner Stirn gebildet.

»Eine tolle Frage. Was wären wir nur ohne deine Hilfe, Murphy«, murmelte Wade.

»Wade.« Moiras Stimme hatte einen warnenden Unterton angeschlagen.

Hector klickte auf das nächste Bild. Es war wieder der Gebäudeplan. Wade nahm sich einen ausfahrbaren Zeigestock vom Pult, an dem Hector stand, und deutete damit auf ein paar rot markierte Punkte. »Zunächst müssen wir die Kameras ausschalten. Dafür könnten wir Zadie gut gebrauchen«, fing er an, aber Moira seufzte leise. Sofort hielt er inne und sah die Anführerin an.

»Dieses Mal ist sie noch gesperrt«, sagte Moira bedauernd.

»Aber wir brauchen sie«, gab Wade stirnrunzelnd zurück.

»Kannst du dich noch an die letzte Mission erinnern? Sie hat uns alle in Gefahr gebracht«, sagte Murphy.

»Als hättest du das noch nie getan, Flammenwerfer«, murmelte Thalia, ohne Murphy anzusehen.

Murphy warf ihr einen wütenden Blick zu.

»Zadie wird diesmal nur das machen, was man ihr sagt«, warf Katsu ein und sah zum Kopfende des Tisches. Moira blickte von ihrem Block auf. »Wirklich, Moira. Sie wird nichts tun, was nicht zum Plan gehört.«

»Ja«, warf Hector hilfreich ein.

Moira atmete hörbar aus und lehnte sich schließlich zurück. »Also schön.«

Hector gab ein triumphierendes Geräusch von sich, und auch Katsu wirkte ziemlich zufrieden mit sich.

»Gut. Also, Zadie schaltet die Kameras aus und legt am besten gleich das ganze Labor lahm, damit wir durch die Türen kommen und …«

»Das wird nicht so einfach gehen«, platzte es aus Raven raus, und alle Augenpaare richteten sich auf sie.

»Was meinst du, Raven?«, fragte Wade.

Sie setzte sich auf und drückte den Rücken durch. Dann deutete sie auf den Gebäudeplan. »Die AID hat mit Sicherheit nicht nur einen Stromreaktor. Da müssen mindestens zwei sein, wenn nicht sogar drei, je nachdem, wie groß der Bereich ist, der nicht auf dem Plan verzeichnet ist. Wenn die Türen wie in den Laboren verschlossen sind, in denen ich war, benötigen wir dafür eine Schlüsselkarte, und im schlechtesten Fall gibt es einen Fingerabdruck- oder Augenscanner.«

Schweigen.

»Wir haben nur den einen Sicherungskasten gesehen.

Und er war riesig, da bin ich gar nicht auf die Idee gekommen, dass es noch einen geben könnte. Zumal das hier das kleinere Labor von den vieren ist«, sagte Hector schließlich nachdenklich. Er stützte sein Kinn auf der Hand ab.

»Je nachdem, wie weit die Sicherungskästen voneinander entfernt sind, könnte es länger dauern, das ganze Labor lahmzulegen. Dann werden sie auf uns aufmerksam, und das darf auf keinen Fall passieren«, sagte Wade.

»Was ist mit einem Ablenkungsmanöver?«, schlug Thalia vor. »Murphy könnte ein Feuer legen. Irgendwo auf dem Gelände, dann müsste das Gebäude evakuiert werden, und wir hätten genug Zeit, alle Reaktoren außer Gefecht zu setzen.«

Wade nickte langsam. »Keine schlechte Idee. Dann könnten wir rein und hätten sogar mehr Zeit, die Räume anzusehen, die nicht auf dem Plan verzeichnet sind.«

»Es wäre sicherer, wenn wir trotzdem eine Schlüsselkarte dabeihätten«, meinte Hector.

Thalia nickte zustimmend. »Dann klaut Katsu eben eine. Er ist der fingerfertigste von uns.«

»Kann ich gern machen, aber was ist mit den Scannern, von denen Raven gesprochen hat?«, fragte Katsu.

Eine Weile lang breitete sich nachdenkliche Stille zwischen ihnen aus.

»Ihr habt nicht zufällig einen Gestaltwandler in euren Reihen, oder?«, fragte Raven.

Murphy öffnete sofort den Mund, aber Moira schüttelte entschieden den Kopf. »Nein.«

»Was ist mit Elliot?«, entgegnete Murphy ungerührt.

»Er ist acht Jahre alt.« Raven sah zu Wade, der Murphy entgeistert ansah, doch der zuckte nur gleichgültig mit den Schultern.

»Wir müssen nutzen, was wir haben«, erklärte er.

»Ich werde kein Kind mit auf eine Mission nehmen. Das widerspricht allem, wofür wir stehen«, erwiderte Wade aufgebracht.

Raven bereute es, die Frage mit dem Gestaltwandler überhaupt gestellt zu haben. Doch dann kam ihr eine andere Idee. »Ansonsten müssen wir einen der Wachen betäuben und ihn mitnehmen.«

»Das übernehme ich«, sagte Thalia.

Wade nickte.

»Das alles wird sehr schnell gehen, und wir müssen durch mindestens drei Türen ... meinst du, du könntest ihn mithilfe deiner Kraft tragen?«, fragte Hector an Raven gewandt.

Sie hätte beinahe gelacht, unterdrückte es aber im letzten Moment. Stattdessen nickte sie entschieden.

»Das klingt mir fast zu riskant«, gab Moira zu bedenken. »Vor allem, weil Raven noch nie an einer Untergrundmission teilgenommen hat.«

»Aber sie ist nicht unerfahren«, gab Thalia zu bedenken.

Moira dachte kurz nach. Sie warf einen Blick auf ihre Notizen, betrachtete den Gebäudeplan und sah schließlich jedem in der Runde prüfend ins Gesicht. Alle schienen den Atem anzuhalten.

»Ihr müsst mir versprechen, dass ihr alle gut aufeinander aufpasst. Sollte etwas schiefgehen, verlasst ihr umgehend das Gebäude und kommt auf direktem Weg her. Sollte alles glattgehen, schnappt ihr euch die Pläne und tut dasselbe – verstanden?«

Zustimmendes Murmeln erklang, aber das schien sie nicht zufriedenzustellen. Sie legte eine Hand ans Ohr und tat, als hätte sie sie nicht verstanden. Die Zustimmung wurde lauter.

»Sehr schön«, sagte Moira und klappte ihr Notizbuch zu. Sie klemmte ihren Stift hinters Ohr und erhob sich. »Besprecht die Einzelheiten mit Wade und gebt Zadie Bescheid. Morgen Nacht wird der AID der Kampf angesagt.«

Am nächsten Morgen stand Raven noch vor Morgengrauen auf. Wieder schnappte sie sich eine Schüssel Müsli im Frühstückssaal, in dem bloß zwei Leute saßen. Danach lief sie wieder die zehn Stockwerke hoch, aber weil sie das noch nicht richtig ins Schwitzen kommen ließ, begab sie sich im Trainingsraum auf eines der Laufbänder und lief mit Blick auf die Stadt los. Es war schön, mit anzusehen, wie die Sonne hinter den Wolkenkratzern aufstieg, und Raven genoss die Ruhe, bis sie Schritte hinter sich hörte.

Sofort schaltete sie die hohe Geschwindigkeit des Laufbands ab und drehte sich zu Wade um. Heute trug er ebenfalls Trainingskleidung: ein schwarzes Muskelshirt und eine gut sitzende graue Sporthose, dazu Laufschuhe. Leider hatte er auch wieder das fette Buch dabei, und Raven schwante Böses.

»Wie ich sehe, hast du dich schon warm gemacht«, meinte er und lief direkt zu der Matte, wo sie auch am Vortag gesessen hatten.

Raven wischte sich den Schweiß mit dem Handrücken von der Stirn. Sie hatte sich fest vorgenommen, heute mehr Seiten zu schaffen. Dass die anderen sie bei der Besprechung auf diese Weise an ihren Plänen hatten teilhaben lassen, hatte sie ziemlich geehrt. Nachdem ihr so viele Mitglieder des Untergrunds mit Misstrauen oder Angst begegneten, hatte sie sich am Vortag fast wie ein Mitglied gefühlt – auch wenn sie das nur für die kommenden vier Wochen war.

Heute wollte sie Wade beeindrucken.

Sie wusste nicht, woher dieser Wunsch kam. Vielleicht rührte er von ihrem Gespräch am Vortag her, vielleicht war es aber auch für ihre Teilnahme an der kommenden Mission. Sie wusste nur, dass sie ihm zeigen wollte, dass sie das Training ernst nahm. Auch wenn sie nicht besonders viel Lust hatte, wieder nur in einem Buch zu blättern.

»Heute fangen wir mit hundert Seiten an«, sagte Wade, und Raven nickte gewissenhaft. Sie nahm im Schneidersitz vor ihm Platz und konzentrierte sich auf das Buch. Ihre Kraft pulsierte in ihren Fingern, rauschte ihre Arme hinauf und sandte einen Schauer über ihren ganzen Körper. Wärme durchflutete sie, und Raven nahm all ihre Konzentration zusammen. Langsam ließ sie die kleinen Fühler ihrer Kraft hervorschießen, legte sie um den Einband und schlug ihn auf. Anschließend maß sie ihre Kraft sorgfältig ab, was sich diesmal schon vertrauter anfühlte, weil sie wusste, wie sich das Papier unter ihrer Telekinese anfühlte.

Die ersten fünfundzwanzig Seiten bekam sie problemlos hin. Aber dann griff Wade nach dem Einband und wollte ihn zuschlagen. Reflexartig stieß Raven seine Hand mit ihrer Kraft weg – von einer auf die nächste Sekunde musste sie ein Vielfaches ihrer Energie einsetzen. Und es geschah ganz automatisch. Sie schoss einfach hervor, wie ein dritter Arm, während sich ihre Hände im Schoß anspannten.

Verärgert sah sie Wade an. Der nickte bloß auf das Buch. »Weitermachen.«

Raven blätterte die nächsten paar Seiten um, wobei ihr der Wechsel zurück zu möglichst wenig Kraft deutlich schwerer fiel als umgekehrt. Irgendwann stand Wade auf und umkreiste sie langsam. Ihre Schultern verspannten sich.

»Nicht verkrampfen«, ordnete er an.

»Leichter gesagt als getan«, gab sie konzentriert zurück und blätterte weiter um. Inzwischen war sie bei Seite fünfzig angekommen. Wade umkreiste sie, und aus dem Augenwinkel konnte sie seine Beine sehen. Er hatte die Hände in den Hosentaschen vergraben – auch das nahm sie wahr. Es war auffällig, wie gelassen er ging, und er tat es ganz offensichtlich nur, um sie aus dem Konzept zu bringen. Raven richtete ihren Fokus voll und ganz auf das Buch und darauf, ihre Kraft zu zügeln. Bis Wades Hand plötzlich wie aus dem Nichts hervorschoss und sie am Hals traf. Es war kein heftiger Schlag, aber er reichte aus, um sie erschrocken nach Luft schnappen zu lassen.

»Was zum Teufel sollte das?«, knurrte sie und rieb sich den Hals. Das würde einen roten Fleck geben. Dieser verdammte …

»Eine Handlung durchführen und eine andere abwehren. Ich wollte sehen, ob du beides gleichzeitig kannst.«

Raven biss die Zähne zusammen. »Offensichtlich nicht.«

»Deshalb üben wir es jetzt«, sagte Wade, und Raven meinte, ein Grinsen aus seiner Stimme herauszuhören. Als sie jedoch einen Blick über die Schulter zu ihm hochwarf, war nichts dergleichen zu erkennen. Stattdessen nickte er zum Buch hin. »Weitermachen, Raven.«

Mit grimmiger Entschlossenheit drehte sie sich wieder um und starrte auf das dicke Buch, als wäre es ihr Erzfeind. Dabei befand der sich hinter ihr und könnte jeden Moment wieder zuschlagen wie eine verdammte Schlange.

Sie atmete tief ein und schloss einen Moment lang die Augen. Dann sammelte sie ihre Kraft und spürte, wie sie durch sie hindurchschoss. Das meiste davon sammelte sich kraftvoll in ihrem Bauch, von wo aus sie in alle Richtungen davonjagte. Sie stellte sich vor, ihre Kraft wäre ein Zelt, das sie aufspannen konnte. Sie tastete sich weiter vor, bis sie das Buch spürte, aber auch Wades Energie wahrnahm. Sie weitete ihre Kraft auf einen größeren Radius aus, nicht nur um einen Gegenstand bemüht, sondern um alles, was sich im Umkreis von zwei Metern befand. Es trieb ihr Schweißperlen auf die Stirn, war aber gleichzeitig nicht viel schwerer, als die dünnen Seiten des Buches zu greifen. Diesmal bestand die Herausforderung darin, Multitasking mit ihrer Telekinese zu schaffen.

Sie öffnete die Augen wieder und fokussierte ihren Blick auf das Buch. Sie schlug die nächsten paar Seiten auf und achtete darauf, es langsam und geduldig zu tun. Wade umkreiste sie unterdessen wieder träge.

Als er diesmal zuschlug, kam es Raven vor wie in Zeitlupe. Sie sandte einen Energiestoß gegen seine Hand, ohne den Blick vom Buch zu nehmen. Doch ehe sie über ihren Sieg lächeln konnte, schoss seine zweite Hand aus dem Nichts hervor.

Raven reagierte instinktiv und packte seine Faust mit ihrer eigenen Hand. Mit fest zusammengebissenen Zähnen sah sie zu ihm hoch.

»Blätter weiter um, Raven«, sagte er bedrohlich leise.

Sie tat es, ohne hinzusehen, ganz sanft, aber mit voller Konzentration. Gleichzeitig hielt sie Wades Hand fest gepackt. Er umfasste ihren Arm mit seiner anderen Hand und zog sie schwungvoll hoch. Raven ging sofort in Verteidigungshaltung. Der mühsam festgelegte Radius ihrer Kraft verschob sich in dieser Position, sie bekam das Buch nicht mehr ohne Blickkontakt zu fassen. Kurz warf sie einen Blick zurück auf Seite dreiundsechzig – ein Fehler. Wades Faust schoss hervor. Sie wich aus und stolperte über das Ende der Matte. Das leise Reißen von Papier klang in ihren Ohren.

»Ich finde es nicht schön, wenn du mein Buch kaputt machst«, sagte Wade und schüttelte den Kopf. »Wirklich überhaupt nicht schön. Gib dir mehr Mühe.«

Wieder schlug er zu. Und noch einmal. Raven bekam überhaupt keine Zeit, den Kern ihrer Kraft zu finden, weil sie ihre Hände in Abwehrhaltung vor sich halten musste, wenn sie kein blaues Auge von ihm verpasst bekommen wollte. Sie erkannte ein Muster in seinen Schlägen, duckte sich in der richtigen Sekunde, dann machte sie einen Satz auf ihn zu und schlang die Arme um seine Hüfte, um ihn zu Boden zu bringen. Aber Wade und seine verdammte Gabe! Er wich schneller aus, als sie es für möglich gehalten hatte. Dann befand er sich plötzlich hinter ihr und schlang einen Arm um ihren Hals. Sie konnte seinen raschen Atem an ihrem Ohr fühlen. »Du hast gesagt, du willst keine Sonderbehandlung.«

Er stieß sie grob von sich, und Raven prallte hart am Boden auf. Sie rollte sich auf den Rücken und sah gerade noch, wie er auf sie zukam, um nachzusetzen. Hastig wich sie zur Seite aus.

»Weiter umblättern!«, bellte Wade.

Sie schaffte es nicht. Sie bekam die dämliche nächste Seite nicht zu fassen, wenn er sie so hart bekämpfte. »Lass mir kurz einen Moment, um …«

Sein nächster Hieb traf ihre Schulter. So hart, dass sie zurückgeworfen wurde. Sie stöhnte vor Schmerz.

»Die AID wird dir auch keinen Moment lassen, um mal eben Luft zu holen«, gab er gelassen zurück.

Wut durchzuckte sie, heiß und brodelnd. Eigentlich

hatte sie sich Mühe geben wollen, sie hatte ihn beeindrucken wollen, da noch immer die Worte »Du kämpfst wie eine Dampfwalze« durch ihren Kopf jagten – aber damit war jetzt Schluss.

Sie fand ihn, den heißen Kern ihrer Kraft, und ballte die Hände zu Fäusten. Wade und sie umkreisten einander, und währenddessen versuchte Raven, den Radius ihrer Energie wieder auszuweiten und das Buch nur mithilfe ihrer Kraft zu erspüren. Sie wusste in etwa, wo es lag, das half. Dann ließ sie die Fühler ihrer Kraft hervorschießen. Wade war berechenbarer, als er zu sein glaubte – denn genau in dem Moment griff er an.

Raven ließ ihre Kraft heftig aus sich herausschießen. Es spielte keine Rolle, ob Wade es kommen sah oder nicht. Der Stoß erwischte ihn mit voller Breitseite, er wurde zurückgeworfen und landete auf dem Rücken. Im nächsten Moment sprang Raven auf ihn. Sie packte seine Arme und hielt sie fest. Gleichzeitig blätterte sie auf die nächste Seite.

»Du wirst jetzt kooperieren«, ahmte sie seine tiefe Stimme nach. »Verstanden?«

Wade verpasste ihr eine Kopfnuss, die sie Sterne sehen ließ. Sie fiel von ihm runter, mitten auf die Schulter, die er zuvor so hart getroffen hatte. Er drehte den rechten Arm auf den Rücken, so weit, dass sie vor Schmerz japste.

»So klinge ich nicht«, sagte er unbeteiligt, während Raven immer noch mit den bunten Punkten kämpfte, die vor ihren Augen tanzten.

»Hast recht«, murmelte Raven und blätterte wie von selbst auf die nächste Seite. Ihre Kraft tat das inzwischen ganz automatisch. »Du nuschelst mehr.«

»Ich nuschle überhaupt …« Weiter kam er nicht. Raven rief noch mehr Kraft hervor, und die half dabei, ihn ein kleines Stück in die Luft zu heben. Sie riss sich von ihm los und wollte aufstehen, aber er hielt ihren Arm weiter gepackt. Raven knurrte und fuhr herum, wobei er so heftig an ihrem Arm zerrte, dass ein heftiges Ziehen hindurchschoss.

Wenn er unfair kämpfte, würde sie das auch tun.

In der nächsten Sekunde schlug sie ihm mit der Faust ins Gesicht.

Wade fluchte laut und hielt sich das Auge. Diesen Moment nutzte Raven, um ihm einen weiteren Stoß zu verpassen, der ihn taumeln ließ. Gleichzeitig richtete sie den Blick nach oben, um nach einem der Seile zu greifen, die dort hingen – aber sie hatte die Rechnung ohne Wade gemacht. Sie sah ihn nicht kommen, sondern wurde einfach wieder zu Boden gerissen. Sie prallte hart mit dem Hinterkopf auf – zu hart diesmal.

Ihr wurde schwarz vor Augen. Sie kämpfte dagegen an, aber die Verbindung zu ihrer Kraft wurde jäh gekappt, so als hätte Wade sie mit einem Messer durchtrennt.

Sie stöhnte schmerzerfüllt und blinzelte mehrmals. Die Welt nahm wieder klare Umrisse an, in Form von Wade, der über ihr kauerte und mindestens genauso schwer atmete wie sie. Sein eines Auge schwoll schon an, aber trotzdem erkannte sie ein Funkeln in seinem dunkelgrauen Blick, das sie nicht richtig einordnen konnte.

»Das war …«, fing er rau an und räusperte sich. »Das war sehr gut.«

Sie grinste. »Ich habe dem großen Wade Baxter ein Veilchen verpasst.«

Zum ersten Mal lächelte Wade sie an. Es wirkte ein bisschen eingerostet, war aber trotzdem ein sehr schöner Anblick. »Der große Wade Baxter hat dir eine Kopfnuss gegeben, die dich fast bewusstlos hat werden lassen.«

»Habe ich eine Beule?«, fragte sie und versuchte mit mäßigem Erfolg, an ihrer eigenen Stirn hochzublicken.

Er ließ den Blick über ihre Stirn gleiten. »Ja«, murmelte er, bevor er sie weiter musterte. Er schien alles in Augenschein zu nehmen, die Sommersprossen auf ihrer Nase, ihre Wangen, ihre Augen, und schließlich den Mund. Dort verharrte sein Blick.

Raven spürte ein leichtes Kitzeln im Bauch. Ihr Mund wurde immer trockener, je länger Wade sie ansah. Und für einen kurzen Augenblick erlaubte auch sie sich, ihn anzusehen. Sie ließ den Blick von seinen Augen weiter runter zu seiner Nase wandern, über die Konturen seines Gesichts bis zu seinem Mund. In ihr breitete sich eine Wärme aus, die nichts mit ihrem Kampf zu tun hatte.

Im nächsten Moment rollte Wade sich von ihr runter und erhob sich schwerfällig vom Boden. »Thalia wird uns für heute Abend wieder zusammenflicken müssen.«

Die Mission hatte sie beinahe vergessen.

Unterdessen lief Wade zurück zur Hallenmitte. Bei ihrem Kampf hatten sie sich bestimmt an die fünf Meter vom Buch entfernt. Raven konnte kaum glauben, dass sie es dennoch geschafft hatte, weiter umzublättern.

Wade klaubte das geöffnete Buch vom Boden. »Seite hundertsiebenundvierzig. Und das, ohne dass du die Kontrolle verloren hast.«

Raven starrte ihn mit weit geöffneten Augen an.

»Morgen wirst du fünfzig mehr schaffen«, sagte Wade bestimmt. »Und ich werde es dir nicht so leichtmachen.«

Wenn er den Kampf von eben als »leicht« bezeichnete, wollte sie lieber gar nicht wissen, was er am nächsten Tag mit ihr vorhatte.

»Was zum Teufel habt ihr angerichtet?«, fragte Thalia, als sie die Krankenstation betraten.

Ravens Schlüsselbein pochte schmerzhaft, und auch jede Stelle ihres Körpers, an der Wade sie mit seinen Hieben getroffen hatte. Aber sie nahm mit Genugtuung zur Kenntnis, dass Wades Auge inzwischen eine Färbung annahm, die ihr außerordentlich gut gefiel.

»Wir haben trainiert«, sagte Wade und nahm sogleich auf einer der Liegen Platz. Raven setzte sich auf die ihm gegenüber.

»Wieso hältst du den Arm so merkwürdig, Raven?«, fragte Thalia alarmiert und wusch sich die Hände, die bis eben noch in irgendeiner Schale gesteckt hatten, aus der ein minziger Geruch drang.

»Er hat meine Schulter getroffen«, antwortete sie wahrheitsgemäß.

»Ihr solltet trainieren und euch nicht gegenseitig in Stücke reißen. Gott, Wade, wie oft soll ich dir noch sagen, dass du nicht so hart mit den Neuankömmlingen ins Gericht gehen sollst?«

»Sie wollte es so.« Er sprach ruhig und gelassen, und es wirkte, als würde er dieses Gespräch nicht zum ersten Mal mit Thalia führen. Währenddessen öffnete sie einen riesigen Gefrierschrank, der am anderen Ende des Raums lag, direkt neben einem metallenen Regal, in dem Raven lauter Krankenhausutensilien sehen konnte. Wenig später kam Thalia zu ihnen und drückte Wade einen blauen Kühlbeutel aufs Gesicht. Er stöhnte gedämpft, aber sie schien wenig Mitleid mit ihm zu haben.

»Du musst dein Shirt ausziehen, wenn ich dich untersuchen soll«, sagte Thalia anschließend zu Raven.

Sie sah Wade an und machte eine Geste, dass er sich umdrehen sollte. Er kam der stummen Bitte nach und drehte sich auf die Seite. Aber selbst dann zögerte Raven noch. Sie wusste, dass Thalia sie schon geheilt hatte, als sie hier angekommen war. Das bedeutete, dass sie ihre Narben gesehen haben musste. Dennoch kostete es große Überwindung, das Langarmshirt über den Kopf zu ziehen, was mit den Schmerzen in ihrer rechten Seite nicht ganz leicht war. Danach schluckte sie schwer und richtete den Blick auf Thalias weiße Schuhe. Die Heilerin griff nach ihrem Arm und zog leicht daran. Raven biss die Zähne fest zusammen, konnte aber nicht den schmerzhaften Laut verhindern, der über ihre Lippen kam. Dann fuhr Thalia mit den Händen über ihren Arm nach oben zu ihrer Schulter, direkt über ihr Schlüsselbein. Dort atmete sie zischend ein.

»Herrgott, Wade, du hast ihr das Schlüsselbein gebrochen«, fauchte sie.

Er schwieg beharrlich. Es wirkte fast, als wäre er eingeschlafen.

»Kannst du es heilen?«, fragte Raven.

»Ich kann offene Wunden heilen und Knochen wieder zusammensetzen, also dürfte das kein Problem darstellen.« Sie legte die Hände sanft auf Ravens Schulter und das Schlüsselbein. Erst biss Raven fest die Zähne zusammen, aber nach und nach drang eine angenehme Wärme von ihren Fingern in Ravens Körper. Doch mit einem Mal wandelte sich die Wärme in kochende Hitze. Panisch blickte sie zu Thalia auf.

»Es ist normal, dass es heiß wird«, sagte sie beruhigend.

Verflucht, das tat weh. Es fühlte sich an, als würde jemand heißes Eisen in ihren Körper gießen.

Nach einer weiteren halben Minute hörte der Schmerz auf. Kühle legte sich über Ravens Schlüsselbein, beinahe so, als würde Thalia den geheilten Knochen mit ihrer

Kraft versiegeln. Dann ließ sie ihre Hände weiter nach oben wandern bis hin zu Ravens Gesicht, das sie vorsichtig abtastete. Bei ihrer Stirn angekommen, grummelte sie wieder leise. Erneut drang Wärme in Ravens Haut, diesmal blieb sie angenehm. Vermutlich, weil nichts gebrochen war.

»Mehr Verletzungen hast du nicht, oder?«, fragte Thalia, und Raven schüttelte den Kopf. Ihr Körper schmerzte zwar, aber es war nicht schlimm, sondern wie nach einer guten Trainingseinheit. »Dann kannst du dich wieder anziehen.«

Raven zog sich ihr Shirt so schnell über, dass sie beinahe das Gleichgewicht verlor. Erst danach konnte sie Thalia wieder ins Gesicht sehen. »Vielen Dank.«

»Sehr gern. Aber denkt jetzt nicht, dass ihr jeden Tag mit gebrochenen Knochen herkommen könnt. Ich bin nicht eure Privatkrankenschwester«, erklärte sie bestimmt und ging dann wieder auf die andere Seite des Zimmers, zurück zu ihrem Metalltisch und dem riesigen Regal.

Wade setzte sich auf. »Was ist mit mir?«

Thalia schnaubte. »Dir würde es guttun, mal einen Tag lang mit einem blauen Auge rumzulaufen, Baxter.«

»Wenn wir heute Abend die AID auskundschaften, muss ich sehen. Das geht so«, er nahm den Beutel vom Gesicht und deutete auf sein geschwollenes Auge, »auf gar keinen Fall.«

Sie stieß ein genervtes Seufzen aus. Im Anschluss wedelte sie ungeduldig mit der Hand und bedeutete ihm, zu ihr zu kommen. Leichtfüßig sprang er von der Liege. Bei ihr angekommen, öffnete er zunächst den Gefrierschrank und verstaute den Kühlbeutel im oberen Fach. Dann trat er dicht vor Thalia und beugte sich sogar ein bisschen runter, um ihr leichteren Zugang zu verschaffen. Zwar rollte sie mit den Augen, aber die Art, wie sie die Hände an sein Gesicht legte, hatte etwas sehr Vertrautes. Wade schloss die Augen und runzelte konzentriert die Stirn, als sie anfing, ihn zu heilen. Auch wenn sie die Finger halb vor sein Gesicht hielt – Raven konnte selbst aus der Entfernung sehen, wie die Schwellung zurückging. Als sein Auge wieder zu normaler Größe abgeschwollen war, zog Thalia die Hände jedoch nicht zurück. Sachte fuhr sie mit den Fingern über die ausgeprägte Narbe, die oberhalb seiner Braue anfing. Unvermittelt packte Wade ihr Handgelenk. Kaum merklich schüttelte er den Kopf.

Thalia ließ die Hände schnell sinken. »Alles wieder heil«, sagte sie und kehrte zur Arbeitsfläche zurück. Sie griff nach einer kleinen Dose und schüttete den Inhalt in die große Schüssel vor sich, während sich Raven fragte, was das gerade gewesen war. »Und passt heute Abend auf euch auf. Den nächsten Knochenbruch heile ich nicht.«

»Geht klar, Thalia«, sagte Wade noch, bevor er sich zum Gehen wandte. An der Tür angekommen, blickte er erwartungsvoll über die Schulter. »Kommst du? Wir sind noch nicht fertig.«

10. KAPITEL

Einen Moment lang hatte Raven befürchtet, dass Wade noch mehr trainieren wollte, aber die Horrorvorstellung hatte sich schnell in nichts aufgelöst, als er mit ihr ins Lager im Untergeschoss fuhr. Moira war bereits kurz mit ihr hier gewesen, als sie ihr die Trainingskleidung gegeben hatte, doch da hatte Raven überhaupt keine Zeit gehabt, sich genauer umzusehen. Aber jetzt musste sie vorerst nirgendwo anders hin. Sie hatte Zeit, sich in dem geräumigen Lager umzusehen, und streifte zusammen mit Wade durch die Reihen an Kleiderständern, die nach Größen sortiert waren.

»Wo kommt das ganze Zeug her?«, fragte Raven und strich mit den Fingern über den Stoff eines Pullovers, der ihr ins Auge gestochen war. Sie wagte nicht, sich hier einfach zu bedienen. Vor allem nicht, wenn sie nicht wusste, wo das alles herkam. Sie hatte keine große Lust, Dinge von Toten zu tragen.

»Das meiste sind Spenden von Gönnern des Untergrunds. Moira hat durch ihre Familie ziemlich wohlhabende Kontakte, die zwar kein Geld spenden können, weil das zu auffällig wäre, aber dafür viel Kram beisteuern. Beispielsweise Kleidung, Möbel oder Waffen.«

Sofort sah Raven über den Ständer hinweg zu ihm. Er sah sie nicht an, sondern griff sich einen Bügel. Raven konnte nicht genau sehen, was er da in der Hand hielt, aber er klopfte ein paarmal dagegen und betrachtete das Teil von allen Seiten. »Der hier dürfte dir passen«, sagte er.

Raven ging zu ihm und sah, was er in der Hand hielt. »Ein Mantel?«, fragte sie verwirrt.

»Du bist jetzt Teil des Untergrunds, also wirst du Kleidung brauchen, die dich im Kampf schützt.« Er drückte ihr den Bügel in die Hand. »Die Zeiten deiner Kapuzenjacke sind vorbei.«

Sie biss die Zähne zusammen. Während Wade weiterzog, nahm sie den Mantel genauer in Augenschein.

Er war schwarz und hatte einen Stehkragen. Der Stoff wirkte ganz matt, was ihn noch viel dunkler erscheinen ließ – bestimmt konnte man damit eins mit der Nacht werden. Die Ärmel waren mit einer Art Lederplatte verstärkt, als wären sie für den Nahkampf ausgelegt.

Es war Liebe auf den ersten Blick.

Schnell zog sie sich das Teil über. Der Stoff war viel elastischer, als er zunächst den Anschein machte. Er schmiegte sich um ihren Körper wie eine zweite Haut. Als Raven mit den Fingerknöcheln auf die verstärkten Platten an den Armen klopfte, erklang kein Geräusch, gleichzeitig fühlte sich das Material nahezu unzerstörbar an.

»Wo bleibst du?«, fragte Wade von weiter vorne, und Raven machte sich nicht die Mühe, den Mantel wieder auszuziehen. Vielleicht würde sie das nie wieder tun. Als sie zu ihm aufgeschlossen hatte, blickte Wade an ihr herab.

»Perfekt«, murmelte er.

»Ich werde ihn nie wieder ausziehen«, verkündete sie und breitete die Arme aus. Interessiert musterte sie den Stoff. Er war so fest, und gleichzeitig fühlte er sich so leicht an – einfach unglaublich. »Und den darf ich einfach behalten?«

Wade nickte und ging weiter. »Von allem, was wir bekommen oder kaufen, stehen jedem Mitglied je nach Bedarf Teile zu. Du und Knox habt einen höheren Anspruch als ich, weil ihr kaum mehr etwas besitzt.«

So daran erinnert zu werden, versetzte Raven einen Stich. Sie zog den Mantel enger um sich zusammen, da ihr die Luft plötzlich viel kälter vorkam. Wade bemerkte es.

Er öffnete den Mund, aber Raven schüttelte nur den Kopf. Schnell nickte sie zu der verschlossenen Tür, die zu ihrer Linken lag. »Was ist da drin?«

Wades Augen funkelten, und in diesem Moment wirkte er so viel jünger auf Raven, dass es sie kurz sprachlos machte. Er nahm seinen Chip aus der Hosentasche und hielt ihn gegen das schwarze kleine Feld. Es leuchtete grün, die Tür klickte und schwang nach innen auf.

Raven hatte mit allem gerechnet, aber bestimmt nicht hiermit. Sie wusste überhaupt nicht, wohin sie zuerst sehen sollte.

Hohe Regale waren über und über gefüllt mit Masken. Manche sahen gefährlich aus, bestanden aus Leder und waren mit spitzen Nieten bestückt, die aus dem Mundteil oder einer Klappe über dem Auge herausragten. Andere wiederum waren mit Zähnen bespickt, hatten Federn, lange Schnäbel oder Netze über den Augen. Beim genaueren Hinsehen entdeckte Raven, dass manche Fächer namentlich beschriftet waren. Sofort suchte sie nach Wades Fach und entdeckte es. Sie stellte sich auf die Zehenspitzen, um genauer hineinsehen zu können.

Mehrere Wurfmesser, kleine schwarze Kugeln, die aussahen wie Rauchbomben, und ein geschwungener Dolch waren darin zu erkennen. Aber was ihr am meisten ins Auge sprang, war die Maske. Sie bestand aus weißen Federn, die zu den Seiten hin immer dunkler wurden und an den Rändern schwarz ausliefen. Auch um die Löcher der Augenpartie befanden sich schwarze Federn, und nach unten zur Nase mündete sie in einem kleinen, leicht gekrümmten Schnabel.

Sie war wunderschön.

Raven sah Wade fragend an, und er nickte, was sie als Erlaubnis nahm, die Maske aus dem Fach zu holen. Vorsichtig strich sie über die Federn.

»Also maskiert ihr euch, wenn ihr auf Missionen unterwegs seid?«, fragte Raven.

Wade nickte. »Wir können nicht riskieren, entdeckt zu werden. Viele von uns befinden sich noch in den Akten der AID. Sollte man unsere Gesichter auf Bildmaterial wiederfinden und hierhin zurückverfolgen, hätten wir ein ernsthaftes Problem.«

Verständlich. Ihr ging es nicht anders – auch sie war bei der AID aktenkundig.

Probehalber hielt sie sich Wades Maske an. Sie drehte den Kopf, sodass sie in den hohen Spiegel sehen konnte, der seitlich neben den Regalen angebracht war. Mit seinem silbernen Rahmen und den geometrischen Ornamenten wirkte er wie eigens für den Untergrund erschaffen.

Zusammen mit dem Mantel und der Maske wirkte Raven wie eine völlig andere Person. Sie erkannte sich beinahe selbst nicht mehr und bezweifelte, dass irgendwer bei der AID das tun würde. Sie ließ die Maske sinken und strich ein letztes Mal über die Federn, bevor sie sie zurück in Wades Regal legte. Dann nahm sie seine Messer in Augenschein.

»Du wirkst nicht wie jemand, der eine Schwäche für Waffen hat«, sagte sie.

»Ein paar Wurfmesser habe ich für den Notfall immer dabei.«

Raven betrachtete Wade von oben bis unten und hob fragend eine Braue. »Wo das denn?«

Wieder lächelte er, aber diesmal hatte es nichts mit dem

ehrlichen Lächeln zu tun, das er ihr nach dem Training geschenkt hatte. »Willst du das wirklich wissen?«

Wenn er so fragte, eigentlich nicht. Im nächsten Moment stieß er sich von der Kommode ab und kam zu ihr. Im Gegensatz zu ihr hatte er keine Mühe, an den Inhalt seines Fachs zu kommen. Er nahm die Wurfmesser heraus. Sie hingen an einem Waffengürtel, den er ihr entgegenhielt. »Für heute Abend.«

Fassungslos sah sie ihn an. Dann brach ein Lachen aus ihr heraus. »Ich brauche keine Waffen, Wade. Ich *bin* eine.«

Sofort verfinsterte sich sein Gesicht. Kurzerhand griff er um sie herum und schnallte den Waffengürtel um ihre Hüfte. Kopfschüttelnd sah sie ihm dabei zu.

»Was, wenn etwas schiefgeht? Wenn deine Kraft dich im Stich lässt?«, fragte er währenddessen.

»Früher habe ich mir oft gewünscht, dass sie das tut«, sagte sie leise. Noch während er den Gürtel befestigte, sah er bitterböse zu ihr hoch. »Du warst doch derjenige, der gesagt hat, ich soll meine Gabe annehmen und nicht dagegen ankämpfen. Das meinte ich damit, nicht mehr und nicht weniger.«

»Das sollst du auch. Aber das bedeutet nicht, dass du deine Fähigkeiten für selbstverständlich nehmen sollst. Es kann immer sein, dass du jemandem begegnest, der deine Kräfte blockieren oder sie dir nehmen kann. Also wirst du diesen Waffengürtel tragen.« Er zurrte ihn fest, dann richtete er sich auf und sah von oben auf sie herab.

»Geht klar. Sonst noch irgendwas?«

Er wandte den Blick ab und trat ein paar Schritte zurück, um das hohe Regal zu überblicken. »Du brauchst noch eine Maske.«

Das sorgte dafür, dass sich ein Lächeln auf Ravens Lippen stahl. Sie wollte mindestens eine genauso tolle wie er.

»Wie wäre es mit der dort?«, fragte Wade und deutete auf eine, die durch ihre grünen und blauen Federn total hervorstach.

Raven rümpfte die Nase. »Ich hatte eher an etwas wie das hier gedacht«, sagte sie und deutete auf das linke Fach zu der Maske mit den Stacheln.

»Mit so einer traue ich dir nicht«, sagte Wade kopfschüttelnd. »Nachher stichst du mich noch ab.«

Sie verdrehte die Augen.

In den nächsten Minuten gingen sie das Regal auf der Suche nach einer geeigneten Maske für Raven durch. Aber keine von denen, die Wade ihr vorschlug, sprach sie an. Andere mieften total, und wieder andere sahen so benutzt aus, dass sie jeden Moment zu zerfallen drohten. Das ließ Raven grübeln, was der Untergrund wohl schon für Aktionen durchgeführt hatte, bevor sie hergekommen war.

»Ich glaube, hier hinten sind auch noch welche«, meinte Wade irgendwann. Er ging weiter in die hintere Ecke, wo lauter Gerümpel es Raven erschwerte, zu ihm zu gelangen. Ein weiterer Ständer mit Kleidung, die aussah, als wäre sie genauso gut für Kämpfe geeignet wie ihr neuer Mantel, stand dort, und noch ein Regal, in dem weitere Waffen lagen. Ein paar Schmuckstücke wie ein mit Edelsteinen besetzter Dolch waren dabei, weitere Wurfmesser, Wurfsterne und mehrere Katana, die in wertvoll verzierten Scheiden steckten. Und dann sah Raven sie. *Ihre* Maske.

Sie war tiefschwarz und bestand aus drei Lederschichten, die gestuft übereinanderlagen. Jede Schicht lief federförmig nach außen weg, wobei die inneren leicht nach oben geschwungen waren.

Ehrfürchtig griff Raven nach der Maske und legte sie

an ihr Gesicht. Sie schmiegte sich perfekt an die Formen ihrer Stirn und Nase. Auch die Löcher an den Augen befanden sich genau auf der richtigen Höhe.

Raven lief zum nächsten Spiegel und betrachtete sich darin.

Sie sah kampfbereit aus. Kampfbereit und schön.

Bevor sie nach den Bändern greifen konnte, die sich an den Seiten der Maske befanden, trat Wade hinter sie. Er befestigte sie mit einer Schleife in ihrem Nacken. Dann blickte er über den Spiegel in ihr halb verdecktes Gesicht.

»Eine Rabenmaske für Raven«, murmelte er und ließ die Hände auf ihre Schultern sinken. Flüchtig strich er mit dem Daumen über Ravens Haaransatz, und ihr Herzschlag beschleunigte sich. »Sehr passend.«

Zurück in ihrem Zimmer, hing Raven in Gedanken noch immer dem Training und ihrem Ausflug in den Keller nach. Sie war so versunken, dass sie Knox überhaupt nicht bemerkte. Erst als sie die Tür ins Schloss zog und sich umdrehte, entdeckte sie ihn – und erstarrte.

Ihr Bruder hatte seine Haare geschnitten. Und gefärbt.

Keine roten Strähnen fielen mehr wie ein Vorhang in seine Augen. Stattdessen war sein Haar jetzt kurz und dunkelbraun gefärbt. Er sah ganz anders aus. Älter. Und gleichzeitig auch ein bisschen mehr wie damals, bevor … all das passiert war.

»Stuart, ein Kerl, mit dem ich Unterricht habe, hat mir die Haare geschnitten«, erklärte er auf ihren entgeisterten Blick hin.

»Und gefärbt«, brachte Raven hervor.

Knox nickte. »Ich dachte, es wäre an der Zeit, wieder ich selbst zu werden.«

In den letzten Jahren war Raven stets diejenige gewesen, die ihm die Haare geschnitten hatte. Dass er es einfach so jemand anderem überließ, schmerzte sie mehr, als es sollte. Es war nur ein Haarschnitt, nichts weiter.

Knox entdeckte den Waffengürtel an ihrer Hüfte und furchte die Stirn. »Ist der für heute Abend?«

»Du weißt davon?«, fragte Raven und nahm das Teil ab. Zusammen mit ihrem Mantel und der Maske legte sie ihn auf dem Schreibtisch am Fenster ab.

»Jeder weiß davon. Gerüchte machen hier unglaublich schnell die Runde«, meinte Knox schulterzuckend.

Raven setzte sich zu ihm auf das Sofa. Ihr Bruder heftete den Blick wieder auf den Bildschirm, wo er gerade dabei war, ein paar Monster zu erledigen. »Unter anderem ging heute das Gerücht rum, dass du Wade beim Training die Nase gebrochen hast.«

Raven schnaubte. »Wade hatte nur ein blaues Auge. Dafür hat er mir das Schlüsselbein gebrochen.«

Knox warf ihr einen Seitenblick zu und betrachtete besagte Stelle, die noch immer von ihrem Shirt verborgen war. »Sieht aber heil aus.«

»Wir waren bei Thalia auf der Krankenstation.« Raven zog die Beine an und lehnte sich nach hinten. Hier mit ihm zu sitzen tat gut, es fühlte sich fast normal an. Auch wenn die Stimmung zwischen ihnen noch immer angespannt war. »Wie ist der Unterricht?«, fragte sie nach einer Weile.

»Toll. Wobei es schon … anders ist, mit so vielen Mutanten unterrichtet zu werden«, sagte er.

»Inwiefern?«

Er zuckte mit den Schultern und spielte weiter. »So wird man den ganzen Tag lang daran erinnert, wie unzulänglich man selbst ohne Fähigkeit ist, während alle anderen mit ihren tollen Partytricks angeben.«

Sofort setzte sie sich auf. »Hey«, unterbrach sie ihn, und als er das Spiel nicht anhielt, noch eindringlicher. »*Hey.*«

Knox seufzte und stellte das Spiel auf Pause, sah sie aber nicht an.

»Du bist nicht unzulänglich, nur weil du keine Fähigkeit hast«, sagte sie energisch.

Er schluckte angestrengt und sah zu Boden.

»Beides hat Vor- und Nachteile. Und während sich hier alle darauf vorbereiten müssen, von außerhalb angefeindet zu werden oder sogar eingesperrt werden, wirst du als normal erachtet. Das ist doch auch nicht schlecht.«

»Umgeben von Mutanten fühlt es sich aber so an«, murmelte Knox.

Sie rückte dichter neben ihn und fasste ihn sanft am Arm, damit er sie ansah. Als er es tat, ließ sie den Blick forschend über sein Gesicht wandern. »War irgendwer fies zu dir, Knox? Ist irgendetwas vorgefallen?«

Er atmete hörbar aus. Und wieder ein. »Nein. Es ist nur … alle haben erwartet, dass ich auch irgendetwas kann. Du weißt schon, weil ich dein Bruder bin. Und als sie erfahren haben, dass das nicht der Fall ist …« Hilflos zuckte er mit den Schultern. »Es ist nicht so wichtig.«

»Es ist wohl wichtig«, entgegnete Raven heftig. »Mir ist alles wichtig, was dir nahegeht.«

Er schluckte schwer, seine Augen glänzten verdächtig. »Ich habe mich so auf den Unterricht gefreut. Aber dann haben wir genau denselben Stoff durchgenommen, den du auch immer mit mir gemacht hast. Und dann sind da diese ganzen Leute, die so coole Mutationen haben, und fragen mich die ganze Zeit über dich aus. Außerdem …« Er unterbrach sich und presste die Lippen zusammen.

»Außerdem?«, hakte sie nach und streichelte seinen Arm weiter mit dem Daumen.

Wieder atmete er aus, zittrig diesmal. »Außerdem vermisse ich Markell.« Er blinzelte mehrmals hintereinander. Dann blickte er auf, und es zerriss Raven das Herz, als sie den verdächtigen Glanz in seinen Augen sah. »Ich vermisse ihn so sehr.«

Es kümmerte sie jetzt nicht mehr, was noch zwischen ihnen stand. Sie beugte sich vor und schlang beide Arme um ihren kleinen Bruder. Fest drückte sie ihn.

Für Raven war es zwar schlimm gewesen, ihr Zuhause verlassen zu müssen, gleichzeitig aber auch nicht. Sie hatte im Laufe ihres Lebens nämlich gelernt, ihr Herz nicht an Dinge zu verlieren, die allzu bald wieder verschwinden konnten.

Aber Knox' Herz war noch nicht so hart wie das von Raven – er hatte es schon nach kurzer Zeit an Markell verloren. So, wie Knox' Augen jedes Mal gestrahlt hatten, wenn er Zeit mit ihm verbringen durfte, die Art, wie die beiden sich berührten … es war offensichtlich gewesen. Und jetzt, wo Raven sah, was dieser Verlust mit Knox machte, schmerzte es auch sie.

»Ich werde Wade fragen, ob es vielleicht irgendeine Möglichkeit gibt, dass wir Kontakt mit ihm aufnehmen können«, sagte sie schließlich und legte ihre Wange gegen seinen Kopf. Er roch nach Haarfarbe, aber das war ihr gleichgültig.

»Wir sollten seine Sicherheit nicht aufs Spiel setzen, weil ich eine verdammte Heulsuse bin.« Seine Worte erklangen gedämpft, aber Raven konnte ihn deutlich verstehen. Sie fasste ihn bei den Schultern und hielt ihn ein Stück von sich weg.

Ernst sah sie ihn an. »Knox, du hast mehr durchgemacht als viele andere Jungs in deinem Alter. Es ist völlig in Ordnung, einfach mal zu weinen und alles rauszulassen. Lass dir niemals von irgendwem das Gefühl geben, du dürftest das nicht. Okay?«

Verblüfft sah er sie an. Schließlich nickte er langsam.

»Nach allem, was diese Woche los war, haben wir beide einen kleinen Zusammenbruch verdient, finde ich«, fuhr sie fort, legte einen Arm um seine Schulter und ließ sich mit ihm zurück gegen die Lehne sinken. Knox bettete den Kopf an ihre Schulter.

»Du bist einfach viel stärker als ich, R. Du würdest niemals in Tränen ausbrechen.«

»So ein Quatsch. Ich habe gestern auch geheult«, platzte es aus ihr raus, bevor sie es verhindern konnte.

»Wieso?«, fragte Knox.

Sie konnte unmöglich sagen, dass sie ihn so glücklich im Speisesaal gesehen hatte und das Gefühl gehabt hatte, dass alle dort Angst vor ihr hatten. Also beschränkte sie sich auf: »Es war einfach alles ein bisschen viel. Hab mich ein wenig erschlagen gefühlt.«

»Und du konntest nicht zu mir kommen, weil ich sauer auf dich war. Das tut mir so leid.«

»Dir braucht nichts leidzutun. Mir tut es leid.«

Eine Weile lang schwiegen sie beide.

»Bitte seid vorsichtig heute Abend«, sagte Knox irgendwann. »Versprich mir, dass du heil zurückkommst.«

Sie wuschelte durch sein kurzes Haar, so froh darüber, dass er sie wieder an sich heranließ. »Versprochen.«

11. KAPITEL

Kurz nach Mitternacht traf sich das Team unten in der Tiefgarage. Diese zog sich über die gesamte Fläche des Hotels und war genauso weitläufig wie die einzelnen Etagen. Viele verschiedene Wagen standen dort, einige rostig und alt, andere wiederum glichen dem schwarzen SUV, mit dem Wade Raven und Knox hierhergebracht hatte.

Sie teilten sich in zwei Gruppen auf: Katsu, Hector, Zadie und Murphy fuhren in einem Wagen, während Raven mit Wade und Thalia fuhr.

Der Blick nach draußen war überwältigend. Sich mitten im Getümmel der lärmenden, bunten Stadt zu befinden war ganz anders, als sie von oben aus einem Gebäude zu sehen. Im Auto konnte man das Leben von Coldworth City förmlich spüren. Raven genoss das Gefühl und hätte am liebsten das Fenster aufgemacht, aber das wäre in ihrem Aufzug wahrscheinlich nicht so förderlich gewesen. Die Regel des Untergrunds lautete für solche Missionen nämlich, dass sie das Gebäude inkognito verließen und genauso zurückkehrten.

»Wieso ist Moira nicht mitgekommen?«, fragte Raven, nachdem sie bereits ein paar Minuten in Stille gefahren waren.

Sie saß hinten mit Thalia, deren Gesicht hinter einer goldenen Maske verborgen lag, die einen wunderschönen Kontrast zu ihrer dunklen Haut abgab. Sie bedeckte ihr Gesicht bis hinunter zu ihrem Mund und hatte die Form eines Totenkopfes.

»Moira kommt nur selten mit auf Missionen«, erklärte Thalia. »Sie hat keine Gabe.«

»Aber sie hat doch eine Kennung«, überlegte Raven laut.

»Und ich habe keine«, sagte Wade.

Das stimmte. Und noch immer fand sie es äußerst merkwürdig. Sie war noch niemandem begegnet, bei dem die Mutation nicht schon von Geburt an im Blut erkennbar gewesen war.

Sie wusste nicht, was sie davon halten sollte, dass die Anführerin des Untergrunds nicht mit zur Mission kam. Ravens Vertrauen zu ihr festigte sich auf jeden Fall nicht.

Sie brauchten in etwa eine halbe Stunde, bis sie im nordwestlich gelegenen Riverside ankamen. Zu Beginn fanden sich noch viele Industriegebäude, aus denen Rauch aufstieg und die hinter hohen Zäunen lagen. Zutritt zu den einzelnen Gebäuden zu bekommen schien nicht leicht zu sein. Raven holte noch einmal den Gebäudeplan raus, den sie alle bekommen hatten, und betrachtete ihn im flackernden Licht der stetig vorbeiziehenden Laternen, um ihn noch einmal zu verinnerlichen.

Zwar war sie erfahren darin, sich in der Nacht zu bewegen und Verbrechen zu stoppen – aber das war immer auf eigene Faust geschehen. Nie war sie Teil eines Teams gewesen. Das, was sie im Begriff waren zu tun, fühlte sich größer an als sie selbst. Das war ein aufregendes Gefühl, und tief in Raven machte sich ein Kribbeln bemerkbar, das nichts mit ihrer Kraft zu tun hatte, sondern mit dem, was sie gleich tun würden. Sie betrachtete den Plan noch, bis Wade den Wagen auf einen Schotterweg lenkte.

Sie befanden sich eine halbe Meile entfernt vom AID-Labor. Der andere Wagen war von der anderen Seite rangefahren, damit sie getrennt flüchten konnten und es bei einer möglichen Verfolgung schwieriger war, ihnen zu folgen. Dann liefen sie los. Keiner von ihnen sagte ein

Wort, und eine konzentrierte Atmosphäre baute sich zwischen ihnen auf. Irgendwann kam das Labor in Ravens Sichtfeld, und wie von selbst blieb sie stehen. Der Schriftzug, der von unten beleuchtet war, reichte, um sie in Starre zu versetzen.

Das hier war zwar nicht das Labor, in dem sie mit Knox untergekommen war, aber nichtsdestotrotz gehörte es zur AID. Darin wurden Versuche an Mutanten durchgeführt. Sie wurden aufgeschlitzt, Blut wurde ihnen entnommen, und ihre Fähigkeiten wurden unter den schlimmsten Bedingungen an die Oberfläche gebracht.

Panik wallte in ihr auf.

Sie konnte da nicht reingehen.

Was, wenn Vanderpool da war? Was, wenn er herausfand, dass sie ihren Tod nur vorgetäuscht hatte? Er würde keine Ruhe geben, bis er sie wieder in seiner Gewalt hatte. Bis er wieder an ihr experimentieren konnte und sie genau da war, wo er sie haben wollte.

Braves Mädchen, klang seine Stimme in ihren Ohren, und Raven presste die Hände dagegen.

»Wade«, hörte sie Thalias Stimme gedämpft. »Warte.«

Sie wollte sich zusammenreißen und genau das tun, was sie laut Plan zu tun hatte. Aber sie konnte sich nicht vom Fleck bewegen. Es war, als wäre sie fest mit dem Boden verankert, während Bilder von Vanderpool in ihrem Gedächtnis auftauchten. Bis es plötzlich Wades Gesicht war, das in ihr Blickfeld trat. Seine grauen Augen blickten durch die seiner Vogel-Maske, und er suchte in ihrem verdeckten Gesicht nach dem Grund für ihre Panik.

»Wir werden da reingehen, die Pläne holen und wieder verschwinden«, sagte er leise, aber dennoch eindringlich. »Du brauchst keine Angst zu haben, Raven.«

»Niemand bleibt zurück«, setzte Thalia hinterher und

fasste sie sanft bei der Hand. Sie drückte kurz zu, und Raven nickte abrupt.

Sie würden das schaffen. Ihr Plan war wasserdicht. Und ganz gleich, was geschah – sie würde sich nicht wieder schnappen lassen. Um keinen Preis der Welt.

Den restlichen Weg marschierte Raven mit eisernem Willen. Bei dem Zaun angekommen, über den sie klettern würden, warf Wade einen Blick auf sein Handy. »Die Kameras sind aus«, raunte er.

Im nächsten Moment kletterte Thalia an dem Zaun hoch. Raven dagegen nahm mehrere Meter Anlauf und sprang direkt hinüber. Gehockt kam sie auf dem nassen Gras auf und musste sich mit einer Hand abstützen. Wade landete leichtfüßig neben ihr.

»Angeber«, murmelte Thalia.

Wade ging zu ihr und half ihr vom Zaun. Im selben Moment ertönte der Feueralarm, und Raven zuckte zusammen, obwohl sie wusste, dass es zum Plan gehörte. Allmählich drang auch der Geruch von Rauch an ihre Nase.

Gemeinsam schlichen sie am Zaun entlang, um näher zum Gebäude zu gelangen. Nach und nach strömten Mitarbeiter hinaus und sammelten sich beim Notfalltreffpunkt. Und dann, als hätte Zadie den genauen Zeitpunkt abgepasst, ging das Licht aus. Im ganzen Labor. Alles wurde schwarz, sogar die Lampen, die den AID-Schriftzug links am Gebäude beleuchteten, fielen aus.

»Sehr gut, Zadie«, flüsterte Thalia. Und dann rannten sie los.

Sie umrundeten das Gebäude rasend schnell, bis sie beim Lieferanteneingang angekommen waren. Dort schwang die Tür wie von Geisterhand auf.

»Rein mit euch«, erklang Hectors Stimme. Es war gespenstisch – er hatte seine Form verloren und war gänzlich unsichtbar. Als Raven hinter Thalia reinlief, streifte sie ihn leicht mit der Schulter.

Sie liefen im Schnellschritt durch die Gänge. Raven hatte sich den Plan stundenlang angesehen, um sich alles einzuprägen. Bei der ersten Abzweigung bogen Wade und sie nach rechts ab, während Thalia und Hector geradeaus rannten, um den AID-Mitarbeiter zu finden, den sie betäuben würden. Raven sah ihnen nach und konnte erkennen, wie Hector sie bei der Hand nahm. Noch während sie liefen, wurde auch Thalia unsichtbar.

Im nächsten Moment befanden sich Raven und Wade im Treppenhaus des Anbaus und machten sich auf den schnellsten Weg nach unten. Im Keller wartete Katsu hinter seiner grün geschuppten Drachenmaske bereits auf sie und hielt ihnen die Schlüsselkarte entgegen. Wade schnappte sie sich wortlos, und sie nahmen die erste Abzweigung nach links. Der Flur war dunkel, einzig die Notausgangsschilder warfen ein schwaches Licht an die kahlen Betonwände. Ein Schauer lief über Ravens Körper.

Sie würden die zweite Tür rechts nehmen müssen, denn in dieser Richtung musste das Geheimlabor liegen. Sie machten sich auf den Weg, und obwohl das Gebäude evakuiert worden war, waren sie darauf bedacht, sich flink und leise zu bewegen. Bei besagter Tür angekommen, zögerte Wade keine Sekunde. Er machte die Tür auf – und fluchte leise.

Eine Abstellkammer. Der Plan hatte sie geradewegs zu einer Abstellkammer geführt.

»Das kann nicht sein«, murmelte Katsu hinter ihnen.

»Überprüft die nächsten Türen«, ordnete Wade an. »Schnell.«

Sofort machte Raven kehrt und lief den Flur entlang.

Während Katsu die nächste Tür öffnete, betrat Raven den Raum gegenüber – eine Herrentoilette mit lauter Pissoirs.

Verfluchter Mist.

»Raven«, erklang Wades Stimme. Sie schloss die Tür wieder und lief zurück zur Abstellkammer, die mit Putzmitteln, Handtüchern und Besen sowie Eimern gefüllt war.

»Wir sind hier richtig«, murmelte Wade und legte seine Hände an die Wand. Er starrte so konzentriert darauf, dass eine Röte seinen Hals hinauf und in sein Gesicht kroch. »Ich kann dahinter etwas spüren.«

»Versuch, die Schlüsselkarte dagegenzuhalten«, schlug Raven leise vor.

Wade fuhr mit der Schlüsselkarte über die Wand. Dabei ging er systematisch vor, von links nach rechts, dann in einer Spur von oben nach unten. Immer wieder, bis er auf der rechten Seite angekommen war.

Plötzlich bröckelte die Wand vor ihnen. Im ersten Moment erschrak Raven und dachte kurz, sie hätte sie versehentlich zerstört, aber dann sah sie, dass es sich um eine Illusion handelte.

Die Wand war in Wirklichkeit eine Tür, vor der die Illusion der kargen Steinwand nun nach und nach bröckelte. Jetzt konnten sie durch das Glas hindurchsehen.

Hinter der Abstellkammer lag ein weiterer Flur, der blau ausgeleuchtet war. In etwa fünf Metern Entfernung befand sich eine gläserne Schiebetür, an der ebenfalls ein Scanner lag. Und weiter dahinter, ganz am Ende des Flurs, war eine graue Tür.

»Das muss es sein«, murmelte Raven.

Wade nickte und zog die Schlüsselkarte durch das Feld.

Nichts passierte. Einen Wimpernschlag später ging das blaue Licht aus.

Im nächsten Moment ertönte eine Sirene, und rotes Licht flackerte durch den Flur.

»Scheiße«, zischte Wade und schlug mit der Faust gegen die Tür. Als nichts passierte, raufte er sich das Haar. »Abbruch«, murmelte er. »Wir müssen hier raus.«

Raven starrte ihn ungläubig an. »Auf gar keinen Fall!«

Wade drehte sich zu ihr. »Wir bekommen die Tür nicht auf, Raven. Wir müssen hier raus, bevor die Polizei antanzt und uns alle festnimmt, oder noch schlimmer – wenn die AID uns hierbehält.«

Nein. Sie war Vanderpools Plänen so nah – sie würde nicht verschwinden, bevor sie sie in den Händen hielt. »Geh beiseite«, forderte sie Wade auf.

»Raven …«

»Aus dem Weg!«, sagte sie energisch und drängte sich an ihm vorbei. Sie legte die Hände auf das Feld für die Schlüsselkarte, schloss die Augen und tastete nach ihrer Kraft. Konzentriert fühlte sie sich in ihre Telekinese ein. Es kostete sie keine Mühe, sie zu greifen – was schwieriger war, war das gedankliche Ertasten des Schlossmechanismus. Sie stellte ihn sich vor: klein und unbeugsam, hart und aus Stahl gefertigt. Die ganze Tür musste damit verriegelt sein, mit mindestens zwei Vorrichtungen, wenn nicht sogar mehr. Sie ließ ihre Kraft hervortreten, kraftvoll, mit einem viel höheren Druck als beim Training mit Wade, aber gleichzeitig ebenso feinfühlig.

Das erste Schloss klickte.

Sie hörte Wade neben sich scharf einatmen.

Gedanklich tastete sie sich an der Tür hinab.

Auch den zweiten Riegel schob sie beiseite.

Schweißperlen bildeten sich in ihrem Nacken, weil sie sich gleichzeitig auf ihr Umfeld konzentrierte. Sie gab den Schutzwall für kurze Zeit auf und verließ sich darauf, dass Wade sie notfalls verteidigen und nicht wieder schlagen würde – und auch der dritte Riegel öffnete sich.

Die Tür ging lautlos auf. Raven rannte in den Flur, ignorierte die Sirenen und das rote Licht, das ein Pochen in ihren Schläfen auslöste. Schon von Weitem ließ sie ihre Telekinese hervorschießen wie starke Seile. Da sie diesmal wusste, um wie viele Riegel es sich handelte, hob sie die Hände und griff sie alle drei gleichzeitig. Der Schweiß lief ihr an der Stirn hinab in die Augen. Es brannte wie verrückt, aber Raven dachte nur an die Pläne.

Die Tür ging auf, und Raven marschierte über die Schwelle. Wieder griff sie nach ihrer Kraft, diesmal ohne jegliche Finesse, und schleuderte einen heftigen Energiestoß gegen die graue Tür. Sie brach auf und wurde aus den Angeln geschleudert. Krachend landete sie auf dem Boden und schlitterte noch ein paar Meter weit.

Da lag es.

Vanderpools Geheimbüro.

Raven lief schnell hinein, wobei sie merkte, dass sich ihre Knie bereits weich anfühlten. Es hatte sie ungemeine Kraft und Konzentration gekostet, die Schlösser zu öffnen – vor allem, weil sie nicht nur eine Gabe genutzt, sondern auch versucht hatte, von ihrer Telepathie Gebrauch zu machen. Nur mit Telekinese hätte sie die Riegel des Schlosses niemals ertasten können.

»Du bist lebensmüde«, sagte Wade, als er neben ihr in das Büro trat. Es wirkte aufgeräumt und war hell erleuchtet, also musste es eine eigene Energiequelle haben, die nicht mit dem Stromnetz des restlichen Gebäudes verbunden war.

Auf dem Schreibtisch lagen ein paar Pläne ausgebreitet. Die Wand gegenüber glich einem Whiteboard, sie war über und über beschriftet, und Raven erkannte die fein säuberlichen Buchstaben sofort. Selbst der sterile Geruch von Desinfektionsmittel gemischt mit dem minzigen Geruch von Vanderpool selbst kam ihr merkwürdig vertraut vor. Sie ignorierte das unwohle Gefühl, das ihren Magen hinaufkroch und ihr einen Kloß in den Hals trieb.

Wade machte unterdessen Fotos von allem, was er finden konnte. Raven schnappte sich die Pläne vom Schreibtisch und rollte sie notdürftig zusammen. Katsu kam zu ihnen ins Büro und betrachtete die aus den Angeln gerissene Tür mit schräg gelegtem Kopf.

»Eigentlich wollten wir ja keine Spuren hinterlassen … aber na ja, was soll's«, meinte er und verschaffte sich einen Überblick über alles, was sich in dem Raum befand. Er half Wade dabei, die Pläne vom Whiteboard abzunehmen.

»Und jetzt nichts wie weg hier«, sagte Wade und wedelte ungeduldig mit der freien Hand.

Raven bemühte sich, aufrecht zu gehen, bekam es aber nicht auf die Reihe. Um sie herum verschwamm alles, sie kämpfte mit ihren übrig gebliebenen Reserven gegen die Ohnmacht an. Sie lief an Wade vorbei durch den Flur, zurück in den Keller, kam bei Katsus Tempo aber nicht mit.

»Raven«, erklang Wades warnende Stimme hinter ihr. Dann gaben ihre Knie nach, und sie taumelte gegen die Wand.

Im nächsten Moment schnappte sich Wade die Pläne, die sie trug, und legte sich ihren linken Arm über die Schulter. Im Laufschritt durchquerte er mit ihr den Flur, bis sie bei den anderen ankamen. Zu ihren Füßen lag ein bewusstloser Wachmann.

»Was ist mit ihr?«, erklang Hectors Stimme.

»Wir hatten ein paar Probleme mit den Türen, die Schlüsselkarte hat nicht funktioniert, deshalb musste Raven die Schlösser mit ihrer Kraft öffnen«, erklärte Wade hastig. »Hector, kannst du die Pläne nehmen? Ich muss Raven tragen.«

»Das wirst du nicht tun«, zischte sie und riss sich von ihm los. Ein Fehler – er war das Einzige, was ihr noch Halt gegeben hatte. Aber sie würde eher auf allen vieren hier rauskriechen, als sich von jemandem tragen zu lassen.

Plötzlich packte Wade sie bei den Schultern, so heftig, dass sie erschrocken nach Luft schnappte. Der Blick hinter der Maske war wütend, und auch seine Mundwinkel waren bitter verzogen. »Ich habe dir gesagt, wir brechen ab. Ich wollte, dass wir hier heil rauskommen, aber du hast nicht auf mich gehört und dich trotz meiner Warnung übernommen. Falls du es noch nicht gemerkt hast, Raven: Es geht hierbei nicht nur um dich und dein gekränktes Ego, sondern um unser aller Leben, zusätzlich zu denen, die im Untergrund auf uns warten. Also vergiss endlich deinen unangebrachten Stolz.«

Seine Worte schmerzten schlimmer als die Hiebe, die er ihr am Morgen verpasst hatte.

Er hatte recht. Natürlich hatte er recht. Das sorgte trotzdem nicht dafür, dass sich ihr Stolz in Luft auflöste.

Stumm nahm Hector Wade die Pläne ab, und es sah aus, als würden sie in der Luft schweben. Im nächsten Moment hockte sich Wade hin, stieß mit der Schulter gegen ihre Knie, bis sie wie ein nasser Sack vornüberfiel und über seiner Schulter hing. Dann erhob er sich wieder und gab das Kommando zum Abziehen.

Sie verließen das Gebäude so schnell es ging, und Raven wurde schlecht, weil Wades Schulter beim Rennen immer wieder in ihren Bauch stieß. Außerdem musste sie auf ihre Maske aufpassen und fühlte sich nutzloser, als sie sich jemals zuvor in ihrem Leben vorgekommen war. Beim Zaun angekommen, kam sie nicht ohne Hilfe hoch –

Thalia musste ihr mit einer Räuberleiter helfen, und oben angekommen, fiel sie beinahe rückwärts wieder runter, wäre da nicht Wade gewesen, der nach ihrem Arm griff und sie auffing.

»Es tut mir leid«, murmelte sie, als sie beim Auto ankamen und Thalia ihr beim Einsteigen half.

»Ist schon okay, Raven. Wir haben die Pläne, und alles ist gut gegangen«, sagte sie besänftigend, während sie sie anschnallte.

Die Worte waren eigentlich an Wade gerichtet gewesen. Aber der sah sie nicht an. Und er antwortete auch nicht.

12. KAPITEL

Octavius Vanderpool war wütend. Noch mehr als das: Er war außer sich vor Zorn. Mitten in der Nacht von einer Museumseröffnung wegbeordert zu werden, weil Fremde in sein Privatlabor eingebrochen waren, gehörte nicht zu den Dingen, die er sich heute erhofft hatte. Noch viel ärgerlicher als der Einbruch an sich waren die Reporter gewesen, die seinen verfrühten Abgang von der Eröffnung mitbekommen und ihn sofort mit Fragen bombardiert hatten, bis sein Fahrer ihn in die Limo verfrachtet hatte.

Nun befand er sich im Eingang seines Labors und traute seinen Augen kaum. Mit der stoischen Ruhe eines Mannes, der genau wusste, dass etwas Unausweichliches geschehen war, betrat er den Raum und ließ den Anblick auf sich wirken.

Er ging in den schmalen Flur, der zu seinem Büro führte, und besah sich das Feld für die Schlüsselkarte. Alles schien intakt zu sein. Merkwürdig, wenn man sich die Tür ansah, die zu seinem Geheimbüro führte. Denn die war aus den Angeln gerissen worden und mit voller Kraft über den Boden geschlittert. Octavius ging langsam hinein und bückte sich. Mit seinen langen, feingliedrigen Fingern strich er über die demolierte Tür, an der der Lack abgesplittert war. Ein Splitter drang in seine Haut, und er verzog das Gesicht.

»Sie haben die Pläne, Sir«, sagte sein Berater von weiter hinten. »Alle.«

Octavius nickte gedankenverloren. Wieder fuhr er über den abgesplitterten Lack. Die Tür war gewaltsam geöffnet worden, das bedeutete, derjenige, der sie aus den Angeln gerissen hatte, musste über unmenschliche Kraft verfügen. Doch gleichzeitig den Schlüsselmechanismus seiner beiden Sicherheitstüren auszuschalten … dafür war Feinfühligkeit notwendig.

Octavius erhob sich und setzte seinen Rundgang fort. Im Gegensatz zur Tür, die so grobschlächtig herausgerissen worden war, wirkte hier nichts durcheinandergebracht. Sein Büro war genauso aufgeräumt wie vor wenigen Stunden, als er zur Museumseröffnung aufgebrochen war. Das bedeutete, die Einbrecher hatten genau gewusst, wonach sie gesucht hatten. Und Octavius hatte eine vage Ahnung, um wen es sich dabei handelte. Die Hinweise sprachen Bände, auch wenn er ihnen kaum Glauben schenken konnte. Denn das bedeutete, dass jemand von den Toten auferstanden war. Aber in Coldworth City war schließlich alles möglich. Dafür waren seine Forschung und er selbst die besten Beweise.

»Wir müssen sofort mit der Produktion anfangen«, sagte Octavius schließlich mit kalter Stimme.

Er wusste, er konnte nichts an der Situation ändern. Aber er würde eine Möglichkeit bekommen, sich für diesen Einbruch zu rächen.

13. KAPITEL

Am nächsten Morgen wachte Raven vom Geruch nach Pancakes auf. Schläfrig blinzelte sie und sah Knox auf ihrem Bettrand sitzen. Als er sah, dass sie wach war, hielt er ihr die Pancakes unter die Nase, und die Geste war so vertraut, dass Raven einen Moment lang glaubte, sie träume noch.

Nachdem sie in der Nacht zuvor zurückgekommen waren, hatten sie ihre Errungenschaften in Moiras Büro gegeben und einen kurzen Bericht abliefern müssen, ob und inwiefern ihr Plan aufgegangen war. Keiner hatte etwas von Ravens Übermut erwähnt. Moira hatte noch gesagt, dass sie sich die Pläne genauer ansehen und am nächsten Tag zu einer Besprechung im Konferenzraum bitten würde. Sich die Unterlagen nachts noch anzusehen, als sie alle müde und geschlaucht von der Mission waren, hatte niemand als besonders sinnvoll erachtet. Danach war Raven geradewegs ins Bett gefallen, aber nicht, ohne Knox vorher zu sagen, dass es ihr gut ging. Jedoch hatte sie ihrem Bruder versprechen müssen, direkt am Morgen Bericht zu erstatten. Und das tat sie jetzt, während sie sich einen Pancake nach dem nächsten in den Mund schob. Gott, das Essen tat wirklich gut. Immer wenn sie ihre Kraft so massiv einsetzte und danach derart ausgelaugt war, halfen Süßkram und vor allem Obst dabei, dass sie wieder zu Kräften kam.

»Also ist es nur dir zu verdanken, dass sie die Pläne jetzt haben?«, fragte Knox und klaute ein Stück Pancake von ihrem Teller.

»So würde ich es nicht sagen«, murmelte Raven. Noch

immer klangen Wades wütende Worte in ihrem Kopf nach. Er war wirklich nicht gut auf sie zu sprechen gewesen. Er hatte sie nicht einmal ansehen können, und das hatte sie mehr geschmerzt, als sie für möglich gehalten hätte. Immerhin kannte sie ihn noch nicht lange. Aber dennoch lag ihr etwas an ihm. Gerade weil er derjenige war, der sie im Untergrund von Anfang an als vollwertiges Mitglied behandelt hatte. Er hatte sie respektiert. Und jetzt fühlte es sich an, als hätte sie diesen Respekt verloren.

»Ich habe vorher immer allein gekämpft und mich allem allein gestellt. Ich bin es nicht gewöhnt, im Team zu arbeiten«, gab sie zu. Es kostete sie immer noch viel Mühe, so offen mit Knox zu sprechen, aber gleichzeitig tat es auch gut.

»Vielleicht wird es Zeit, dass du auch wieder du selbst wirst«, schlug Knox vor und nahm ihr den leeren Teller ab. Dann reichte er ihr einen Becher Kaffee. Dankbar nahm Raven ihn entgegen und wärmte ihre Hände daran.

»Wie meinst du das?«, fragte sie.

»Als ich den Unterricht am ersten Tag besucht habe, da war es auch komisch, weil ich nicht richtig Knox war, sondern irgendwie immer noch in der Haut von Louis Brown gesteckt habe. Deshalb wollte ich auch wieder aussehen, wie es war, bevor wir zur AID gekommen sind. Damit ich mich wieder wie ich fühle und nicht wie jemand, den wir zu unserem Schutz konstruiert haben. Verstehst du, wie ich das meine?«

Sie nickte langsam. Ja, das verstand sie sogar sehr gut.

Raven ließ den Blick nach draußen schweifen. Heute konnte sie den Sonnenaufgang zwar nicht sehen, weil es ziemlich bewölkt war, aber sie konnte ihn spüren. Wie eine leise, aufkeimende Hoffnung.

Vielleicht war es wirklich möglich, die Vergangenheit hinter sich zu lassen.

Vor dem Tod ihrer Mutter war Raven ein anderer Mensch gewesen. Sie hatte gelacht – so viel, dass sie ihren Bruder damit halb in den Wahnsinn getrieben hatte. Sie hatte Freunde gehabt, mehr als eine Handvoll, und es war ihr leichtgefallen, zu vertrauen.

Dieses Mädchen würde sie niemals zurückbekommen, dessen war sie sich bewusst. Aber vielleicht war es wirklich an der Zeit, dass sie wieder zu Raven wurde und nicht bloß eine flüchtige Hülle blieb, die nirgendwo so richtig hingehörte und niemanden an sich heranließ.

Nach dem Gespräch mit Knox machte sich Raven fertig und ging dann in die Trainingsetage. Von Wade war nichts zu sehen, doch Raven stutzte, als sie sein Buch sah, das auf der Matte in der Mitte der Halle lag. Sie runzelte die Stirn und sah sich in allen Richtungen nach ihm um.

Nun gut. Genau wie am Vortag begab sie sich zuerst aufs Laufband, wobei sie die Geschwindigkeit ein bisschen langsamer einstellte. Sie war nicht mehr so kraftlos wie in der Nacht, wollte aber fit genug für die Trainingseinheit sein, die Wade heute mit ihr durchzog.

Nach einer halben Stunde war er immer noch nicht da. Raven warf einen Blick auf die Uhr über der Eingangstür. Eigentlich hätten sie vor einer Viertelstunde anfangen müssen. Sie seufzte und lief weitere zwanzig Minuten auf dem Laufband. Als Wade immer noch nicht kam, stellte sie es ab und machte sich auf den Weg zur Matte. Sie setzte sich und starrte das Buch an. Dann lehnte sie sich auf ihre Arme zurück. Als Wade nach zehn weiteren Minuten immer noch nicht da war, fing sie an, das Buch mithilfe ihrer Kraft aufzuschlagen. Inzwischen fühlte es sich vertraut an, sie sorgfältig bemessen aus sich hervorschießen zu lassen. Und obwohl sie die letzte Nacht völlig ausgelaugt hatte, war es keine Qual, ihre Telekinese zu benutzen. Vielmehr hatte sie das Gefühl, davon wacher zu werden als von dem Kaffee.

Nachdem sie hundert Seiten geschafft hatte, warf sie einen Blick auf die Uhr. Wade hatte sich mittlerweile über eineinhalb Stunden verspätet. Vielleicht war er aufgehalten worden. Vielleicht sah er sich schon die Pläne an.

Am wahrscheinlichsten schien es Raven aber, dass er noch immer viel zu wütend auf sie war und sie deshalb mied. Sie blieb in der Halle sitzen, bis sie schweißüberströmt das ganze Buch durchgeblättert hatte.

Doch von Wade keine Spur.

Am Nachmittag suchte Raven Thalia auf. Sie fuhr geradewegs in die Krankenetage, und dann nahm sie all ihren Mut zusammen, um durch die Tür zu treten, die in das Krankenzimmer führte.

Thalia blickte kurz von ihrer Arbeit auf. Als sie Raven entdeckte, schüttelte sie den Kopf.

»Wenn er dir schon wieder was gebrochen hat, verprügle ich ihn«, sagte sie und kam sofort auf Raven zu. Sie fasste sie an den Armen und fuhr mit den Händen nach oben zu ihren Schultern. »Wo tut's weh?«

Raven lachte nervös. »Es … mir tut nichts weh«, sagte sie schnell und räusperte sich.

Thalia ließ die Hände sinken. »Was ist dann los?«, fragte sie.

Es kostete Raven fast mehr Mut, die folgenden Worte auszusprechen, als in ein AID-Labor einzusteigen. »Ich … ich könnte Hilfe gebrauchen«, krächzte sie schließlich.

Dann kramte sie die Haarfarbe, die sie von Knox' neuem Kumpel Stuart aufgegabelt hatte, aus ihrer Tasche hervor, und hielt sie hoch.

Thalia sah sie einen Moment lang sprachlos an. »Du willst, dass ich dir die Haare färbe?«, fragte sie.

»Und sie schneidest. Wenn es dir keine Umstände bereitet«, sagte Raven.

Ganz langsam breitete sich ein Lächeln auf ihren Lippen aus. »Es macht mir keine Umstände«, sagte sie.

Wenig später saß Raven auf einem Hocker, den Kopf leicht zurückgelehnt, während Thalia ihr die Farbe auf das Haar auftrug.

»Ich finde, du siehst heute nicht so mitgenommen aus wie nach dem Training gestern«, sagte sie hinter ihr.

»Wade ist nicht aufgetaucht«, gab Raven zu. Sie war es nicht mehr gewohnt, so mit jemandem zu sprechen. So offen und ohne Hintergedanken, ob sie möglicherweise zu viel von sich verriet.

»Nur weil er bockig ist. Aber das legt sich wieder, glaub mir.« Sie nahm die nächste Strähne von Ravens silbrig blondem Haar und schmierte die dunkle Masse darauf.

»Das klingt, als hättest du reichlich Erfahrung mit Wut-Wade gemacht«, sagte Raven leichthin.

Thalia schnaubte. »Wade ist immer wütend.«

»Wieso?«

»Weil die Welt ungerecht ist«, antwortete sie. Dann blieb sie eine Weile lang still und bearbeitete Ravens Haar weiter, während Raven besser daran tat, den Mund zu halten. »Wade hat es nicht leicht. Er hat ziemlichen Mist durchgemacht und kommt nicht so gut mit seiner Gabe zurecht, wie er alle glauben lassen will.«

»Wirklich nicht?«, fragte Raven verblüfft. Das wäre ihr

nie in den Sinn gekommen. Auf sie hatte er immer den Eindruck gemacht, als würde er sich vollkommen im Griff haben und wäre ihr und allen anderen weit überlegen.

»Du weißt, was seine Fähigkeit ist, oder?«, fragte Thalia. Als Raven nickte, hielten ihre Hände kurz inne. »Wenn man vorausahnen kann … dann ahnt man auch vieles voraus, was man gar nicht sehen möchte. Hast du dir schon mal Gedanken darüber gemacht, weshalb die Trainingsetage morgens nur für euch reserviert ist?«

»Ich dachte, weil sich alle vor mir fürchten«, sagte sie leise.

»Nein. Ich meine, ich verstehe schon, warum die anderen so großen Respekt vor deiner Gabe haben, vor allem seit letzter Nacht, aber … Wade kann nicht gut mit vielen Menschen in einem Raum sein. Schon gar nicht, wenn alle ihre Fähigkeiten einsetzen. Das ist auch der Grund dafür, weshalb er nie mit uns anderen isst – er meidet den Speisesaal, wenn andere Leute dort sind, weil dann zu viele Eindrücke auf ihn geschmettert werden. Deshalb wohnt er auch allein im dreißigsten Stock, zu dem niemand Zutritt hat.« Sie machte weiter und trennte die nächste Strähne mit einem Kamm ab.

»Aber was passiert, wenn er mit vielen Menschen zusammen ist?«, fragte Raven nachdenklich. »Er hat mir gesagt, dass er körperliche Impulse nur dann besonders wahrnimmt, wenn sie direkt auf ihn abzielen.«

»Dann ist es für ihn, als wären sie schon geschehen. Aber das bedeutet nicht, dass er sie nicht auch spürt, wenn sie in seinem unmittelbaren Umfeld stattfinden.«

»Das heißt, er fühlt alles, was im Speisesaal passiert? Jede Kleinigkeit?«

Thalia brummte zustimmend. »Am Anfang hat er es

immer noch probiert, mit uns zu essen, aber … keine Chance.«

»Was ist passiert?«

»Er ist zusammengebrochen. Mehrmals. Für ihn war das damals, als würde er von einer Abrissbirne getroffen. Inzwischen ist es besser geworden, weil er gelernt hat, richtig mit seiner Gabe umzugehen. Aber er kann nie zu lange mit einer großen Anzahl von Menschen in einem Raum verbringen.«

Raven fluchte.

Plötzlich erinnerte sie sich an das, was Wade bei ihrem ersten Training zu ihr gesagt hatte.

Du bist wie ein Leuchtfeuer, Raven.

Wie musste es für ihn sein, wenn sie sich nicht im Griff hatte? Er erkannte nicht nur, wann sie drohte, die Kontrolle zu verlieren – er wurde von ihr mit in den Abgrund gezogen.

Thalia musste Raven ihre Schockstarre angemerkt haben, denn sie stupste mit der Hand kurz gegen ihren Hinterkopf. »Er kann schon damit umgehen, Raven.«

»Okay«, sagte sie. Dann dachte sie eine Weile nach. »Ihr steht euch sehr nahe, oder?«

»Ich bin diejenige gewesen, die ihn vor zwei Jahren gefunden hat.« Sie wirkte nicht, als würde sie mehr dazu sagen wollen, also zwang sich Raven, mit der Fragerei aufzuhören.

Den Rest der Farbe trug Thalia stillschweigend auf, und während das Zeug einwirkte, gab Thalia Raven eine kurze Führung durch die elfte Etage. Sie erzählte ihr, dass sie schon als junges Mädchen zum Untergrund gekommen war. Kurz nach ihrem zehnten Geburtstag waren ihre Eltern bei einem Unfall umgekommen. Einem Unfall, der mit der AID zu tun hatte – da war sich Thalia sicher. Das lag mittlerweile sechs Jahre zurück. Sie erzählte außerdem, dass sie schon früh angefangen hatte, die elfte Etage als Krankenstation aufzubauen.

»Moira hat mich schon früh damit beauftragt, die Leute zu heilen. Damals, als das Team noch nicht so groß und erfahren war, gingen Missionen oft nicht so glimpflich aus wie gestern.«

Raven fuhr mit dem Finger über die metallene Arbeitsfläche, auf der Thalia Medikamente speziell für Mutanten anfertigte. »Dann wurdest du schon als kleines Kind mit Verletzungen konfrontiert.«

»Und mit dem Tod«, gab sie zurück.

Raven wusste nicht, was sie davon halten sollte, dass Moira auch Kinder dazu brachte, ihre Kräfte schon so früh für ihre Zwecke einzusetzen. Einerseits hatte sie großen Respekt vor dem, was sie sich hier aufgebaut hatte, andererseits wusste sie immer noch nicht, wie sie die Anführerin einschätzen sollte.

»Es war meine Entscheidung. Ich wollte damals helfen, und ich will es auch heute noch«, sagte Thalia, als hätte sie ihre Gedanken gelesen. »Wenn man eine Gabe hat wie ich, dann bleibt einem gar nichts anderes übrig.«

»Und wenn man eine Gabe hat wie ich?«, wisperte Raven.

Thalia sah sie unergründlich an. »Dann tut man genau dasselbe.«

Raven kniff die Augen zu, als Thalia ihren langen Zopf abschnitt. Dafür brauchte sie mehrere Schnitte, aber schließlich verlor ihr Hinterkopf an Gewicht. Und dann umrahmten die neuen dunkelbraunen Strähnen ihr Gesicht.

Thalia schnitt die Spitzen noch zurecht, damit der

Übergang nicht ganz so abrupt war, und nach ein paar weiteren Minuten erlaubte sie Raven endlich, in den Spiegel zu sehen. Raven holte tief Luft, bevor sie wagte, den Handspiegel, der schwer in ihrer Hand lag, anzuheben. Als sie es tat, erkannte sie sich selbst kaum wieder. Die Haare hatten dieselbe Farbe wie die ihrer Mutter früher, und sie reichten ihr jetzt bis knapp auf die Schultern. Raven hob die Hand und strich sich die vordere Partie hinters Ohr. Es fühlte sich merkwürdig an, wie die Haare ihren Hals kitzelten. Aber gleichzeitig war es, als wäre sie zurückgekehrt. Zurück zu dem Mädchen, das sie einst gewesen war – wenn auch nur ein kleines Stück.

Sie wollte sich gerade bei Thalia bedanken, da erklangen rumpelnde Schritte im Flur. Gleich darauf erschien Wade im Türrahmen der metallenen Schiebetür. Er öffnete den Mund – und schloss ihn prompt wieder. Er sah Raven an, als wäre sie eine Fremde, und sie wusste nicht, ob das Gutes verhieß oder nicht.

»Moira will dich sehen«, sagte er knapp.

»Mich?«, fragten Raven und Thalia gleichzeitig.

»Raven«, sagte er, ohne den Blick von ihr zu nehmen, dann nickte er nach hinten. Damit machte er auf dem Absatz kehrt.

Raven bedankte sich noch schnell bei Thalia und beeilte sich dann, Wade hinterherzukommen. Sie konnte gerade noch sehen, wie er im Fahrstuhl verschwand. Hastig lief sie ihm nach – so schnell, dass sie in seinen Rücken hineinrannte.

»Sorry«, murmelte sie und rieb sich die Nase. Sofort ging sie auf Abstand und drückte sich gegen die gegenüberliegende Seite vom Fahrstuhl. Erst dann fiel ihr auf, wie aufgelöst Wade aussah. Und dass er sie nicht aufgehalten hatte, als sie in ihn hineingelaufen war, obwohl er es hatte voraussehen müssen.

»Ist alles okay?«, fragte Raven leise.

Er ignorierte sie, wie schon den ganzen Tag, und starrte stattdessen auf die digitale Anzeige des Fahrstuhls.

Wahrscheinlich war er immer noch sauer wegen letzter Nacht. Sie wollte gerade zu einer erneuten Entschuldigung ansetzen, da hob er die Hand, um sie vom Sprechen abzuhalten.

»Lass gut sein.« Seine Stimme klang abweisend.

Damit bestätigte sich Ravens Vermutung, seinen Respekt vorerst verloren zu haben. Aber das gab ihm keinen Grund, sie stundenlang warten zu lassen und ihr mit einer Handbewegung den Mund zu verbieten.

»Hör zu, ich weiß, dass ich einen Fehler gemacht habe. Ich verstehe, dass du wütend bist, aber lass es mich …«

»Ich sagte, du sollst es gut sein lassen«, unterbrach er sie und sah erneut auf die Anzeige, als könnte er gar nicht erwarten, aus diesem Aufzug zu kommen.

»Und ich sagte, dass es mir leidtut, aber du hast nicht mal reagiert«, fuhr Raven ihn an. »Stattdessen lässt du mich sitzen und behandelst mich, als wäre ich Luft.«

Er fuhr zu ihr herum, so schnell, dass Raven es kaum wahrnahm. Plötzlich stand er vor ihr, gefährliche Hitze und Energie strömten von ihm aus, und sein Blick erinnerte sie an einen Orkan.

»Ich habe es dir letzte Nacht schon gesagt und wiederhole es gern noch mal«, fing er gefährlich leise an. »Es geht nicht immer um dich. Ich bin heute Morgen nicht aufgetaucht, weil Moira mich zu einer Krisensitzung einberufen hat.«

Raven blinzelte kurz. »Aber wieso bist du dann so wütend?«, fragte sie kaum hörbar.

Wade öffnete den Mund, aber in diesem Moment blieb der Aufzug stehen. Er kniff kurz die Augen zusammen und holte tief Luft, bevor er kehrtmachte und zu Moiras Büro lief.

Raven verstand nichts, und es kam ihr vor, als würde gleich etwas Schreckliches passieren. Sie wusste nicht, woher diese Vermutung rührte, aber plötzlich erschien ihr Wades Verhalten überhaupt nicht normal – selbst für seine Verhältnisse. Ein ungutes Gefühl überkam sie, während sie ihm durch den Flur folgte und schließlich Moiras Büro betrat.

Die Anführerin des Untergrunds sah gefasster aus als Wade, aber auch ihr merkte man deutlich an, dass etwas nicht stimmte. Sie war ganz blass, sah mit ihren weißen, raspelkurzen Haaren fast geisterhaft aus.

»Ist irgendetwas mit meinem Bruder?«, fragte Raven sofort und spürte, wie ihr bei diesen Worten der Brustkorb eng wurde.

»Nein, Knox geht es gut. Es geht um letzte Nacht«, sagte Moira und deutete auf den Stuhl vor ihrem massiven Schreibtisch.

Raven nahm zögerlich Platz. Hinter sich konnte sie Wade auf und ab gehen hören. Sie widerstand dem Drang, sich zu ihm umzudrehen, und nahm stattdessen den Schreibtisch in Augenschein, auf dem die Pläne ausgebreitet lagen, die sie gestohlen hatten.

»Erst einmal danke ich dir für deinen Einsatz. Wir wissen zu schätzen, dass du, obwohl du dich im Probemonat befindest, trotzdem an einer Mission teilgenommen hast. Und wie ich höre, haben wir es zu großen Teilen dir zu verdanken, dass wir diese Pläne hier jetzt in unserer Gewalt haben«, sagte Moira gefasst.

Aber selbst wenn ihr Tonfall vorgaukelte, dass sie alles

im Griff hatte, konnte Raven in ihren Augen erkennen, dass das nicht der Fall war. Ganz und gar nicht.

»Ihr habt sie euch angesehen«, stellte Raven fest.

»Heute Morgen«, antwortete Wade. Er trat an das Fenster, das rechts von Moiras Schreibtisch lag, und sah hinaus.

Deshalb war er nicht beim Training aufgetaucht.

»Und? Was steht in den Plänen?« Wenn sie nicht gleich antworteten, würde Raven selbst einen Blick draufwerfen.

»Wo hat Vanderpool dich damals aufgelesen, Raven?«, fragte Moira leise.

Sie stutzte. »Im Krankenhaus«, antwortete sie stockend.

»Das war, nachdem deine Mutter gestorben ist, oder?«, fragte sie weiter, und Raven blieb die Luft weg.

»Ja«, krächzte sie bloß. Sie hatte keinen blassen Schimmer, was das mit den Plänen zu tun hatte, und hätte das Thema am liebsten sofort beendet. Über jenen Tag wollte sie wirklich nicht mit Wade oder Moira sprechen.

»Was hat er dir damals gesagt?«, fragte sie weiter. »Was hat dich und Knox dazu bewegt, dich zur AID in die Labore zu begeben?«

Ravens Fluchtinstinkt setzte ein. Sie wollte hier raus, so schnell es ging, weil sie langsam das Gefühl beschlich, dass das hier kein normales Gespräch, sondern ein Verhör war.

Sie erinnerte sich noch genau an Vanderpools Lächeln, das ihr damals, so kaputt und von Trauer zerfressen, wie sie gewesen war, offen und freundlich vorgekommen war.

Das, was mit eurer Mutter geschehen ist, tut mir unglaublich leid, hatte er gesagt. *Kein Kind sollte so etwas durchmachen. Du leidest so sehr unter dem, was dir die Natur angetan hat. Was, wenn es einen Weg gäbe, dich zu einem normalen Mädchen zu machen?*

»Er … er versprach mir, mir das Psi zu nehmen«, flüsterte Raven. Die Erinnerungen überschwemmten sie, aber sie zwang sich, Moira fest anzusehen. »Er hat gesagt, er könnte mir und Knox zu einem normalen Leben verhelfen.«

Moira nickte langsam. Und dann tat sie etwas, das für sie vollkommen untypisch war: Sie schlug die Augen nieder. Beinahe so, als könnte sie Ravens Blick nicht länger standhalten.

»Hector, Zadie und eine ganze Reihe von Mutanten im Untergrund waren ebenfalls in den Laboren. Alles Kinder und Jugendliche, die von Geburt an unter ihren Fähigkeiten gelitten haben, weil man ihnen den richtigen Umgang nie beigebracht hat«, erklärte Wade und drehte sich zu ihnen um. Er kam langsam zum Schreibtisch und stützte sich mit den Armen darauf, den Blick fest auf einen der Pläne geheftet. »Vanderpool und seine Organisation haben allen versprochen, sie für den guten Zweck zu untersuchen. Dass sie an der positiven Entwicklung von Coldworth City – sogar der ganzen Welt – teilhätten, wenn sie zu den Forschungen beitragen. Und dass sie von ihrer Mutation geheilt werden würden, um so die Chance auf ein normales Leben zu bekommen.«

Ravens Kehle wurde ganz trocken. Sie ballte die Hände zu Fäusten, denn sie spürte etwas herannahen, das alles verändern würde, an das sie bis dato geglaubt hatte.

»Das Serum, für dessen Zwecke du an den Forschungen teilgenommen hast …«, fing Moira an, und Raven sah sie wieder an. »Es existiert nicht.«

»Was soll das heißen, es existiert nicht?«, fragte Raven

heiser. Sie sah zwischen Wade und Moira hin und her, warf einen Blick auf die Pläne, die sie so schnell nicht entziffern konnte.

»Er hat gelogen. Seine Forschung, Mutanten bald von ihren Kräften befreien zu können – alles eine Lüge«, brachte Wade hervor. Dann nahm er sich einen der Pläne und schob ihn Raven entgegen. Darauf konnte sie Formeln sehen, Berechnungen, mit denen sie nichts anfangen konnte. »Das ist die Formel für ein Mutagen, das für gezielte Genmutationen sorgt.«

Ravens Herzschlag stockte. Sie starrte auf die Zahlen und Buchstaben, die sich vom Papier zu lösen schienen und vor ihren Augen tanzten. Sie verspotteten.

Das konnte nicht wahr sein. Das durfte einfach nicht wahr sein. Wenn Vanderpool tatsächlich ein solches Mutagen erschaffen würde … dann waren all die Monate in den Laboren, all die Qual und der Schmerz vergebens gewesen.

»Die Herstellung des Prototyps ist bereits im Gange. Laut den Plänen will er das Serum für teures Geld an den Meistbietenden verkaufen, damit es für Kriegszwecke eingesetzt werden kann«, fuhr Moira fort.

»Damit wäre nicht nur Coldworth City in Gefahr, sondern die ganze Welt«, sagte Wade.

Es fühlte sich an, als läge ein riesiges Gewicht auf Ravens Brustkorb, das ihr das Atmen erschwerte.

All die Monate in den Laboren, all der Schmerz, die Experimente … all das war nicht passiert, um sie von ihrer Kraft zu befreien. Das hatte Vanderpool nie vorgehabt. Stattdessen hatte sie ihm in die Karten gespielt und mit ihrer Fähigkeit dabei geholfen, dieses Mutagen herzustellen.

Eine Woge Übelkeit überkam sie. Vanderpools Versprechen tönten in ihren Ohren, seine Worte, wenn sie bewusstlos geworden war vor Schmerz, wenn die Mittel, die man ihr gespritzt hatte, Halluzinationen hervorgerufen hatten.

Bald hast du es geschafft. Wir sind ganz nah dran. Wenn das Serum fertig ist, bist du die Erste, die es bekommt, und dann ist dein Leiden vorbei, Raven.

Ein hysterisches Lachen kämpfte sich aus ihr hervor.

Es war alles gelogen gewesen. Einfach alles. Alles, woran sie geglaubt hatte.

Als Vanderpool sich Knox hatte schnappen wollen, um seine DNA mit der von Raven zu vergleichen, hatte sie einen Schlussstrich gezogen. Für kein Geld der Welt hätte sie zugelassen, dass die Experimente, die an ihr durchgeführt wurden, auch an ihrem Bruder probiert wurden. Aber schon da hätte sie skeptisch werden sollen.

Eine Hand legte sich auf ihre Schulter, und Raven zuckte heftig zusammen. Sie sah zu Wade hoch, sein Blick war alarmiert.

»Du musst dich beruhigen«, sagte er sanft und nickte nach unten.

Ravens Blick ging zu den Stuhllehnen, die sie so fest umklammert hatte, dass das Holz gebrochen war.

Sie hatte sich nicht im Griff. Das alles rief so starke Emotionen in ihr hervor, dass sich nicht nur die Telekinese einen Weg nach draußen bahnen wollte, sondern etwas weitaus Größeres, viel Gefährlicheres. Sie schluckte schwer und bemühte sich, tief und gelassen einzuatmen, so wie Moira es ihr vor wenigen Tagen gezeigt hatte. Leider half das nicht wirklich. Sie hatte das Gefühl, die ganze Welt würde über ihr einstürzen.

»Was machen wir jetzt?«, fragte Raven atemlos und konzentrierte sich auf das Gefühl von Wades warmer, beständiger Hand auf ihrer Schulter. Sie lockerte den Griff um die Stuhllehne und ließ ihre Knöchel knacken.

»Er darf dieses Serum auf gar keinen Fall produzieren. Wir müssen ihn aufhalten«, sagte Moira.

Raven nickte schnell. Sie rieb sich mit beiden Händen über das Gesicht, aber nichts half dabei, das Surren in ihrem Inneren zu stoppen. Es war da und wuchs von Sekunde zu Sekunde. Und die Bilder von ihrer Mom, ihrem Bruder und Vanderpool vermischten sich vor ihren Augen zu einem bunten Wirbelsturm, der sie niederzog.

Sie hatte daran geglaubt. Tief in ihr war die Hoffnung gewesen, irgendwann von ihrer Fähigkeit befreit zu werden. Denn das, was sie Wade gesagt hatte, entsprach der Wahrheit: Sie wollte nicht sterben. Sie wollte nicht zu den Psi gehören, die in jungen Jahren umkamen, weil sie die Schleusen ihrer übermenschlichen Energie nicht im Griff hatten und sich selbst und die in ihrem Umfeld in die Luft jagten.

»Ich kann das nicht fassen«, brachte sie hervor. Sie schüttelte den Kopf. »Wie konnte ich so naiv sein?«

»Weil Vanderpool das Image eines Mutantenfeinds hat, der die Menschheit beschützen will. Seine ganze Organisation hat den Ruf einer weltverbessernden Einrichtung – wer kommt schon darauf, dass er das Gegenteil von dem tut, was der Öffentlichkeit bekannt ist?«, erwiderte Moira besänftigend. Sie hielt Ravens Blick fest. »Nichts davon ist deine Schuld, Raven.«

Natürlich trug sie Schuld daran. Andere Psi waren imstande, alle psionischen Fähigkeiten zu erfassen und in die Zukunft zu sehen oder durch Telepathie zumindest eine Ahnung davon zu haben, was in ihrem unmittelbaren Umfeld geschah. Sie dagegen hatte sich in blindem Vertrauen der Organisation hingegeben und geglaubt, dass sie ihr helfen würde. Dabei hatten sie das Gegenteil getan. Und nun war sie daran beteiligt, dass dieses Mutagen hergestellt wurde. Sie war eines von Vanderpools liebsten Versuchskaninchen gewesen, wobei er es immer hatte aussehen lassen, als wäre er besonders besorgt um sie.

Jetzt erkannte sie, was dahintersteckte.

»Er hat mir immer gesagt, dass er mich von meinem Leid befreien würde. Er hat mir versprochen, mir zu einem normalen Leben zu verhelfen«, sagte sie hilflos. »Nichts habe ich mir mehr für Knox und mich gewünscht. Ich konnte nicht länger mit dem Psi leben, in dem Wissen, dass es … zu so schlimmen Taten fähig ist.«

»Was ist passiert?«, fragte Moira behutsam.

Raven starrte auf die Pläne, auf eine Stiftebox auf dem Schreibtisch, schließlich auf ihre Hände. Sie ballte sie zu Fäusten und lockerte sie wieder. Nichts davon half ihr, die folgenden Worte auszusprechen.

»Als ich vierzehn war, da ist meine Gabe immer stärker geworden. Es war so schlimm, dass es kaum einen Tag gab, an dem ich nicht irgendwas in die Brüche gehen ließ, meistens Lampen oder Technikgeräte. Ich konnte nicht mehr zur Schule gehen, weil es so schlimm geworden war und ich nicht mehr für die Sicherheit meiner Mitschüler garantieren konnte. Ich hatte plötzliche Anfälle, bei denen mein ganzer Körper unter Strom stand und plötzlich irgendwas explodiert ist. Eines Tages habe ich …« Raven stockte und holte zittrig Luft. »Ich habe unser ganzes Haus in die Luft gejagt«, sagte sie schließlich. Hinter ihren Augen prickelte es gefährlich. Die Erinnerungen an den lauten Knall, den dichten Rauch und Knox' Schreie suchten sie heute noch heim – vier Jahre später. Sie war sich sicher, dass das für immer so bleiben würde.

Es kostete sie all ihren Mut, die nächsten Worte auszusprechen. Sie hob den Blick und rüstete sich für die Verachtung, die sie gleich in Moiras und Wades Augen sehen würde. »Bei dem Unfall ist meine Mom ums Leben gekommen. Ich … ich habe meine eigene Mutter getötet.«

Es schien ihr, als würden die nächsten Sekunden in Zeitlupe vergehen. Und nichts passierte. Statt der Abscheu, die sie in Moiras Gesicht erwartet hatte, fand sie dort bloß Wärme. Hinter ihr legte Wade die zweite Hand auf die Schulter.

Sie verstand nicht.

»Du sagtest, dass du davor immer nur Lampen oder Geräte hast explodieren lassen«, sagte Moira.

Raven nickte.

»Es kommt mir merkwürdig vor, dass auf einmal ein ganzes Haus deinetwegen explodiert ist, kurz nach Eintreffen deiner Gabe, und dass dabei dein einziger Elternteil umgekommen ist. Gleich darauf ist Vanderpool im Krankenhaus auf dich aufmerksam geworden – alles eine ziemliche Verkettung von glücklichen Zufällen für die AID«, fuhr sie fort.

Raven schluckte schwer. »Was willst du damit sagen?«, krächzte sie.

Moira drückte die aneinandergelegten Handflächen nachdenklich gegen den Mund. Sie sah Wade an. Der setzte sich wenig später auf den freien Stuhl neben Raven. Er betrachtete sie, und sein Blick war dunkel und von Trauer erfüllt.

»Mir ist dasselbe passiert«, sagte er leise.

Sprachlos sah Raven ihn an.

»Meine Schwester Perry … sie war auch eine Psi«, erklärte er. Es fiel ihm schwer, die Worte auszusprechen, man sah ihm deutlich an, wie sehr er damit zu kämpfen hatte. »Perry war eine der wenigen Psi, die schon in Kindertagen gemerkt hat, dass sie mehrere Gaben beherrscht. Das lag unter anderem daran, dass wir uns sehr nahe standen und ich immer gespürt habe, wenn sich etwas in ihrem Körper verändert hat. Wir haben früh angefangen, alles über Psi zu recherchieren, und haben zusammen trainiert, damit sie lernt, ihre Gaben zu beherrschen. Aber dann ist die AID vor zwei Jahren auf uns aufmerksam geworden. Das war kurz nach Perrys zehntem Geburtstag.« Er schüttelte den Kopf und atmete lange ein und aus. »Sie haben unsere Pflegeeltern gefragt, ob Perry an einer Versuchsreihe teilnehmen möchte, bei der an einem Serum experimentiert wird, das Mutanten von gefährlichen Fähigkeiten befreien soll. Da es bis dahin aber kaum nennenswerte Zwischenfälle gegeben hat, haben unsere Eltern verneint.« Wade blickte auf und fand Ravens Blick. »Eine Woche später waren sie tot. Eine Explosion, die aussah, als hätte Perry die Wohnung in die Luft gehen lassen – aber das konnte nicht sein. Perry hatte sich im Griff, sie konnte das Psi beherrschen, noch dazu drei Gaben, die wir jahrelang zusammen trainiert hatten. Die AID hat uns im Krankenhaus aufgegabelt. Sie sagten, es wäre nun an der Zeit, dass Perry mit ihnen käme. Schließlich würden wir nun wissen, wie gefährlich und unberechenbar ihre Gabe war. Aber Perry *hat das nicht getan.*« Seine letzten Worte klangen scharf, und die Wut spiegelte sich auch in seinem Blick wider.

»Was habt ihr gemacht?«, fragte Raven kaum hörbar.

»Wir sind schnellstmöglich aus dem Krankenhaus geflohen und konnten vorerst untertauchen. Aber nicht mal eine Woche später haben sie uns gefunden.« Wades Blick verschleierte sich. »Ich habe gegen sie gekämpft, aber sie waren in der Überzahl. Ich konnte Perry einfach nicht mit ihnen gehen lassen. Sie hatte Todesangst, und als mir einer der AID-Schergen das hier verpasst hat«, er fuhr mit den Fingern über die Narbe in seinem Gesicht, »ist Perry ausgeflippt vor Wut. Sie hat die Schleusen ihrer Kraft geöffnet, all ihre Fähigkeiten vereint zu einer umfassenden, alles zerstörenden Energie. Die AID hat gemerkt, dass sie keine Chance gegen sie hätten. Dann haben sie sie erschossen.«

Raven atmete zischend ein. Tränen standen in ihren Augen, die sie kräftig wegblinzeln musste.

»Du trägst nicht die Schuld an dem, was mit deiner Mutter passiert ist, Raven. Da bin ich mir ganz sicher«, meinte Moira.

Raven war in Gedanken noch bei Wade und dem, was er hatte durchmachen müssen. Er hatte alles verloren, nicht nur seine Eltern, auch seine Schwester, weil er sie hatte beschützen wollen. Raven konnte nicht glauben, dass jemand zu so etwas Schrecklichem fähig war und tatsächlich ein Kind erschoss. Aber was machte sie sich vor? Sie sprachen von der AID. Der skrupellosen und vor nichts haltmachenden Forschungsorganisation, die Hunderte Leben zerstörte. Nur für ihren eigenen Zweck.

Sie wusste nicht, ob die AID tatsächlich etwas in ihrem Haus manipuliert hatte. Aber das spielte in diesem Moment auch kaum eine Rolle.

In Raven war ein Funke entzündet worden, der nach und nach alles in ihr in Flammen setzte.

Das, was ihr und Knox passiert war … das, was man Wades Familie angetan hatte – nichts davon war rückgängig zu machen. Aber sie konnten verhindern, dass noch mehr Familien leiden mussten. Sie konnten alles in ihrer Macht Stehende tun, um die Regierung und andere Leute darauf aufmerksam zu machen.

Raven hatte immer gedacht, dass sie mit ihrer Gabe wenigstens nachts für Gerechtigkeit sorgen konnte. Aber sie hatte sich versteckt – immer war sie auf der Flucht gewesen, ganze drei Jahre lang. Das, was sie eben erfahren hatte, tat weh, aber gleichzeitig gab es ihr einen neuen Sinn und Zweck.

Die Zeit des Versteckens war vorüber.

14. KAPITEL

Nach der Besprechung wollte Moira die anderen dazuholen und ihnen im Einzelnen berichten, was die Pläne in Wirklichkeit beinhalteten. Vor allem Hector und Zadie, die ebenfalls Teil von Experimenten gewesen waren, wollte Moira behutsam erzählen, was die AID vorhatte. Vor dem Büro wusste Raven erst nicht, was sie machen sollte. Sie blieb mitten im Flur stehen und hatte keine Ahnung, wohin sie sollte. Es kam ihr beinahe unvorstellbar vor, sich jetzt allein in ihrem Zimmer zu verkriechen. Gleichzeitig wollte sie in keinen der Aufenthaltsräume und dort auf andere Mitglieder des Untergrunds treffen.

Als Wade an ihr vorbeilief, hielt er inne. Er sah sie einen Moment lang an. Dann nickte er in Richtung der Fahrstühle. Sie war kurz überrumpelt, ging ihm aber nach. Wortlos gab er ihr zu verstehen, dass er gerade wohl auch nicht allein sein wollte. Damit ging es ihm genau wie ihr.

Im Fahrstuhl holte er seine Chipkarte heraus und hielt sie vor ein Feld, das er mit den Fingern öffnete. Dort befanden sich weitere Knöpfe zu Etagen, zu denen andere Bewohner des Hotels keinen Zugang hatten. So auch zu Wades Stockwerk ganz oben.

Bei seiner Suite angekommen, fiel die Anspannung von Wade ab. Nach dem, was Thalia Raven über seine Fähigkeit und die damit verbundenen Schwierigkeiten erzählt hatte, wunderte sie das nicht.

Raven lief in sein Zimmer und betrachtete die Bücher in seinen Regalen, von denen sie kein einziges kannte. Bei den meisten handelte es sich um Fachbücher, und viele waren so dick wie das Buch, das er sie beim Training stets aufblättern ließ. Ravens Blick wanderte zu den Spielen, die ihr allesamt bekannt vorkamen, dann zu dem Schlafzimmer, das sich links von ihr befand. Die Tür war geöffnet, und Raven erhaschte einen Blick auf ein ungemachtes Bett mit zerwühlten Laken, das ganz merkwürdige Gedanken in ihr hervorrief. Hastig wandte sie die Augen ab – und sah Wade schmunzeln. Er stand gegen seinen Schreibtisch gelehnt und beobachtete sie. Raven kam sich ertappt vor und suchte irgendein Thema, auf das sie schnell das Gespräch lenken konnte – da entdeckte sie den Vogel, der auf seiner Schulter saß.

»Ist der echt?«, fragte sie verblüfft. Im nächsten Moment stieß der Vogel ein heiseres Krächzen aus.

»Du kannst ihn streicheln, wenn du magst«, meinte Wade und hielt dem Vogel seine Hand hin. Er sprang drauf, und langsam wagte sich Raven auf ihn zu. Bei Wade angekommen, hielt sie dem Vogel ihren Zeigefinger hin, damit er … daran schnuppern konnte? Sie hatte selbst keine Ahnung, was sie da tat.

Raven fand, er sah niedlich aus, mit seinem weißen Gefieder, das zwischendrin von grauen und schwarzen Federn durchbrochen wurde. Mit seinem schwarzen Schnabel erinnerte er sie an Wades Maske. Gerade wollte sie fragen, ob er sie extra hatte anfertigen lassen – da schnappte der Vogel zu.

Raven fluchte leise und schob sich den Finger in den Mund. Der Geschmack von Blut machte sich auf ihrer Zunge breit. Dieses Biest!

»Hm. Eigentlich mag Thunder Mädchen«, meinte Wade leichthin, während Raven den Vogel wütend anfunkelte. »Anscheinend bist du eine Ausnahme.«

»Vielen Dank auch«, murmelte sie und betrachtete ihren Finger.

Wade beugte sich über ihre Hand und inspizierte die Bisswunde. »Du wirst schon nicht verbluten«, erklärte er fachmännisch. Dann hielt er dem Vogel die andere Hand hin, bis er draufhüpfte, und wiederholte das Ganze noch ein paarmal. Sein Blick wurde wieder dunkler. »Thunder hat Perry gehört.«

Ravens Herz machte einen Satz.

»Sie hat ihn auf der Straße gefunden und mit nach Hause genommen«, fuhr er fort. »Unsere Pflegeeltern wollten ihr den Kopf abreißen und Thunder in ein Tierheim bringen, aber Perry meinte, dann würde sie auch ins Tierheim ziehen. Also durfte sie ihn behalten, und wir haben ihn zusammen aufgepäppelt.«

Raven fiel mit einem Mal das Schlucken sehr viel schwerer, weil ein dicker Kloß in ihrem Hals saß. Man konnte Wade seinen Schmerz ansehen. Er lag verborgen hinter jahrelangem Training und einem Schutzwall, durch den sie momentan hindurchsehen konnte.

»Das mit deiner Familie tut mir so leid«, wisperte sie erneut, aber gleichzeitig wusste sie, dass diese Worte nichts brachten. Sie änderten nichts an seiner Vergangenheit, so sehr sie sich das in dieser Sekunde auch wünschte.

»Ist schon okay«, sagte er.

Sie wussten beide, dass das gelogen war. Denn nichts daran war in Ordnung.

Wade setzte Thunder zurück auf seine Schulter, wo der Vogel sitzen blieb. Dann sah Wade Raven wieder an, und ein müdes, trauriges Lächeln umspielte seine Mundwinkel, als wüsste er nicht so recht, was er in dieser Situation tun sollte.

Raven kannte die Antwort darauf auch nicht. Aber sie verstand, dass er jetzt nicht allein sein konnte – genau wie sie. Also wagte sie einen vorsichtigen Schritt nach vorne, bis ihre Zehen beinahe seine berührten. Und dann, ganz langsam, hob sie die Arme. Sie legte sie erst an seine Hüfte, mit fragendem Blick. Wade kam ihr ab der Hälfte entgegen und umschlang ihren Rücken mit seinen Armen, so schnell, dass sie fast hintenüberkippte. Als sie das Gleichgewicht wiedergefunden hatte, schlang sie die Arme um ihn und hielt ihn fest. Sie spürte, wie sein Körper leicht bebte, und verfestigte die Umarmung. Ganz gleich, wie wenig es war – vielleicht konnte sie ihm einen Bruchteil Trost für das spenden, was ihm angetan worden war.

Raven wusste nicht, wie lange sie so dastanden, aber irgendwann pickte der Vogel an ihrem Ohr, und sie stieß ein erschrockenes Quieken aus. Als sie wieder aufblickte, lächelte Wade über ihren Ausdruck. Anschließend führte er sie zum Sofa. Dann saßen sie ein paar Minuten lang schweigend nebeneinander und hingen ihren eigenen Gedanken nach.

»Wann hast du deine Gabe entwickelt?«, fragte Raven irgendwann.

Wade blinzelte, als wäre er aus einer Trance erwacht. »Das kann ich gar nicht genau beantworten. Ich glaube, die Fähigkeit war schon immer da, wenn auch damals noch nicht so ausgeprägt wie heute«, sagte er mit einiger Verzögerung.

»Bei der Geburt wurde bei dir keine Mutation festgestellt, oder?«, fragte Raven vorsichtig und zog die Beine aufs Sofa. Sie legte den Kopf darauf ab und umschlang die Knie mit den Armen.

Wade schüttelte den Kopf. »Meine biologische Mutter war drogenabhängig. Ich glaube, das hat mein Blutergebnis verfälscht. Oder es liegt daran, dass meine Gabe intuitiver Natur ist. Bei Perry wurde dagegen schon bei der Geburt festgestellt, dass sie über mindestens eine Fähigkeit verfügt.« Jedes Mal, wenn er über seine Schwester sprach, war da dieser dunkle Blick in seinen Augen. Und diesmal berührte er flüchtig die Narbe in seinem Gesicht. Als wäre sie eine Erinnerung an das, was mit seiner Schwester geschehen war. Es war ungewohnt, den sonst so undurchdringlichen Wade so verletzlich zu sehen. Es machte ihn viel realer. Menschlicher.

»Kannst du dich noch an das erste Mal erinnern, als du etwas bewusst vorausgeahnt hast?«, fragte Raven weiter.

Er dachte kurz nach. »Perry und ich hatten unterschiedliche Väter. Ihrer hat damals die Hand gegen sie erhoben, da muss ich so dreizehn gewesen sein.«

»Was hast du getan?«, flüsterte sie.

Wade starrte auf den Tisch und streichelte den kleinen Vogel abwesend. »Hab mich auf sie geworfen, damit er mich trifft und nicht sie.«

»Gott, Wade.« Ihr fehlten die Worte.

»Wann hast du zum ersten Mal … du weißt schon.« Er machte eine Geste, die wohl so etwas wie Telekinese andeuten sollte.

»Da war ich acht. Hab Geschirr in der Küche umherfliegen lassen und fand es eigentlich ziemlich cool«, antwortete sie, in Gedanken bei ihrer Mutter und dem Staunen, das in ihren Augen gelegen hatte. Für sie war es immer etwas Besonderes gewesen, eine Mutantin als Tochter zu haben. »Das mit dem Psi kam erst zwei Jahre später. Da hat die Telepathie angefangen. In der Schule konnte ich plötzlich die Gedanken von allen wahrnehmen, bis ich nichts mehr gehört habe. Alles ist zu einem undurchdringlichen Murmeln verschwommen, und ich war völlig überfordert.« Sie umschlang ihre Beine fester. »Ich wusste sofort, dass mich das zu einer Psi macht. Immerhin haben wir in der Schule etwas darüber gelernt, und auch im

Fernsehen wurde ab und an berichtet, dass sich jemand in die Luft gesprengt hat, weil er nicht mit mehreren Fähigkeiten gleichzeitig klarkam.« Sie schluckte schwer. »Ich wusste nicht, dass mich das zu einer Gefahr für meine Mitmenschen macht. Das habe ich erst verstanden, als ich zum ersten Mal eine Lampe in die Luft gejagt habe, nachdem die Telekinese und Telepathie überhandgenommen hatten.«

Wade nickte nachdenklich. »Das muss schwierig gewesen sein.«

Sie schmunzelte. Dass er das zu ihr sagte, nach den ganzen furchtbaren Dingen, die ihm zugestoßen waren, kam ihr lächerlich vor. »Ich hatte eine gute Kindheit. Bis das mit meiner Mom geschehen ist«, sagte sie schließlich.

»Hast du das Psi seitdem mal wieder benutzt?«, fragte er leise.

Sie nickte langsam. »Ja. In den Laboren, bei den Tests, die sie mit mir durchgeführt haben. Sie haben mir Stromschläge verpasst und mir Mittel eingeflößt, die dafür gedacht waren, meine Schutzwälle zu durchtrennen, damit die Schleusen der Kraft sich leichter öffnen lassen.« Sie erschauderte. Sie wusste genau, wie es sich anfühlte, das Psi zu benutzen. Es war, als würde ihr Innerstes nach außen gekehrt werden, als wäre da eine fließend heiße, golden schimmernde Kraft in ihrem Inneren, die darum bettelte, die Macht über ihren Körper zu gewinnen und alles zu zerstören, was sich in ihrem Weg befand.

»Und seitdem du geflohen bist?«

Sie sah Wade an und schüttelte kurz den Kopf. »Nein. Ich habe immer genug Telekinese über den Tag benutzt, dass ich ausgelaugt war. Wie du gesagt hast: Das war mein Ventil. Damit ich gar nicht erst die Kraft aufbringe, *mehr* zu tun.«

Verständnis machte sich auf seinen Zügen breit. Als würde er jetzt erst verstehen, dass sie nachts wirklich nicht umhergezogen war, weil sie sich dadurch selbst etwas beweisen konnte.

»Wie seid ihr aus den Laboren geflüchtet?«, fragte Wade weiter.

Auch das war eine Erinnerung, der sie lieber aus dem Weg ging. Sie lockerte ihren Griff und fuhr mit dem Daumen über die breiteste ihrer Narben am Arm. »Vanderpool wollte anfangen, auch an Knox herumzuexperimentieren, und damit hat er bei mir die letzte Grenze überschritten. Ich wusste, dass er nicht aufhören würde, ehe er seinen Willen bekam, also habe ich einen Fluchtplan mit Knox entwickelt. Dabei haben wir zwei Leichen aus den Kühlräumen gestohlen und sie in Brand gesteckt. Dazu noch das halbe Stockwerk, damit unser Tod möglichst glaubhaft wirkt. Wir sind durch die Abwasserkanäle bis nach Downtown geschwommen, dann waren wir ein paar Tage auf der Straße, wo wir uns neue Namen und ein neues Aussehen zugelegt haben.« Raven riss sich aus der Erinnerung los und krallte ihre Finger ins Sofa. Sie musste im Hier und Jetzt bleiben, nicht an dem schrecklichen Ort, an dem sie sich damals befunden hatte. »Das war das letzte Mal, dass ich meine Fähigkeit benutzt habe«, endete sie schließlich.

Es blieb lange still zwischen ihnen. Fast als würde Wade in Gedanken all das durchgehen, was sie ihm eben offenbart hatte.

»Was du getan hast, um deinen Bruder zu beschützen, ist bewundernswert.«

Raven glaubte einen Moment lang, sich verhört zu haben. Sie starrte Wade an, doch der erwiderte ihren Blick beständig und offen.

»Du bist anders, als ich erwartet habe, Raven Carrigan«, sagte er leise.

Sie lächelte schwach.

»Gleichfalls, Wade Baxter«, erwiderte sie und lächelte vorsichtig.

Wade erwiderte ihr Lächeln, und zum ersten Mal seit Langem kam Raven der Gedanke, wie schön es sich anfühlte, sich jemandem anzuvertrauen. Riskant, aber dennoch schön.

15. KAPITEL

Von da an trainierte Raven härter. Sie beteiligte sich an den Aufgaben, die es zu erledigen gab, wie beispielsweise am Küchendienst oder als Hilfe in der Wäscherei. Sie half Knox bei seinen Hausaufgaben und passte ihren Alltag an seinen an, damit sie wieder mehr Zeit miteinander verbringen konnten. Sie aß öfter mit Katsu, Hector, Zadie und Thalia zu Abend. Sie begegnete den anderen Mutanten nicht mehr mit Misstrauen, sondern versuchte sogar ein paarmal, ihnen zuzulächeln – wenn auch nur mit mäßigem Erfolg.

An diesem Tag begann Ravens Training wieder mit dem Aufschlagen des Buches, wobei sie inzwischen so geübt darin war, dass sie es durchblättern konnte, ohne dabei ernsthaft ins Schwitzen zu geraten. Auch war sie inzwischen auf Wades unberechenbare Angriffe vorbereitet, die sie inzwischen nicht immer trafen. Sie fing seine Hand das eine ums andere Mal mit ihrer Telekinese ab, bevor sie ihm einen Stoß versetzte und es gleichzeitig schaffte, die nächste Seite umzublättern, ohne dass sie riss. Wade ging sehr sparsam mit Lob um, aber jedes Mal, wenn sie eine neue Herausforderung meisterte, sah sie das stolze Flackern in seinem Blick. Und das genügte ihr.

Seit ihrem Gespräch an jenem Tag, wo sie von seiner Vergangenheit erfahren hatte, hatte sich ihr Verhältnis verändert. Sie gingen offener miteinander um, und Raven fing an, ihm zu vertrauen. Zwischen ihnen hatte sich so etwas wie Freundschaft entwickelt. Auch Knox konnte Wade gut leiden, weshalb sie manchmal abends mit in seine Suite gingen und Raven den beiden dabei zusah, wie sie spielten, während sie in dem Buch las, das Wade sie stets umblättern ließ. Es war schön, jemanden zu haben, mit dem sie reden konnte. Jemanden, der ihre Vergangenheit kannte und ihr trotzdem nicht mit Angst gegenübertrat.

Heute befanden sie sich auf der Dachterrasse, nicht im Trainingsraum, da Wade erst am Nachmittag Zeit für ihr Training gehabt hatte. Am Vormittag hatte er an einer geheimen Mission teilgenommen, für die Raven keine Freigabe bekommen hatte. Sie war neugierig, verstand aber, dass sie nicht alles wissen durfte, solange sie noch kein vollwertiges Mitglied war. Ihren Probemonat hatte sie immer noch nicht für beendet erklärt. Noch immer ließ sie sich die Möglichkeit offen, jederzeit wieder gehen zu können. Diese Freiheit brauchte sie einfach. Und noch war sie nicht davon überzeugt, hierbleiben zu wolllen.

»Hast du noch mehr Gaben als Telekinese und Telepathie?«, fragte Wade, als sie nach der Flasche griff, die er ihr hinhielt.

Sie nahm einen Schluck, bevor sie antwortete. »Ich beherrsche Telepathie nicht wirklich, ich kann sie nur manchmal kontrollieren. Und wenn, dann auch nur mit Mühe und Not. Präkognition oder Teleportation beherrsche ich nicht.«

Das waren die Fähigkeiten, von denen die meisten Psi mindestens drei beherrschten, bis sich alle Kräfte miteinander vermischten und eine umfassende Energie bildeten, die einer gefährlichen Waffe gleichkam.

»Bist du dir sicher?«, fragte Wade.

Sie zögerte. »Manchmal habe ich das Gefühl, ich könnte Dinge willentlich beeinflussen«, gab sie zu. »Aber geschafft habe ich es bisher noch nie bewusst.«

»Also glaubst du manchmal, du könntest Telepathie einsetzen, um dein Umfeld zu verändern?«, fragte er.

Sie musste länger über die Frage nachdenken.

»Ich glaube nicht«, überlegte sie laut. »Aber das lässt sich schwer sagen. Woher weiß ich, dass ich eine Tat willentlich mit Telepathie beeinflusse – oder dass es die Telekinese war, die ich automatisch eingesetzt habe?«

»Glaub mir, den Unterschied würdest du merken. Würdest du vernünftigen Gebrauch von deiner Telepathie machen, dann könntest du mich willentlich dazu bewegen, vom Dach zu springen«, sagte Wade.

Das war nicht unbedingt das, was sie sich unter dem vernünftigen Gebrauch ihrer zweiten Gabe vorgestellt hatte, aber okay.

»Perry konnte mit Telepathie besser umgehen als mit Telekinese«, sagte er, und diesmal machte sich nicht der ihr inzwischen vertraute dunkle Ausdruck auf seinem Gesicht breit. Wenn sich Wade in seiner Funktion als Trainer befand, gab es selten etwas, das ihn aus dem Konzept brachte.

»Hat sie dich zu irgendetwas gezwungen?«, fragte Raven neugierig, wenn auch mit Bedacht. Sie wollte nichts aus ihm herausquetschen, über das er nicht sprechen wollte. Aber ihre Bedenken waren unbegründet.

»Sie hat mich dazu gebracht, Waffeln für sie zuzubereiten. Abends. Unsere Eltern hatten verneint, aber Perry wollte das nicht akzeptieren. Es war ein lächerlicher Streit, und weil sie selbst nicht an die Regale rangekommen ist, hat sie mich dazu gebracht.«

Raven grübelte eine Weile. »Wie hat es sich angefühlt?«, fragte sie schließlich.

»Merkwürdig«, gab Wade zu. »Als wäre sie mit ihrem Geist in meinen Körper eingedrungen, obwohl ich noch mich selbst spüren konnte. Also, ich war noch mit vollem Bewusstsein da, konnte aber nicht über meine Gliedmaßen bestimmen und habe die Zutaten zusammengemischt, ohne dass *ich* es getan habe, wenn du verstehst, was ich meine.« Ein Schauer überlief ihn, und er schüttelte sich kurz.

»Das klingt nicht schön«, murmelte Raven.

»Es war nicht schlimm, nur … unangenehm. Und das, obwohl ich Perry blind vertraut habe. Aber man hat schon einen deutlichen Unterschied zur Telekinese gemerkt.« Er sah Raven unergründlich an und verschränkte die Arme vor der Brust. »Hättest du deine zweite Gabe auch im Griff, könntest du das Psi leichter beherrschen.«

Raven biss sich von innen auf die Lippe. Das, was sie beherrschte, war schon fast zu viel. Sie wollte die AID stoppen, fürchtete sich aber gleichzeitig vor den Konsequenzen, die so eine Macht mit sich bringen würde. Die Telekinese war berechenbar – das war bei der Telepathie nicht so. Und das wussten alle, die im Untergrund lebten.

»Ich weiß nicht, Wade.« Unschlüssig hob sie die Schultern. »Das würde mir noch mehr Feinde machen. Wenn die anderen wüssten, dass ich sie ihres freien Willens berauben könnte, würden sie mir mit noch mehr Angst gegenübertreten.«

»Ich nicht«, sagte Wade prompt. Sie öffnete den Mund, um etwas zu erwidern, da sprach er schnell weiter. »Willst du es bloß nicht probieren, weil du dich vor dem fürchtest, was die anderen sagen? Oder weil du es wirklich nicht möchtest?«

Raven dachte angestrengt nach. Wenn sie ehrlich war, dann wollte sie schon mehr über die Gabe lernen, die sie zu einer Psi machte.

»Dachte ich's mir doch«, sagte Wade.

Es verwirrte sie immer noch, dass er zwar keine Gedanken lesen konnte, aber manchmal dennoch spürte, was in ihr vorging. Es war verwirrend, aber gleichzeitig erleichterte es ihr Training, wenn sie selbst nicht genau wusste, was sie antworten sollte, Wade sie aber trotzdem verstand. Manchmal brauchte sie gar nicht viel zu sagen, und trotzdem schienen sie ein Gespräch miteinander zu führen, ohne dass sie ihre Gabe einsetzte. Inzwischen hatte sie auch verstanden, wieso die anderen Bewohner des Untergrunds ihn so mieden. Denn seine Fähigkeit war mindestens so unberechenbar wie ihre eigene – wenn auch auf eine viel ungefährlichere Weise.

»Ich möchte es probieren«, sagte sie schließlich und trank noch einen Schluck, bevor sie die Flasche wieder zuschraubte.

»Okay. Dann schick mir einen Gedanken«, forderte er.

Raven zog eine Grimasse. »Das geht nicht so einfach.«

Wieso nicht?, fragte er, ohne den Mund zu öffnen.

»Wie machst du das?«, fragte sie verblüfft.

»Ich öffne meinen Geist für dich.«

»Aber du bist kein Telepath«, sinnierte Raven.

»Das brauche ich auch nicht zu sein, wenn du eine Telepathin bist.« Er richtete sich auf und sah sie konzentriert an. »Ich öffne meinen Geist ganz bewusst und denke einen einzigen Gedanken, der nur für dich bestimmt ist. Dass du ihn wahrnimmst, liegt an deiner Gabe, nicht an meiner.«

»Wenn ich Knox Gedanken zukommen lasse, dann geht das nur, weil wir so eng miteinander verbunden sind. Und es kostet mich trotzdem enorme Konzentration.« Sie konnte sich nicht erklären, wie Wade seine Gedanken so kanalisierte, dass sie ihn deutlich hören konnte.

Aber dann verstand sie es plötzlich.

Perry.

Wade hatte Jahre damit verbracht, mit seiner Schwester zu trainieren, damit sie nicht mit den Folgen des Psi zu kämpfen hatte. Deshalb wusste er, wie es ging.

»Das liegt nur daran, dass du von dieser Gabe nicht so häufig Gebrauch machst. Sieh dir doch mal an, wie gut du nach nur zwei Wochen Training die Telekinese beherrschst«, sagte er mit einer Geste auf das Buch zwischen ihnen. »Wenn du genug übst, wird es mit der Telepathie auch so sein. Du darfst nicht dagegen ankämpfen, Raven. Du musst es akzeptieren. Du musst *dich* akzeptieren, so wie du bist.«

Einen Moment lang hielt sie den Atem an.

Sie sollte sich akzeptieren? Mit allem, was sie tun konnte? Mit der alles verschlingenden Kraft, die in ihr herrschte?

Ob sie das hinbekommen würde, konnte sie nicht sagen. Noch immer fühlte sie sich schuldig für das, was mit ihrer Mutter geschehen war. Denn selbst wenn nicht sie das Haus in die Luft gejagt hatte, war es trotzdem ihretwegen geschehen. Weil die AID sie in Gewahrsam nehmen wollte. Diese Schuld abzuschütteln und zu akzeptieren, was für die Zerstörung ihrer Familie verantwortlich war, fiel ihr nicht leicht. Es kam ihr sogar schlichtweg unmöglich vor.

Aber sie vertraute Wade. In den letzten Wochen hatte er stets aufgepasst, dass sie nicht zu viel Kraft einsetzte. Jedes Mal, wenn das Pochen in ihren Schläfen eingetreten war – ein sicheres Zeichen, dass ihr die Kontrolle langsam entglitt –, hatte er sie gestoppt. Vielleicht konnte sie es schaffen, wenn er bei ihr war.

»Ich versuche es«, sagte sie entschlossen.

Wade wirkte zufrieden und setzte sich aufrecht hin.

Der Wind auf dem Dach wurde stärker und blies ihm das dunkle Haar in die Stirn, aber er strich es achtlos weg, ohne den Blick von ihr zu nehmen.

Raven konzentrierte sich darauf, ihren Geist zu öffnen. Sie bekam es hin, aber während sich die Telekinese für sie wie ein gut eingetragenes Kleidungsstück anfühlte, war alles an der Telepathie unbequem. Sie furchte die Stirn und holte tief Luft. Mit aller Kraft dachte sie darüber nach, wie stürmisch das Wetter im Moment war und dass sie bald besser wieder reingehen sollten.

Erwartungsvoll sah sie Wade an.

»Also, ich habe nichts gehört, falls du das denkst«, sagte er und stand auf. Er lief zur Balustrade, die weit hinter dem Pool lag, und stützte sich mit den Armen darauf. Raven erhob sich ebenfalls und streckte sich. Danach lockerte sie ihre Arme und Hände, in der Hoffnung, durch eine entspannte Haltung leichteren Zugang zu ihrer zweiten Kraft zu finden.

Gleich fängt es an zu regnen, dachte sie – oder besser gesagt: schmiss sie Wade im Geiste entgegen.

Er zeigte keine Regung.

»Immer noch nicht?«, fragte sie.

Er warf einen skeptischen Blick über die Schulter. »Nein.«

Das konnte doch nicht sein! Sie versuchte doch, es zu akzeptieren und ihren Geist zu öffnen. Wieso bekam sie das nicht hin? Bei Knox klappte es schließlich auch.

Vielleicht musste sie die Hände heben, wie auch bei der Telekinese – die Gesten ließen ihre Kraft so in bestimmten Situationen viel deutlicher hervortreten. Also hob Raven die Arme, die Handflächen nach vorne gerichtet, und dachte erneut über die immer dunkler werdenden Wolken nach. Doch statt Wade Gedanken zukommen zu lassen, wurde er von einem Energiestoß nach vorne befördert. Mit voller Wucht knallte er gegen das Geländer.

»Bist du wahnsinnig?«, fuhr er sie an.

»Ups«, murmelte sie, musste aber ein Lachen unterdrücken und biss sich auf die Lippe.

»Das findest du also witzig, ja?«, fragte Wade hart. Seine Stimme war das Gegenteil von seinem Blick, in dem sie Schalk aufblitzen sehen konnte.

»Ein bisschen«, gab sie zu, wobei das eine Untertreibung war. Es hatte zu komisch ausgesehen, wie er sich an dem Geländer festgekrallt hatte und fast aus den Schuhen gehoben wurde.

»Gleich vergeht dir das Lachen.« Wade schlenderte zurück zu ihr, beide Hände in den Taschen vergraben. Raven machte automatisch ein paar Schritte rückwärts. Sie kannte diese vorgegaukelte Gelassenheit mittlerweile gut. Zu gut. Wade stand kurz davor, sie anzugreifen.

»Ich dachte, wir üben Telepathie.«

»Bis du das hinbekommst, können wir auch was Sinnvolleres mit unserer Zeit anfangen«, gab er zurück.

Das war die einzige Warnung, die sie bekam. Im nächsten Moment hatte er sie angegriffen, so schnell, dass sie ihn kaum sah. Aber inzwischen kannte sie Wade und seine Technik. Sie war vertraut mit der Art, wie sein Arm hervorschoss, und wich ihm aus. Er hatte kein festes Muster bei seinen Angriffen, da er auf ihre Bewegungen reagierte, aber das konnte sie auch ausnutzen. Sie täuschte einen Angriff auf seine rechte Seite vor und riss erst im letzten Moment den linken Arm herum, genau in dem Moment, als er in die falsche Richtung auswich. Mit voller Wucht knallte ihre Handkante gegen seinen Hals, und Wade entfuhr ein Schmerzenslaut. Raven wollte sich gerade schon entschuldigen, da schoss seine Faust hervor –

genau auf ihren Magen zu. Sie sprang nach hinten, hob die Hände und sandte ihm einen Energiestoß entgegen, gerade stark genug, um ihn an Ort und Stelle stehen zu lassen. Wade stemmte sich gegen ihre Kraft. »Vergiss nicht, deinen Geist zu öffnen«, brachte er hervor, bevor er sich seitlich umdrehte und der Telekinese auswich.

Bei Wades nächstem Angriff öffneten sich die Schleusen des Himmels. Raven nahm kaum wahr, wie der Regen einsetzte, so sehr konzentrierte sie sich darauf, Wades schnellen und präzisen Schlägen auszuweichen, aber gleichzeitig einen Gedanken hervorzurufen, den sie ihm im Geiste entgegenrufen konnte. Allmählich kam sie ins Schwitzen, und außerdem waren diese Hiebe wirklich lästig. Er traf sie wieder gegen ihr Schlüsselbein, und Raven dachte verbissen: *Thalia wird dich umbringen, wenn du mir denselben Knochen schon wieder brichst.*

Er hörte es nicht, denn er machte ohne Pause weiter. Aber da Raven sich diesmal nicht auf das Buch konzentrieren musste und ihr ganzer Fokus auf Wade und seinen Angriffen lag, konnte sie ihre Kraft gemessen und mit Bedacht einsetzen, nicht bloß verzweifelt. Erst packte sie mit der Telekinese die Faust, mit der er gerade ausgeholt hatte. Als er mit der zweiten einen seiner gemessenen, aber dennoch kräftigen Schläge austeilen wollte, packte sie auch die zweite Hand. Im nächsten Moment wollte Wade wieder in einer Halbdrehung ausweichen, aber auch das verhinderte sie. Sie spürte, wie der Schweiß ihre Stirn hinablief und sich mit dem prasselnden Regen vermischte. Inzwischen klebte auch Wade das Haar in der Stirn. Es verdeckte einen Teil seines Gesichts, und in diesem Moment erinnerte sich Raven an ihre erste Begegnung.

Diese halbe Sekunde Ablenkung genügte Wade, um sich zu befreien. Wie ein Blitz schoss er hervor und versetzte ihr einen Stoß. Raven taumelte rückwärts und konnte ihr Gleichgewicht gerade so halten. Und dann kam ihr eine Idee.

Hinter Wade lag der Pool der Dachterrasse. Raven hatte noch nie probiert, Wasser mittels Telekinese zu greifen. Sie ließ ihre Kraft hervortreten, behielt Wade aber gleichzeitig im Blick, während er dastand und so selbstgefällig grinste, als hätte er sie im Geiste schon besiegt.

Das Wasser fühlte sich unter ihrer Kraft unglaublich formbar an, als würde es ihr gehorchen. Es kostete sie ungemeine Anstrengung, weiterzukämpfen, und sie hoffte, dass Wade sich auf ihre körperlichen Impulse konzentrierte, nicht auf das Wasser des Pools, das hinter ihm hohe Wellen schlug. Raven ließ ihre Kraft noch viel heftiger hervorschnellen, und dann ging alles ganz schnell.

Wade drehte sich genau in dem Moment um, als Raven mit dem Wasser eine Hand formte, die mindestens drei Mal so groß war wie sie selbst. In Gedanken befahl sie ihr, Wade zu ergreifen. Im nächsten Moment packte ihn die riesige Wasserhand, schloss die Finger um seinen Körper – und schmiss ihn in den Pool. Das Platschen seines Aufpralls vermischte sich mit dem Prasseln des Regens, und Raven rannte zum Beckenrand. Als Wade wieder auftauchte, verlor Raven die Macht über die Wasserhand, die sich über ihm in eine formlose Masse verwandelte und auf ihn niederging.

Wade starrte sie so wütend an wie noch nie zuvor. Das Haar klebte ihm platt am Kopf, und in diesem Moment konnte sich Raven nicht mehr zusammenreißen.

Sie lachte so laut wie schon lange nicht mehr, befreit und zügellos. Das Lachen erschütterte sie so, dass sie sich krümmte und den Bauch halten musste. Es dauerte eine Weile, bis sie sich beruhigt hatte und Wade wieder ansehen konnte. Aber auch da musste sie die Lippen fest zusammenpressen, denn er schüttelte sich gerade das Haar aus, Wasserspritzer flogen in alle Richtungen. Dann schwamm er ein paar Züge bis zum Beckenrand. Raven hielt ihm die Hand hin, wohl bedacht, dass er sie jede Sekunde hineinziehen konnte. Aber das tat er nicht.

Wade ergriff ihre Hand, und als er vor ihr stand, ließ er sie nicht los. Er hielt sie fest umfasst und sah ihr in die Augen.

Ich mag dein Lachen, sagte er in ihren Gedanken. Sie konnte ihn laut und deutlich hören, jedes Wort schlug Wurzeln in ihr.

Danke, gleichfalls, gab sie zurück, leise und bedächtig. Sie konnte spüren, dass er es hörte. Und sie sah es in seinem überraschten Blinzeln.

»Sehr gut, Raven«, sagte er, aber nach einem Moment verblasste sein Lächeln. »Wobei die Sache mit dem Wasser nicht sehr nett war.«

Im nächsten Moment hatte er sie herumgewirbelt und in den Pool gestoßen. Das Wasserrauschen übertönte alles, sogar ihren eigenen Herzschlag, und einen Moment lang genoss Raven es. Als sie wieder auftauchte, sah sie noch, wie Wade kehrtmachte und in Richtung Ausgang davonging.

Du bist ein Idiot, Wade Baxter, rief sie ihm im Geiste noch hinterher. Ob er es diesmal hörte, wusste sie nicht.

16. KAPITEL

Knox bewunderte Mutanten. Das tat er wirklich. Und genau deshalb kam er sich neben den anderen Bewohnern im Untergrund, von denen die meisten Fähigkeiten besaßen, so nutzlos vor. In seiner kleinen Klasse waren ein Mädchen, das jede Sprache der Welt sprechen konnte, und ein Junge, der die Schwerkraft außer Kraft zu setzen und an der Decke entlangzugehen vermochte. Dann waren da Stuart, sein Freund mit den elastischen Gliedmaßen, und Anna, seine Freundin, die unter Wasser atmen konnte. Dazu kamen noch ein paar weniger nützliche Fähigkeiten, wie beispielsweise Sarah sie hatte. Das Mädchen war zwei Jahre jünger als Knox und konnte sich in einen Frosch verwandeln, was sie nie tat, weil es sich laut ihrer eigenen Aussage total eklig und glitschig anfühlte.

Wenn er so was hörte, hätte Knox eigentlich froh sein sollen, dass er keine Gabe hatte. Aber die Realität sah anders aus. Denn auch wenn er es nicht beabsichtigte und sich größte Mühe gab, sich zu integrieren, fühlte er sich ausgegrenzt. Nicht etwa, weil seine Mitschüler ihm das Gefühl vermittelten, anders zu sein – daran lag es gar nicht. Ständig von Mutanten umgeben zu sein, war einfach eine größere Umgewöhnung, als er erwartet hatte. Wade und Raven hatten ziemlich viel zu tun und trainierten oft, und seine Klassenkameraden absolvierten ebenfalls Trainingseinheiten, um ihre Fähigkeiten besser in den Griff zu bekommen. Knox sah manchmal dabei zu und schnappte das eine oder andere über mentales Training auf, aber anfangen konnte er damit nicht wirklich etwas. Zwar trainierte er währenddessen auch, um mehr Kondition aufzubauen, und er spürte Muskeln, von deren Existenz er zuvor nicht einmal gewusst hatte. Aber es war nicht dasselbe. Und es würde niemals dasselbe sein.

Deshalb verbrachte Knox seine Nachmittage oft im zweiundzwanzigsten Stock des *Calham Hotels*. Dort befand sich nämlich die IT-Zentrale – ein Raum, der mit der neuesten Technologie und den schnellsten Rechnern gefüllt war, die Knox jemals zu Gesicht bekommen hatte. Es war kein Vergleich mit dem alten Laptop, den er bis vor Kurzem noch für seine Online-Kurse benutzt hatte, und Knox war fasziniert von dem, was hier bewerkstelligt wurde. Er sah Hector Mayfair, einem schlaksigen Brillenträger, der für die Planung und Organisation der vielen Missionen des Untergrunds zuständig war, gern bei der Arbeit zu. Er hackte sich seine Wege durch die beständigsten Firewalls und Alarmsysteme von Firmen wie AID und hatte es ziemlich drauf. Und das neben der Tatsache, dass er sich unsichtbar machen konnte, was Knox einfach unglaublich fand.

Im Moment war Hector allerdings ziemlich sichtbar. Seine Haare waren ganz verwuschelt, und er saß an einem Schreibtisch weit hinten in der riesigen Zentrale. Dort standen drei Monitore, auf denen er gleichzeitig irgendetwas bearbeitete. Ein paar andere Mutanten, die die Computer nutzten, waren ebenfalls da. Manche sahen Knox hier nicht so gern, aber Hector schien sich nicht an seiner Anwesenheit zu stören. Er erklärte Knox eine Menge übers Hacken – und über seine Gabe. Auch heute hatte er wieder Fragen. Eine hatte er Hector schon stellen wollen, als er ihn zum ersten Mal kennengelernt hatte. Und heute traute er sich endlich.

Knox schnappte sich den riesigen Schreibtischstuhl und rollte schwungvoll von seinem Tisch zu Hectors. Der war total in seine Arbeit vertieft, seine Finger peitschten förmlich auf die Tastatur.

»Hector«, sagte Knox.

»Was gibt's?«, fragte er.

Knox rollte noch ein Stück dichter an ihn ran, bis er auf Augenhöhe mit dem ersten Bildschirm war. »Hast du dich schon mal irgendwo reingeschlichen? Unsichtbar, meine ich.«

Hector blickte auf und sah Knox durch die Gläser seiner großen Brille an. Sein haselnussbrauner Blick war verschleiert, aber als er ihn ansah, wurde er klarer. »Natürlich nicht«, antwortete er ernst.

Das Funkeln in seinen Augen sprach eine andere Sprache. Auf Knox' Lippen breitete sich ein Grinsen aus, und er rückte noch dichter zu Hector.

»Okay, dann stell dir Folgendes vor: Wir leben in einem alternativen Universum«, sagte Knox und senkte die Stimme in eine verschwörerische Lage. »Wenn du dich dort – rein hypothetisch, versteht sich – irgendwo reingeschlichen hättest, wo wäre es gewesen?«

Hectors Mundwinkel zuckten, während er weiter am PC herumklickte und einen Gebäudeplan drehte. Knox konnte erkennen, dass er bunte Punkte daraufsetzte. In einem anderen Fenster befand sich ein schwarzes Feld, das mit lauter Zahlen gefüllt war.

»In einem alternativen Universum hätte ich einen grandiosen Dieb abgegeben«, sagte Hector schließlich leise.

»Also hättest du rein hypothetisch Geld geklaut?«, fragte Knox.

»Geld, Kleidung, Essen … alles, was man zum Überleben braucht.« Hectors Hände hielten unvermittelt inne.

»Bis eine Forschungsorganisation auf mich aufmerksam geworden wäre. Mich in Gewahrsam genommen hätte. Und dann an mir herumexperimentiert hätte.«

Knox schluckte schwer. Nach einer Weile sagte er leise: »In diesem alternativen Universum würde es natürlich keine Organisationen wie die AID geben.«

Hector starrte durch den mittleren Monitor hindurch, und Knox bereute es, ihn gefragt und damit direkt in die Vergangenheit katapultiert zu haben. Aber dann kam Zadie in die Zentrale gerauscht – so polternd und laut, dass alle die Köpfe hoben.

Mit ihrem schwarzen Haar, den scharfen Gesichtszügen und der Art, wie sie sich bewegte, stach sie unter vielen Mutanten im Untergrund hervor. Allein schon ihre Ausstrahlung konnte ihr ganzes Umfeld unter Strom setzen. Man konnte ihre Anwesenheit gar nicht ignorieren.

Sie lief geradewegs zu Hectors Schreibtisch und legte eine braune Papiertüte vor ihm ab.

Hector starrte sie an. Dann schluckte er hart. »Ist das für mich?«, fragte er und öffnete die Tüte.

»Nein, für Knox. Ich dachte mir, er hat bestimmt schon wieder vergessen zu essen, weil er so sehr damit beschäftigt war, sich in die Systeme von fremden Firmen zu hacken«, erwiderte Zadie.

Knox lächelte, während Hector rot anlief.

»Ich muss wieder los. Training mit Katsu«, fuhr Zadie fort und zog eine Grimasse.

»Wenn er dich noch mal nass macht, während du deinen Strom benutzt, schleiche ich mich in sein Zimmer und zerschneide all seine teuren Hemden«, sagte Hector und packte das Sandwich aus.

»Du bist mein Held«, sagte Zadie noch. Einen Moment lang hielt sie inne und sah Hector still an. Sie öffnete den

Mund, schloss ihn aber schnell wieder. Dann machte sie auf dem Absatz kehrt und verschwand schnellen Schrittes aus der Zentrale.

Hector starrte ihr nach, während seine Wangen noch röter wurden.

»Wenn ich du wäre, wüsste ich, wo ich mich unsichtbar reinschleichen würde«, sagte Knox.

»Ich verrate dir ein Geheimnis, Knox.« Hector drehte sich zu ihm, und ein beinahe schüchternes Lächeln umspielte seine Mundwinkel. »Bei Zadie brauche ich mich nicht unsichtbar machen. Kaum zu glauben, aber sie lässt mich freiwillig in ihr Zimmer.«

Mit diesen Worten wandte er sich wieder seiner Arbeit zu, und Knox begriff, dass ihr Gespräch wohl vorbei war. Aber das bedeutete nicht, dass er wieder zurück in sein Zimmer musste. Außerdem gab es keinen Ort im Untergrund, an dem er im Moment lieber war. Den anderen beim Training zuzusehen und sich selbst damit abzumühen, ein paar mickrige Klimmzüge hinzubekommen, war einfach viel zu deprimierend.

Mit einem leisen Seufzen rollte Knox zurück zu seinem Platz in der hinteren Ecke. Er klickte eine Weile in den Unterlagen herum, die Moira ihm geschickt hatte, und erledigte all seine Hausaufgaben. Doch auch danach hatte er noch keine große Lust, zurück zu den anderen zu gehen. Stattdessen öffnete er den Browser und zögerte einen Moment lang. Er blickte kurz auf, um zu sehen, ob ihn irgendjemand beobachtete. Außer ihm befanden sich noch sieben andere Leute in der Zentrale, aber alle schienen in ihre Arbeit vertieft zu sein.

Knox wusste, dass er Markell nicht kontaktieren sollte. Um ihn zu schützen. Um den Untergrund zu schützen. Aber … es gab hier nichts für ihn zu tun – zumindest nicht so wie für andere Mutanten, die den Untergrund mit ihren Fähigkeiten bereichern konnten. Er vermisste seinen Freund. Mehr, als er es jemals für möglich gehalten hätte. Es war, als hätte er einen Teil von sich selbst zurückgelassen, als sie mit Wade gegangen waren. Und in solchen Momenten fühlte es sich an, als befände sich ein Loch in Knox' Körper, das dringend wieder geschlossen werden musste.

Sein Zögern fand ein Ende, als er in die Leiste des Browsers ging und die Adresse des Gaming-Forums eingab, in dem er mit Markell immer die neuesten Informationen zu ihren Lieblingsspielen herausgesucht hatte. Es war sicherer, als ihn direkt zu kontaktieren.

Nachdem Knox sich eingeloggt hatte, erschrak er. Er hatte unzählige neue Nachrichten. Das kleine Fenster in der oberen rechten Ecke leuchtete rot und blinkte mehrfach auf.

Ich war gerade in eurer Wohnung. Bitte sag mir, dass es euch gut geht, lautete die erste Nachricht.

Ich habe es auf Quinns Handy probiert, aber die Nummer ist nicht mehr aktiv.

Was ist passiert? Wo seid ihr?

Louis, ohne Witz, das CCPD war hier und hat Fragen gestellt.

Bitte melde dich. Ich mache mir Sorgen.

Das war nur ein Teil der Nachrichten, die Markell geschickt hatte. Und jede riss Knox das Herz raus. Die neueste Nachricht war an diesem Morgen versendet worden.

Wenn du tot bist, werde ich dich umbringen, Louis Brown.

Knox spürte, wie seine Augen anfingen zu brennen, gleichzeitig zuckten seine Mundwinkel. Dieser Name war nicht seiner, und dennoch hatte er sich als Louis in

Markells Gegenwart mehr wie er selbst gefühlt als zu jedem anderen Augenblick in seinem Leben.

Es war nicht fair, wie er einfach verschwunden war und ihn im Unklaren zurückgelassen hatte. Markell kannte nicht einmal seinen richtigen Namen. Und dass der Mensch, der ihm neben seiner Schwester am meisten bedeutete, nur seine falsche Identität kannte und nicht den richtigen Knox, machte ihm mit einem Mal noch schwerer zu schaffen.

Hier im Untergrund … war er niemand. Es war wie mit Hectors Gabe – für die anderen war Knox nahezu unsichtbar. Und er war sich sicher, dass niemand ihn vermissen würde, wenn er einen Nachmittag – nur einen einzigen – verschwand. Also loggte er sich aus, schaltete den Rechner ab und machte sich auf den Weg nach unten.

Knox schlich sich durch die Tiefgarage nach draußen, darauf bedacht, von keiner Kamera eingefangen zu werden. Aber selbst wenn – es war ihm gleich. Er musste raus. Dringend.

Der Weg von Westfort nach Dodgeville war weit, aber er hatte kein Bargeld und wollte es nicht riskieren, mit öffentlichen Verkehrsmitteln zu seinem alten Zuhause zu fahren.

Es fühlte sich gut an, mal wieder draußen zu sein. Die Menschen, der Trubel, das laute Treiben der Stadt, die am Tag so viel Hoffnung versprühte. Tagsüber war Coldworth City nicht bedrohlich, man merkte nichts von den Konflikten, die unter der Oberfläche brodelten.

Knox brauchte über eine Stunde, bis er bei dem schäbigen Wohnhaus ankam. Es fühlte sich merkwürdig an. Wie nach Hause kommen, aber gleichzeitig auch nicht. Knox hatte sich verändert. Er war nicht lange fort gewesen, aber jetzt wusste er, was es da draußen noch so gab. Wofür sich der Untergrund einsetzte. Die Erinnerung an seine letzten Momente in diesem Haus überkam ihn. Er sah den Mutanten vor sich, der ihn aus dem Schlaf gerissen hatte, spürte seinen fauligen Atem an seinem Hals, hatte seine Stimme im Ohr. Und mit einem Mal kostete es ihn doppelt so viel Mühe, sich gegen die Eingangstür zu stemmen. Von da an ließ er nur noch Markell seine Gedanken beherrschen.

Vor seiner Tür angekommen, wusste Knox nicht, was er sagen sollte. Darüber hatte er sich überhaupt keine Gedanken gemacht, aber Worte waren bei Markell auch nie das Problem gewesen. Er hob die Hand und klopfte. Dreimal langsam, fünfmal schnell hintereinander – der Rhythmus der Melodie von *Dungeon Seeker,* ihrem Lieblingsspiel. Doch noch bevor er fertig war, ging die Tür auf, und Markell erschien im Türrahmen. Erst runzelte er die Stirn, aber als er ihn erkannte, weiteten sich seine Augen. Im nächsten Moment fiel er Knox um den Hals. Knox schloss die Augen und erwiderte die stürmische Umarmung mit genauso viel Inbrunst. Er vergrub das Gesicht an Markells Hals und atmete seinen vertrauten, würzigen Geruch ein. Ohne sich voneinander zu lösen, taumelten die beiden in Markells Wohnung.

»Es tut mir leid, Knox«, murmelte Markell.

»Mir tut es leid, dass ich mich nicht eher gemeldet habe. Ich konnte nicht, wir …« Knox hielt inne. Er löste sich ein Stück von Markell, um in seine dunkelbraunen Augen zu sehen.

»Es tut mir so leid«, flüsterte Markell. In seinen Augen schimmerten Tränen, aber Knox erkannte noch etwas anderes in ihnen. Bedauern. Zweifel. Und allem voran etwas viel Schlimmeres.

Verrat.

Knox wich vor ihm zurück, da packte ihn jemand von hinten. Ein übles Stechen flammte in seinem Hals auf, und Knox brüllte vor Schmerz. Taubheit erfasste seinen Körper. Er sank auf die Knie, und sofort war Markell bei ihm und flüsterte beruhigend auf ihn ein.

Sein letzter Gedanke, bevor die Dunkelheit über ihn hinwegstrich, war, dass Markell seinen Namen eigentlich gar nicht kennen durfte.

17. KAPITEL

Die Luft im Konferenzraum surrte vor Anspannung. Katsu hatte die Arme neben Raven verschränkt und starrte mit leerem Blick auf den Tisch. Thalia zu Ravens Rechter saß so tief in ihrem Stuhl, dass sie eigentlich eher lag, und blickte auf ihre Hände. Zadie saß ihnen gegenüber und rieb sich zum wiederholten Mal übers Gesicht. Hector, der vorne gestanden und den Laptop angeschlossen hatte, trat zu ihr und lehnte sich gegen den Tisch. Beinahe schüchtern streckte er eine Hand aus und berührte sie an der Schulter. Als sie aufsah, wirkte sie wütend, aber als sie entdeckte, dass es Hector war, schenkte sie ihm ein müdes Lächeln.

Die Besprechung hätte eigentlich vor ein paar Minuten anfangen sollen, aber keiner von ihnen sagte ein Wort. Nicht, bis Moira, Wade und Murphy zu ihnen stießen.

Die Anführerin des Untergrunds war diesmal diejenige, die zusammen mit Murphy nach vorne trat, während Wade am anderen Ende des Tisches Platz nahm.

»Ihr seid nun alle im Bilde darüber, was Vanderpool vorhat«, fing Moira an und drückte auf den kleinen Pointer in ihrer Hand. Bilder der Pläne erschienen auf der Wand. Ein paar Zahlen und Notizen waren rot eingekreist, direkt daneben standen Daten und Orte, an denen das Mutagen produziert werden sollte. »Wir müssen es verhindern.«

Ein zustimmendes Murmeln ging durch den Raum.

»Die erste Auslieferung soll morgen Abend stattfinden. Dank der Pläne konnten wir die Produktionsfabrik ausfindig machen, in der das Serum hergestellt wird. Wir müssen die Lieferung stoppen und die Produktion einstellen«, fuhr Moira fort, und vorne wurde das Bild eines düsteren Fabrikgebäudes gezeigt.

»Wie?«, fragte Katsu und richtete sich auf. Er schüttelte sich die schwarzen Strähnen aus der Stirn und deutete dann nach vorne. »Marschieren wir einfach da rein und zerstören alles? Nur weil wir die Pläne haben, bedeutet das nicht, dass die AID das Mutagen nicht sofort woanders herstellen kann.«

»Aber es verschafft uns Zeit, uns an die Bürgermeisterin Fulbright zu wenden«, sagte Moira mit ihrer ruhigen Stimme.

Raven fragte sich, wie sie so gelassen bleiben konnte. Das, was sie im Begriff waren zu tun, würde Konsequenzen für die ganze Stadt mit sich bringen. Sollte Vanderpool das Serum herstellen, und sollten auf einmal überall Mutanten mit unberechenbaren Fähigkeiten herumlaufen, dann wäre die ganze Welt in Gefahr. Vor allem, wenn das Serum in die falschen Hände geriet.

»Wir müssen der Regierung zeigen, was wirklich hinter der AID steckt. Was sie mit Mutanten machen und dass ihre Forschungsergebnisse Kriegszwecken dienen sollen – Fulbright kann nur auf unserer Seite sein«, fügte Murphy hinzu.

»Und der erste Schritt dorthin wäre, die Produktion zu stoppen und die erste Lieferung abzufangen, damit wir Fulbright zeigen können, was das Ergebnis dieser Forschung ist«, sagte Moira.

»Aber Fulbright hat bisher nicht viel für die Rechte von Mutanten getan. Wieso sollte sie sich gegen die AID wenden?«, fragte Zadie mit gerunzelter Stirn.

»Glaub mir, Zadie, kein Politiker will, dass künstlich erschaffene Mutanten durch die Gegend laufen«, meinte

Murphy und deutete mit dem Daumen auf das Bild des Fabrikgebäudes. »Es wird Zeit, dass der AID Einhalt geboten wird.«

Zustimmendes Murmeln erklang im Raum. Raven riskierte einen Blick zu Wade. Er sah grimmig und verschlossen aus und betrachtete das Gebäude eingehend. »Wie ist der Plan?«

»Es gibt sechs Wachen, die in Zweierteams an folgenden Standorten Patrouille laufen«, erklärte Moira und deutete auf die nächste Folie, auf der der Gebäudeplan von oben zu sehen war. Darauf waren drei Punkte markiert. »Entweder wir machen sie unschädlich, oder wir schicken Hector rein.«

»Allein?«, platzte es aus Zadie raus. Mit einem Mal saß sie kerzengerade.

»Wäre kein Problem«, sagte Hector.

Zadie starrte ihn an. »Kommt nicht infrage.«

»Niemand würde mich sehen«, erwiderte er leise. Die braunen Locken waren ihm in die Stirn gefallen, aber das verdeckte nicht die Röte, die auf seine Wangen getreten war.

»Nur weil du dich unsichtbar machen kannst, heißt das nicht, dass du Missionen allein absolvieren musst. Ich bin dagegen«, sagte Zadie laut in die Runde und sah Moira beinahe herausfordernd an. Zadies Augen wirkten fast schwarz, so dunkel sahen sie aus, und Raven konnte auf die Entfernung spüren, wie sie sich förmlich auflud. Ihre Haare waren elektrisch geladen, und ein paar Strähnen hoben sich von den anderen ab.

»Dann müssen wir die Wachen unschädlich machen, bevor sie uns entdecken«, überlegte Murphy laut. Er deutete auf den Nord- und Südeingang der Fabrik. »Die Fläche vor dem Nordeingang ist hell erleuchtet, und es gibt keine Verstecke, deshalb würde ich sagen, Hector kümmert sich um die beiden.« Hector nickte, während Zadie die Arme fest vor der Brust verschränkte. »Wade, du wirst dich mit Zadie um die Wachen am Südeingang kümmern. Dort ist es nicht so hell, nutz das aus.« Dann wandte sich Murphy an Raven. »Wade hat erzählt, dass ihr, was deine Telepathie angeht, beim Training inzwischen schon weitergekommen seid. Du wirst die Westseite übernehmen und die beiden Wachen friedlich einschlafen lassen.«

Raven schluckte schwer. Etwas Derartiges hatte sie mit der Telepathie noch nicht gemacht. Sie wusste nicht, ob sie das schaffen würde.

»Ich nehme wieder Betäubungsmittel für den Notfall mit. Falls was schiefgehen sollte«, fügte Thalia schnell hinzu.

»Es wäre uns lieber, wenn du dich um das Tor kümmerst, Thalia«, sagte Moira.

Murphy deutete auf den Weg, der von der Fabrik wegführte. »Katsu und ich kümmern uns um die Lieferung und fangen sie ab. Dafür werden wir uns als AID-Wachen ausgeben – das bedeutet, wir brauchen jemanden, der das Tor öffnet, damit wir mit dem Wagen vom Gelände kommen«, erklärte er und rieb sich über den Hinterkopf. »Bekommst du das hin?«

»Klar«, antwortete sie und warf Raven einen entschuldigenden Blick zu.

Zwar hatte sie noch nie jemanden mit der Telepathie einschlafen lassen, aber sie würde das hinbekommen. Ganz sicher. Und im Notfall würde sie die Wachen eben bewusstlos schlagen. So oder so – sie würden die Lieferung stoppen. Und sich von nichts und niemandem aufhalten lassen.

»Es ist wichtig, dass wir keine Spuren hinterlassen«, sagte Moira nach einer Weile.

»Werden wir nicht.« Wade nickte zum Gebäudeplan hin. »Die Fabrik ist viel schlechter gesichert als das Labor. Wir haben schon schwierigere Missionen geschafft.«

Moira trat nach vorne und stützte sich mit beiden Armen auf dem Tisch ab. Sie blickte jedem ins Gesicht, ernst und entschlossen. In ihre Augen trat ein Funkeln.

»Wenn wir das schaffen, sind wir dem Ziel, der AID endlich das Handwerk zu legen, einen großen Schritt näher.«

Raven konnte spüren, wie ihre Entschlossenheit auf sie alle übersprang. Nach und nach erkannte sie dasselbe Funkeln in den Augen der anderen, und auch sie selbst spürte, dass Moiras Furchtlosigkeit sie erreichte. Die Flammen in ihrem Inneren loderten hoch.

Sie konnte es kaum erwarten.

Die Fabrik ragte wie ein hoher Turm im Dunkeln hervor. Raven fröstelte und richtete die Maske auf ihrer Nase. Sie fühlte die scharf geformten Federn unter ihren Fingern. Dann griff sie zu dem Messergürtel, den sie von Wade bekommen hatte. Sieben Messer befanden sich darin. Auch wenn sie sie nicht brauchen würde – sie gaben ihr trotzdem ein zusätzliches Gefühl von Sicherheit.

Sie spürte, wie alles in ihr von Energie durchflutet wurde. Während des gesamten Hinwegs hatte sie Wades Rat immer wieder im Kopf wiederholt.

Sie nahm ihre Gabe an. Oder zumindest versuchte sie es. Sie wollte akzeptieren, was da in ihrem Körper wütete, gefüttert von ihrem Zorn auf die AID, deren Lügen und alles, was sie in dieser Welt anrichten würden, sollte ihnen niemand Einhalt gebieten. Raven würde ihre Gabe akzeptieren. Und sie würde dafür sorgen, dass dieses Mutagen nicht in die Hände der falschen Leute geriet.

Mit dieser Entschlossenheit schlich sie über das Gras, lautlos wie eine Katze. Sie hielt sich im Schatten und ertastete ihr Umfeld. Sie ließ ihre Gabe hervortreten wie einen schützenden Kokon, der ihr ein paar Schritte voraus war und alles fühlte, wofür sie im Dunkeln zu blind war. Sie hatte Wades Worte verinnerlicht. Sie *musste* ihre Gabe akzeptieren, denn sie war nicht allein hier und musste schnellstmöglich wieder verschwinden. Sie war Teil eines Teams, und dieses Team verließ sich auf sie. Also schlich sich Raven an die beiden Wachen heran, die die Westseite bewachten.

Raven nahm Anlauf und sprang an der Hauswand des Fabrikgebäudes hoch. Mit einer Hand klammerte sie sich an der kleinen Hervorhebung fest und zog sich hoch. Sie kauerte auf dem Vorsprung und hielt mit ausgebreiteten Armen das Gleichgewicht. Lautlos bewegte sie sich in Richtung des westlichen Eingangs, dorthin, wo die beiden Wachen standen. Der Mantel schmiegte sich an ihren Körper, und der Stoff, aus dem er gemacht war, passte sich ihren lautlosen Bewegungen an. Sie war eins mit der Nacht, und alle Sinne waren auf ihr Umfeld ausgerichtet. Sie spürte, wie die Blätter sich im lauen Wind bewegten, fühlte die Präsenzen der beiden Wachen unter sich. Sie krallte die Finger in den Stein unter sich und schloss die Augen. Dann öffnete sie ihren Geist und konzentrierte sich auf die Wachen. Zuerst nahm sie sich die Frau links unter ihr vor. Ganz sacht drang sie in ihren Kopf ein und flößte ihr Müdigkeit ein. Sie ließ ihre Lider schwer werden, stellte sich vor, wie sie einschlief. Im nächsten Moment spürte sie, wie die Frau zu Boden sank. Und dann ging alles ganz schnell. Raven sprang vom Vorsprung, mit ausgebreiteten Händen, und sandte der anderen Wache eine viel heftigere Telepathie entgegen. Beinahe gewaltsam drang sie in seinen Kopf ein und ließ ihn einschlafen – noch bevor er Alarm schlagen konnte, sank auch er zu Boden.

Zufrieden stand Raven über den beiden und trat dann über sie hinweg zur Tür. Sie wartete noch auf das Signal der anderen und warf einen Blick auf die Uhr. Im nächsten Moment erklang ein Vogelruf in der Nacht.

Hector hatte es geschafft – der Alarm war ausgeschaltet.

Raven öffnete die Tür und betrat das Fabrikgebäude. Vorsichtig schlich sie über den schmalen Gang. Obwohl sie wusste, dass die Wachen alle außer Gefecht gesetzt waren, wagte sie es nicht, ein Geräusch von sich zu geben.

Als sie zum Eingang in die Haupthalle kam, drückte sie sich an der Wand entlang. Vorsichtig blickte sie um die Ecke.

Das zweite Signal war noch nicht erklungen. Laut Plan sollte Hector ein zweites Pfeifen von sich geben, sobald die Luft rein war.

Aber es erklang nichts.

Raven ließ ihre Kraft hervorkommen und tastete die nächsten Meter vorsichtig ab.

Dann erklang das zweite Pfeifen, und erleichtert stieß sie die Luft aus.

Raven huschte in die Halle. Sie war nicht so groß, wie Raven erwartet hatte, aber das war vielleicht auch nicht schlecht, weil es bedeutete, dass noch nicht so viel produziert werden konnte. Metallrohre zogen sich an der hohen Decke entlang, und riesige Behälter standen im Innenraum. Alles wirkte gespenstisch still.

Raven schwang sich über die Balustrade und sprang

nach unten. Ihr Aufprall echote in der Halle, und mit wachsamem Blick lief Raven in Richtung Treffpunkt. Dort angekommen, spürte sie Hectors Anwesenheit. Von Wade und Zadie jedoch keine Spur.

»Wo sind die anderen?«, flüsterte Raven.

»Sie müssten jeden Moment hier sein«, gab Hector genauso leise zurück.

Raven hatte keine Zeit, seine körperlose Stimme merkwürdig zu finden, aber gewöhnt hatte sie sich daran immer noch nicht.

»Wollen wir sonst schon anfangen?«, fragte Raven und deutete auf die riesigen Wagen, auf denen abgedeckte Paletten standen.

Hector gab keine Antwort.

»Falls du genickt oder mit dem Kopf geschüttelt hast, musst du mir das sagen«, flüsterte Raven.

»O ja, sorry. Ich habe genickt«, erklang seine Stimme von weiter hinten. Allmählich wurde Hector wieder sichtbar und nahm deutlichere Formen an. Er winkte sie zu sich und zog die Plane vom ersten Wagen. Raven trat näher und half ihm dabei. Als die Plane zu Boden rutschte, stockte ihr der Atem.

»Verdammt«, zischte Hector.

Auf dem riesigen Gitterrollwagen befanden sich Paletten voll schmaler Röhrchen. Diese waren mit neonfarbener Flüssigkeit gefüllt.

Creeper.

Die AID hatte das Mutagen in bunte Röhrchen gefüllt, die genauso aussahen wie die Szenedroge, die seit Monaten im Umlauf war.

Die Zahlen der Menschen, die durch die Droge umgekommen waren, schossen Raven in den Kopf. Ebenso die Wirkung der Droge. Ihr stockte der Atem.

»Das kann nicht sein«, brachte sie hervor.

Sie blickte an Hector hoch, der sie genauso bestürzt ansah. »Wenn das hier das ist, was ich denke, dann …«

Im nächsten Moment ertönte ein ohrenbetäubender Knall, und Raven wurde nach vorne katapultiert. Sie prallte gegen den Gitterrollwagen und wurde mit ihm nach vorne geschleudert. Die Röhrchen platzten, die bunte Flüssigkeit spritzte in alle Richtungen, und Raven bekam kaum die Chance, zu reagieren. Blind richtete sie ihre Telekinese aus, fasste damit in ihr Umfeld und spürte in gar nicht weiter Ferne jemanden stehen. Mit den Händen in den Glasscherben stemmte sie sich hoch. Die Schnitte in ihrer Haut nahm sie kaum wahr, ebenso wenig das Pochen im Kopf oder das warnende Gefühl in ihrer Brust.

Ihr gegenüber standen die beiden Wachen, die sie bewusstlos hatte werden lassen. Die Frau hatte eine Hand ausgestreckt – ihre Handinnenfläche glühte noch, und sanfter Rauch stieg von ihren Fingern hoch. Der Anblick erinnerte Raven an eine Waffe. Panisch blickte sie sich nach Hector um. Er lag mit dem Gesicht nach unten in den Scherben. In seiner Schulter klaffte ein tiefes Loch, so groß, dass Raven beinahe hindurchsehen konnte. Der Geruch von verbranntem Fleisch stieg ihr in die Nase, Übelkeit wallte in ihrem Inneren auf. Aber sie durfte jetzt nicht den Kopf verlieren. Sie musste sich Hector schnappen, schleunigst hier verschwinden und die anderen warnen.

Raven ballte die Hände zu Fäusten und griff im Geiste nach ihrer Telepathie, gleichzeitig suchte sie nach schweren Gegenständen, die sie zum Kampf benutzen konnte. Erneut drang sie in den Kopf der beiden Wachen ein. Doch noch ehe sie Schaden anrichten oder den beiden etwas befehlen konnte, wurde sie jäh aus deren Köpfen katapultiert – so heftig, dass sie zurücktaumelte. Die Scherben knirschten unter ihren Füßen. Im nächsten Moment packte jemand ihren Körper – nicht mit Händen, sondern mit telekinetischer Energie. Raven wurde umgerissen und prallte hart am Boden auf, und alle Luft wurde ihr aus der Lunge gepresst. Schmerz erfasste ihren Körper, und einen Moment lang wusste sie nicht, wo oben oder unten war.

Über ihr baute sich die Wache auf. »Wenn du noch mal versuchst, in meinen Kopf einzudringen, werde ich dich töten.«

Eine Faust landete in ihrem Gesicht, benommen blieb sie liegen. Sie verlor die Orientierung, ihre Gedanken überschlugen sich. Aber dann schmeckte sie den metallischen Geschmack von Blut auf der Zunge. Träge blinzelte sie und sah den leblosen Hector neben sich liegen.

Das weckte Raven aus ihrer Benommenheit. Sie hievte sich hoch und richtete einen Schutzwall um sich herum auf. Abwehrend hob sie die Hände und konzentrierte sich auf ihre Gegner. Sie spürte keine Energie. Jeder Mensch, dem Raven begegnete, strömte eine Art von Energie aus, deshalb hatte sie damals bei Wade sofort gemerkt, dass er irgendeine außergewöhnliche Gabe besaß – aber diese beiden Mutanten hinterließen keine energetischen Fußspuren. Sie konnte sie nicht mit ihrer Kraft erfassen, es war, als bestünden die beiden aus Asche, die durch die Finger ihrer Kraft glitt.

Und dann verstand Raven, wieso.

»Ihr seid künstlich erschaffene Mutanten«, brachte sie hervor.

»Es ist nicht fair, dass nur ihr den Spaß haben dürft, während wir uns auf Waffen verlassen müssen«, antwortete die Frau. Sie trug die dunkelblaue Uniform, die auch die Wachen in den AID-Laboren anhatten. Das blonde Haar hatte sie zu einem strengen Zopf im Nacken zusammengebunden, während der Mann neben ihr zwei Köpfe größer und ungefähr dreimal so breit war. Aber das war es nicht, was sie in Furcht versetzte. Es waren ihre Gaben.

Sie waren unberechenbar. Und sie konnten sich gegen ihre Fähigkeiten wehren.

»Also wurden wir zu Waffen gemacht«, fuhr der bullige Kerl fort und sah kurz auf seine Hände. »Fühlt sich toll an, so mächtig zu sein.« Er sah Raven wieder an, den Blick voller Verachtung. »Ihr wisst überhaupt nicht zu schätzen, was ihr habt. Wir schon.«

Bestürzt schüttelte Raven den Kopf. »Ihr seid bloß Vanderpools Versuchskaninchen.«

Sie musste die beiden ablenken und irgendwie zu den anderen gelangen, bevor die Situation weiter eskalierte. Rasch schottete sie all ihre Gedanken gegen die beiden Wachen ab und richtete den Geist auf Wade. Er musste irgendwo in der Nähe sein, und sie musste ihn erreichen und warnen, bevor es zu spät war.

»Und wenn schon?«, fragte die Frau kalt. Ihr Lächeln hatte etwas Größenwahnsinniges. »Wir werden die Welt im Sturm erobern. Gemeinsam mit der AID stehen wir auf der Gewinnerseite. Es wird eine neue Weltordnung geben.«

Wade, es ist ein Hinterhalt!, rief Raven in Gedanken. Sie rief ihn laut und hoffte von ganzem Herzen, dass er die anderen warnen würde. Die Lieferung des Serums war vorerst unwichtig. Wichtiger war, dass sie hier heil wieder rauskamen.

»Also habt ihr eure Seelen an die AID verkauft, damit ihr Mutanten werden könnt?«, fragte Raven weiter.

Sie überlegte gerade, wie sie Hector mithilfe ihrer Kraft tragen konnte, da erklang weiter hinten wieder ein lauter Knall. Es kam aus Richtung des Südeingangs, für den Zadie und Wade zuständig gewesen waren.

Mit einem Mal fingen die Lampen über ihnen an zu flackern. Blaue Blitze zuckten über die Decke, über die Metallrohre, und ein unheilvolles Zischen klang in Ravens Ohren.

Zadie.

Die Mutantin tauchte hinter den beiden Wachen auf. Ihr schwarzes Haar stand in alle Richtungen ab, der Ausdruck in ihren Augen war wuterfüllt, und sogar in ihrem Gesicht konnte Raven Blitze zucken sehen. Ihr gesamtes Umfeld knisterte unheilvoll.

Als sie Hector leblos am Boden liegen sah, blieb sie stehen. Der Strom stoppte, bis ihr Haar schlaff runterhing und ihre Augen wieder braun wurden.

»Hec?«, flüsterte sie kaum hörbar, und dennoch war es das einzige Wort, das in der Halle ertönte.

Die Frau mit den blonden Haaren drehte sich zu Zadie um. »Dein Freund? Den habe ich gegrillt.«

Eine Sekunde verging. Noch eine. In Zadies Blick ging etwas kaputt. Und dann riss sie die Arme mit einem Schrei hoch.

Blitze zuckten aus ihren Händen. Die blonde Wache wurde getroffen und sank schreiend auf die Knie. Der bullige Kerl wich seitwärts aus. Er sprang auf einen der eisernen Behälter, in denen das Serum produziert wurde. Das Metall ächzte unter seinem Gewicht.

»Ich werde dich umbringen«, zischte Zadie die Frau an, die zuckend am Boden lag, und selbst ihre Stimme klang elektrisiert. Ihre Blitze wurden immer greller, so hell, dass Ravens Augen tränten.

Er lebt, rief Raven in Gedanken. Sie richtete ihre Telepathie gezielt auf Zadie. *Hector ist verletzt, aber er lebt.*

Zadies Blick traf ihren für eine Sekunde. Sie nickte kaum merklich, und Raven merkte, wie bemüht sie darum war, nicht noch mal zu Hector zu sehen. Ihre Konzentration lag auf der Frau, die Hector angeschossen hatte, während ihr Komplize auf den nächsten Behälter sprang, schneller, als Raven es für möglich gehalten hätte.

»Lass ihn nicht entkommen«, knurrte Zadie. »Ich habe sie im Griff.«

Raven nickte und rannte dem Typen hinterher. Hinter sich konnte sie schon wieder die Frau schreien hören, aber sie drehte sich nicht um.

Vor ihr riss der Kerl mit seiner übermenschlichen Kraft ein Metallrohr aus der Wand. Dampf trat aus, und Raven sah kaum, wie er ihr das Rohr mit seiner Telekinese entgegenschleuderte. Sie riss die Hände hoch und sandte einen Energiestoß gegen seinen – aber verdammt, er war stark. Als ihre Kinesen aufeinanderprallten, donnerte es laut. Es kostete Raven ungemeine Energie, sich gegen seine Kraft zu stemmen, so stark, wie er war.

Jäh stoppte er seinen Energiefluss und bog nach rechts ab, in einen schmalen Flur.

Wieder rief Raven in Gedanken nach Wade und suchte die Gegend nach den anderen ab. Sie drängte sich durch den Flur, den polternden Schritten des Kerls hinterher. Es war dunkel, sie sah kaum etwas. Mit einem Mal verklangen die Schritte des Genmanipulierten, und Raven hielt inne. Mit den Fühlern ihrer Energie tastete sie nach dem Kerl und fühlte ihn rechts von sich. Sie zögerte keine Sekunde länger und rannte los, durch den Ausgang nach draußen. Sie sah den bulligen Mann über das Gelände rennen. Er warf einen gehetzten Blick über die Schulter, im nächsten Moment riss er die Hand hoch und sandte einen Energiestoß in ihre Richtung. Man merkte, wie ungeübt er mit seiner Gabe war – er zielte nicht besonders gut, und Raven wich mühelos aus. Aber gleichzeitig war das Maß seiner Kraft unglaublich. Direkt neben Raven riss seine Energie ein Loch in den Boden.

Sie verfolgte ihn über das Gelände, über einen Zaun, weiter durch das Industriegebiet, das grau und verlassen dalag. Und dann spürte Raven eine weitere Präsenz seitlich von sich.

Wade.

Er bewegte sich lautlos, wie ein Schatten in der Nacht. Raven konnte ihn nicht sehen, aber sie fühlte die Energie, die von ihm ausging. Er musste ganz in der Nähe sein. Und das hieß, dass er unverletzt war. Erleichterung überkam sie, die sie gleichzeitig noch mehr beflügelte. Sie würde den Genmanipulierten nicht entkommen lassen.

Sie rannte über das graue Gestein bis nach hinten zu den Bahnschienen. Direkt darüber verliefen mehrere Kabel, grauer Draht in der Luft, der gefährlich knisterte, und in dieser Sekunde war Raven unglaublich froh, dass Zadie bei Hector geblieben war.

Mit ihrer Kraft packte Raven den Kerl, der ungefähr zehn Meter vor ihr über die Gleise rannte, und hielt ihn zurück. Seine Schultern schienen unter ihrem Griff noch zu wachsen. Seine sehnigen Muskeln puckerten, und er schien noch größer zu werden.

Als er sich umdrehte, gefror Raven das Blut in den Adern.

Es machte nicht nur den Eindruck, als würde er größer werden. Er war wirklich gewachsen. Einen Kopf mindestens. Wieder versuchte Raven, ihn mit ihrer Telekinese zu packen, aber er grinste nur. Seine Zähne wirkten in der

Nacht viel weißer und verliehen ihm einen gruseligen Ausdruck.

»Das bringt nichts, Kleine«, krächzte er. Seine Stimme war rau wie Schmirgelpapier und jagte ihr einen Schauer über den Rücken.

»Vielleicht bringt das ja was«, erklang plötzlich jemand hinter ihm. Dann klatschte es laut, und der Genmanipulierte brüllte. Er taumelte ein Stück und stolperte fast über das Gleis, auf dem er stand. Dann rieb er sich den Hinterkopf und drehte sich langsam zu Wade um, der hinter ihm stand.

Vor Erleichterung hätte Raven am liebsten laut gelacht, aber dann sah sie, dass Wade verletzt war. Seine Maske war verschwunden, und sie konnte sein Gesicht im Dunkeln nur halb erkennen. Dennoch sah sie, dass Blut über seine Stirn bis nach unten zum Kinn lief. Außerdem stand er nicht gerade, sondern leicht gebückt. Raven bemerkte, dass sein linker Arm in einem merkwürdigen Winkel herunterhing.

Wade war … verletzt.

Wade war *verletzt.*

Bestürzt sah Raven ihn an.

Das bedeutete, dass seine Kraft bei den künstlich geschaffenen Mutanten nicht richtig funktionieren konnte. Anders konnte sie sich seine vielen Verletzungen nicht erklären. Ihr selbst war es beim Training nahezu unmöglich, ihn zu treffen – und sie war eine gute Kämpferin.

Im nächsten Moment holte der Riese aus und schlug nach Wade, der auswich. Aber anscheinend sah er nicht, wie der Genmanipulierte seine andere Hand ebenfalls hob und einen telekinetischen Stoß nach vorne jagte. Wade wurde nach hinten gerissen und prallte hart auf die Gleise. Raven stieß einen Schrei aus und riss die Hände hoch, aber da war Wade schon wieder auf den Beinen. Er hielt sich einen Arm und biss die Zähne fest zusammen. Man sah, dass er versuchte, sich die Schmerzen nicht anmerken zu lassen.

Wade, du bist verletzt, sagte sie in Gedanken. *Geh zu den anderen. Ich kümmere mich um ihn.*

Er ignorierte sie, dabei war sie sich sicher, dass er sie verstanden hatte. Stattdessen ging er leicht in die Knie und nahm die Haltung an, die Raven in den letzten Wochen so vertraut geworden war. Jeden Moment würde er angreifen. Nur dass Raven diesmal mehr Angst um ihn hatte als um sich selbst.

»Du wirst mit uns in den Untergrund kommen müssen«, sagte Wade.

Der Genmanipulierte schnaubte bloß. »Wieso sollte ich das tun?«

Wade lächelte, aber an diesem Lächeln war nichts Warmes. Es wirkte berechnend, kalt und bedrohlich. »Weil wir ein paar Fragen an dich haben, die du uns dringend beantworten musst.«

Raven machte einen Schritt auf den Genmanipulierten zu, aber im nächsten Moment wurde sie von den Füßen gerissen und prallte mit dem Rücken hart auf die Gleise. Sie stöhnte schmerzerfüllt, und als sie sich mit den Händen auf dem Boden abstützte, um sich hochzuhieven, spürte sie es. Ihre Augen weiteten sich.

Unter ihren Fingern vibrierten die Gleise.

Panik wallte in ihr auf.

Ein Zug. Raven richtete ihre Kraft auf die Gleise und versuchte zu spüren, aus welcher Richtung er kam.

Von vorne. Und er kam immer näher.

Schnell stand sie auf. Sie musste Wade schnellstens hier wegschaffen, wenn sie nicht überrollt werden wollten. Im

Geiste tastete sie nach Murphy und Thalia, spürte aber nichts. Sie konnte nur hoffen, dass die anderen die Fabrik mittlerweile verlassen hatten.

»Wade«, sagte Raven warnend.

»Wann wurde dir das Mutagen verabreicht?«, fragte er. Er wischte sich das Blut mit dem Handrücken aus dem Mundwinkel. Noch immer hatte er seine gebeugte Kampfhaltung eingenommen, aber Raven merkte, dass etwas nicht stimmte. Seine Bewegungen waren fahrig, beinahe unsicher, und sie hatten nichts von der übrigen Geschmeidigkeit, mit der er sich zu bewegen wusste. Sonst befand sich Wade beim Kämpfen in einem stetigen Fluss, den nichts aus dem Konzept bringen konnte. Jetzt wirkte er fast verzweifelt. Seine Muskeln waren zum Zerreißen gespannt, und sein Ausdruck war nicht von der Sicherheit erfüllt, die er sonst immer verströmte. Raven konnte nur hoffen, dass der Genmanipulierte davon nichts mitbekam.

Der Zug kam näher, inzwischen konnte Raven ihn hören. Er würde bald hier sein – und sie mussten schleunigst fort.

»Wann wurde dir das verdammte Mutagen verabreicht?«, wiederholte Wade unbeherrscht. »Wie lange hält die Wirkung an?«

Statt einer Antwort spuckte der Kerl vor Wades Füße. Im nächsten Moment war Wade nach vorne geschnellt und riss eine Faust hoch – nicht schnell genug. Der Genmanipulierte packte seine Faust und drückte zu. Wade stöhnte vor Schmerz. Er riss ein Knie hoch und wollte den Riesen treten, aber auch diesmal war der schneller. Er packte Wade und schleuderte ihn aufs Gleis. Noch im Flug riss Raven eine Hand hoch und bekam Wades Körper mit ihrer Kraft zu fassen. Langsam ließ sie ihn zu Boden gleiten, bis er sicher stand. Und dann preschte Wade so schnell hervor, dass sie ihn kaum sah. Er versetzte dem Genmanipulierten einen so heftigen Stoß, dass dieser rumpelnd zu Boden ging. Dann packte er ihn mit der linken Hand am Kragen, mit der rechten schlug er ihm ins Gesicht. Dieser Angriff hatte nichts von Wades sonstiger Finesse. Nein, vielmehr kämpfte er wie Raven, bevor sie ihm begegnet war.

»Sag mir, wann dir das verdammte Serum injiziert wurde!«, brüllte Wade.

»Fahr zur Hölle«, gab der Genmanipulierte zurück.

Wade packte ihn an den Haaren und schlug seinen Hinterkopf aufs Gleis. Raven zuckte zusammen.

»Sag mir, wie lange die Wirkung hält!« Wieder schlug Wade ihn.

Die Lippen des Genmanipulierten verzogen sich zu einem dreckigen Lächeln. Eine ungemeine Welle an Energie ging von ihm aus, die Raven fast die Beine unterm Körper wegriss.

In dem Moment wusste Raven, dass etwas nicht stimmte. Sie sprintete nach vorne, um Wade zu packen, gleichzeitig griff sie mit ihrer Kraft nach ihm – vergebens.

Der Genmanipulierte packte Wades Handgelenke, die ihn am Revers gepackt hielten. Im nächsten Moment wurden sie beide in die Luft katapultiert. Ungläubig starrte Raven nach oben.

Der Genmanipulierte schwebte in der Luft. Und er hielt Wade am Kragen gepackt. Raven starrte die beiden an, dann blickte sie in die Richtung, aus der der Zug kam. Sie konnte bereits die Scheinwerfer sehen, die immer näher kamen. Sie sah wieder nach oben und hob die Hände, um Wade mit ihrer Kraft zu fassen und die Kontrolle über seinen Körper zu bekommen, aber es brachte nichts. Sie kam nicht gegen die Energie an, die der Genmanipulierte ausströmte.

In der nächsten Sekunde schmetterte der künstlich erschaffene Mutant Wade auf die Gleise. Ravens gellender Schrei durchdrang die Nacht, und sie stürzte auf Wade zu, da wurde er wieder in die Luft gerissen.

»Hör auf damit!«, schrie sie. Wieder streckte sie die Hände aus. Es fühlte sich an, als hätte sie keine Energie, während der Genmanipulierte alles in sich aufsaugte.

Verschwinde von hier, Raven, erklang Wades Stimme schwach in ihrem Kopf. Gleichzeitig konnte man jetzt auch ganz deutlich das Dröhnen des Güterzugs hören.

Wieder ließ der Riese Wades Körper auf die Gleise prallen. Raven konnte es gefährlich knacken hören. Im nächsten Moment hob er Wades Körper wieder hoch.

Da Raven ihre Kraft nicht gegen den Genmanipulierten einsetzen konnte, packte sie ihren Waffengürtel. Sie nahm eines von Wades Wurfmessern und zögerte nicht lange – mit aller Kraft warf sie es auf den Riesen, der zehn Meter über ihr in der Luft schwebte.

Das Messer fand sein Ziel. Mit Wucht glitt es in die Schulter des Mutanten, und er brüllte vor Schmerz. Leider ließ er Wade trotzdem nicht los. Raven holte zum nächsten Messerwurf aus, da hob der Kerl Wade wie einen Schild vor seinen eigenen Körper.

»Wenn ich du wäre, würde ich das lassen. Sonst triffst du nachher noch deinen Freund, und das willst du doch nicht, oder?«, fragte er, und die arrogante Belustigung in seiner Stimme machte Raven rasend vor Wut.

Der Zug war nur noch wenige Hundert Meter von ihr entfernt. Und sie wusste genau, was der Genmanipulierte vorhatte.

Er würde Wade auf die Schienen fallen lassen.

Das konnte sie nicht zulassen. Aber sie konnte ihn nicht angreifen – nicht von hier unten –, geschweige denn mit ihrer Kraft erreichen. Das nächste Messer, das sie warf, würde mit Sicherheit das Ziel verfehlen und in Wades Körper landen. Auch das konnte sie nicht riskieren.

Raven wusste, dass ihr nur eine Wahl blieb.

Die Scheinwerfer wurden immer greller, der Güterzug immer lauter.

Instinktiv trat Raven auf die Gleise.

Raven, erklang es in ihrem Kopf. *Tu das nicht.*

Sie riskierte einen letzten Blick nach oben. *Du warst doch immer derjenige, der gesagt hat, ich soll alles annehmen, was meine Kraft mir gibt.*

Das war der letzte Gedanke, den sie ihm schickte, bevor sie ihren Geist vor ihm abschottete.

Wade sagte irgendetwas, seine Stimme rau und leise, woraufhin der Genmanipulierte etwas erwiderte. Aber Raven hörte es nicht mehr. Sie schloss die Augen und konzentrierte sich. Sie ließ sich vom Zorn erfüllen, immer weiter, bis ihr Blut anfing zu kochen. Tief in ihrem Inneren schlummerte das Monster.

Und in diesem Moment weckte sie es.

18. KAPITEL

Es fühlte sich an wie eine schwere Eisentür, die nach Jahren zum ersten Mal geöffnet wurde. Erst quietschend und langsam, sperrig und eingerostet, aber als sie einen Spalt offen stand … brach das Feuer aus.

Es ergriff Besitz von ihren Fingern, das Brennen zischte ihre Arme hinauf und ihre Beine hinab, drang in ihren Kopf, und ihr Körper schien aus heißer Lava zu bestehen. Ihre Haut fühlte sich an, als würde sie schmelzen, und es tat weh. Gleichzeitig fühlte es sich vertraut an, wie eine alte Bekannte, die sie in eine Umarmung zog und so schnell nicht wieder loslassen würde.

Ihr halbes Leben hatte sie die Macht, die in ihr schlummerte, zurückgedrängt und versteckt.

Jetzt nicht mehr.

Raven nahm das Psi an. Als Teil ihrer selbst, der ihr eine Hand reichte und sie in ungekannte Höhen hinaufzog.

Die Erdanziehung schien sich zu verändern. Raven fühlte sich schwer und leicht zugleich, und als sie auf ihre Hände hinabblickte, sah sie, dass sie leuchteten. Golden und hell, so strahlend, dass ihre Augen hätten tränen müssen – wären sie nicht von demselben Licht erfüllt gewesen. Raven lächelte. Die Macht wärmte sie von innen heraus. Sie spürte, wie der Boden unter ihren Füßen bebte, aber es störte sie nicht. Sogar die Zeit schien sich auszudehnen und langsamer zu werden. Raven blickte langsam auf und sah den Zug wie in Zeitlupe auf sich zukommen. Sie konnte jeden Bestandteil des Güterzugs im Geiste spüren. Jede Schraube, jeden Waggon, der mit Kohle gefüllt war.

Raven brauchte nicht einmal die Hand zu heben, um den Zug zu greifen und zu stoppen. Sie legte den Kopf schräg und lauschte dem Kreischen von Eisen. Es klang wie Musik in ihren Ohren.

Dann sah Raven nach oben. Der Genmanipulierte hatte Wade fallen lassen. Unglaublich langsam sank er nach unten, aber noch bevor er aufprallte, hob Raven vorsichtig die Hand. Ihm wollte sie nicht wehtun. Ganz langsam griff sie ihn aus der Luft und schob ihn beiseite, weg von den Gleisen. Erst in einiger Entfernung ließ sie ihn zu Boden sinken.

Anschließend wandte sie sich an den genmanipulierten Riesen.

Sie sah seine schreckgeweiteten Augen, den geöffneten Mund, in dem ein Schrei stecken geblieben war, und stellte fest, dass sie ihm, im Gegensatz zu Wade, Schmerzen zufügen wollte. Ernsthafte Schmerzen.

Sie hob die glühenden Hände und richtete sie auf ihn. Dann sandte sie einen heftigen Stoß in seine Richtung. Die Macht erfasste ihn. Sein Körper fing an zu glühen. Als Erstes lief das Blut aus seinen Ohren. Seine Augen rollten nach hinten – und dann platzten sie. Das leise Knirschen klang für Raven wie Musik. Es klang befriedigend, und ein schmales Lächeln breitete sich auf ihren Lippen aus. Sie hätte gern noch mehr getan, viel mehr. Aber das Blut in ihren Adern wurde immer heißer, je länger sie sich in diesem Zustand befand. Es fing an zu kochen, und das Dröhnen in ihrem Kopf wurde immer lauter.

Raven spürte den Moment, in dem ihr die Macht entglitt. Das Psi übernahm die Kontrolle über ihren Körper, strömte ungebremst aus ihr heraus.

Die Welt ging in Flammen auf.

All der Druck, all der Schmerz lösten sich aus Ravens Körper und wurden mit einem lauten Krachen freigesetzt.

Die Sekunden vergingen nicht mehr unerträglich langsam, sondern schnell – viel zu schnell. Die Wucht ihres Energiestoßes riss alles in ihrem Umfeld nieder.

Der Zug entgleiste. Funken sprühten dort, wo das Triebwerk jäh durch die Druckwelle gebremst wurde. Raven versuchte noch, die Macht irgendwie zurückzuerlangen, aber es fühlte sich an, als würde ihr Kopf platzen. Die Hitze in ihr wurde immer umfassender, immer gefährlicher, bis sie meinte, jeden Moment zu explodieren.

Vielleicht war das der Moment, vor dem sie sich so lange gefürchtet hatte. Vielleicht war der Zeitpunkt gekommen, in dem die Macht sie zerstörte.

Aber sie konnte noch nicht sterben. Nicht heute, nicht in diesem Moment, und schon gar nicht an der Macht, die sich ihr unterzuordnen hatte.

Nein, sie würde sich der Macht nicht hingeben, sie würde sich nicht von ihr unterdrücken lassen. Das war *ihr* Körper – und das Psi war ein Teil von ihr.

Zwischen dem Reißen von Metall, einem lauten Brüllen und sprühenden Funken nahm Raven ihr Schicksal in die eigene Hand. Sie ergriff es mit Gewalt und hielt es fest umklammert.

Sie würde sich nicht verschlingen lassen. Und sie würde nicht wie die anderen Psi enden, die sich selbst in die Luft gejagt hatten. Dafür hatte sie noch zu viel zu erledigen. Die Welt zu verändern, beispielsweise. Die AID aufzuhalten. Ihrem Bruder zu sagen, dass sie ihn liebte.

Und … Wade.

Wade, der an sie glaubte. Wade, den sie retten musste.

Raven drängte die Schmerzen in ihrem Kopf mit aller Kraft zurück, und mit eisernem Willen griff sie nach ihrer

Energie. Heiß durchströmte es sie. Unendlich heiß, glühend, gefährlich – aber beherrschbar. Wieder schloss sie die Augen, diesmal willentlich. Die Zeit verlangsamte sich. Ganz bewusst richtete sie ihre bleischweren Arme auf den Güterzug. Sie spürte, dass der Fahrer noch lebte, sie konnte seinen Puls fühlen. Das war gut.

Im nächsten Moment schob sie den Zug wieder zurück an seinen rechtmäßigen Platz. Die Funken stoben in Zeitlupe. Aber die Hauptsache war, dass der Zug nicht entgleiste. Und dann sprang Raven mit letzter Kraft vom Gleis hinunter.

Rasend schnell fuhr der Zug an ihr vorbei, auf dem richtigen Gleis, wobei er laut quietschte und Kohle von den Wagen fiel. Staub wurde aufgewirbelt, und Rauch stieg von den Gleisen auf und vernebelte die Luft. Mit letzter Kraft erhob sich Raven.

»Wade«, krächzte sie. Sie versuchte, ihren Geist auf ihn auszurichten, aber dafür hatte sie keine Energie mehr. Sie konnte nicht einmal mehr richtig aufstehen. Es war, als wäre sie kurzzeitig gelähmt. Nach einer Weile schaffte sie es, sich halb aufzurichten, aber irgendetwas stimmte mit ihrem linken Bein nicht, ihr Oberschenkel schmerzte heftig. Sie konnte kaum laufen.

»Wade«, wiederholte sie krächzend. Eine Antwort bekam sie nicht. Sie hinkte durch den Rauch, und das Rauschen des Zugs verschwand immer weiter in der Ferne. Beinahe so, als wäre nichts geschehen. Dabei war *alles* geschehen.

Wieder rief sie Wades Namen, als sie weitertaumelte.

Vor ihr tauchte ein lebloser Körper auf dem Boden auf. Einen Moment lang setzte Ravens Herz aus. Bis sie sich der Größe des Mannes bewusst wurde.

Es war nicht Wade.

Es war der genmanipulierte Riese.

Sein Gesicht war in sich zusammengefallen, die Haut aschfahl. Dort, wo seine Augen gewesen waren, befanden sich dunkle, rote Höhlen, aus denen das Blut in sein Gesicht geströmt war. Seine Haut war an manchen Stellen gerissen und verbrannt, das Fleisch verkohlt – man erkannte ihn überhaupt nicht mehr.

Raven taumelte einen Schritt zur Seite, dann übergab sie sich neben dem dampfenden Leichnam. Sie würgte und würgte, ihr Magen verkrampfte sich schmerzhaft, bis nichts mehr rauskam. Entkräftet sank sie zu Boden, den Blick noch immer auf die Leiche geheftet. Sie starrte auf die verbrannte Haut des Mutanten, in seine leeren Augenhöhlen.

Schritte erklangen in der Nacht. Raven hob den Kopf.

Wade.

Er wischte sich mit dem Handrücken das Blut aus dem Gesicht, und er hielt sich genauso taumelnd auf den Beinen wie sie wenige Sekunden zuvor. Seine Kleidung war völlig zerrissen, das Haar hing ihm verklebt und strähnig in die Stirn. Auf seiner Wange war ein tiefer Schnitt zu erkennen, ein Auge war zugeschwollen. Er sah schrecklich aus. Aber er war am Leben.

Er lebte.

Und Raven brach in Tränen aus.

Ihr Kopf war leer. Ihr Körper war leer.

Da war nichts mehr in ihr.

Kein Fünkchen Kraft, keine Gedanken, keine Gefühle. Sie stand auf der Dachterrasse des *Calham Hotels* und ließ den Blick über die Stadt gleiten. Coldworth City erhellte die Nacht mit ihren bunten Farben und leuchtenden Wolkenkratzern. Und dennoch fühlte Raven nur Dunkelheit.

Katsu und Thalia hatten sie bei den Gleisen gefunden. Raven hatte die Angst in Katsus Blick gesehen, als er den Leichnam des Genmanipulierten entdeckt hatte. Bestürzung war nicht das richtige Wort gewesen – das, was sie in seinem Blick erkannt hatte, ging weit darüber hinaus. Auch Thalia war entsetzt, reagierte aber schnell auf ihre Wunden. Zuerst heilte sie Wade, der nicht mehr laufen konnte, doch als sie auch Raven heilen wollte, wich die zurück.

Sie hatte nicht gewollt, dass man ihr die Wunden nahm. Zum einen wollte sie sich an diesen Abend erinnern, denn sie hatte ihre Macht ganz bewusst eingesetzt, um Wade zu retten. Sie hatte sie als einen Teil von sich angenommen, und als es zu viel wurde, hatte sie sie in ihre Schranken gewiesen. Es war ihr wichtig, sich daran zu erinnern, und nicht mit einer Heilung so zu tun, als wäre nichts geschehen. Außerdem hatte sie einen Menschen getötet. Es war nicht fair, dass sie so leicht davonkam.

Nachdem sie zurück zum Untergrund gekommen waren, hatte man Hector sofort auf die Krankenstation gebracht. Thalia hatte einen Großteil seiner Schulterwunde heilen können, aber er hatte sehr viel Blut verloren, und auch Zadie hatte Spuren vom Kampf davongetragen. Thalia schaffte es nicht mehr, sie zu heilen, weshalb sie vorerst mit Hector auf der Krankenstation bleiben musste. Raven hatte die ängstlichen Blicke von Thalia und Katsu irgendwann nicht mehr ausgehalten und war mit dem Fahrstuhl nach ganz oben gefahren, bis zur Dachterrasse. Das war der Ort, an dem sie sich im Untergrund am freisten fühlte. Außerdem war hier meist niemand anzutreffen – schon gar nicht mitten in der Nacht. Zumindest, bis Wade zu ihr kam.

Die Tür der Dachterrasse öffnete sich quietschend. Raven zuckte heftig zusammen. In ihren Ohren klangen das Quietschen des Zugs auf den Gleisen und das Brechen von Gestein. Sie spürte die Funken auf ihrer Haut, hatte das Brüllen des Mannes im Ohr, den sie getötet hatte.

Raven starrte auf ihre Hände. Sie zitterten heftig, und sie fragte sich unwillkürlich, ob sie jemals damit aufhören würden. Ihre Handflächen waren beim Austritt des Psis verbrannt. Nicht sehr, aber schon so, dass es schmerzte. Außerdem war sie in Scherben gefallen und trug unzählige Schnitte auf ihrer Haut. Sie umfasste das Geländer und biss die Zähne zusammen.

Wade kam zu ihr und stellte sich neben sie. Raven konnte ihn nicht ansehen und überblickte die Stadt weiter. Sie wagte es nicht, aus Angst, in seinen Augen dieselbe Furcht zu erkennen, die auch in Katsus und Thalias gestanden hatte.

»Hector geht's gut«, sagte Wade nach einer Weile.

Raven atmete auf. Um Hector hatte sie sich ernsthafte Sorgen gemacht. Sie war erleichtert, dass es ihm besser ging.

»Was du da draußen getan hast …«, fing er schließlich an, und Raven versteifte sich. Aber Wade beendete den Satz nicht. Er ließ ihn unvollständig übers Dach hinaus in die Stadt schweben, und in Ravens Kopf trat wieder das Bild des toten Mannes.

»Monster.« Das Wort kam ihr in einem leisen Krächzen über die Lippen. Ihre Kehle fühlte sich wund an. So wie alles andere auch. »Ich bin ein Monster.«

Wade lehnte sich seitlich gegen das Geländer, sodass sich Raven gezwungen fühlte, ihn anzusehen. Sie wappnete sich und drehte den Kopf.

Wades Haar war feucht, und er trug frische Kleidung. Man sah ihm nicht an, dass er bis vor einer Stunde noch verletzt gewesen war und kaum hatte laufen können. Sein Gesicht sah aus wie zuvor. Einzig der müde Ausdruck in seinen dunkelgrauen Augen war neu.

»Wenn du ein Monster bist«, wisperte er und kam ein Stück näher. »Was bin dann ich? Was sind wir alle?«

Es gab keine Worte, die das, was sie in dieser Nacht getan hatte, rückgängig machen konnten. Sie hatte die Angst im Blick der anderen gesehen. Die anderen fürchteten, sie würde jeden Moment wieder etwas in die Luft jagen und sie alle töten. Das war auch der Grund dafür, dass sie sich hier oben verkrochen und noch nicht nach Knox gesehen hatte. Sie konnte ihrem Bruder nicht gegenübertreten. Nicht in diesem Zustand.

Plötzlich hob Wade die Hand an ihr Gesicht. Ganz sachte strich er mit dem Daumen über ihren Kiefer, so zart, dass sie fast glaubte, es sich einzubilden.

»Du hast da Blut«, sagte Wade.

Benommen wischte sich Raven übers Gesicht. Das Blut war mittlerweile getrocknet und ließ sich bloß schwer entfernen. Kurzerhand fasste Wade sie bei der Hand. Sie ignorierte den Schmerz ihrer brennenden Finger, weil sich seine Berührung besser anfühlte als alles andere. Wade zog sie über die Dachterrasse in Richtung Ausgang. Im Treppenhaus bog er in seinen Flur ab, aber Raven bekam es kaum mit. In Gedanken war sie noch immer bei dem Genmanipulierten, den sie getötet hatte. Benommen folgte sie Wade in seine Suite. Er leitete sie ins Badezimmer, wo sie sich auf den Wannenrand setzte. Noch immer zitterten ihre Hände.

Während Wade das Waschbecken mit Wasser volllaufen ließ, öffnete er den Schrank darunter und holte einen Waschlappen heraus. Er tränkte ihn und trat dann zu ihr. Vor Raven ging er in die Hocke und sah zu ihr hoch. Vorsichtig hob er die Hand und wischte mit dem feuchten Waschlappen über ihre Wange, runter zu ihrem Kiefer. Er tat es langsam und bedächtig, beinahe, als fürchtete er, ihr wehzutun. So eine Geste bei ihm zu sehen war ganz ungewohnt, aber dennoch … vertraut. Denn so fühlte Raven sich inzwischen mit Wade.

Vertraut.

Wade fuhr mit dem feuchten Tuch über ihre Stirn bis zu ihrem Haaransatz. Ohne Zögern. Und das warf eine Frage in Raven auf, die in ihrem Kopf immer lauter wurde.

»Hast du denn keine Angst?«, flüsterte sie.

Eine kleine Falte bildete sich zwischen seinen Brauen. »Wovor soll ich Angst haben, Raven?«

Sie schluckte schwer. »Vor … vor mir.«

Wade sah sie einen Augenblick lang an, und es kam ihr vor, als würde sich der Moment immer weiter ausdehnen. Ohne dass er es zu merken schien, hatte seine Hand an ihrem Gesicht innegehalten. Sie lag an ihrer linken Wange, und Raven spürte seine Wärme durch das feuchte Tuch.

»Das, was du seit Jahren für deinen Bruder tust, das, was du heute Nacht für mich getan hast«, er holte tief Luft, »macht dich zu der mutigsten Person, die ich jemals kennengelernt habe.« Er ließ den Waschlappen sinken. Er fiel zu Boden, aber Raven scherte sich nicht darum, weil er seine Hand nämlich wieder an ihr Gesicht legte. Ohne Stoff dazwischen. Nur er und sie. Furchtlos.

»Also nein«, sagte er schließlich rau und sah ihr fest in die Augen. »Ich habe keine Angst vor dir.«

Er strich mit dem Daumen über ihren Wangenknochen, runter zu ihrem Kiefer. Langsam zeichnete er eine Spur daran entlang bis zum Kinn. Raven wagte nicht zu atmen.

»Du hast mich gerettet«, raunte er.

»Und ich würde es jederzeit wieder tun«, gab sie wie von selbst zurück.

Erschrocken stellte Raven fest, wie wahr diese Worte waren. Sie bereute es zutiefst, den Genmanipulierten getötet zu haben, aber hätte sie es nicht getan, hätte er Wade umgebracht. Das hätte sie nicht ausgehalten, weil sie zu Wade eine Verbundenheit spürte, die sie noch nie zuvor empfunden hatte.

Ganz bedachtsam lehnte Wade sich vor. Wie von selbst schloss Raven die Augen. Seine Lippen streiften ihre sanft, nur der Hauch einer Berührung. »Ich danke dir.«

Er zog sich ein Stück zurück, aber Raven war noch nicht bereit, ihn schon gehen zu lassen. Sie sah ihn wieder an, fragend und bittend zugleich, und Wade schien zu verstehen, denn obwohl die Welt um sie herum gerade im Chaos versank, beugte er sich vor. Er umfasste auch ihre zweite Wange mit der Hand. Und dann küsste er sie.

Niemals hätte Raven gedacht, dass es sich so anfühlen könnte.

Wades Mund lag warm und weich auf ihrem, herantastend und sanft, und all der Schmerz, emotional und körperlich, löste sich wie in Luft auf. Es gab nur noch seine rauen Hände, seine schönen Lippen, die die Form ihres Mundes nachzeichneten. Raven machte ein leises Geräusch, das zwischen Seufzen und Schluchzen lag, und umfasste Wades Hände um ihr Gesicht, damit er sie ja nicht losließ. Aber das schien er auch gar nicht vorzuhaben. Nein, er küsste sie weiter. Die Sekunden verstrichen langsam und viel zu schnell zugleich, und als seine Zunge auf Ravens traf, war er derjenige, der ein tiefes Geräusch von sich gab.

Raven würde sich für immer daran erinnern. Für immer an das Gefühl seiner Hände, seinen schönen Mund auf ihrem, an das warme Gefühl, das sie durchströmte. Es fühlte sich mächtig an, auf eine ganz andere Weise als das Psi, und sie konnte nicht genug davon bekommen.

Der Kuss lief aus dem Ruder. Er wurde drängender, fast als würden sie auf ein Ziel hinsteuern, aber bevor sie es erreichen konnten, verlor Raven das Gleichgewicht und rutschte nach hinten. Wade packte sie sofort bei den Armen und zog sie zurück auf den Wannenrand. Raven stöhnte schmerzerfüllt. Und jetzt, da der Kuss geendet hatte, spürte sie mit einem Mal den Schmerz wieder, den der Kampf hinterlassen hatte.

»Alles okay?«, fragte Wade rau.

Raven nickte, noch immer mit geschlossenen Augen, und lehnte sich wieder nach vorne. Sie sank mit der Stirn gegen Wades und genoss das Gefühl seiner Haut. Genoss seine Nähe.

Im nächsten Moment erhob er sich. Erschrocken sah Raven ihn an, aber da beugte er sich runter und hob sie hoch. Sie beäugte ihn skeptisch, doch er lächelte nur schief. Es sah fast schüchtern aus, und in seinen Augen lag ein Ausdruck, den sie noch nie zuvor gesehen hatte.

Er trug sie aus dem Badezimmer nach draußen durchs Wohnzimmer und schließlich zu dem Raum, in dem er schlief. Beim letzten Mal, als sie hineingeschaut hatte, waren ihre Wangen heiß geworden, als sie sein Bett gesehen hatte. Diesmal … ging es ihr genauso. Raven konnte nicht glauben, dass sie sich tatsächlich von jemandem tragen ließ. Dass sie zuließ, dass jemand sie auf diese Weise berührte. Aber es fühlte sich gut an. Und noch besser wurde es, als Wade sie auf dem Bett absetzte und sich neben sie legte. Vorsichtig hob er die Hand und strich an ihrem

Oberarm hinauf und wieder runter, ganz sanft und gemächlich.

»Ich verstehe, wieso du dich nicht heilen lassen willst«, sagte er nach einer Weile gedämpft.

Raven sah an die hohe Decke. »Ja?«, fragte sie.

Sie konnte es nicht sehen, spürte aber, wie er neben ihr nickte. »Damals, als das mit Perry geschehen ist, hat Thalia mich auf der Straße gefunden. Ich muss einen furchtbaren Anblick abgegeben haben, der Schnitt war wirklich tief, aber als sie mir sagte, dass sie mich heilen könnte, habe ich abgelehnt.« Er brauchte einen Moment, bis er weitersprechen konnte. »Ich wollte nicht, dass alles wieder so sein würde wie vorher. Ich wollte mich an das erinnern, was geschehen war, damit ich niemals vergesse, wofür ich mich einsetzen muss. Und jetzt bekomme ich diese Erinnerung jeden Tag. Ich meine, ich weiß, dass ich auf den ersten Blick ziemlich schrecklich aussehe …«

»Tust du nicht«, widersprach Raven leise.

Wade schnaubte. »Komm schon, Raven.«

Sie drehte den Kopf auf dem Kissen zu ihm und sah ihn an. Sie nahm die harte Form seines Gesichts in sich auf, betrachtete die breite Narbe, die sich quer über sein Gesicht zog. Vorsichtig hob sie die Hand. Als sie über seinen Brauenbogen strich, zuckte Wade kaum merklich zusammen. »Du siehst nicht schrecklich aus, Wade«, flüsterte sie und beugte sich vor. Sie strich mit dem Mund über die Nase, weiter seitlich über sein Gesicht. Wade hielt den Atem an. Sein Körper fühlte sich neben ihrem völlig steif an. Raven drückte ihre Lippen auf seine Wange, genau auf das Ende seiner Narbe, und zog sich dann wieder zurück. Ihr Herz klopfte wie verrückt, und im Gegensatz zu Wade, der das Atmen verlernt zu haben schien, ging ihr eigener Atem viel zu schnell.

»Bleib bei mir«, sagte Wade unvermittelt. Die Bitte stand in seinen Augen und seinem ganzen Gesicht geschrieben, und Raven wusste nicht, ob er diese Nacht meinte oder für immer. Darauf konnte sie ihm keine Antwort geben. Dennoch schmiegte sie den Kopf an seine Brust. Sie lauschte seinem Herzschlag, fest und rhythmisch, vielleicht ein bisschen zu schnell, aber lebendig. Überaus lebendig.

19. KAPITEL

Als Wade am nächsten Morgen aufwachte, war er überrascht. Er hätte nicht gedacht, dass er neben Raven schlafen könnte, aber anscheinend hatte ihn der Kampf doch enorm ausgelaugt. Oder Ravens Kraft schlummerte nachts.

Er war noch nie mit jemandem an seiner Seite aufgewacht und hätte auch niemals gedacht, dass das für ihn möglich wäre. Meistens spürte er tagsüber so viele Impulse, dass er abends kaum mehr die Augen offen halten konnte und sich nachts unruhig von der einen Seite auf die andere wälzte. Aber Ravens warmer Körper auf seinem fühlte sich besser an als alles andere.

Er sah sie an. Ließ den Blick über ihre leicht geöffneten Lippen wandern, kluge Lippen, von denen er noch viel mehr erfahren wollte, über ihre Nase, die Wangenknochen bis hin zu ihren friedlich geschlossenen Augen.

Als er Raven kennengelernt hatte, hatte sie einem misshandelten Tier geglichen. Er hatte die Angst und das Misstrauen in ihren Augen so gut nachvollziehen können, weil er selbst jahrelang damit gekämpft hatte. Aber jetzt lag sie friedlich und voller Vertrauen da. So wollte er sie öfter sehen. Denn sie verdiente jemanden, der sich um sie kümmerte, sie umarmte, wenn sie es brauchte, oder auch einfach nur zuhörte. Jemanden, der für sie da war. Tag und Nacht. Wann immer es ihr schlecht ging. Wann immer ihre Kraft über sie hinauswuchs und sie sich einredete, dass sie ein Monster war.

In seiner Brust schwoll ein Gefühl an, das immer größer wurde und drohte, ihn bei lebendigem Leib zu verschlingen. Am Anfang hatte es ihm Angst bereitet. Er hatte sein Herz nie wieder an etwas hängen wollen, weil er genau wusste, dass ihn das angreifbar machte. Aber als er diesen Vorsatz gefasst hatte, hatte er Raven noch nicht gekannt. Er hatte nichts von ihrem unfassbaren Mut gewusst, von ihrer Stärke und der Kraft, die sie ausstrahlte – innerlich wie äußerlich. Gegen das, was sie in ihm auslöste, war er chancenlos.

Er hielt an dem Gefühl fest, als er sich vorbeugte und mit dem Mund über Ravens Kopf strich. Als sich ihre Atmung veränderte und er spüren konnte, wie sie aufwachte, zog er sich wieder zurück. Raven blinzelte schläfrig und sah zu ihm hoch. Einen Augenblick lang schien sie verwirrt zu sein. Aber dann schenkte sie ihm ein schüchternes Lächeln – ein Ausdruck, den er noch nie an ihr gesehen hatte und der ganz konträr zu der sonstigen Härte in ihrem Blick lag. Und Wade spürte, dass sich ihm eine ganz neue Welt eröffnet hatte.

Schon von Weitem merkte Wade, dass es Hector besser gehen musste. Die Impulse, die er ausströmte, waren ziemlich stark, dabei hatte er sonst beinahe Schwierigkeiten, den Unsichtbaren zu erspüren. Zadies Impulse fühlten sich eher an wie ihre Gabe – sie setzten Wade unter Strom. Thalia dagegen fühlte sich an wie ein tiefer See. Ruhig und gemessen, aber beständig, während Katsus Impulse sprunghaft waren wie die eines Gummiballs.

Als Wade in das größte Krankenzimmer lief, verharrte er einen Moment lang in der Tür.

Nun, das erklärte, wieso er Hector so stark wahrnahm.

Zadie lag neben ihm im Krankenbett. So eng an ihn geschmiegt, dass Wade überhaupt nicht erkennen konnte, wessen Gliedmaßen zu wem gehörten.

»Morgen«, sagte er knapp und trat dann zu den anderen. Thalia war gerade dabei, frisches Verbandszeug aus dem Schrank hinten zu holen, während Katsu auf ihrer Arbeitsfläche saß und die langen Beine baumeln ließ.

»Wieso lächelst du?«, fragte Thalia und ging schnellen Schrittes zu Hector ans Krankenbett.

Wade furchte die Stirn. »Ich lächle nicht.«

»Doch, tust du«, entgegnete Hector und sah ihn müde an. »Deine Mundwinkel haben sich um mindestens zwanzig Grad gehoben seit letzter Nacht.«

»Ich würde sogar auf dreißig gehen«, murmelte Zadie an Hectors Schulter. Sie sah nicht aus, als hätte sie auch nur eine Minute geschlafen.

Wade ignorierte die drei und trat auf die andere Seite von Hectors Bett.

»Zadie, es wäre super, wenn du kurz«, Thalia wedelte mit der Hand, »aufhören könntest, ein Oktopus zu sein.«

»Ich bin kein Oktopus«, gab sie bissig zurück, löste aber dann ihre Umklammerung um Hectors Mitte.

»Ich mag Oktopi«, sagte Hector sanftmütig.

Katsu lachte laut. »Ich glaube nicht, dass das die Mehrzahl von Oktopus ist.«

»Wenn Hec das sagt, dann ist das so.« Zadie schnappte sich einen Stuhl und zog ihn dicht neben Hectors Bett, während er sich mit Thalias Hilfe aufsetzte. Wade konnte spüren, dass er starke Schmerzen hatte, aber versuchte, sich nichts anmerken zu lassen. Langsam löste Thalia den Verband von seiner Schulter, und Wade spürte, wie alle den Atem anhielten.

Letzte Nacht hatte Thalia versucht, das riesige Loch, das in Hectors Schulter gerissen worden war, zu heilen, aber bei einer so großen Wunde, bei der derart viel Gewebe zerstört wurde, war das geradezu unmöglich. Sie hatte sie bloß notdürftig geschlossen und die Blutung gestillt.

Das Ergebnis sah nicht gut aus. Die Wunde war zwar geschlossen, aber rot und geschwollen, und Hectors Adern waren viel dunkler, als es normalerweise hätte sein sollen. Und Wade spürte noch etwas anderes. Etwas, das er in der letzten Nacht am eigenen Leib hatte erfahren müssen, als sie dem genmanipulierten Mutanten gegenübergetreten waren.

»Tut es sehr weh?«, fragte Zadie, während Thalia die Wunde mit besorgtem Ausdruck abtastete.

Hector lächelte beschwichtigend, aber die Art, wie er bei jeder Bewegung zusammenzuckte und sich versteifte, gab eine andere Antwort.

»Hector«, sagte Wade alarmiert. Sofort drehten sich alle Köpfe in seine Richtung. Alle bis auf Hectors, denn er schien zu ahnen, was Wade fragen wollte. »Kannst du dich noch unsichtbar machen?«

»Ist das deine einzige Sorge?«, fuhr Zadie ihn an. »Ob du ihn für die nächste Mission gebrauchen kannst? Himmel, Wade, du bist einfach nur …« Sie unterbrach sich selbst, als Hector versuchte, sich unsichtbar zu machen. Ihr Mund blieb offen stehen – genau wie bei allen anderen.

Hector konnte sich noch unsichtbar machen – zumindest einen Teil seines Körpers. Die Stelle an seiner Schulter blieb jedoch weiterhin sichtbar, genau wie sein kompletter rechter Arm.

»Ist das nach einem Kampf schon mal so gewesen?«, hakte Wade nach. Er musste wissen, worauf sie sich gefasst machen mussten, wenn die AID das Mutagen unter die Menschen brachte.

»Nein«, sagte Hector nach einer Weile. Konzentriert betrachtete er seine Schulter, so als würde sie nicht richtig funktionieren, während die Konturen seines Gesichts allmählich mit seinem Umfeld verschwammen.

»Zadie, deine Fähigkeiten funktionieren aber noch, oder?«, fragte Wade an sie gewandt.

Zadie hob die Hände und formte mit ihrer Energie kleine Bälle aus Strom, aus denen blaue Blitze hervorzuckten. »Ja, alles wie immer.« Die Blitze verschwanden, und sie ließ die Hände wieder sinken. »Bedeutet das, die falschen Mutanten können uns unsere Fähigkeiten nehmen?«

Wade schüttelte den Kopf und rieb sich nachdenklich das Kinn. »Ich bin mir nicht sicher. Aber meine Fähigkeiten haben in ihrer Gegenwart auch nicht richtig funktioniert. Die Genmanipulierten haben keine Impulse ausgeströmt, die ich vorhersehen konnte.«

»Und Hector wurde von einer von ihnen schwer getroffen – das bedeutet, es muss an dem Serum liegen. An den Kräften, die sie dadurch erlangen«, schlussfolgerte Katsu, während Hector noch immer versuchte, sich gänzlich unsichtbar zu machen. Es funktionierte nicht.

»Hör auf, Hec«, sagte Zadie nach einer Weile, als sein Atem immer ruckartiger ging. Es musste ihn ungemeine Anstrengung kosten, seine Kraft anzuwenden. Mit einem frustrierten Seufzen wurde der Rest seines Körpers wieder sichtbar.

»Meinst du, das wird jetzt immer so bleiben?«, fragte er leise an Thalia gewandt.

Die Heilerin schluckte hart. »Ich bin mir nicht sicher«, murmelte sie und besah sich noch einmal seine Schulter. »Es fühlt sich merkwürdig an. Normalerweise kann ich spüren, was mit Wunden nicht stimmt und was ich tun muss, um den Körper wieder zusammenzusetzen …« Sie schloss die Augen und glitt mit den Händen langsam über

Hectors Arm bis nach unten und wieder hoch, über seine Schulter bis hin zum Hals. »Es fühlt sich verkehrt an. Ich kann die Art von Wunde optisch einordnen, aber nicht vom Gefühl her. Es ist schwierig zu erklären.«

»Was hat Vanderpool nur mit diesen neuen Mutanten vor?«, fragte Katsu kopfschüttelnd.

»Laut den Plänen, die wir gestohlen haben, will er das Serum teuer verkaufen – aber es ergibt keinen Sinn, dass er es dann als Partydroge in Clubs verschleudert«, überlegte Wade laut.

»Es sei denn, das war Teil der Forschung«, warf Zadie ein. Alle sahen sie an, und sie hob die Schultern. »Ich meine, die AID hat sich an einer Menge Mutanten vergriffen und ihnen Versprechungen gemacht. Das Serum war fertig – aber er brauchte auf die Schnelle neue Versuchsobjekte. Wieso nicht in Clubs zu Leuten gehen, die einen guten Abend haben wollen, und es als Partydroge verkaufen?«

»Aber das würde ja bedeuten, dass das Zeug schon seit Monaten im Umlauf ist«, sagte Thalia mit geweiteten Augen.

Katsu brummte zustimmend. »Es war günstig für die AID, auf diese Weise zu experimentieren. Aber irgendetwas kann an der Zusammensetzung noch nicht gestimmt haben. Von den meisten wird Creeper doch als Rauschmittel beschrieben, dessen Wirkung bloß ein paar Stunden anhält.«

»Die genmanipulierten Soldaten haben nicht gewirkt, als wäre ihre Kraft nicht dauerhaft wirksam«, sagte Wade nachdenklich. »Sie waren sich ihrer Sache so sicher und haben gekämpft, als …« Er unterbrach sich und schüttelte dann den Kopf. »Sie haben gekämpft, als hätten sie Erfahrung mit ihren Gaben. Aber teilweise waren sie selbst erstaunt darüber, wie stark sie waren. Sie haben sich ausprobiert und damit geprahlt.«

»Das spricht eigentlich dafür, dass sie die Fähigkeiten noch nicht lange haben können. Ich meine, wem ging es am Anfang nicht so?«, fragte Zadie und blickte in die Runde.

»Ich habe mich damals auch so unbesiegbar gefühlt«, stimmte Katsu zu.

Wade lief ein paar Schritte im Krankenzimmer auf und ab. »Aber wir wissen nicht, wie lange die Wirkung des Mutagens anhält oder ob es die DNA auf Dauer verändert.«

»Vielleicht könnte das hier helfen?«, meldete sich Hector unvermittelt zu Wort.

Zadie japste, und auch Katsu stieß ein überraschtes Geräusch aus.

Hector hielt ein mit neonblauer Flüssigkeit gefülltes Gefäß in die Höhe.

»Wo hast du das her?«, fragte Wade und trat zu ihm. Er nahm ihm das kleine Röhrchen ab und hielt es ins Licht. Es sah aus wie ein Alkoholshot: harmlos, bunt und zum Trinken geeignet.

»Ich hatte eigentlich eine Handvoll aufgesammelt, bevor das hier passiert ist«, antwortete Hector und deutete mit dem gesunden Arm auf seine geschwollene Schulter. »Das ist das Einzige, was heil geblieben ist.«

Eine schwere Stille breitete sich zwischen ihnen aus.

»Wir müssen damit zu Bürgermeisterin Fulbright und ihr zeigen, wie gefährlich es wäre, wenn das Zeug weiter in Umlauf gebracht wird«, sagte Zadie leise.

Wade brummte zustimmend. »Und zwar so schnell wie mög…«

Eine heftige Energiewelle überkam Wade, so plötzlich,

dass er taumelte. Er musste sich an Hectors Bett abstützen, um das Gleichgewicht zu halten. Seine Augen wurden groß.

»Was ist los?«, fragte Thalia alarmiert und war sofort an seiner Seite. Sie hob die Hand, aber Wade zuckte zurück. Wenn er so von Impulsen erfüllt war, schmerzte seine Haut, es fühlte sich an, als würde alles über ihn hinauswachsen, und er ertrug keine Berührungen.

Verdammt.

Irgendetwas stimmte mit Raven nicht.

Dann spürte er, wie sie auf das Krankenzimmer zukam, schnell und gehetzt, so aufgewühlt, dass sie ihre Kraft kaum im Zaum hatte. Während sie in der Nacht zuvor innerlich dermaßen leer gewesen war, war heute das Gegenteil der Fall.

Wade kam ihr auf halbem Weg entgegen, als sie durch die Tür stürmte. Alle hielten den Atem an. Selbst die anderen schienen zu spüren, dass etwas nicht stimmte. Ravens Energie war so stark, dass Wade meinte, der Boden unter seinen Füßen würde jeden Moment erzittern.

»Knox«, brachte Raven hervor. Ihre Schultern bebten, weil sie so schwer atmete, und jegliche Farbe war aus ihren Wangen gewichen. »Knox wurde entführt.«

20. KAPITEL

Moira schaltete das Video ein, das ihr letzte Nacht geschickt worden war, und im nächsten Moment erschien Octavius Vanderpool auf der Bildfläche. Er sah zufrieden aus, in seinem Blick lag kalte Berechnung.

»Hallo Raven«, sagte er, und seine tiefe Stimme jagte ihr einen Schauer über den Rücken. »Wie ich nach deinem Einbruch in meinem Büro erfahren musste, bist du noch am Leben.« Seine Mundwinkel verzogen sich leicht. »Im ersten Moment war ich erleichtert, denn du kennst meine Schwäche für dich und deine außerordentliche Fähigkeit. Aber dann habe ich darüber nachgedacht, was vor drei Jahren geschehen ist, und dachte mir ... nein. Das kann nicht sein. Das würde mir mein kleiner Rabe niemals antun.« Er schüttelte den Kopf, die Stirn leicht gerunzelt, als könnte er nicht glauben, dass sie tatsächlich ihren Tod nur vorgetäuscht hatte. »Nach allem, was ich für dich und deinen Bruder getan habe, hast du mich so hintergangen. Ich bin sehr enttäuscht von dir, Raven.«

»Dieser verfluchte ...«, fing Katsu an, aber Raven hob die Hand, um ihn zum Schweigen zu bringen.

Vanderpool faltete die Hände, und ein nachdenklicher Ausdruck breitete sich auf seinem Gesicht aus. »Du weißt, wie wichtig du für meine Forschungen warst. Auch wenn ich dir einiges über meine Arbeit verheimlicht habe, war ich immer ehrlich dir gegenüber. Und wenn du deine Fähigkeiten immer noch nicht zu schätzen weißt und sie nicht mehr willst, würden wir von der AID dich wieder mit offenen Armen empfangen.« Jetzt lächelte er. »Wenn nicht, dann habe ich ein Druckmittel gefunden, das dich bestimmt vom Gegenteil überzeugen wird.« Die Kamera schwenkte auf Knox, und Raven hielt den Atem an.

Sie starrte auf das Bild vor sich.

Knox war darauf zu sehen. An eine Liege geschnallt. Bewusstlos.

Die kalten, weißen Wände kamen ihr vertraut vor, genauso wie die Gerätschaften, die neben Knox standen, und die Schläuche, die in seinem Arm steckten.

Raven spürte, wie die Wände anfingen zu erzittern. Ihre Kraft brodelte in ihrem Inneren, heiß und viel zu gefährlich, und es kostete sie alle Mühe, keinen Schrei auszustoßen und ihre Schutzwälle aufrechtzuerhalten.

Es fühlte sich an, als würde sie von innen verbrennen.

»Raven«, murmelte Wade und berührte flüchtig ihren Rücken.

Sie schlug seine Hand beiseite, und es war ihr völlig gleichgültig, dass alle genau hinsahen.

Sie spürte, wie Wade gedanklich gegen ihren Schutzwall stupste, aber sie konnte gerade nicht. Es ging nicht, weil sie sich nämlich darauf konzentrieren musste, in ihrem Umfeld nichts explodieren zu lassen. Es war sicherer für ihn, wenn er sie nicht berührte. Ihr Blick war auf Vanderpool festgefroren, der zu Knox ans Bett trat und ihn fast liebevoll ansah.

»Wie erwachsen er geworden ist«, sagte er und hob die Hand, um Knox das Haar aus der Stirn zu streichen. Das Lächeln wollte seine Lippen einfach nicht verlassen und machte Raven noch viel rasender vor Wut. »Ich glaube, er würde einen fabelhaften Mutanten abgeben. Was wohl seine Fähigkeit wäre?« Octavius griff in die übergroßen Taschen seines weißen Kittels, und Raven ballte die Hände zu Fäusten. Ihre Hände wurden immer heißer, ihr ganzer Körper wurde von einem schmerzhaften Pochen ergriffen.

In seiner Hand hielt Vanderpool eine Spritze. Er schnipste gegen die Spitze und sah dann wieder in die Kamera. Wobei es Raven vorkam, als würde er sie direkt ansehen.

»Das Mutagen ist nicht vollends ausgereift, musst du wissen. Die Nebenwirkungen sind noch ziemlich unberechenbar«, sagte Vanderpool im Plauderton, ohne die Spritze herunterzunehmen. »Soll ich dir auch sagen, woran das liegt, kleiner Rabe?«

Die Art, wie er kleiner Rabe sagte, erinnerte Raven daran, wieso sie ihren Namen nach dem Aufenthalt bei der AID abgelegt hatte. Vanderpool löste die schlimmsten Gefühle in ihr aus, die sie jemals empfunden hatte.

»Es liegt daran, dass ich für die Vollendung der Formel eine Psi brauche.« Er ließ die Spritze sinken und drehte sich wieder zur Kamera – und Raven erstarrte. All der Sanftmut, all die gespielte Lässigkeit waren aus seiner Haltung und seinem Gesicht verschwunden. Da lag nur noch pure Besessenheit in seinem Blick. »Du wirst zurück in die Labore kommen, Raven Carrigan. Solltest du dieser Aufforderung nicht folgen, wirst du deinen Bruder nicht mehr lebend sehen.«

Ravens Herz setzte eine Sekunde lang aus. Kalter Schweiß sammelte sich in ihrem Nacken, und sie spürte nicht, was um sie herum geschah. Selbst das Atmen wurde zu einer unüberwindbaren Aufgabe.

»Vielleicht dient dir das hier als kleine Motivation, schnellstmöglich nach Hause zu kommen«, sagte Vanderpool abschließend.

In der nächsten Sekunde riss er die Spritze hoch und ließ sie auf Knox niedersausen. Dann wurde der Bildschirm schwarz – und explodierte.

Zadie schrie auf, als die Scherben durch den Raum flogen, und Raven wich zurück. Immer weiter, bis sie mit dem Rücken gegen die Wand stieß. Sie spürte, wie sich ihr Inneres gegen den Schutzwall sträubte – das Psi wollte mit aller Kraft hervorkommen und alles in Schutt und Asche legen, was sich ihr in den Weg stellte. Plötzlich war Moira vor ihr und fasste sie an den Oberarmen.

»Raven«, sagte sie eindringlich, aber ihre Stimme drang kaum zu ihr durch.

Sie konnte nicht atmen. Sie hatte sich nicht mehr im Griff, all ihre Sinne spielten verrückt.

Knox.

Er war nur ihretwegen gefangen worden. Nur weil sie ständig weg gewesen war und nicht auf ihn hatte aufpassen können. Weil sie auf dieser bescheuerten Mission gewesen war, statt bei ihm zu sein und ihn zu beschützen, wie es ihre Aufgabe war.

Raven beugte sich vornüber und stützte die Hände auf ihre Knie. Sie krallte sich in ihre Beine, die Schockwellen, die von ihren Händen ausgingen, fühlten sich brennend heiß und gefährlich an.

»Raus hier«, sagte Moira gefasst zu den anderen, während Raven mit aller Kraft versuchte, ihre Kraft in sich zu behalten.

»Worauf wartet ihr?«, krächzte sie und sah kurz hoch. »Macht, dass ihr rauskommt!«

Zadie und Katsu starrten sie an.

Wade machte einen Schritt auf sie zu, aber Moira hielt ihn mit einem Kopfschütteln davon ab, näher zu kommen. »Geh zu Hector. Er soll sich um Fulbright kümmern.«

Wade nickte knapp, den Blick noch immer auf Raven geheftet. Er öffnete den Mund, um etwas zu sagen, aber da wurde sie erneut von einer Energiewelle erschüttert, und die Wände fingen an zu beben.

Ein nächster Computerbildschirm explodierte. Das Klirren der Scherben tönte hundertmal so laut, wie es normalerweise gewesen wäre, und nun presste Raven sich die Hände auf die Ohrmuscheln. Sie kniff die Augen zusammen und hoffte, dass die anderen gingen, dass sie einfach verschwanden, damit sie sich nicht mehr so anstrengen musste. Die Schritte der anderen kamen ihr noch so viel lauter vor.

»Du solltest …«, keuchte sie. »Du solltest auch raus hier.«

»Ich bleibe bei dir.« Wieder berührte Moira sie, diesmal griff sie nach ihren Händen. Ihre Haut fühlte sich auf Ravens angenehm kühl an, was eine Wohltat gegenüber der Hitze war, die durch Raven strömte und sie die Verletzungen wieder spüren ließ. Aber mit Moira an ihrer Seite ging es ihr merkwürdigerweise besser. Die Last des Psis wog nicht mehr so schwer.

»Es wird alles gut, Raven«, sagte Moira und blickte sie eindringlich an. Sie stand dicht vor ihr und atmete tief und beruhigend ein. Raven tat es ihr wie von selbst nach. Beim letzten Mal hatte es ihr auch geholfen, dabei hatte Raven keine Ahnung, wie sie es bewerkstelligte.

»Das weißt du nicht«, keuchte Raven verspätet. Mit dem Rücken sank sie an der Wand hinab, ohne dass Moira ihre Hände losließ.

»Doch, das weiß ich«, antwortete Moira leise. In ihren Augen lag eine solche Gewissheit, und Raven verstand nicht, wieso sie sich da so sicher war.

»In meinem Leben ist bisher alles den Bach runtergegangen, Moira. Es ist meine Schuld, dass die AID meinen Bruder in Gewahrsam genommen hat. Weil ich nicht genug auf ihn aufgepasst habe. Weil ich diese verfluchte …«, Raven hob die Hände, die angefangen hatten zu glühen, ohne dass sie es bemerkt hatte, »Fähigkeiten habe und die AID mich braucht. Ich bringe allen nur Unglück.«

Wieder fasste Moira nach ihren Händen, und Raven schnappte nach Luft. Sie würde sich verbrennen, wenn sie sie berührte, so wie der Genmanipulierte am Tag zuvor. Aber Moira zuckte nicht einmal mit der Wimper. Nein, ihre Berührung fühlte sich angenehm an. Und Raven verstand einfach nicht, wieso.

»Du bringst niemandem Unglück, Raven. Die AID hat *dir* Unglück gebracht, weil sie an deinen Fähigkeiten interessiert sind. Weil du etwas ganz Besonderes bist. Aber das ist nichts Schlechtes«, sagte sie eindringlich.

»Du verstehst das nicht.« Raven schüttelte den Kopf. Noch immer fühlte sich ihr Körper viel zu klein für die gewaltige Macht in ihr an. Sie spürte, wie Telekinese durch ihre Adern jagte, Telepathie all die Gedanken der Leute im Gebäude in sich aufnehmen wollte, wie Bilder in ihren Kopf traten, die sie eigentlich nicht sehen sollte, als würden noch mehr Fähigkeiten in ihr zum Leben erwachen, die sie keinesfalls haben sollte. Es war zu viel auf einmal. Es war zu viel für sie.

Aber dann löste Moira den Griff von Raven und hob ihr die Handflächen entgegen. »Ich verstehe sehr wohl«, flüsterte sie.

Einen Moment lang fragte sich Raven, was sie jetzt von ihr wollte. Aber dann fingen ihre Handflächen ebenfalls an zu glühen, nicht schmerzhaft hell, sondern ganz leicht. Moiras ganzer Körper war in silbernes Flimmern getaucht, kühlend und wohltuend. Sogar ihre Augen schienen Licht auszuströmen.

Es war wunderschön.

»Du bist … du bist wie ich«, brachte Raven hervor. Sie konnte nicht glauben, was sie sah. Zwar sträubte sich ihr

Verstand gegen das, was gerade geschah, aber gleichzeitig fühlte sie die Energie, die Moira ausströmte. Sie spürte, was in ihr vorging, aber im Gegensatz zu Raven ließ sie sich nicht von der Macht übernehmen. »Wieso hast du mir nie etwas gesagt?«

»Ich weiß genau, wie es ist, von allen gefürchtet zu sein. Ich wollte nicht, dass du denkst, ich will dich nur im Untergrund haben, um nicht allein zu sein. Ich wollte nicht, dass du nur hierbleibst, weil du dann jemanden hast, der dieselbe Fähigkeit hat wie du. Außerdem dachte ich, dass du mit Sicherheit Angst davor hast, von einer zweiten Psi umgeben zu sein – dabei habe ich mir nichts mehr gewünscht, als dir und Knox ein Zuhause bieten zu können. Ich habe auch selbst ein paar Probleme, die mit dem Psi einhergehen.« Das Licht, das sie umgab, wurde schwächer, bis Moira wieder aussah wie sie selbst. »Ich hatte dir doch von meinem Vater erzählt.«

Raven nickte langsam. »Du hast mir erzählt, dass er sich in den Ruhestand begeben hat und auf einer geheimen Insel lebt.«

»Weil er Angst vor mir hat und geflüchtet ist«, sagte sie leise.

In Ravens Kopf überschlugen sich die Gedanken. »Aber wieso?«

»Weil … ich für den Tod meines Mannes verantwortlich bin.« Sie ließ sich zurücksinken. Jetzt saßen sie einander gegenüber, Raven an der Wand, Moira dicht vor ihr.

»Was ist passiert?«, flüsterte Raven.

Moira schluckte hart und sah zu Boden. Mit einem Mal wirkte sie viel verletzlicher, als Raven sie je zuvor gesehen hatte. Aber sie kannte das. Wenn man sich jemandem öffnete und die Schutzschichten ablegte, blieb etwas Fragiles übrig – und genau so sah Moira in diesem Augenblick aus.

»AID ist passiert«, fing sie irgendwann an und blickte wieder auf.

Raven erkannte den Zorn und die tiefe Trauer in ihrem Blick.

»Das war vor sieben Jahren. Damals hat sich die Organisation noch in ihren Anfängen befunden. Vanderpool ist bei einer Gala auf mich aufmerksam geworden, bei der ich mit meinem Vater war. Dort sind wir ins Gespräch gekommen. Er wusste, dass ich eine Mutantin war. Er wollte mich und meinen Vater dazu bringen, seiner Organisation Geld zu spenden, aber wir haben schnell abgelehnt. Mit Forschung an Mutanten wollten wir nichts zu tun haben. Das hat ihn wütend gemacht, und er wurde schnell beleidigend meiner Familie gegenüber. Also habe ich dafür gesorgt, dass ein befreundeter Journalist ein Interview mit mir veröffentlicht, in dem ich ganz offen gesagt habe, was ich von dieser Art von Versuchen halte.« Sie machte eine kurze Pause und musste sich räuspern. Dann war ihr Blick von tiefer Trauer erfüllt. »Eine Woche später hat die AID meinen Mann entführt.«

Raven schnappte nach Luft.

»Vanderpool hat mich erpresst: Sollte ich mich nicht an einer Versuchsreihe beteiligen und im Anschluss eine Richtigstellung veröffentlichen, würde ich meinen Mann nie wiedersehen. Ich … ich habe abgelehnt.«

Raven traute sich kaum, die nächste Frage zu stellen. »Was ist dann passiert?«, flüsterte sie.

»Ich bin im Alleingang zum AID-Labor gefahren, außer mir vor Wut. Damals hatte ich meine Fähigkeiten kaum unter Kontrolle, und als ich Vanderpool gegenübergetreten bin, hat er mir gezeigt, was er mit meinem Mann gemacht hat.«

Raven stockte der Atem.

»Er hat ihn gefoltert, ohne Sinn und Zweck, einfach nur, um mich zu verletzen. Und dabei ist er … er ist vor meinen Augen gestorben.« In Moiras Augen schimmerten Tränen, die sie hastig wegblinzelte. »Ich konnte nicht mehr an mich halten und habe das ganze Gebäude in die Luft gesprengt.«

Diesmal war Raven diejenige, die nach Moiras Hand griff. Ihr fehlten die Worte, sie wusste nicht, was sie zu dieser tragischen Geschichte sagen konnte, denn es gab nichts, was Moiras Schmerz lindern konnte.

»Danach war ich wie ausgebrannt und dachte, ich hätte meine Fähigkeiten verloren. Aber sie sind noch da gewesen, irgendwo ganz tief in mir vergraben. Sie haben mich an diesem Tag gerettet. Es hat ein paar Monate gedauert, bis ich wieder bei Sinnen war, aber eines Tages habe ich beschlossen, einen Ort zu schaffen, wo Mutanten in Sicherheit waren. Und ich habe mir fest vorgenommen, der AID das Handwerk zu legen.« Sie erwiderte den Druck von Ravens Hand. »Als ich meinem Vater von meinen Plänen erzählt habe, dachte er, ich wäre von Hass zerfressen und würde bloß Rache nehmen wollen. Deshalb ist er gegangen und hat nicht mehr zurückgeblickt. Aber das ist nicht wahr. Zumindest nicht ganz. Das Ziel ist weitaus größer. Und auch wenn es aus einer tragischen Situation entstanden ist, geht es hierbei nicht nur um mich. Sondern um uns alle.«

Raven hing wie gebannt an ihren Lippen und spürte, wie in ihrem Inneren etwas neben der Wut aufkeimte. Schwach, aber dennoch präsent.

»Ich weiß, dass du gewöhnt bist, dich allein durchzuschlagen, und was für eine Überwindung es dich gekostet hat, hier bei uns zu leben. Aber bitte tu jetzt nichts Unbedachtes. Du bist nämlich nicht mehr allein. Wir sind ein

Team, und ich verspreche dir, dass wir Knox aus den Laboren zurückholen. Gemeinsam.« Ihre Worte waren von solcher Zuversicht erfüllt, dass das Gefühl in Raven weiterwuchs und die Schockwellen ihrer Kraft immer weiter zurückwichen.

»Okay«, hörte sie sich selbst sagen.

Moira erhob sich und zog Raven mit hoch. Mit der anderen Hand drückte sie ihr die Schulter. »Holen wir deinen Bruder zurück.«

21. KAPITEL

Knox wachte von einem unangenehmen Stechen in der Brust auf. Träge blinzelte er gegen das grelle Licht. Er wollte sich die Hand vor Augen halten, aber ein Widerstand hielt ihn davon ab. Ein brennender Schmerz jagte seinen Arm hinauf, zischend atmete er ein.

»Nicht bewegen«, erklang eine vertraute Stimme.

Und dann erinnerte er sich. Wie er zu Markell gegangen, wie er betäubt worden war. Markells gewisperte Entschuldigungen.

Knox fuhr ruckartig hoch – aber auch das ging nicht. Er starrte an sich hinab. Ein fester Gurt zog sich über seinen Brustkorb und hielt ihn davon ab, sich richtig aufzusetzen.

Er brauchte nur wenige Sekunden, um zu wissen, wo er sich befand.

Er erkannte das kleine Fenster, vor dem sich Gitter befanden, die verspiegelte Scheibe, die gegenüber von dem Bett lag. Aber am allerbesten erinnerte er sich an den Geruch. Die Luft roch nach AID. Der sterile Geruch brannte in seiner Nase, und als Knox den Kopf drehte, entdeckte er den Infusionsbeutel, in dem eine farblose Flüssigkeit durch Schläuche in seinen Arm geführt wurde. Dann sah er Markell. Und das Blut gefror in seinen Adern.

Sein Freund trat zu ihm ans Bett und griff nach seiner Hand. »Du bist wach«, sagte er, und seine Stimme war Knox so vertraut, dass es ihn schmerzte.

Er hatte zwar nicht viel Bewegungsfreiheit, aber trotzdem schaffte er es, seine Hand wegzuziehen. In Markells braunen Augen war ein kurzes Flackern zu erkennen, aber Knox war viel zu entsetzt von Markells Anblick, als dass ihn das hätte scheren können.

Markell trug eine dunkelblaue Uniform, die sich perfekt an seinen Körper schmiegte. AIDs Uniform. Knox wurde übel.

»Was zum Teufel stimmt nicht mit dir?«, fragte Knox ihn, wohl wissend, dass auf der anderen Seite der Scheibe mit Sicherheit Octavius Vanderpool, womöglich sogar noch mehr Leute standen.

»Was mit *mir* nicht stimmt?« Markell lachte tonlos auf. »*Du* bist derjenige, der mich von Anfang an belogen hat. Du bist derjenige, der verschwunden ist, ohne ein Wort zu sagen. Du bist derjenige, der all seine Dinge zurückgelassen hat. Der *mich* zurückgelassen hat.«

»Es tut mir leid, Markell. Ich wollte nicht einfach verschwinden, aber … wir wurden angegriffen. Ich hatte keine Wahl.«

»Man hat immer eine Wahl, Knox.«

Wut flammte in Knox auf, schmerzhaft und heiß. »Das ist natürlich ein Grund, mich an eine Forschungsorganisation zu verraten, zu betäuben und zu verschleppen.«

Markell presste die Lippen zu einer festen Linie zusammen, und Knox bereute seine harten Worte sofort.

»Du hast keine Ahnung, was sie hier mit Mutanten machen, Markell. Die AID bringt nur Schaden und zerstört Leben«, wisperte er.

»Das sehe ich nicht so.« Er hielt Knox seine Hand hin – und plötzlich tanzte eine blaue Flamme darauf hoch.

Knox starrte auf das Feuer. Dann sah er an Markell hoch, seinem Freund. Dem Menschen, dem er so viel von sich anvertraut hatte – den er glaubte gekannt zu haben.

»Was hast du getan?«, flüsterte Knox, und jäh erstarb

die blaue Flamme auf Markells Hand. Er sah ihn wieder an und legte den Kopf schräg.

»Ich habe das bekommen, was uns allen zusteht, Knox. Das, was auch dir zusteht.«

Bestürzt schüttelte Knox den Kopf. »Wenn wir nicht damit geboren werden, steht uns nichts zu. Du weißt nicht, was dieses Serum mit deinem Körper anrichten kann – es ist gefährlich!«

»Also sorgst du dich um mich«, murmelte Markell. Sein Blick wirkte für einen kurzen Moment gedankenverloren. Als würde er sich in einer Erinnerung verlieren, die an diesem Ort nichts zu suchen hatte.

»Natürlich sorge ich mich um dich«, erwiderte Knox erhitzt und riss an den Gurten, die über seine Brust und seine Beine gespannt waren. »Bitte, mach mich los. Wir müssen raus hier.«

Markell sah ihn einen Moment lang an, als würde er den Vorschlag tatsächlich in Erwägung ziehen. Aber dann wurde sein Blick hart. »Ich fürchte, das kann ich nicht«, sagte er schließlich.

Knox biss die Zähne fest zusammen, bis sie knirschten. »Du weißt nicht, was die AID vorhat. Sie wollen dieses Serum für Kriegszwecke verkaufen und werden damit auf der ganzen Welt für Unruhe sorgen. Die AID ist gefährlich, und vor allem Vanderpool kann man nicht trauen.«

Eine Weile lang sahen sie einander in die Augen, und Knox legte alles in seinen Blick, was er gerade fühlte. Den Schmerz, das schlechte Gewissen, die Tatsache, dass er noch immer an Markell glaubte, auch wenn er Knox verraten hatte. Auch wenn zwischen ihnen nie mehr alles so sein würde wie zuvor.

Schließlich seufzte Markell leise. »Wir haben immer

darüber gesprochen, was für Fähigkeiten wir wollen würden – kannst du dich noch erinnern, was ich damals geantwortet habe?«

Knox erinnerte sich noch genau an ihr Gespräch. »Du sagtest, du wärst gern ein Telepath. Weil du dann bestimmen könntest, was in deinem Umfeld geschieht.«

»Und weißt du auch noch, was du geantwortet hast?«

Knox schluckte schwer. »Dass ich gern telekinetische Kräfte besitzen würde. Weil wir dann zusammen … unbesiegbar wären.« Er schüttelte den Kopf. »Aber das ist nicht das, was das Serum mit dir gemacht hat, Markell.«

Markell beugte sich über ihn, sodass sein Mund Knox' Ohrmuschel streifte. »Da hast du recht«, raunte er. »Aber unbesiegbar fühle ich mich trotzdem.«

Knox streckte mit aller Kraft seine Hand aus und zog Markell am Saum seiner Uniform. »Tu das nicht. Vertrau mir. Bitte vertrau mir, Markell, sie wollen dir nichts Gutes, die AID hat nur ihren eigenen Zweck im Kopf. Sie werden sich von dir nehmen, was sie brauchen, und dann …«

»Das reicht«, erklang eine Stimme aus den Lautsprechern, die in der Decke eingelassen waren.

Sofort nahm Markell eine steife Haltung an. Mit der Uniform und der Soldatenhaltung sah er viel älter aus als siebzehn, fand Knox, und der Anblick bereitete ihm eine Gänsehaut. Noch immer hielt er ihn am Saum seiner Uniform gepackt. Markell hob die Hand und löste Knox' Finger sanft, aber bestimmt von sich. Doch bevor er sich umdrehte und ging, drückte er kurz zu. Er verließ den Raum, während Knox gegen das Kribbeln in seinem Arm ankämpfte und gleichzeitig versuchte, sich nicht zu viele Hoffnungen zu machen.

Raven kannte das Labor in Coldworth Citys Stadtteil Sorrow in- und auswendig. Es war der AID-Standort, in dem sie monatelang gelebt hatte, von daher war diesmal sie diejenige gewesen, die den anderen den Plan vorgestellt hatte – mit Moira an ihrer Seite. Die Anführerin des Untergrunds bei sich zu wissen verschaffte ihr eine Art von Frieden. So auch jetzt.

Es war die erste Mission seit Langem, bei der mehr als fünfzehn Leute dabei waren, hatte Moira ihr verraten. Einige davon kannte Raven nicht mal, aber sie alle waren bereit, ihr Leben zu lassen, und dafür war sie mehr als dankbar.

Raven spürte noch immer das Psi wild in sich pulsieren, aber sie hielt sich zurück. Sie kontrollierte es. Sie war nicht allein. Und der Gedanke, dass Knox sie bei vollem Verstand brauchte, drängte sie dazu, einen klaren Kopf zu behalten.

Sie alle wussten, wie leichtsinnig es war, heute in das Labor einzudringen. Die AID rechnete mit ihrer Anwesenheit, und es war ihnen kaum Zeit geblieben, einen ausgeklügelten Plan zu entwickeln. Ein großer Teil hing von Hector und Thalia ab, und Raven sorgte sich noch immer um seine Schulter – aber ohne ihn waren sie aufgeschmissen.

Sie schlichen sich im angrenzenden Wald an das Gelände. Es war der Wald, durch den Raven mit Knox geflohen war, als sie aus den Laboren verschwunden waren, und alles fühlte sich zu vertraut an.

»Alles okay?«, fragte Wade sie leise.

Sie hatte ihn die ganze Zeit gemieden. Wade kannte sie schon zu gut, und wenn er sie jetzt mit Fürsorge behandelte, würde sie früher oder später einknicken. Aber das konnte sie sich momentan nicht erlauben, also nickte sie bloß knapp. Im nächsten Moment drehte er ihr die Hände auf den Rücken, und Raven spürte die Handschellen einrasten. Dann fasste er sie fest am Oberarm. Sie drehten sich noch einmal zu den anderen um, und Raven nickte Moira zu.

Anschließend drehten sie sich zum riesigen weißen Gebäude, das vor ihnen im Dunkeln aufragte, und Wade zerrte sie über das Gelände zum Eingang.

»Egal, was heute Nacht passiert«, wisperte er in ihr Ohr, »hab keine Angst. Wir holen ihn zurück. Das verspreche ich dir.«

Bei seinen Worten schlug Ravens Herz schneller. Es war nicht das erste Versprechen, das man ihr gab, aber es war das erste, das sie glauben wollte. Sie nickte wortlos, während sie das Gelände zum Labor überquerten. Es dauerte keine zehn Sekunden, bis sich grelle Scheinwerfer auf sie richteten.

»Stehen geblieben!«, erklang eine dröhnende Stimme aus Lautsprechern.

Die Scheinwerfer kamen schnell näher, und Raven erkannte die Wachen, die sich dahinter verbargen, bloß schemenhaft. Zu hell war das Licht, das sie blendete. Dennoch erkannte sie die Waffen in ihren Händen und ihre steife Haltung.

»Ich bringe ein Geschenk für Octavius Vanderpool«, sagte Wade forsch.

Raven erkannte seine Stimme kaum und versteifte sich kurz. Aber das war alles Teil ihres Plans.

»Hände hoch. Alle beide!« Die Wachen kamen vor ihnen zum Stehen und richteten ihre Waffen auf sie. Raven wurde sich ihres Umfelds mit ihrer Kraft ganz deutlich bewusst und war jederzeit bereit, die beiden mit ihrer Kraft auszuschalten – daran würden sie keine Handschellen der Welt hindern.

»Ich fürchte, das geht nicht, Officer. Das hier ist Raven Carrigan, jemand, auf den Vanderpool sehr scharf ist. Entweder, ihr bringt mich zu ihm, oder der Deal ist vom Tisch«, antwortete Wade im Plauderton. Er veränderte nichts an seiner Haltung und gab ihr auch kein Zeichen, dass sie sich widersetzen würden. Das war gut. Das bedeutete, dass der erste Teil ihres Plans aufging.

»Dreh dich um«, verlangte die eine Wache und wedelte mit der Hand in Wades Richtung. »Ich will deinen Nacken sehen.«

Damit hatten sie gerechnet. Deshalb war Wade derjenige, der sie einschleuste. Er drehte sich so, dass die beiden in seinen Nacken sehen konnten.

»Keine Kennung. Bringen wir sie rein.«

Sie hielt die Waffe weiterhin erhoben und nickte in Richtung des riesigen Haupteingangs, der von unten eingebauten Scheinwerfern beleuchtet wurde.

Die beiden Wachen führten sie zum Haupteingang, wo zwei weitere Wachen in dunklen Uniformen standen. Ihre Haltung wirkte alarmiert.

»Die Mutantin, auf die Vanderpool so scharf ist«, sagte die Wache hinter Wade und Raven.

Die beiden nickten knapp. Einer drehte sich um und zog seine Schlüsselkarte durch das Magnetfeld, danach tippte er den Code ein. Es dauerte nicht lange, da ging die schwere Tür auf. Die beiden Wachen packten Wade und Raven und zerrten sie in das Gebäude.

Einen Moment lang blieb Raven die Luft weg. Der Geruch, die weißen Wände, die mamornen Stufen, die in die obere Etage führten – all das kam ihr schmerzhaft vertraut vor und sorgte dafür, dass ein unangenehmer Schauer sie überlief. Aber sie hatte keine Zeit, sich in Erinnerungen zu verlieren – sie musste handeln. Und zwar schnell.

Die Wachen führten sie durch die Eingangshalle. Kurz vor der Treppe schärfte Raven ihren Geist. Sie richtete ihre Telepathie aus, drang in die Köpfe der beiden Wachen ein. Und dann ging alles rasend schnell.

In einer ruckartigen Bewegung befreite sie sich von den Handschellen, genau in dem Moment, als die Wachen zu Boden gingen. Sie fuhr herum und fing die Frau auf, während Wade sich um den Mann kümmerte. Innerhalb eines Wimpernschlags hatten sie die beiden hinter die massiven Stufen gezerrt – die einzige Stelle im Labor, die im toten Winkel der Überwachungskameras lag. Rasend schnell zogen sie erst die Wachen und dann sich selbst aus. Raven trauerte ihrem schwarzen Mantel mit den verstärkten Platten nach, während sie in die blaue Uniform der AID schlüpfte und die goldenen Knöpfe schloss. Sie zurrte den dunkelbraunen Gürtel zu und steckte die Waffe in das Holster. Als sie aufblickte, war Wade gerade dabei, den letzten Knopf zu schließen. Und obwohl Raven diese Uniform nur mit Schlechtem verband, konnte sie nicht leugnen, dass sie Wade stand. Sie hatte ihn noch nie in etwas anderem als seinen schwarzen, zerrissenen Jeans gesehen, und dieser neue Anblick sorgte dafür, dass ihr Mund trocken wurde. Als Wade aufsah und seine Mundwinkel verdächtig zuckten, kam sie sich merkwürdig ertappt vor.

Sie fesselten die Wachen noch und klebten ihnen die Münder zu, damit sie nicht Alarm schlugen, sobald sie aufwachten. Danach band Raven ihr Haar im Nacken zu einem strengen Knoten, wie die meisten weiblichen AID-Soldaten es trugen, und auch Wade strich sein Haar nach hinten.

»Wie sehe ich aus?«, fragte Raven und drückte den Rücken streng durch.

Wade verzog die Mundwinkel missmutig. »Besser, als du solltest.«

Raven stieß ein schnaubendes Lachen aus. »Komm«, sagte sie und nickte in Richtung der Treppe.

Wade nahm Haltung an. Mit einem Mal trug er einen ganz neutralen Gesichtsausdruck. Raven tat es ihm gleich, dann verließen sie ihr Versteck. Gemessenen Schrittes umrundeten sie die Treppen und stiegen dann ins obere Stockwerk. Auch hier kam es Raven viel bekannter vor, als ihr lieb war. Gleich oben kamen ihnen zwei Wachen entgegen, die ihnen knapp zunickten. Sie taten es ihnen gleich und bogen dann nach rechts ab in den Flur, in dem Ravens Zimmer damals gewesen war. Nach dem Feuer musste alles neu renoviert worden sein. Es sah genauso aus wie vor drei Jahren.

Raven richtete ihren Geist auf Knox aus. Wenn sie dem Video Glauben schenken durfte, befand er sich in ihrem ehemaligen Behandlungszimmer – Teil von Vanderpools morbidem Humor.

Knox, rief sie in Gedanken. Sie wusste nicht, ob er sie hören konnte, aber sie versuchte es trotzdem. Immer wieder rief sie ihn in Gedanken, versuchte zu erspüren, hinter welcher der unzähligen verschlossenen Türen er sich befand, ohne ihr Tempo zu mindern.

Plötzlich dröhnten die Sirenen los. Alarmiert sah Raven Wade an. Er fluchte leise.

»Sie sind zu früh«, zischte er.

Rotes Licht flackerte an den Wänden entlang, gehetzte Schritte erklangen über ihnen und von weiter hinten.

»Die nächste Tür«, flüsterte Raven, und sie rannten die letzten paar Meter.

Sie nahm die Schlüsselkarte der Wache an sich, die sie bewusstlos hatte werden lassen, und zog sie durch das

Feld. Mit einem leisen Klicken öffnete sich das Schloss, hastig betraten sie den Raum. Wade schloss die Tür hinter ihnen. Raven drehte sich um – und versteifte sich.

Knox lag auf dem Bett. Genau wie im Video war er festgeschnallt, mit breiten Gurten, die sich über Brust und Beine zogen. Er war blass und wirkte in dem riesigen Zimmer viel zu klein. Als Raven die Infusionen entdeckte, an denen aus zwei verschiedenen Beuteln Flüssigkeit in Knox' Arme floss, stieß sie einen beinahe unmenschlichen Laut aus. Mit wenigen Schritten durchquerte sie den Raum. Sofort packte sie die Riemen und öffnete den Verschluss über seiner Brust mit bebenden Fingern, während Wade sich am unteren Gurt zu schaffen machte.

Nachdem er losgemacht war, berührte Raven ihn sanft an der Schulter. »Knox«, flüsterte sie.

Er regte sich nicht.

Ravens Herz schlug immer schneller, Panik wallte in ihr auf. Sie bekam kaum noch Luft. Wieder probierte sie es mit Telepathie, aber je aufgewühlter sie war, desto schwieriger war es für sie, Knox mit dem Geist zu greifen. Es fühlte sich anders an als sonst. Nicht so vertraut. Als wäre etwas Fremdes in seine Aura eingedrungen, das es ihr jetzt unmöglich machte, ihn zu erreichen und von da zurückzuholen, wo er sich gerade befand.

»Wir müssen ihn von den Schläuchen losmachen«, raunte Wade.

Raven nickte abwesend. Sie strich Knox das dunkle Haar aus der Stirn, befühlte seine Wangen und anschließend seinen Puls. Alles normal. Es musste also an dem Serum liegen.

Wade zog die Schläuche so vorsichtig wie nur möglich aus seinen Armen – und in dem Moment schreckte Knox hoch. Raven japste, so sehr erschreckte sie sich, aber sofort fasste sie ihn bei den Schultern.

»Ich bin's«, flüsterte sie und legte einen Finger an die Lippen. »Wade und ich.«

Knox' Augen weiteten sich. Dann fiel er Raven um den Hals. Sie umschlang ihn und vergrub das Gesicht an seiner Schulter. »Sie haben Markell, R. Sie haben mir Markell genommen und ihm das Serum gegeben.«

Sie verstand ihn kaum, seine Stimme wurde an ihrem Hals gedämpft. Raven löste sich von ihm und besah sich dann sorgenvoll seinen Arm, aus dem Wade die Schläuche gezogen hatte. Blut lief aus der Wunde, aber dann ... schloss sich die Wunde vor Ravens Augen. Sie starrte auf Knox' Haut und traute ihren Augen kaum. Sie packte seinen Arm und hob ihn an.

»Das Serum«, brachte sie hervor.

»Nein«, warf Wade ein.

Fassungslos starrte sie ihn an.

»Seine Wunde hat sich gerade geschlossen. Das Serum hat ihm selbstheilende Kräfte gegeben!«

Wade schüttelte beharrlich den Kopf und sah dann Knox an. »Damals, nachdem du von Ravens Streifzügen erfahren hast – da hast du dir die Hand blutig geschlagen. Aber als wir dann bei mir waren, ist die Wunde auf magische Weise verschwunden, oder?«

Knox sah ihn mit geweiteten Augen an. Dann hob er die Hände und besah sie sich von allen Seiten. »Du hast recht«, murmelte er.

»Er hat recht?«, fragte Raven völlig entgeistert. »Knox, du willst mir doch nicht sagen, dass sich deine Wunden von selbst geheilt haben und dass du mir davon nichts gesagt hast?«

Er blickte zu ihr auf, selbst fassungslos. »Ich dachte

einfach … ich dachte, dass meine Wunden gut heilen. Das haben sie doch schon immer.«

Raven dachte nach. Ja, Knox hatte als Kind erstaunlich wenige Verletzungen gehabt, aber … sie hatte nie darüber nachgedacht, dass das übernatürliche Gründe haben könnte. Aber jetzt ergab es einen Sinn.

»Du bist ein Mutant«, flüsterte sie.

Knox sah zwischen Raven und Wade hin und her. »Ich bin ein Mutant.«

»Ja, bist du. Und jetzt raus hier«, sagte Wade, aber trotz seines forschen Tons konnte Raven das Lächeln in seinen Augen erkennen.

»Wo sind die anderen?«, fragte Knox, während er die Beine über die Bettkante schwang und sich vorsichtig erhob. Sofort sackte er zurück auf das Bett, und Raven hakte sich besorgt bei ihm unter. Das verdammte Serum. Sie mussten ihn dringend zurück in den Untergrund bringen, damit Thalia ihn untersuchen konnte.

»Die sorgen für Ablenkung«, antwortete Wade und griff sich Knox' anderen Arm. Gemeinsam hievten sie ihn hoch, darauf bedacht, es schon jetzt so aussehen zu lassen, als würden sie ihn eskortieren, und nicht etwa bei der Flucht helfen. Zusammen verließen sie das Krankenzimmer, und schon im Flur überkam Raven eine ungemeine Erleichterung.

»Deshalb auch der Alarm«, murmelte Knox. Seine Beine schleiften halb über den Boden, und er legte einen Großteil seines Gewichts auf Raven. »Aber wie kommen wir hier raus?«

»Lass das unsere Sorge sein«, gab Wade zurück. »Schneller, Raven.«

Sie nickte, und zusammen trugen sie Knox durch den Flur in die entgegengesetzte Richtung, aus der sie gekommen waren. Sie liefen zum abgesperrten Treppenhaus für die Mitarbeiter, das auf direktem Wege in die unten liegenden Labore führte und einen Notausgang gen Osten bot. Dort würde Murphy sie in Empfang nehmen.

Sie bogen nach links ab, in den Gang, der zum Notausgang führte. Dann hielten sie an. Raven biss die Zähne zusammen und ging in Kampfhaltung.

Vor ihnen waren vier Wachen postiert, die ihnen den Weg zum Notausgang versperrten. Sofort spürte Raven, dass diese vier Wachen keine normalen Mutanten waren. Ihre Energie fühlte sich genauso an wie die des Mannes, gegen den sie am Vortag mit Wade gekämpft hatte.

Nur dass sie einen von ihnen erkannte.

Es war Markell.

Sein dunkles Haar trug er jetzt kürzer, und er hatte die Uniform an, die sie gerade selbst trug. Der Anblick schockierte sie mehr, als sie es für möglich gehalten hätte. Sofort richtete sie ihren Geist auf ihn aus, spürte aber schnell eine harte Wand, die seine künstliche Kraft um ihn errichtet hatte.

Verdammt.

Sie wollte nicht gegen Knox' Freund kämpfen.

»Legt eure Waffen weg«, sagte die erste Wache links von Markell.

»Wie wäre es, wenn ihr uns einfach gehen lasst?«, schlug Wade betont locker vor.

Als Antwort ließ die Wache ganz rechts ihre Arme hervorschießen – oder vielmehr die Pflanzenranken, in die sie ihre Gliedmaßen verwandeln konnte. Wade wich blitzschnell nach hinten aus, Knox fest gepackt, und schob ihn hinter sich. Er schützte ihn mit seinem eigenen Körper, und schnell wie ein Blitz zog er zwei Messer aus dem Ärmel, mit denen er die Ranken durchtrennte. Die falsche Mutantin kreischte laut. Sofort stürzte sich ihr Mitstreiter auf Wade, während Raven die Hände hob und einen Energiestoß auf den Kerl neben Markell jagte. Er wurde mit solcher Wucht erfasst, dass er zurückgeschleudert wurde und gegen die Wand krachte. Risse bildeten sich im Gestein, so heftig kam er auf. Er fasste sich schnell wieder und erhob sich schwerfällig. Er ließ seinen Nacken knacken, und im nächsten Moment riss er die Hände zurück in das Gestein.

Als der Genmanipulierte Beton aus der Wand riss, fing der Boden an zu beben. Er hob die Hände mit dem grauen Gestein. Ein fieses Grinsen breitete sich auf seinen Lippen aus, und dann sah Raven, was seine Gabe war: Er konnte Stein mit seiner Kraft formen. Und in dieser Sekunde formte er spitze Pfeile aus dem Beton, der ihretwegen aus der Wand gebrochen war. Im nächsten Moment feuerte er die Steinpfeile ab, und Raven wich zur Seite aus. Aber der Genmanipulierte konnte die Richtung des Steins willentlich bestimmen. Er lenkte die Pfeile weiter in ihre Richtung, während Raven im Zickzack nach hinten auswich. Sie versuchte, mit ihrer Kraft gegenzusteuern, aber solange sie nicht die Macht tief aus ihrem Inneren griff, war ihre Telekinese nahezu machtlos gegen die genmanipulierten Mutanten. Einer der Pfeile streifte ihre Schulter, und Raven atmete zischend ein. Sie hob beide Arme in einem X vor ihrem Körper und riss sie dann schreiend auseinander, ihre ganze telekinetische Kraft auf die Steinpfeile gerichtet.

Ihre Kraft pulverisierte sie. Doch noch ehe sie den Erfolg feiern konnte, schrie Markell: »Raven, pass auf!«

Der Stein-Mutant hatte weitere Geschosse auf sie abgefeuert. Diesmal lauter Nägel, die aus Stein geformt waren.

Raven riss schützend die Arme vor ihr Gesicht, und

eine ganze Handvoll Nägel blieb in ihrer Haut stecken. Im nächsten Moment brüllte die Wache vor Schmerz. Raven ließ die Arme sinken, und ihre Augen wurden groß.

Markell hatte die Hände auf die Wache gerichtet. Aus seinen Fingern schossen blaue Flammen, die den Wachmann bei lebendigem Leib verbrannten.

»Worauf wartest du? Bring ihn hier raus!«, rief Markell, ohne sie anzusehen.

Raven nickte und rannte zu Knox. Wade war noch immer dabei, gegen die Ranken-Mutantin zu kämpfen. Kurz überlegte sie, ob sie ihm helfen sollte, aber dann hörte sie seine Stimme im Kopf: *Geht. Wir treffen uns draußen.*

Ihnen blieb keine Zeit für einen angemessenen Abschied. Raven schnappte sich ihren Bruder und rannte zum Notausgang.

Kurz hinter Markell blieb Knox stehen. »Danke«, murmelte er.

Markell versteifte sich, blickte aber nicht zu ihnen zurück.

Und dann sah Raven zu, dass sie hier rauskamen, mit Knox an ihrer Seite.

22. KAPITEL

Knox konnte immer noch nicht richtig laufen. Er hatte keinen blassen Schimmer, wieso, immerhin war seine Wunde auch sofort geheilt. Die Löcher an seinem Arm waren komplett verschlossen. Die Haut war wie von selbst zusammengewachsen, bloß eine leichte Röte wies darauf hin, dass dort zuvor eine Wunde gewesen sein musste. Und jetzt, da Knox zurückdachte, war es tatsächlich genau, wie Wade beschrieben hatte. Seine anderen Wunden – die waren nicht einfach auf magische Weise verschwunden.

Er war ein Mutant.

Er war ein Mutant! Ohne es zu wissen, hatte diese selbstheilende Kraft sein Leben lang in seinem Körper geschlummert. Das musste auch der Grund dafür sein, dass er nie krank wurde und sich selten ernsthaft verletzt hatte. Und deshalb hatte er damals, nach dem Angriff des Sturm-Mutanten, keinen spürbaren Schaden davongetragen.

Eine Welt voller Möglichkeiten eröffnete sich ihm in diesem Moment, aber gleichzeitig spürte er noch immer die Wirkung des Serums in sich. Er hatte keine Ahnung, was es mit seinem Körper anrichtete. Würde er sich selbst heilen und dem Serum die Wirkung nehmen? Oder veränderte es seine DNA gerade so, dass er eine Fähigkeit entwickelte, die seine Vorstellungskraft überstieg?

Knox wusste es nicht. Er merkte nur, dass seine Beine noch immer merkwürdig kribbelten und er sich schwächer fühlte, als er sollte.

Raven und er rannten die Stufen hinab. Noch immer

war der Alarm zu hören, die Sirenen dröhnten in seinem Kopf. Raven hielt ihn fest umfasst, einen Arm um seine Hüfte geschlungen, während er sich auf ihrer Schulter abstützte und sie den letzten Treppenabsatz hinter sich brachten. Genauso waren sie damals nach draußen gekommen, als sie das Feuer gelegt hatten.

Es war keine schlaue Idee, es nach drei Jahren wieder zu probieren.

Zwischen vielen Gitterwagen und Vitrinen, die mit Reagenzgläsern, Flüssigkeiten und anderen Gerätschaften gefüllt waren, erkannte Knox eine Silhouette im flackernden roten Licht. Sie kam ihm vertraut vor, und gerade das löste einen heftigen Fluchtinstinkt in ihm aus. Währenddessen erstarrte seine Schwester neben ihm zur Salzsäule.

»Raven. Wie schön, dass wir einander wieder begegnen«, sagte Octavius Vanderpool und trat auf sie zu. Wenige Meter vor ihnen blieb er stehen.

Er schmunzelte auf eine ganz abstoßende Art, die dafür sorgte, dass sich Knox' Nackenhaare aufstellten. Vanderpool sah ziemlich zufrieden mit sich aus. Als wäre sein Plan aufgegangen, als hätte er sie genau hier haben wollen. Dabei konnte er nicht gewusst haben, dass Raven diesen Weg nehmen würde, um sie hier rauszuholen.

»Ich bin sehr froh, dass du dich entschlossen hast, zurückzukehren«, fuhr Vanderpool fort.

»Ich habe mich zu nichts entschlossen. Sie haben mich erpresst und meinen Bruder entführt, nur deshalb bin ich hier«, gab Raven zurück.

Knox war überrascht, wie gefasst sie klang. Aber so war Raven. Stark und unerschütterlich. Alles, was er jemals hatte sein wollen.

»Ergib dich, und deinen kleinen Mutanten-Freunden wird nichts geschehen«, sagte Vanderpool ruhig. »Wenn du dich uns wieder anschließt, wird keinem von ihnen Leid zugefügt.«

Knox schnaubte verächtlich. »Ja, ist klar. Und dann leben wir alle friedlich miteinander, während Sie meine Schwester weiter aufschlitzen und an ihr herumexperimentieren, um ein Serum zu erschaffen, das die ganze Welt in Gefahr bringen könnte.«

Vanderpool lächelte schmal. Er machte einen Schritt auf sie zu, und Raven und Knox wichen automatisch einen noch größeren Schritt zurück. »Mein lieber Junge«, fing Vanderpool an. »Das Mutagen, an dem wir seit Jahren arbeiten, soll die Welt zum Positiven verändern und keine Gefahr darstellen. Das solltest du selbst am besten wissen. Hast du nicht dein Leben lang davon geträumt, Fähigkeiten wie deine Schwester zu besitzen?«

Knox bemühte sich um einen gleichgültigen Ausdruck. Also wusste er nichts von seiner Fähigkeit. Das konnten sie zu ihrem Vorteil nutzen. »Ja, habe ich. Aber das bedeutet nicht, dass ich sie mir einfach nehmen kann, wie ich will.«

»Und genau das soll unser Serum verändern!«, sagte Vanderpool. Seine Augen leuchteten auf.

»Sie haben mich monatelang belogen«, brachte Raven zwischen zusammengebissenen Zähnen hervor. »Sie haben mir gesagt, sie wollen mir *helfen*. Dass sie mir ein normales Leben ermöglichen wollen. Ein Leben, in dem ich keine Gefahr für meine Mitmenschen darstelle.«

»Weil wir darauf hinarbeiten, dass jeder Mensch über Kräfte verfügen kann. Wir wünschen uns, dass der Standard vom Normalsein überdacht wird und jeder die Möglichkeit bekommt, Fähigkeiten zu erlangen. Damit könnten wir zum mächtigsten Staat der Welt werden.«

Er war größenwahnsinnig, beschloss Knox. Der Gedanke kam ihm nicht zum ersten Mal, aber jetzt war er sich sicher, dass Vanderpool einfach komplett durchgeknallt war.

»Nun, ich werde nicht wieder an mir herumexperimentieren lassen. Lassen Sie uns gehen«, forderte Raven in kaltem Ton.

»Das ist leider …« Als der Boden unter ihnen erbebte, verstummte Octavius.

Knox sah seine Schwester erschrocken an, aber die wirkte nicht, als wäre sie überrascht von dem Erdbeben. Vielmehr so, als hätte sie damit gerechnet.

»Hör sofort auf damit«, sagte Vanderpool tödlich leise.

»Aber ich mache doch gar nichts«, erwiderte Raven lächelnd.

Ein Fehler.

Octavius zog eine Waffe hervor und richtete sie auf Raven. Im nächsten Moment drückte er ab.

Knox reagierte instinktiv: Er warf sich vor seine Schwester. Die Kugel traf ihn mit voller Wucht, sein Brustkorb zerriss. Knox wurde zurückgeworfen, prallte in Raven hinein, und zusammen taumelten sie zurück. Noch ehe sie am Boden aufkamen, konnte Knox es spüren.

Energie.

Ravens Energie kam hervor.

Er war völlig benommen, und der Schmerz drohte ihn zu übermannen, aber er zwang sich, gegen die Ohnmacht anzukämpfen.

Raven erhob sich hinter ihm, und ihr ganzer Körper war in ein gefährlich goldenes Leuchten gehüllt. Gefährlich langsam trat sie auf Vanderpool zu, der noch immer seine Waffe erhoben hielt. Sie packte die Waffe am Lauf – und dann drückte sie die Öffnung mit einer Hand zusammen.

Sie *zerquetschte* sie. Mit bloßer Hand. Dann warf sie sie achtlos beiseite, während Vanderpool einen Schritt zurück machte.

»Raven, ich weiß, wozu du in der Lage bist. Und ich kann dir immer noch helfen, wenn du mich lässt«, sagte Vanderpool schnell und mit erhobenen Händen.

»Ich brauche Ihre Hilfe nicht«, zischte Raven. Ihre Stimme klang anders, tiefer, und kam Knox beinahe fremd vor.

Er musste ihr helfen, wenn er sie aufhalten wollte. Denn er kannte seine Schwester. Und er wusste genau, dass sie sich ihr Leben lang Vorwürfe machen würde, wenn sie Octavius jetzt mit ihrem Psi umbrachte.

Noch immer bebten die Wände, es wurde immer stärker. Steinbrocken und Staub fielen von der Decke und tauchten den Keller des Labors in einen leichten Nebel, der Knox husten ließ. Keuchend besah er sich die Wunde in seinem Brustkorb. Er flehte seinen Körper an, die Kugel wieder auszustoßen und sich selbst zu heilen. Das Kribbeln ergriff Besitz von seinem Körper und wollte seinem Wunsch nachkommen, das spürte er ganz deutlich, aber anscheinend konnte er nicht heilen, solange der Fremdkörper noch in ihm steckte. Also nahm Knox all seinen Mut zusammen und fasste mit zwei Fingern in die Wunde in seiner Brust. Der Schmerz trieb schwarze Punkte in sein Sichtfeld, er stöhnte schmerzerfüllt. Da! Er bekam die Kugel zu fassen und zog sie langsam raus.

Sein Körper reagierte sofort. Fasziniert und angeekelt zugleich starrte er auf die Wunde in seiner Brust, die sich nach und nach schloss. Die Haut zog sich zusammen, als könnte sie es anders nicht ertragen, und Knox erhob sich schwerfällig. In Gedanken rief er nach seiner Schwester, ohne zu wissen, ob sie ihn hören konnte, wenn sie sich in diesem Zustand befand.

Raven packte Octavius bei der Kehle. Das Beben wurde immer heftiger. Ein Stein traf Knox am Kopf, und als er hochblickte, war er sich sicher, dass die Decke jeden Moment über ihm zusammenstürzen würde.

»Raven«, sagte er laut.

Das Leuchten um sie wurde stärker, und Knox konnte den Geruch von verbranntem Fleisch wahrnehmen. Mit unmenschlicher Stärke hob sie Octavius am Hals hoch. Er röchelte, seine Augen quollen hervor.

»Raven!«, rief Knox.

Das Mädchen, das mit golden schimmernden Augen über die Schulter blickte, hatte nicht mehr viel mit seiner Schwester gemein. Dennoch trat Knox auf sie zu, obwohl er die Warnung in jeder ihrer Bewegungen erkennen und deuten konnte.

»Tu das nicht«, wisperte er und hob beschwichtigend die Hände. »Ich weiß, wie sehr du Rache für alles nehmen willst, was er getan hat, aber tu das nicht. Bitte.«

Er spürte den Moment, in dem er zu ihr durchdrang. Ihre Augen nahmen wieder die normale Farbe an.

»Wir müssen hier raus, bevor das ganze Gebäude zusammenstürzt«, sagte Knox. Er streckte die Hand nach ihr aus. »Komm.«

Raven sah noch einmal zu Vanderpool. Noch immer hielt sie ihn an der Kehle gepackt, ihr Griff fest und gewaltsam, aber inzwischen hielt sie ihn nicht mehr in der Luft. Mit den Zehenspitzen stand er wieder auf dem Boden.

Im nächsten Moment stieß sie ihn ruckartig von sich, sodass er mit dem Rücken in eine der Glasvitrinen knallte, die unter seinem Aufprall in Abertausende Teile zersprang. Sofort griff Knox nach ihrer Hand.

Und dann rannten sie über den Flur.

Das Beben wurde immer heftiger, einmal verlor Raven das Gleichgewicht, und nun war Knox derjenige, der sie stützen musste, aber gemeinsam liefen sie so schnell sie konnten in Richtung Notausgang. Ravens Hand fühlte sich unter der Hand von Knox viel zu heiß an, fast als hätte sie schlimmes Fieber, aber er wusste, dass es sich um die Nachwirkung des Psis handeln musste.

Gemeinsam taumelten sie durch den Notausgang nach draußen, und was Knox dann sah, ließ ihn überrascht nach Luft schnappen.

Moira.

Moira Calham kauerte auf dem Boden, die Hände tief in der Erde vergraben, ihr ganzer Körper in ein silbernes Leuchten getaucht.

Sie … sie war auch eine Psi.

»Sind alle draußen?«, fragte Raven atemlos an Katsu gewandt, der sie in Empfang nahm und zu einem der fünf schwarzen SUVs leitete. In der Ferne konnte Knox Polizeisirenen hören.

Katsu antwortete nicht, während er sie zum Wagen führte, und Raven blieb alarmiert stehen. Sie sah sich in alle Richtungen um und warf einen Blick in den Wagen.

»Wo ist Wade?«, fragte sie.

Knox fühlte, dass sie zitterte. Der Kraftakt hatte sie völlig ausgelaugt. Und wenn er das Bild vor sich richtig deutete, dann war Moira Calham gerade dabei, die Erde zum Beben zu bringen, um das Labor einstürzen zu lassen.

»Wo ist Wade?«, fragte Raven erneut, diesmal lauter. Sie riss sich von Knox los, aber Katsu hielt sie bei beiden Schultern gefasst.

»Du weißt, wie der Plan lautet«, sagte er eindringlich.

»Wenn du mich nicht sofort loslässt, Katsu, werde ich

dich bei lebendigem Leib verbrennen«, zischte Raven und riss sich von ihm los. Sie steuerte auf den Notausgang zu, durch den sie eben gekommen waren – und genau in dem Moment schwang die Tür auf.

Wade kam nach draußen gelaufen, eindeutig lädiert, er hinkte, und seine halbe Uniform lag in Fetzen. Über der Schulter trug er jemanden, und obwohl Knox sein Gesicht nicht sehen konnte, erkannte er sofort, dass es Markell sein musste.

Er rannte schneller zu ihm als Raven.

»Geht es ihm gut?«, fragte er.

»Ihm geht es gut, ja. Mir übrigens auch, danke der Nachfrage«, sagte Wade trocken und marschierte weiter. Bei Raven angekommen, hob er die freie Hand und berührte kurz ihre Wange. »Wir müssen zurück in den Untergrund, bevor das CCPD hier ist.«

Sie nickte.

»Los, los, los«, erklang Murphys Stimme. Er hatte das Fenster des SUV geöffnet, sein Arm hing raus, und er wedelte ungeduldig mit der Hand.

Moira riss ihre Hände aus dem Boden. Sie taumelte einen Augenblick, aber dann war Katsu da und stützte sie. Er führte sie zu dem zweiten Wagen, während Wade Markell im vorderen Wagen verstaute und anschnallte. Er bedeutete Knox, schnell einzusteigen, gleich darauf rutschte er neben dem bewusstlosen Markell auf die Rückbank. Er betrachtete seinen Freund. Er hatte eine tiefe Schramme auf der Wange und ein paar Beulen, die von dem Mutanten mit den Steinen stammen mussten, aber ansonsten konnte er keine anderen Verletzungen erkennen.

Wade und Raven stiegen ein und zogen die Tür hinter sich zu.

Im nächsten Moment trat Murphy das Gaspedal durch.

Nur das Geräusch ihres abgehackten Atems war im Wagen zu hören, und das Röhren des Motors.

Knox drehte sich um und warf einen Blick zurück zum Labor. Ein lautes Krachen ertönte, als es einstürzte. Das Gemäuer brach in sich zusammen, und Knox ließ all die alten Erinnerungen dort, ließ sie gemeinsam mit den Geschehnissen der letzten Nacht vom Gewicht des Gesteins begraben. Und als er zur Seite sah und den Blick seiner Schwester kreuzte, konnte er in ihren Augen erkennen, dass sie genau dasselbe tat.

23. KAPITEL

Alle Bewohner des Untergrunds befanden sich im großen Saal und starrten wie gebannt auf den Fernseher.

Bürgermeisterin Fulbrights Gesicht erschien nach dem offiziellen Logo der Stadt darauf, und sofort ging das Blitzlichtgewitter los.

Schon jetzt waren unzählige Fotos und Berichte aufgetaucht. In vielen davon hieß es, eine Gruppe von Mutanten hätte einen Anschlag auf die *Advanced Interference Defence* ausgeübt, wobei sie absichtlich jahrelange Forschungsergebnisse zerstört und eine wichtige Forschungseinrichtung zerbombt hätten. Auch ein paar gegenteilige Berichte und Artikel waren erschienen, aber das, worauf es jetzt für den Untergrund ankam, war Bürgermeisterin Fulbrights Stimme.

Fulbright faltete die Hände vor sich auf dem Tisch und sah in die Kamera – oder wohl eher auf den Teleprompter, der dahinter stand.

»In den vergangenen Stunden hat sich ein tragischer Unfall in Coldworth Citys Stadtteil Sorrow ereignet«, fing die Bürgermeisterin an und hob beschwichtigend die Hand, als die anwesenden Journalisten anfingen, Fragen zu stellen. »Der Unfall ereignete sich in einem der AID-Labore, in denen seit Jahrzehnten Forschung zu Mutationen durchgeführt wird. Was uns jedoch nicht bekannt war, war die Herstellung eines Mutagens, das die DNA von Menschen so verändern kann, dass dadurch künstliche Fähigkeiten entstehen. Laut Augenzeugenberichten wurden in dem Labor Menschen und Mutanten gegen ihren Willen gefangen gehalten und Experimente an ihnen durchgeführt, um bei der Herstellung des Serums zu helfen.«

Ein aufgeregtes Murmeln ging durch den Raum, und auch im Untergrund wurden die Anwesenden unruhig. Ein paar drehten sich zu Hector und Thalia um, die dafür gesorgt hatten, dass Fulbright das Fläschchen mit dem Serum bekam, das sie bei ihrer letzten Spionageaktion hatten mitgehen lassen.

»Das widerspricht nicht nur der Verfassung, sondern auch dem Friedensabkommen, das seit jeher für Gleichberechtigung von Mensch und Mutanten spricht. Deshalb wurde ein Verfahren gegen die *Advanced Interference Defence* eingeleitet, angefangen bei der Festnahme von ihrem Leiter Octavius Vanderpool.« Schnittbilder von einem eindeutig verletzten Vanderpool, der in Handschellen abgeführt wurde, wurden an der Seite eingeblendet. »Bis auf Weiteres werden alle Standorte der Forschungsorganisation geschlossen. Wenn auch Sie Teil von Experimenten waren, melden Sie sich in den von uns eröffneten Hilfezentren.« Unten auf dem Bildschirm wurden Telefonnummern eingeblendet, Mailadressen und Standorte, an denen man sich für gesundheitliche Untersuchungen anmelden konnte.

Fulbright setzte sich aufrechter hin, und jetzt war sich Raven sicher, dass sie in die Kamera sah und nicht etwa einen Text ablas.

»Ich bedauere zutiefst, das dies unter der Aufsicht der Regierung geschehen konnte, und ich verspreche Ihnen allen, Menschen und Mutanten, dass ich mein Bestmögliches geben werde, damit so etwas nicht noch einmal vorkommt. Ich kann Sie nur alle dazu animieren, einander in dieser Zeit zu unterstützen.«

Im nächsten Moment wechselte das Bild zu einer

Nachrichtensendung, in der Augenzeugen interviewt wurden, darunter auch Leute, an denen ebenfalls experimentiert wurde. Und dann brachen der Applaus und Jubel in der Menge los.

Raven zog Knox in eine Umarmung, während alle in ihrem Umfeld dasselbe mit ihren Lieben taten.

»Es ist vorbei«, flüsterte sie und drückte einen Kuss auf seinen Kopf. Mittlerweile war das gar nicht mehr so leicht, bald würde er sie überragen. Und ganz gleich, was auch geschah – dafür war Raven nicht bereit.

»Ich bin stolz auf dich, R«, sagte Knox und löste sich von ihr. Sie hielten einander noch an den Unterarmen fest.

»Wieso?«, fragte sie.

Knox sah sie an, als würde sie sich blöd stellen. »Weil du mich gerettet hast. Weil du dich nicht von deiner Kraft hast übermannen lassen. Weil du die beste Schwester auf der ganzen Welt bist.«

Raven musste blinzeln, weil ihre Augen verdächtig prickelten. »Und du bist der beste Bruder der Welt. Aber mach das nie wieder – schleich dich nie wieder einfach irgendwo hin.«

»Ich glaube, jetzt könnte ich das sogar, ohne in Gefahr zu geraten, von irgendwem betäubt und verschleppt zu werden«, scherzte Knox, aber Raven boxte gegen seine Schulter. »Aua«, murrte er. »Nur weil ich jetzt unkaputtbar bin, bedeutet das nicht, dass du mir einfach wehtun darfst.«

»Oh, doch. Die Zeiten, in denen ich dich wie ein rohes Ei behandelt habe, sind ab sofort vorbei«, entgegnete sie.

Knox' Augen leuchteten auf. »Bedeutet das, ich darf ab sofort auch mit Wade trainieren?«, fragte er aufgeregt.

»Wenn es das ist, was du willst«, antwortete sie. »Es sei

denn, du willst nicht im Untergrund bleiben. Ich weiß, dass es immer dein Traum war, an eine öffentliche Schule zu gehen und ein ganz normales Leben zu führen. Wenn du das immer noch möchtest – dann können wir auch das tun.«

Knox schüttelte schneller den Kopf, als sie blinzeln konnte. »Nein. Nein, so geht das nicht. Du kannst dich nicht immer nach mir richten und deine Wünsche dabei außen vor lassen. Nicht mehr. Wir ... wir sind eine Familie, R. Wir müssen so was gemeinsam besprechen.« Er machte eine kurze Pause und biss sich auf die Unterlippe. »Was würdest du dir denn wünschen?«

Raven stutzte.

Sie konnte sich nicht daran erinnern, wann sie das zum letzten Mal jemand gefragt hatte. Ihr Leben war von Flucht und Angst bestimmt gewesen, doch nun ... nun eröffneten sich ihr andere Möglichkeiten. Und in diesem Moment sah sie nur eine einzige.

»Ich würde gern hierbleiben«, wisperte sie. »Wenn das okay für dich ist.«

Knox lächelte. »Ist es. Wenn wir Moira dazu bekommen, Markell aufzunehmen.«

»Er wird noch von Wade und Murphy befragt werden müssen. Er muss sich das Vertrauen der anderen – und meins auch – erst verdienen«, erklärte Raven ernst.

Er nickte langsam. »Ich weiß. Ich hoffe einfach, dass Wade ein gutes Wort für ihn einlegt. Immerhin hat Markell ihm beim Kampf den Rücken freigehalten.« Knox sah sich um und überblickte die Menge. »Wo ist er überhaupt?«

Raven brauchte sich nicht umzusehen, um zu wissen, wo sich Wade befand. In diesem Raum waren mindestens einhundertfünfzig Leute. Nach diesem Kampf war es selbstverständlich, dass er es mit so vielen körperlichen Impulsen um sich herum nicht aushielt.

»Ich mache mich mal auf die Suche«, sagte sie zu Knox und drückte seine Hand noch ein letztes Mal.

Anschließend lief sie raus zu den Fahrstühlen. Für Moira und die anderen würde sie später noch Zeit finden, um ihnen von ihrem Entschluss zu erzählen. Im Moment sehnte sie sich nur nach einem Menschen.

Als Raven durch die Tür der Dachterrasse trat, peitschte ihr die kalte Abendluft entgegen.

Wade stand mit dem Rücken zu ihr an der Balustrade und überblickte die Stadt. Sie sog den Anblick einen Moment in sich auf, bevor sie zu ihm trat. Sie stützte sich mit den Ellbogen auf dem Geländer ab, genau wie er.

»Bist du hergekommen, um dich zu verabschieden?«, fragte er nach einer Weile. Sein Tonfall war unergründlich, und er sah sie auch nicht an.

Sie hatte nie einen Hehl daraus gemacht, dass ihr Aufenthalt im Untergrund nur vorübergehend war. Aber die Dinge hatten sich geändert.

Ganz vorsichtig legte Raven ihre Hand über die von Wade auf dem Geländer.

»Nein«, sagte sie schließlich leise.

Jetzt sah er sie an. Und in seinen Augen erkannte Raven eine ganze Welt, die ihr offen stand. Denn mit ihm an ihrer Seite war einfach alles möglich.

Vor ihnen lag Coldworth City, leuchtend und gefährlich, frisch und neu. Eine Welt, in der Raven zwar nicht viele Dinge besaß, aber eindeutig einen Grund hatte, aus der Dunkelheit an die Oberfläche zu treten. Etwas, für das es sich zu kämpfen lohnte.

DANKSAGUNG

An erster Stelle möchte ich mich bei meiner Familie bedanken. Danke, dass ihr mich so unterstützt und immer ein offenes Ohr für mich habt. Weiterer Dank geht an alle Mädels aus meiner Schreibgruppe, insbesondere Carolin Wahl, die mich beim Schreiben von *Coldworth City* stets angespornt und motiviert hat.

Ich danke meinen beiden Agentinnen Gesa Weiß und Kristina Langenbuch Gerez, weil sie vom ersten Moment an an die Idee zu diesem Buch geglaubt haben. Ihr seid meine Superheldinnen. Außerdem danke ich Natalja Schmidt dafür, dass sie diesen Roman ermöglicht hat, Jennifer Jäger für ihre Begeisterung und meiner Lektorin Catherine Beck für den Feinschliff des Textes.

Und zum Schluss an alle Leser: Danke. Fürs Lesen, Besprechen, Lieben, Leiden und alles dazwischen.